Ljudmila Ulitzkaja

Medea und ihre Kinder

Wenn Medea Sinopli wie jedes Jahr ab April ihre über die Weiten der Welt verstreut lebenden Verwandten zu einem großen Familienfest empfängt, kehrt schillernde Vielfalt in ihrem Haus auf der Krim ein. Die allseits geschätzte Witwe, durch das Leben erfahren wie gezeichnet, ist über die vielen Jahre hinweg zu einer Urmutter dieses weit verzweigten Familiengeflechts geworden. Es sind nicht nur verschiedene Nationalitäten, die dort aufeinandertreffen – jeder und jede hat die persönlichen Erlebnisse des letzten Jahres, eines ganzen Lebens im Gepäck. Geschichten werden geteilt, Träume durchlebt und unerfüllte Wünsche gehegt. Kaum verwunderlich, dass diese Zusammenkünfte nicht ohne Spannungen und Reibungen auskommen. Wie kann zusammenleben, wer sich, aus so unterschiedlichen Richtungen kommend, an einem Ort begegnet? Ljudmila Ulitzkaja spannt über mehrere Generationen hinweg die Geschichte der Krim auf, eindrücklich, amüsant und lebensfroh.

Ljudmila Ulitzkaja, geboren 1943 bei Jekaterinburg, wuchs in Moskau auf und ist eine der wichtigsten zeitgenössischen Schriftstellerinnen Russlands. Sie schreibt Drehbücher, Hörspiele, Theaterstücke und erzählende Prosa. Ihre Werke wurden in viele Sprachen übersetzt und mit zahlreichen Auszeichnungen bedacht: 2008 wurde ihr der Aleksandr-Men-Preis für die interkulturelle Vermittlung zwischen Russland und Deutschland verliehen, 2014 erhielt sie den Österreichischen Staatspreis für Europäische Literatur sowie 2020 den Siegfried-Lenz-Preis. 2022 emigrierte Ljudmila Ulitzkaja von Moskau nach Berlin.

Ganna-Maria Braungardt, geboren 1956, war Lektorin für russische Literatur, ehe sie sich dem Übersetzen zuwandte. Neben den Werken von Ljudmila Ulitzkaja übertrug sie unter anderem die Werke der Nobelpreisträgerin Swetlana Alexijewitsch und von Vladimir Jabotinsky ins Deutsche. Heute zählt sie zu den wichtigsten Übersetzerinnen russischer Literatur in Deutschland. Sie lebt in Berlin.

Ljudmila Ulitzkaja

Medea und ihre Kinder

Roman

Aus dem Russischen
von Ganna-Maria Braungardt

Mit einer Vorbemerkung der Autorin

dtv

Die Übersetzung wurde für die Neuausgabe von der Übersetzerin vollständig durchgesehen.

Von Ljudmila Ulitzkaja ist bei dtv außerdem lieferbar:
Die Lügen der Frauen
Maschas Glück
Daniel Stein
Das grüne Zelt
Die Kehrseite des Himmels
Die Jakobsleiter
Ein fröhliches Begräbnis

MIX
Papier aus verantwortungsvollen Quellen
FSC® C019821

2. Auflage 2024
2022 dtv Verlagsgesellschaft mbH & Co. KG, München
Lizenzausgabe mit Genehmigung der

Die Originalausgabe erschien 1996 unter dem Titel
›MEDEA I EË DETI‹ im Verlag Vagrius, Moskau.

Published by arrangement with ELKOST Intl. Literary Agency
and Christina Links Agentur.
Die deutschsprachige Übersetzung erschien erstmals
bei der Verlag Volk und Welt GmbH, Berlin 1997.
Die Nachdichtungen besorgte Katja Lebedewa.
Sie wurden von ihr für die Neuausgabe überarbeitet.
Umschlaggestaltung: Lübbeke Naumann Thoben, Köln
Umschlagillustration: Gemälde »Pacific« von
Donna Walker, Künstlerin, www.donna-walker.com
Satz: Greiner & Reichel, Köln
Druck und Bindung: Druckerei C.H.Beck, Nördlingen
Printed in Germany · ISBN 978-3-423-14854-2

Vorbemerkung der Autorin

Geboren wurde ich im Ural, wohin die Familie meiner Mutter im Zweiten Weltkrieg evakuiert worden war, aber noch vor meinem ersten Geburtstag kehrten wir nach Moskau zurück, in meine eigentliche Heimatstadt, die ich seitdem nur verlassen habe, um zu verreisen. Es gibt jedoch noch einen weiteren Ort, der mir zur Heimat geworden ist – die Krim. Als Kind verbrachte ich jeden Sommer dort. Die Schwester meiner Großmutter lebte in Feodossija, sie hatte ein sehr schönes altes Haus und kannte die Krim seit ihrer frühen Jugend. Von ihr erfuhr ich viel über die Geschichte der Halbinsel, auch über die Zwangsumsiedlungen ihrer ursprünglichen Bewohner, der Esten, Griechen, Deutschen, Genueser und natürlich der Krimtataren. An ihrer Stelle wurden Menschen aus den zentralen Regionen Russlands auf die Krim gebracht. Dieser Teil der Vergangenheit war damals ein absolutes Tabu und wurde nur von den Alten weitererzählt, die all das miterlebt hatten. Ich selbst habe noch die letzten Alteingesessenen der Krim kennengelernt. Und diese tragische Geschichte setzt sich bis heute fort.

Für mich als Großstadtkind hatte die Krim mit ihrer einzigartigen Landschaft, mit ihren Farben und betörenden Düften, ihren Bergen und Buchten, vor allem aber mit ihren wilden Stränden, der Sonne und dem Meer von Anfang an eine ungeheure Anziehungskraft. Ich verliebte mich in sie und blieb ihr über viele Jahre treu. Als junges Mädchen kam ich zum ersten Mal mit der reichen Kultur der Krim in Berührung. Ich besuchte die Witwe von Maximilian Woloschin, einem großartigen Dichter, Übersetzer und Kulturvermittler, in dessen Haus in Koktebel fast die gesamte russische Literatur des 20. Jahrhunderts zu Gast gewesen war: Ossip Mandelstam und Andrej Bely, Marina Zwetajewa und Ilja Ehrenburg, Maxim Gorki und Nikolai Gumiljow.

Später, mit meinen Kindern, wohnte ich während der Sommerurlaube in der kleinen Stadt Sudak. Meine Gastgeberin dort war die Tochter von Konstantin Balmont, einem berühmten Dichter des Silbernen Zeitalters. Sie war mit einem pythagoreischen Gedächtnis gesegnet, erinnerte sich buchstäblich an jeden einzelnen Tag ihres Lebens und erzählte abends von ihren Begegnungen mit bedeutenden Persönlichkeiten früherer Jahre.

Nach dem Tod meiner Verwandten fuhr ich nur noch selten auf die Krim, und heute sieht dort alles ganz anders aus. Die Küste ist zugebaut mit Villen und Kurhäusern, es gibt keine wilden Strände mehr, keine menschenleeren Buchten. Aber die Bilder von damals haben sich tief in mein Gedächtnis eingeprägt.

Als ich Ende der achtziger Jahre zu schreiben begann, wurde mir bewusst, dass das Schicksal mir unendlich viele wunderbare Menschen und spannende Erlebnisse geschenkt hatte, und diesen Lauf des Lebens wollte ich festhalten. Die Krim war für mich ein Ort der Erinnerung, der mich nicht losließ, und er bot sich als Schauplatz meines ersten Romans geradezu an. Für meine Hauptfigur, die Krimgriechin Medea Sinopli, standen meine Verwandten und Freundinnen auf der Krim Pate, aber auch viele andere ältere Frauen, die ich in meinem Leben kennen- und lieben gelernt hatte. Diese Frauen hatten ein schweres Schicksal, sie erlebten Emigration, Lager und Verbannung. Ihre Treue, ihre Standhaftigkeit und die ihnen eigene Würde sind für mich bis heute Musterbeispiele an Mut und Geduld. Ich danke dem Schicksal, das mir die Freundschaft dieser großartigen Frauen der älteren Generation geschenkt hat. Allein durch ihre Gegenwart veredelten sie die triste Sowjetzeit, in der auch dieser Roman spielt.

Der Mittelmeerraum ist die Wiege der europäischen Kultur, und die Krim ist ein entlegener Teil dieses Raums, seine Provinz. Die Griechen und die Römer gründeten Siedlungen auf der Krim, durch sie gelangte die europäische Kultur auch nach Russland. Seit jeher lebten Menschen der verschiedensten Völker auf der Krim, und meine Romanheldin Medea verkörpert dieses friedliche Miteinander. Sie ist für mich eine Weltbürgerin, die in ihrem Leben alle Vorurteile gegenüber dem Fremden überwunden hat. Aus diesem Grund ist es für mich gerade heute besonders wertvoll, dass dieser Roman noch einmal erscheint, und ich wünsche ihm möglichst viele Leser.

2022

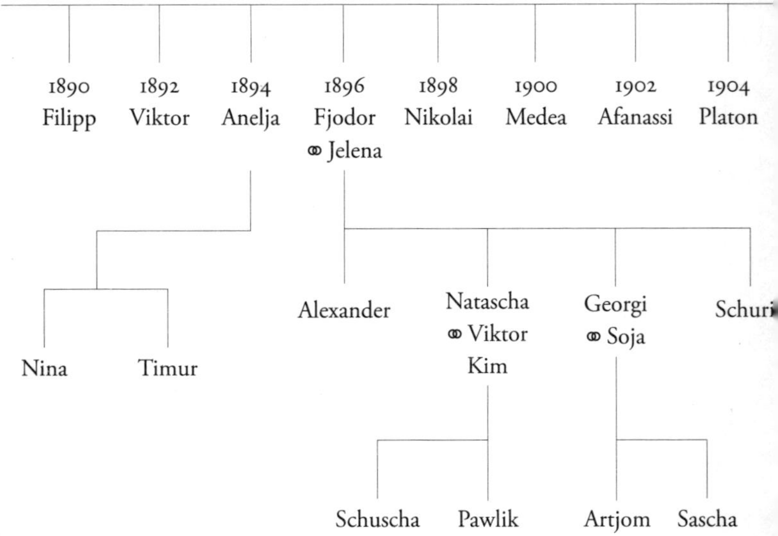
1890
Filipp
1892
Viktor
1894
Anelja
1896
Fjodor
⚭ Jelena
1898
Nikolai
1900
Medea
1902
Afanassi
1904
Platon
Nina
Timur
Alexander
Natascha
⚭ Viktor
Kim
Georgi
⚭ Soja
Schuri
Schuscha
Pawlik
Artjom
Sascha

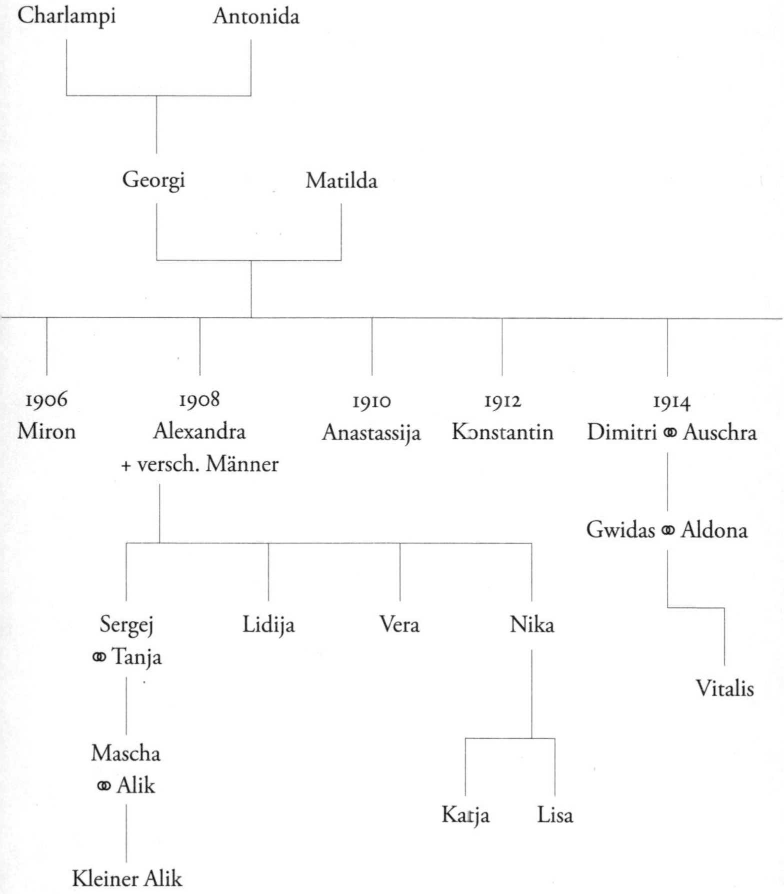
Charlampi
Antonida
Georgi
Matilda
1906
Miron
1908
Alexandra
+ versch. Männer
1910
Anastassija
1912
Konstantin
1914
Dimitri ⚭ Auschra
Gwidas ⚭ Aldona
Vitalis
Sergej
⚭ Tanja
Lidija
Vera
Nika
Mascha
⚭ Alik
Kleiner Alik
Katja
Lisa

I

Medea Mendez, geborene Sinopli, war, abgesehen von ihrer Ende der zwanziger Jahre nach Moskau verzogenen jüngeren Schwester Alexandra, die letzte echte Griechin in ihrer Familie, die sich vor Urzeiten an den mit Hellas verwandten taurischen Gestaden angesiedelt hatte. Sie war auch die Letzte in der Familie, die noch eine Art Griechisch sprach, vom Neugriechischen ebenso tausend Jahre entfernt wie das Altgriechische von der nur in den taurischen Kolonien erhaltenen mittelalterlichen pontischen Mundart.

Unterhalten konnte sie sich seit Langem mit niemandem mehr in dieser verschlissenen klangvollen Sprache, aus der die meisten philosophischen und religiösen Begriffe stammen und die eine erstaunliche Buchstäblichkeit und einen ursprünglichen Wortsinn bewahrt hat: Noch heute heißt Wäscherei in dieser Sprache Katharistirio und Transport Metaphora.

Die taurischen Griechen in Medeas Alter waren entweder ausgestorben oder ausgesiedelt worden, sie aber war auf der Krim geblieben, was sie, wie sie meinte, Gottes Gnade verdankte, zum Teil aber auch ihrem spanischen Witwennamen, ihr verblieben von ihrem verstorbenen Mann, einem fröhlichen jüdischen Dentisten, einem Mann mit kleinen, aber auffälligen Fehlern und großen, aber tief verborgenen Vorzügen.

Sie war vor langer Zeit verwitwet, hatte aber nicht wieder geheiratet, sondern blieb dem Stand der schwarz gekleideten Witwe treu, der ihr sehr zusagte.

Die ersten zehn Jahre trug sie ausschließlich Schwarz, später abgemildert durch kleine weiße Tupfen oder Punkte, stets auf schwarzem Grund. Ein schwarzer Schal umschlang auf unrussische und unländliche Weise turbanartig ihren Kopf; einer der beiden Knoten lag genau über der rechten Schläfe. Links fiel das lange Ende in antiken kleinen Falten auf ihre Schulter und verdeckte ihren runzligen Hals. Ihre Augen waren hellbraun und trocken, und auch ihr hageres dunkles Gesicht war voller welker Fältchen.

Wenn sie im weißen, hinten geknöpften Chirurgenkittel im weiß gestrichenen Rahmen des Aufnahmeschalters des kleinen Ortskrankenhauses saß, sah sie aus wie ein Porträt von Goya.

Schwungvoll und mit großen Buchstaben schrieb sie jeden Krankenhauseintrag, ebenso schwungvoll und mit großen Schritten durchmaß sie die Gegend; es machte ihr nichts aus, sonntags vor dem Morgengrauen aufzustehen, zwanzig Kilometer bis Feodossija zurückzulegen, dort die ganze Messe über zu stehen und gegen Abend wieder nach Hause zu laufen.

Für die Einheimischen war Medea Mendez längst ein Teil der Landschaft. Wenn sie nicht auf ihrem Hocker hinter dem weiß umrahmten Fenster des Aufnahmeschalters saß, tauchte ihre schwarze Figur entweder auf den östlichen Hügeln auf oder an den steinigen Hängen westlich vom Ort.

Sie ging nicht müßig spazieren, sie sammelte Salbei, Thymian, Bergminze, Berberitze, Pilze und Hagebutten, hatte aber auch ein Auge für Karneole, für ebenmäßige, mehrschichtige kleine Bergkristalle oder dunkle alte Münzen, von denen der matte Boden dieses bescheidenen Schauplatzes der Weltgeschichte voll war.

Der gesamte nahe und entfernte Umkreis war ihr vertraut wie der Inhalt ihrer eigenen Anrichte. Sie wusste nicht nur, wo und wann man eine bestimmte Pflanze fand, sie bemerkte auch, wie sich im Laufe der Jahrzehnte das grüne Gewand langsam veränderte: Die Bergminzesträucher stiegen neben den Schmelzwasserrinnen den Osthang des Kijan-Berges hinunter, die Berberitze starb an einer ätzenden Krankheit, die ihre unteren Zweige auffraß, die Zichorie dagegen rückte unterirdisch vor, und ihre Wurzeln erstickten die zarten Frühlingsblumen.

Die Krimerde war immer großzügig zu Medea und beschenkte sie mit ihren Raritäten. Dafür erinnerte sich Medea dankbar an jeden einzelnen Fund mitsamt allen, auch den unbedeutendsten Umständen von Zeit, Ort und allen Nuancen einstiger Empfindungen, angefangen vom ersten Juli neunzehnhundertsechs, als sie als kleines Mädchen mitten auf dem verwilderten Weg zur Ak-Moschee einen »Hexenring« aus neunzehn kleinen, völlig gleich großen Pilzen mit blassgrüner Kappe, einer Unterart des Steinpilzes, gefunden hatte. Die Krönung ihrer Funde ohne Nährwert war ein flacher goldener Ring mit einem stumpf gewordenen Aquamarin, den ihr das nach einem Sturm zur Ruhe kommende Meer auf dem kleinen Strand bei Koktebel am zwanzigsten August neunzehnhundertsechzehn vor die Füße geworfen hatte, an ihrem sechzehnten Geburtstag. Diesen Ring trug sie noch heute, er war tief in den Finger eingewachsen und seit dreißig Jahren nicht mehr abzustreifen.

Mit den Fußsohlen spürte sie, wie gewogen ihr diese Erde war. Gegen keinen anderen Ort würde sie dieses langsam verfallende Land tauschen, und verlassen hatte sie die Krim in ihrem ganzen Leben nur zweimal, für insgesamt sechs Wochen.

Sie stammte aus Feodossija, genauer gesagt, aus einem großen, einst wohlproportionierten Haus in der griechischen Kolonie, die längst mit der Vorstadt von Feodossija verschmolzen war. Als sie geboren wurde, hatte das Haus seine einstige Ebenmäßigkeit bereits eingebüßt, war umwuchert von Anbauten, Terrassen und Veranden, entsprechend der stürmischen Vergrößerung der Familie im ersten Jahrzehnt des so fröhlich begonnenen Jahrhunderts.

Das stürmische Anwachsen der Familie ging einher mit dem allmählichen Ruin des Großvaters Charlampi Sinopli, eines reichen Kaufmanns und Besitzers von vier Handelsschiffen, die im damals neuen Hafen von Feodossija registriert waren. Der alte Charlampi, dessen Unersättlichkeit sich im Alter gelegt hatte, konnte sich nur wundern, warum das Schicksal, das ihn mit langjährigem Warten auf einen Erben, sechs tot geborenen Kindern und unzähligen Fehlgeburten seiner beiden Frauen gequält hatte, seinen einzigen Sohn Georgi, den er nach dreißigjährigem Mühen zustande gebracht hatte, so reich mit Nachkommenschaft segnete. Doch vielleicht war das ein Verdienst seiner zweiten Frau Antonida, die bis Kiew gepilgert war und, nachdem sie ihren Sohn geboren und gestillt hatte, bis zu ihrem Tode aus Dankbarkeit fastete. Vielleicht kam der reiche Kindersegen seines Sohnes auch von der dürren rothaarigen Schwiegertochter Matilda, die dieser aus Batumi mitgebracht hatte. Sie war skandalöserweise offenkundig keineswegs unfruchtbar ins Haus gekommen und brachte seitdem alle zwei Jahre, zum Sommerende, mit unfassbarer Präzision einen rundköpfigen Säugling zur Welt.

Der alte Charlampi wurde, je mehr Enkel kamen, immer schwächer und gütiger und verlor am Ende seines Lebens zusammen mit seinem Reichtum sogar die Züge des herrschsüchtigen, grausamen und begabten Kaufmanns. Doch sein Blut erwies sich als stark, löste sich nicht auf in anderen Strömen, und diejenigen seiner Nachkommen, die nicht von der blutrünstigen Zeit zermalmt wurden, erbten seine starke Natur und sein Talent, und seine allgemein bekannte Unersättlichkeit entwickelte sich in der männlichen Linie zu großer Energie und einer Leidenschaft fürs Bauen und bei den Frauen, wie bei Medea, zu Sparsamkeit, besonderer Akkuratesse und praktischer Findigkeit.

Die Familie war so segensreich groß, dass sie ein wunderbares Objekt für einen Genetiker abgegeben hätte, der sich für die Verteilung von Erbanlagen interessiert. Ein Genetiker fand sich nicht, aber Medea mit ihrem angeborenen Bestreben, alles zu ordnen, in ein System zu bringen, von den Teelöffeln auf dem Tisch bis zu den Wolken am Himmel, ließ so manches Mal in ihrem Leben aus Spaß ihre Brüder und Schwestern nach zunehmender Rothaarigkeit antreten, natürlich nur in ihrer Phantasie, denn sie konnte sich nicht erinnern, dass die Familie einmal vollzählig versammelt gewesen wäre. Immer fehlte einer der älteren Brüder. Der Kupferton von mütterlicher Seite war bei allen mehr oder weniger ausgeprägt, doch nur Medea selbst und der jüngste Bruder Dimitri waren radikal rothaarig. Das Haar von Alexandra, die in der Familie Sandra oder Sandrotschka hieß, hatte den nuancenreichen, schimmernden Ton von Mahagoni.

Hin und wieder tauchte der zu kurze kleine Finger des Großvaters auf, seltsamerweise nur bei Jungen, sowie Großmutters angewachsenes Ohrläppchen und ihre außerordentlich gute Nachtsichtigkeit, die übrigens auch Medea besaß. Alle diese Erbmerkmale und noch einige weniger auffällige fanden sich in Charlampis Nachkommenschaft.

Selbst in Sachen Fruchtbarkeit gab es in der Familie zwei Linien: Die einen brachten, wie Charlampi, jahrelang nicht ein einziges winziges Kind zustande, die anderen streuten ihre rothaarigen Sprösslinge nur so in die Welt, ohne dem besondere Bedeutung beizumessen. Charlampi selbst lag seit neunzehnhundertzehn auf dem griechischen Friedhof in Feodossija, auf dessen höchstem Punkt, mit Blick auf die Bucht, wo bis zum zweiten Krieg seine letzten beiden Dampfer herumschipperten, noch immer registriert im Hafen von Feodossija.

Viele Jahre später versammelte die kinderlose Medea in ihrem Haus auf der Krim ihre zahlreichen Nichten und Neffen und deren Kinder und unterzog sie ihrer stillen unwissenschaftlichen Beobachtung. Es hieß, sie liebe sie alle sehr. Wie die Liebe einer kinderlosen Frau zu Kindern aussieht, ist schwer zu sagen, aber sie empfand für sie ein lebhaftes Interesse, das im Alter sogar zunahm.

Der Ansturm der Verwandten in der Saison störte Medea nicht, ebenso wenig wie ihre Herbst-und Winter-Einsamkeit. Die ersten Neffen und Nichten kamen gewöhnlich Ende April, wenn nach den Februarregen und den Märzwinden der Krimfrühling mit lila blühenden Glyzinien, rosa Tamarisken und chinagelbem Ginster aus dem Boden spross.

Der erste Besuch war gewöhnlich kurz, die paar freien Tage zum Ersten Mai, der eine oder andere blieb bis zum neunten. Dann eine kurze Pause, und um den zwanzigsten Mai kamen die Mädchen – die jungen Mütter mit ihren Vorschulkindern.

Weil es an die dreißig Neffen und Nichten waren, wurde bereits im Winter ein Saisonplan aufgestellt – mehr als zwanzig Personen verkraftete das Vier-Zimmer-Haus nicht.

Die Kraftfahrer von Feodossija und Simferopol, die vom Urlaubertransport lebten, kannten Medeas Haus sehr gut und räumten ihren Verwandten manchmal einen kleinen Rabatt ein, wiesen aber darauf hin, dass sie bei Regen nicht bis nach oben fahren, sondern die Fahrgäste im Unteren Ort absetzen würden.

Medea glaubte nicht an Zufälle, obwohl ihr Leben voller bedeutsamer Begegnungen, sonderbarer Zusammentreffen und wie bestellter Überraschungen war. Jemand, dem sie einmal begegnet war, kam nach vielen Jahren wieder, um ihr Schicksal zu verändern; Fäden liefen weiter, verknüpften sich, wanden sich in Schlingen und bildeten ein Muster, das mit den Jahren immer deutlicher wurde.

Mitte April, als das Wetter beständiger geworden schien, zog ein düsterer Tag auf, es wurde kälter, es fiel schwerer Regen, der in Schnee überzugehen versprach.

Medea zog die Vorhänge zu, schaltete ziemlich früh das Licht ein, warf eine Handvoll Reisig und zwei Holzscheite in ihr kluges Öfchen, das wenig Brennstoff nahm, aber viel Wärme gab, breitete ein zerschlissenes Laken auf dem

Tisch aus und überlegte, ob sie es zu Geschirrtüchern zerschneiden oder die löchrige Mitte heraustrennen und aus dem Rest ein Kinderlaken nähen sollte.

Da wurde heftig an die Tür geklopft. Sie öffnete. Vor ihr stand ein junger Mann in nassem Mantel und mit einer Pelzmütze auf dem Kopf.

Medea hielt ihn für einen der seltener auftauchenden Neffen und ließ ihn ins Haus.

»Sind Sie Medea Georgijewna Sinopli?«, fragte der junge Mann, und Medea begriff, dass er nicht zur Verwandtschaft gehörte.

»Ja, das bin ich, obwohl ich schon seit vierzig Jahren einen anderen Namen trage«, sagte Medea lächelnd.

Der junge Mann sah sympathisch aus, hatte helle Augen und einen herabhängenden, schütteren schwarzen Schnurrbart.

»Legen Sie doch ab.«

»Entschuldigen Sie, dass ich hier so hereinschneie. Ravil Jussupow, aus Karaganda.«

Alles Weitere, das an diesem Abend und in dieser Nacht geschah, schilderte Medea in einem Brief, den sie wahrscheinlich am nächsten Tag schrieb, aber nicht abschickte.

Viele Jahre später fiel er ihrem Neffen Georgi in die Hände und erklärte ihm das Rätsel des überraschenden Testaments, das er in demselben Packen Papiere fand, datiert vom elften April neunzehnhundertsechsundsiebzig. In dem Brief stand:

»Liebe Jelenotschka! Ich habe zwar erst vor einer Woche einen Brief an Dich abgeschickt, aber nun ist ein wirklich außergewöhnliches Ereignis eingetreten, und davon möchte ich Dir erzählen. Es ist eine der Geschichten, deren Anfang weit zurückliegt. Du erinnerst Dich natürlich noch an den Kutscher Jussim, der Dich und Deine Mutter im Dezember achtzehn nach Feodossija brachte? Stell Dir vor, sein Enkel hat mich über Bekannte in Feodossija ausfindig gemacht. Erstaunlich, dass man in einer großen Stadt heute noch ohne Adressbuch jemanden finden kann. Die Geschichte ist für unsere Gegend ziemlich alltäglich: Die Familie wurde nach dem Krieg aus Aluschta ausgesiedelt, als Jussim nicht mehr lebte. Ravils Mutter wurde nach Karaganda verbannt, und das, obwohl der Vater der Kinder an der Front gefallen war. Der junge Mann kennt die Geschichte seit seiner Kindheit – ich meine die Evakuierung – und erinnert sich sogar an den Saphirring, den Du Jussim damals aus Dankbarkeit geschenkt hast. Ravils Mutter hatte ihn viele Jahre getragen, in der schlimmsten Hungerzeit jedoch ein Pud Mehl dafür eingetauscht. Doch das war nur die Einleitung des Gesprächs, das mich offen gesagt zutiefst berührt hat. Aus der Erinnerung tauchten Dinge auf, an die wir nicht so gern zurückdenken, das Leid jener Jahre. Dann verriet mir Ravil, er sei Mitglied der Bewegung für die Rückkehr der Krimtataren, und sie hätten bereits seit Langem offizielle und inoffizielle Schritte unternommen.

Er fragte mich begierig über die alte tatarische Krim aus, holte sogar ein Tonbandgerät hervor und nahm alles auf, damit seine usbekischen und kasachischen Tataren meine Worte hören können. Ich erzählte ihm, was ich noch wusste von meinen Nachbarn im Ort, von Galija, Mustafa, von Großvater Achmet, dem Arykwart, der von früh bis spät die Aryks, die Wassergräben, hier sauberhielt, jeden kleinen Splitter so sorgsam daraus entfernte wie aus einem

Auge; davon, wie die hiesigen Tataren deportiert wurden, innerhalb von zwei Stunden, sie hatten nicht einmal Zeit zum Packen, und wie Schura Gorodnikowa, die Parteichefin, sie selbst hinaustrieb, ihnen beim Packen half und Sturzbäche weinte; am nächsten Tag traf sie der Schlag, und dann war sie nicht mehr Chefin, humpelte aber noch an die zehn Jahre über ihren Hof, mit schiefem Gesicht und unverständlichem Gebrabbel. In unserer Gegend hat es so etwas selbst unter den Deutschen, das heißt, bei uns waren ja nicht die Deutschen, sondern die Rumänen, selbst da hat es so etwas nicht gegeben. Obwohl, das weiß ich, die Juden haben sie verhaftet, aber nicht in unserer Gegend.

Ich habe ihm auch erzählt, wie siebenundvierzig, Mitte August, angeordnet wurde, die von den Tataren angepflanzten Nusshaine zu roden. Wie sehr wir auch bettelten, die Tölpel kamen und hackten die wunderbaren Bäume um, nicht einmal abgeerntet durften sie werden. So lagen die erschlagenen Bäume, die Äste voller halbreifer Früchte, am Wegesrand. Dann kam der Befehl, sie zu verbrennen. Tascha Lawinskaja aus Kertsch war damals bei mir zu Besuch, und wir haben dagesessen und geweint angesichts dieses barbarischen Feuers.

Mein Gedächtnis ist Gott sei Dank noch gut, es behält alles, und wir redeten bis nach Mitternacht, haben sogar etwas getrunken. Die alten Tataren, weißt du noch, die tranken keinen Wein. Wir verabredeten, dass ich ihn am nächsten Tag durch die Gegend führen würde, ihm alles zeigen. Da äußerte er seine heimliche Bitte: Ich solle ihm ein Haus auf der Krim kaufen, auf meinen Namen, denn Tataren dürfen hier keine Häuser kaufen, darüber gibt es eine besondere Anordnung noch aus Stalins Zeit.

Erinnerst Du Dich, Jelenotschka, wie die Ostkrim unter den Tataren aussah? Und die Innere Krim? Die Gärten in Bachtschissarai! Heute steht an der Straße nach Bachtschissarai kein Baum mehr, alles weg, alles haben sie vernichtet … Ich hatte Ravil gerade das Bett in Samuels Zimmer gemacht, da hörte ich, wie ein Auto vor dem Haus hielt. Eine Minute später klopfte es. Er sah mich ganz traurig an – die kommen mich holen, Medea Georgijewna.

Sein Gesicht wirkte plötzlich unendlich müde, und ich begriff, dass er gar nicht mehr so jung war, bestimmt schon über dreißig. Er nahm das Tonband aus dem Gerät und warf es in den Ofen. Sie werden Unannehmlichkeiten haben, verzeihen Sie mir. Ich werde ihnen sagen, dass ich nur eine Übernachtung gesucht habe, sonst nichts. Das Tonband, meine ganze lange Erzählung, war im Nu verzischt.

Ich ging öffnen – zwei Männer standen da. Der eine war Petka Schewtschuk, der Sohn des hiesigen Fischers Iwan Gawrilowitsch. Er erklärte mir frech, das sei eine Meldekontrolle, ob ich etwa illegal Quartiere vermiete?

Na, ich habs ihm erst mal gegeben: Wie kannst du es wagen, mitten in der Nacht in mein Haus einzudringen? Nein, ich vermiete nicht, aber im Augenblick habe ich einen Gast im Haus; sie sollten verschwinden, wohin sie wollen, und mich bis zum Morgen in Ruhe lassen. So ein Schwein, der wagt sich in mein Haus. Du erinnerst Dich bestimmt, ich hab doch den ganzen Krieg über allein das Krankenhaus betrieben, hier gabs außer mir kein medizinisches Personal. Wie oft hab ich seine Furunkel behandelt, eins hatte er im Ohr, das musste aufgeschnitten werden. Ich wäre vor Angst fast gestorben, das war schließlich keine Kleinigkeit, ein fünfjähriges Kind und alle Anzeichen einer möglichen Betroffenheit des Gehirns, und ich war doch bloß Feldscherin! Die Verantwortung … Sie drehten sich um und gingen, aber der Wagen fuhr nicht weg, er stand oben am Haus, mit ausgeschaltetem Motor.

Und mein tatarischer Junge Ravil lächelte ganz ruhig – danke, Medea Georgijewna, Sie sind ein außergewöhnlich mutiger Mensch, das trifft man selten. Schade, dass Sie mir morgen weder das Tal noch die Hügel im Osten zeigen werden. Aber ich komme wieder, die Zeiten werden sich ändern, da bin ich sicher.

Ich holte noch eine Flasche Wein, und wir gingen nicht mehr schlafen, sondern unterhielten uns. Dann tranken wir Kaffee, und als es hell wurde, wusch er sich, ich buk ihm einen Fladen, wollte ihm Moskauer Konserven mitgeben, die ich noch vom Sommer hatte, doch er lehnte ab, sagte, die nehmen sie mir sowieso weg. Ich brachte ihn bis zur Pforte, bis nach oben. Der Regen hatte aufgehört, es war wunderschön. Petka stand neben dem Wagen und der zweite Mann auch. Ravil und ich verabschiedeten uns, und die Wagentür stand schon offen. Ja, Jelenotschka, so eine Geschichte ist mir passiert. Ach, seine Mütze hat er hier vergessen. Na, ich denke, das ist vielleicht ganz gut so. Vielleicht kommt er ja wieder, vielleicht kommen die Tataren zurück, und dann geb ich ihm die Mütze? Wirklich, das wäre gerecht. Nun, wie Gott will. Dass ich Dir so schnell schreibe, hat einen Grund: Ich war zwar nie in irgendwelche politischen Geschichten verwickelt, das war Samuels Spezialität, aber stell Dir vor, wenn sie nun plötzlich am Ende meines Lebens, wo die Zeiten doch weniger streng sind, mir alter Frau zusetzen? Damit Du weißt, wo Du mich suchen musst. Ach ja, im letzten Brief hab ich vergessen zu fragen, ob Du mit dem neuen Hörapparat zufrieden bist. Obwohl ich ehrlich gesagt glaube, das meiste von dem, was so geredet wird, ist es nicht wert, gehört zu werden, und Dir entgeht nicht viel. Ich küsse Dich. Medea.«

Es war Ende April. Medeas Weinberg war sauber beschnitten, der Gemüsegarten protzte mit seinen bestellten Beeten, und im Kühlschrank lag eine riesige zerlegte Scholle, die ihr Fischer aus der Nachbarschaft gebracht hatten.

Als Erster kam ihr Neffe Georgi mit seinem dreizehnjährigen Sohn Artjom. Georgi stand mitten auf dem Hof, warf seinen Rucksack ab, blinzelte gegen die kräftige Sonne, die ihm direkt ins Gesicht schien, und sog den schweren süßen Duft ein.

»Ach, direkt zum Reinbeißen«, sagte er zu seinem Sohn, doch der begriff nicht, was er meinte.

»Da ist Medea, sie hängt Wäsche auf«, sagte Artjom.

Medeas Haus stand im höchsten Teil des Ortes, das Grundstück war in Terrassen angelegt, mit einem Brunnen auf der untersten Ebene. Dort war zwischen einem großen Nussbaum und einem alten Essigbaum eine Leine gespannt, und Medea, die ihre Mittagspause gewöhnlich mit Hausarbeit verbrachte, hängte in reichlich Waschblau gespülte Wäsche auf. Dunkelblaue Schatten huschten über die himmelblaue Fläche geflickter Laken, die Laken blähten sich gemächlich wie Segel, als wollten sie sich jeden Augenblick entfalten und in den tiefblauen Himmel entschwinden.

Ich sollte alles hinschmeißen und mir hier ein Haus kaufen, dachte Georgi, während er zu seiner Tante hinunterstieg, die die beiden noch immer nicht bemerkt hatte. Soll

Soja doch machen, was sie will. Ich würde mit Artjom und Sascha …

Das war seit zehn Jahren stets sein erster Gedanke in Medeas Haus auf der Krim. Medea hatte Georgi und seinen Sohn endlich bemerkt, warf das letzte ausgewrungene Laken in die leere Schüssel und richtete sich auf.

»Ach, da seid ihr ja. Ich warte schon seit gestern auf euch. Gleich, Georgius, ich komme gleich hoch.«

Nur Medea nannte ihn so, auf griechische Art. Er küsste die alte Frau, sie strich mit der Hand über sein vertrautes Haar, schwarz mit einem kupfernen Schimmer, streichelte auch den Jungen.

»Du bist gewachsen.«

»Wollen wir nachsehen, an der Tür?«, fragte der Junge.

Der Türrahmen war rechts und links voller Kerben – dort markierten die Kinder ihr Wachstum.

Medea hängte das letzte Laken auf, es flog hoch und verdeckte die Hälfte eines Wölkchens, das sich an den leeren Himmel verirrt hatte.

Georgi nahm die leeren Wäscheschüsseln, und sie gingen hinauf: die schwarze Medea, Georgi in einem zerknitterten weißen Hemd und Artjom in einem roten Pulli.

Vom Nachbargrundstück aus, hinter dem mickrigen, krummen Weinberg der Sowchose, wurden sie beobachtet von Ada Krawtschuk, ihrem Mann Michail und deren Sommergast aus Leningrad, dem weißen Mäuschen Nora.

»Hier versammeln sich jede Menge Leute! Die Mendez-Sippe. Eben ist Georgi gekommen, er ist immer der Erste«, erklärte Ada ihrem Gast, halb wohlwollend, halb ärgerlich.

Georgi war nur ein paar Jahre jünger als Ada, als Kinder hatten sie zusammen Ringelreihen gespielt, doch jetzt nahm Ada ihm übel, dass sie selbst alt und schlaff geworden, er dagegen noch immer jung war und gerade erst graue Haare bekam.

Nora blickte wie gebannt dorthin, wo die Schlucht und der kleine Berg zusammentrafen und sich eine lange Erdfalte schlängelte; dort stand ein ziegelgedecktes Haus und begrüßte mit frisch geputzten Fenstern freundlich die drei sich nähernden schlanken Figuren – die schwarze, die weiße und die rote. Sie bewunderte das Bild und dachte traurig: Das müsste man malen. Nein, das schaffe ich nicht.

Sie war Malerin, hatte die Fachschule nicht gerade glänzend abgeschlossen, aber manches gelang ihr durchaus: federleichte Aquarellblumen, Phlox, Flieder und luftige Feldblumensträuße. Auch jetzt, gerade erst angekommen, um Urlaub zu machen, betrachtete sie die Glyzinien und stellte sich vor, wie sie ein paar Zweige, ganz ohne Blätter, in eine Glasvase stellen würde, auf ein rosa Tischtuch, um sich, während ihre Tochter Mittagsschlaf hielt, in den hinteren Hof zu setzen und zu malen. Doch diese Krümmung des Raumes, seine geheimnisvolle Wendung, erregte sie, lockte sie an eine Arbeit, der sie sich eigentlich nicht gewachsen fühlte. Die drei Figuren hatten nun das Haus erreicht und waren nicht mehr zu sehen.

Auf dem kleinen Platz zwischen Vortreppe und Sommerküche packte Georgi die beiden mitgebrachten Pakete aus, und Medea ordnete an, was er wohin tragen sollte. Das war ein Ritual. Jeder Gast brachte Geschenke mit, und Medea nahm sie nicht in ihrem Namen entgegen, sondern quasi im Namen des Hauses.

Vier Kissenbezüge, zwei ausländische Fläschchen mit Geschirrspülmittel, Kernseife, die es im vorigen Jahr nicht gegeben hatte, die in diesem Jahr aber plötzlich zu haben war, Konserven, Kaffee – das alles versetzte die alte Frau in freudige Erregung. Sie verteilte die Sachen in Schränke und Kommoden, untersagte den Gästen, das zweite Paket zu öffnen, solange sie nicht da war, und lief zur Arbeit. Ihre Mittagspause war zu Ende, und zu spät zu kommen gestattete sie sich nicht.

Georgi stieg auf den höchsten Punkt des Grundstücks seiner Tante, wo wie ein Wachturm das vom verstorbenen Mendez gezimmerte Toilettenhäuschen emporragte, ging hinein und setzte sich ohne die geringste Notwendigkeit auf den blankgescheuerten Holzsitz. Er sah sich um. Dort stand der Eimer mit Asche samt der abgebrochenen Schöpfkelle, an der Wand hing das ausgeblichene Pappschild mit der Benutzungsordnung für die Toilette, geschrieben noch von Mendez mit dem ihm eigenen naiven Witz. Sie endete mit den Worten: »Wenn du gehst, sieh dich um, ob auch dein Gewissen rein ist.«

Georgi blickte nachdenklich über die niedrige, nur den unteren Teil der Toilette verdeckende Tür durch die quadratische Öffnung oben und sah eine doppelte Gebirgskette, die ziemlich steil abfiel, zu einem entfernten Fetzen Meer und der Ruine einer alten Festung, die nur mit scharfem Auge und bei klarem Wetter auszumachen war. Er mochte dieses Land, seine verwitterten Berge und ebenen Vorberge; es war skythisch, griechisch, tatarisch, und obwohl es nun seit Langem in Sowchosebesitz war, menschlicher Liebe entbehrte und durch die Stümperhaftigkeit seiner Herren allmählich ausstarb, blieb ihm dennoch die Geschichte, sie schwebte in der Frühlingswonne und rief sich mit jedem Stein, mit jedem Baum in Erinnerung. Darin waren sich die Neffen und Nichten einig – den besten Ausblick der Welt hatte man von Medeas Abort.

Vor der Tür trat Artjom von einem Bein aufs andere, um dem Vater eine Frage zu stellen, die er jetzt – das wusste er selbst – lieber nicht stellen sollte, doch als der Vater herauskam, fragte er trotzdem:

»Papa, wann gehen wir ans Meer?«

Bis zum Meer war es ziemlich weit, und darum wohnten gewöhnliche Urlauber weder im Unteren noch gar im Oberen Ort. Von hier fuhr man entweder mit dem Bus nach Sudak, zum städtischen Strandbad, oder man ging zu den entlegenen Buchten, zwölf Kilometer weit, eine richtige Expedition, manchmal für mehrere Tage, mit Zelten.

»Benimm dich nicht wie ein Kleinkind«, sagte Georgi ärgerlich. »Jetzt ans Meer! Mach dich fertig, wir gehen auf den Friedhof.«

Auf den Friedhof wollte Artjom nicht, aber er hatte keine Wahl und ging die Turnschuhe anziehen. Georgi nahm seine Leinentasche, legte seinen deutschen Pionierspaten hinein, überlegte kurz, ob er eine Büchse Silberbronze mitnehmen sollte, entschied aber, sich diese aufwendige Arbeit für das nächste Mal aufzuheben. Von einem Kleiderhaken im Schuppen nahm er den ausgebleichten Tropenhut aus der Mittelasienausrüstung, den er selbst mal hergebracht hatte, schlug ihn gegen sein Knie, wobei eine Wolke feinsten Staubs aufflog, schloss das Haus ab, legte den Schlüssel unter einen bestimmten Stein und erfreute sich dabei kurz an diesem dreieckigen Stein mit der gespaltenen Ecke – er kannte ihn seit seiner Kindheit.

Georgi, der frühere Geologe, lief mit leichten, professionellen Schritten, hinter ihm trippelte Artjom; Georgi blickte sich nicht um, er spürte in seinem Rücken, wie sich Artjom beeilte, vom Laufen ins Rennen fiel.

Er wächst nicht, er kommt nach Soja, dachte Georgi mit der gewohnten Enttäuschung.

Der jüngere Sohn, der dreijährige Sascha mit seiner trotzigen Furchtlosigkeit und seinem unbezwingbaren Starrsinn, war ihm bedeutend lieber, er versprach zweifellos, männlicher zu werden als der unsichere und mädchenhaft geschwätzige Erstgeborene. Artjom aber vergötterte den Vater, war stolz auf dessen offensichtliche Männlichkeit; er ahnte bereits, dass er selbst nie so stark, ausgeglichen und selbstsicher werden würde, und seine Sohnesliebe war bittersüß.

Doch nun war Artjoms Stimmung großartig, als hätte er den Vater überredet, mit ihm ans Meer zu gehen. Ihm war nicht bewusst, dass es ihm nicht so sehr um das Meer ging, sondern darum, sich zu zweit mit dem Vater auf den Weg zu machen, der noch nicht staubig war, sondern jung und frisch; mit ihm zu laufen, egal wohin, und sei es auf den Friedhof.

Der Friedhof stieg vom Weg aus an. Oben lag der zerstörte tatarische Teil mit Resten einer Moschee, der Osthang war christlich, doch nach der Deportation der Tataren drängten die christlichen Grabstätten auch auf die tatarische Seite, als setzten sogar die Toten das Unrecht der Vertreibung fort.

Eigentlich lagen die Vorfahren der Sinoplis auf dem alten Friedhof von Feodossija, doch der war damals bereits geschlossen, zum Teil auch abgerissen, und so hatte Medea ihren jüdischen Mann leichten Herzens hier begraben, möglichst weit entfernt von ihrer Mutter. Die rothaarige

Matilda, eine in jeder Hinsicht gütige Christin, eine eifrige Orthodoxe, mochte die Moslems nicht, fürchtete die Juden und mied die Katholiken.

Auf dem Grab von Medeas Mann stand ein Obelisk mit einem Stern an der Spitze und einer krakeligen Inschrift auf dem Sockel: »Samuel Mendez, Soldat der Kommunistischen Kampftruppen, Parteimitglied seit 1914. 1890–1952«.

Die Inschrift entsprach dem Willen des Verstorbenen, den dieser lange vor seinem Tod geäußert hatte, kurz nach dem Krieg; den Stern aber hatte Medea ein wenig abgewandelt, indem sie auch die Spitze, auf der er saß, mit Silberbronze gestrichen hatte, sodass er eine zusätzliche, sechste Zacke bekam und aussah wie der Weihnachtsstern auf alten Postkarten und auch andere Assoziationen weckte.

Links neben dem Obelisken stand eine kleine Stele mit dem Foto des rundgesichtigen, mit klugen schmalen Augen lächelnden Pawlik Kim, eines Neffen Georgis, ertrunken neunzehnhundertvierundfünfzig am Strand von Sudak, vor den Augen von Mutter, Vater und Großvater – Medeas älterem Bruder Fjodor.

An der Grabstätte konnte Georgis kritisches Auge keinerlei Mängel erkennen – Medea war ihm wie immer zuvorgekommen: Der Zaun war gestrichen, die Erde umgegraben und mit wilden Krokussen von den Osthügeln bepflanzt.

Georgi klopfte der Ordnung halber den Rand fest, dann wischte er den Spaten ab, klappte ihn zusammen und warf ihn in die Tasche. Schweigend saßen Vater und Sohn eine Weile auf der niedrigen Bank, Georgi rauchte eine Zigarette. Artjom unterbrach das Schweigen des Vaters nicht, und Georgi legte ihm dankbar eine Hand auf die Schulter.

Die Sonne sank auf den westlichen Bergrücken, direkt in der Ausbuchtung zwischen zwei runden Berggipfeln, den Zwillingen, wie eine Billardkugel ins Loch. Im April ging die Sonne zwischen den Zwillingen unter; die Septembersonne verschwand hinterm Horizont, schlitzte sich den Bauch auf am Zipfel des Kijan-Berges.

Von Jahr zu Jahr trockneten mehr Quellen aus, starben Weinberge, verfiel das Land, das er schon als Kind durchwandert hatte, und nur die Umrisse der Berge bewahrten die Form dieses Gebiets, und Georgi liebte sie, wie man das Gesicht seiner Mutter oder den Körper seiner Frau lieben kann, sah sie auch mit geschlossenen Augen vor sich, für alle Zeit.

»Komm«, forderte er seinen Sohn auf und begann den Abstieg zum Weg, querfeldein, ohne auf die Bruchstücke alter Platten mit den verschnörkelten arabischen Schriftzeichen zu achten.

Artjom hatte von oben den Eindruck, der graue Weg unten bewege sich wie eine Rolltreppe in der Metro; er blieb vor Staunen sogar stehen.

»Papa!« Dann lachte er: Es waren Schafe, deren graubraune Masse den ganzen Weg ausfüllte und darüber hinausschwappte. »Ich hab gedacht, der Weg bewegt sich.«

Georgi lächelte verstehend.

Sie betrachteten das langsame Fließen des Schafstroms und waren nicht die Einzigen, die den Weg beobachteten: Etwa fünfzig Meter entfernt saßen auf einem kleinen Hügel zwei Mädchen, eine Halbwüchsige und ein Kind.

»Komm, wir gehen an der Herde vorbei«, schlug Artjom vor.

Georgi nickte zustimmend. Als sie ganz nah bei den Mädchen waren, sahen sie, dass diese gar nicht die Schafe betrachteten, sondern etwas, das sie auf dem Boden gefunden hatten. Artjom reckte den Hals: Zwischen zwei trockenen Ranken eines Kapernstrauchs stand aufrecht eine Schlangenhaut von der Farbe eines Greisenfingernagels, halbdurchsichtig, stellenweise zusammengerollt oder aufgeplatzt, und das kleine Mädchen, das sich fürchtete, sie anzufassen, berührte sie misstrauisch mit einem Stock. Das zweite Mädchen entpuppte sich als erwachsene Frau, es war Nora. Beide hatten helles Haar, trugen leichte Kopftücher, lange bunte Röcke und die gleichen Pullis mit aufgenähten Taschen.

Auch Artjom hockte sich neben die Schlangenhaut.

»Papa, war die giftig?«

»Eine Ringelnatter«, sagte Georgi und betrachtete sie genauer. »Davon gibts hier viele.«

»Wir haben so etwas noch nie gesehen.« Nora lächelte. Sie erkannte in ihm den Mann im weißen Hemd vom Morgen.

»Ich hab als Kind hier mal ein Schlangennest gefunden.« Georgi nahm die raue Haut und glättete sie. »Noch ganz frisch.«

»Trotzdem ein scheußliches Ding.« Nora schüttelte sich.

»Ich hab Angst davor«, flüsterte das Mädchen, und Georgi bemerkte, dass Mutter und Tochter eine geradezu lächerliche Ähnlichkeit mit Kätzchen hatten – runde Augen und spitzes Kinn.

Was für niedliche Mädchen, dachte Georgi und legte ihren gruseligen Fund auf die Erde. »Bei wem wohnen Sie?«

»Bei Tante Ada«, antwortete die kindliche Frau, ohne den Blick von der Schlangenhaut zu wenden.

»Aha.« Er nickte. »Dann sehen wir uns ja noch. Besuchen Sie uns mal, wir wohnen dort.« Er winkte zu Medeas Grundstück hinüber und lief bergab, ohne sich umzusehen. Artjom rannte ihm hüpfend hinterher.

Die Schafherde war inzwischen weg, nur der Hütehund, der die Menschen völlig ignorierte, trabte über den mit Schafskot bedeckten Weg.

»Er hat Beine wie ein Elefant«, sagte das Mädchen missbilligend.

»Unsinn, er sieht doch nicht aus wie ein Elefant«, widersprach die Mutter.

»Ich sag ja nicht, er, sondern seine Beine«, beharrte das Mädchen.

»Wenn du es genau wissen willst, er sieht aus wie ein römischer Legionär.« Nora trat entschieden auf die Schlangenhaut.

»Wie wer?«

Nora lachte über ihre dumme Gewohnheit, mit ihrer fünfjährigen Tochter zu reden wie mit einer Erwachsenen, und korrigierte sich:

»Nein, nein, er sieht nicht aus wie ein römischer Legionär, die waren ja glattrasiert, und er hat einen Bart!«

»Aber Beine wie ein Elefant.«

Am späten Abend dieses Tages, als Nora und Tanja schon in ihrem gemieteten Häuschen schliefen und Artjom sich wie eine Katze in Samuels Zimmer zusammengerollt hatte, saßen Medea und Georgi in der Sommerküche. Gewöhnlich zog sie erst Anfang Mai dorthin, aber in diesem Jahr war der Frühling zeitig gekommen, Ende April war es bereits ziemlich warm, und sie hatte die Küche schon vor der Ankunft der ersten Gäste aufgeschlossen und saubergemacht. Am Abend wurde es allerdings kühl, deshalb trug Medea ihre abgewetzte, mit Samt bezogene Fellweste und Georgi einen alten tatarischen Kaftan, der schon seit vielen Jahren Medeas Sippe diente.

Die Küche war aus Feldsteinen gemauert, wie eine Bauernhütte, eine Wand stieß an den behauenen Berghang, und die niedrigen, unregelmäßigen Fenster waren in die Seitenwände geschlagen. Eine hängende Petroleumlampe warf trübes Licht auf den Tisch; in dem runden Lichtfleck standen die von Medea eigens für diesen Zweck aufbewahrte letzte Flasche vom selbstgemachten Wein und eine angebrochene Flasche Apfelwodka, den sie besonders mochte.

Im Haus herrschte seit Langem eine seltsame Ordnung: Zu Abend gegessen wurde gewöhnlich zwischen sieben und acht, gemeinsam mit den Kindern, die früh ins Bett gebracht wurden, und nachts versammelte man sich dann noch einmal zu einem späten Mahl – so schädlich für die Verdauung und so angenehm für die Seele. Auch jetzt, zu später Stunde, als die meisten häuslichen Arbeiten erledigt waren, saßen Medea und Georgi beim Licht der Petroleumlampe und erfreuten sich aneinander. Sie hatten viel gemeinsam: Beide waren agil, leichtfüßig, schätzten angenehme Kleinigkeiten und duldeten keine Einmischung in ihr Innenleben.

Medea stellte einen Teller mit kleinen Happen gebratener Schollen auf den Tisch. Ihre großzügige Natur war auf kuriose Weise mit Geiz gepaart, ihre Portionen waren immer etwas kleiner, als man sie gern gehabt hätte, und sie konnte einem Kind seelenruhig einen Nachschlag verweigern mit den Worten:

»Das reicht vollkommen. Wenn du noch nicht satt bist, nimm noch ein Stück Brot.«

Die Kinder gewöhnten sich schnell an die strenge Gleichmacherei bei Tisch, und diejenigen Verwandten, denen die Sitten ihres Hauses nicht passten, kamen nicht her.

Den Kopf in eine Hand gestützt, beobachtete sie, wie Georgi in das offene Feuer, eine Art primitiven Kamin, ein kleines Holzscheit nachlegte.

Auf dem oberen Weg fuhr ein Auto vorbei, hielt und hupte zweimal heiser. Nächtliche Post. Ein Telegramm. Georgi ging hinauf. Die Postbotin kannte er, der Fahrer war neu. Sie begrüßten sich. Sie gab ihm ein Telegramm.

»Na, kommen wieder alle?«

»Ja, es ist schon so weit. Was macht Kostja?«

»Was schon? Mal trinkt er, mal ist er krank. Ein schönes Leben.«

Im Licht der Scheinwerfer las er das Telegramm. »Kommen dreizehnten Nika Mascha Kinder.«

Er legte das Telegramm vor Medea auf den Tisch. Sie las es und nickte.

»Was ist, Tantchen, trinken wir was?« Er öffnete die angefangene Flasche und schenkte ein.

Schade, dachte er, dass sie so bald kommen. Es wäre schön, noch eine Weile hier mit Medea allein zu sein.

Jeder der Neffen und Nichten war gern allein mit Medea.

»Morgen früh zieh ich eine Leitung.«

»Wie?« Medea begriff nicht.

»Ich leg Strom in die Küche«, erklärte er.

»Ja, ja, das hast du schon lange vor«, erinnerte sich Medea.

»Mutter hat mir aufgetragen, mit dir zu reden«, begann Georgi, doch Medea bog das ihr seit Langem bekannte Gespräch ab:

»Auf deine Ankunft, Georgius.« Sie griff nach ihrem Glas.

»Nur hier fühle ich mich zu Hause«, sagte er, als wolle er sich beklagen.

»Hm, und darum belästigst du mich jedes Jahr mit diesem dummen Gerede«, sagte Medea.

»Mutter hat mich darum gebeten.«

»Ich hab ihren Brief erhalten. Das ist natürlich Unsinn. Der Winter ist vorbei, jetzt kommt der Sommer. Ich werde nicht in Taschkent leben, weder im Winter noch im Sommer. Ich lade ja auch Jelena nicht hierher ein. In unserem Alter bleibt man, wo man ist.«

»Ich war im Februar dort. Mutter ist alt geworden. Telefonieren kann man mit ihr nicht mehr. Sie hört kaum noch etwas. Sie liest viel. Sogar Zeitungen. Und sieht fern.«

»Dein Urgroßvater hat auch dauernd Zeitung gelesen. Aber damals gabs noch nicht so viele.« Dann schwiegen sie lange.

Georgi warf noch etwas Reisig ins Feuer, es gab ein trockenes Knistern, und in der Küche wurde es heller.

Wie schön wäre es, wenn er hier auf der Krim leben würde, wenn er sich entschließen könnte, auf die verlorenen zehn Jahre zu pfeifen, auf die nicht gemachte Entdeckung, die nicht beendete Dissertation, die ihn einsog wie ein böser Sumpf, sobald er sich ihr näherte, doch wenn er wegfuhr aus Akademgorodok, weg von diesem fauligen Haufen Papier, beschäftigte der ihn kaum noch und verwandelte sich in einen dunklen Klumpen. Er sollte sich hier ein Haus bauen. Die Natschalniks in Feodossija waren alles Bekannte, Kinder von Medeas Freunden. Vielleicht in Atusy oder an der Straße nach Nowy Swet, dort stand eine halbverfallene Datscha, er müsste sich erkundigen, wem die gehört.

Medea dachte an dasselbe. Sie wünschte sich, er, Georgi, möge hierher zurückkehren, damit wieder Sinoplis in dieser Gegend lebten.

Gemächlich tranken sie den Wodka, die alte Frau schlummerte ein, und Georgi überlegte, wie er einen artesischen Brunnen anlegen könnte; er müsste einen Erdbohrer auftreiben.

2

Jelena Stepanjan, Georgis Mutter, kam aus einer angesehenen kultivierten armenischen Familie und dachte zunächst nicht im Traum daran, einen einfachen Griechen aus der Vorstadt von Feodossija zu heiraten, den älteren Bruder ihrer Busenfreundin vom Gymnasium.

Medea Sinopli war der strahlende Stern des Mädchengymnasiums; ihre mustergültigen Hefte wurden allen nachfolgenden Generationen von Gymnasiastinnen gezeigt. Die Freundschaft der beiden Mädchen begann mit heimlicher, glühender Rivalität. In jenem Jahr – neunzehnhundertzwölf – war die Familie Stepanjan wegen einer Lungenerkrankung von Jelenas jüngerer Schwester Anahit nicht wie sonst für den Winter nach Petersburg gefahren. Die Familie überwinterte in ihrer Datscha in Sudak, und Jelena lebte mit ihrer Gouvernante das ganze Jahr in Feodossija, in einem Hotel, und besuchte das Mädchengymnasium, wo sie der Bestschülerin Medea heftige Konkurrenz machte.

Die pummelige, freundliche Jelena nahm das ganz unaufgeregt und schien sich am Wettbewerb gar nicht zu beteiligen. Das konnte entweder aus engelhafter Großzügigkeit herrühren oder aber aus teuflischem Hochmut. Für Jelena waren ihre Erfolge keinen Pfifferling wert: Die Schwestern Stepanjan erhielten eine gute häusliche Erziehung, Französisch und Deutsch lernten sie bei ihrer Gouvernante, außerdem hatten sie ihre frühe Kindheit in der

Schweiz verbracht, wo ihr Vater in diplomatischen Diensten stand.

Beide Mädchen, Medea und Jelena, beendeten die dritte Klasse ausschließlich mit Bestnoten, doch diese Bestnoten waren verschieden – sicher und mit Leichtigkeit erworben bei Jelena und mit Schweiß und Schwielen erarbeitet bei Medea. Bei allem unterschiedlichen Gewicht ihrer Noten erhielten beide zum Schuljahresabschluss das gleiche Geschenk: eine dunkelgrüne einbändige Nekrassow-Ausgabe mit einer Widmung.

Am Tag nach der Abschlussfeier, gegen fünf Uhr, traf überraschend die Familie Stepanjan vollzählig im Haus der Sinoplis ein. Die Frauen des Hauses, allen voran Matilda, das stumpf gewordene Haar unter einem weißen Kopftuch verborgen, rollten an einem großen Tisch im Schatten zweier alter Maulbeerbäume Teig für Baklawa aus. Der einfachste Teil der Operation, der auf dem Tisch stattfand, war bereits getan, und nun zogen sie den Teig mit den Händen auseinander. Auch Medea und ihre Schwestern beteiligten sich daran.

Jelenas Mutter, Armik Tigranowna, schlug die Hände zusammen – genau so wurde seit ihrer Kindheit in Tiflis Baklawa gemacht.

»Meine Großmutter konnte das am besten!«, rief sie und bat um eine Schürze.

Herr Stepanjan strich sich mit einer Hand über den grau melierten Schnurrbart und beobachtete mit wohlwollendem Lächeln die feiertägliche Arbeit der Frauen, bewunderte, wie ihre ölglänzenden Hände im scheckigen Schatten flink hin und her huschten, wie sie leicht und zärtlich das Teigblatt berührten.

Dann bat Matilda sie auf die Terrasse, sie tranken Kaffee mit eingezuckerten Früchten, und wieder schwelgte Armik Tigranowna in Kindheitserinnerungen angesichts dieser dicken Konfitüre. Die gemeinsamen kulinarischen Neigungen, die im Türkischen wurzelten, nahmen die berühmte Dame noch mehr für die freundliche, arbeitsame Familie ein, und sie fand die Idee ihrer Tochter, ein ihr kaum bekanntes Mädchen aus der Familie eines Schiffsmaschinisten als Feriengast einzuladen, die ihr zunächst fragwürdig erschienen war, nun sehr gut.

Der Vorschlag kam für Matilda überraschend, schmeichelte ihr aber, und sie versprach, sich noch heute mit ihrem Mann zu beraten, und dieser Beweis ehelichen Respekts in einer so einfachen Familie nahm Armik Tigranowna noch mehr für sie ein.

Vier Tage später fuhr Medea zusammen mit Jelena nach Sudak, in ein wundervolles Sommerhaus direkt am Meer, das noch heute an dieser Stelle steht, umgebaut zu einem Sanatorium, gar nicht weit entfernt vom Oberen Ort, den viele Jahre später die gemeinsamen Nachkommen von Armik Tigranowna und der rothaarigen Matilda, die den Teig für die Baklawa so geschickt zu bereiten verstand, besuchen würden.

Die Mädchen hielten einander für vollkommen: Medea schätzte die vornehme Schlichtheit und strahlende Güte Jelenas, und Jelena war begeistert von Medeas Furchtlosigkeit, Selbstständigkeit und der besonderen weiblichen Begabung ihrer Hände, die Medea teils geerbt, teils von ihrer Mutter angenommen hatte.

Nachts, auf gesunden, harten deutschen Klappbetten liegend, führten sie lange bedeutsame Gespräche, und seit jener Zeit bewahrten sie ein Gefühl tiefer seelischer Verbundenheit, obwohl sie später nicht mehr hätten sagen können, was sie so Vertrauliches in jenem Sommer bis zum Morgengrauen besprochen hatten.

Medea erinnerte sich genau an Jelenas Erzählung darüber, wie sie einmal während einer Krankheit einen Engel vor einer plötzlich durchsichtigen Wand gesehen hatte, hinter der sie einen jungen, noch sehr lichten Wald erkannte; und Jelena waren Medeas Berichte über deren unzählige Funde im Gedächtnis geblieben, an denen ihr Leben so reich war. Diese Gabe offenbarte Medea in jenem Sommer übrigens allen zur Genüge, indem sie eine ganze Sammlung von Halbedelsteinen der Krim zusammentrug.

Eine weitere im Gedächtnis gebliebene Episode hing mit einem Lachanfall zusammen, der die beiden eines Nachts überkam, als sie sich vorstellten, der Musiklehrer, ein humpelnder, affektierter junger Mann, würde die Leiterin des Gymnasiums heiraten, eine riesige, strenge Dame, vor der selbst die Topfpflanzen auf dem Fensterbrett zitterten.

Im Herbst wurde Jelena nach Petersburg gebracht, und da begann der Briefwechsel der beiden, der mit einigen Unterbrechungen nun schon über sechzig Jahre andauerte. In den ersten Jahren schrieben sie sich ausschließlich auf Französisch, das Jelena damals bedeutend besser beherrschte als Russisch. Medea unternahm einige Anstrengungen, um die gleiche Freiheit darin zu erlangen, wie die Freundin sie bei ihren ausgedehnten Spaziergängen mit der Gouvernante am Ufer des Genfer Sees erworben hatte. Die Mädchen, der geistigen Mode jener Jahre folgend, bekannten einander böse Gedanken und böse Absichten (»… und ich verspürte den heftigen Wunsch, sie auf den Kopf zu schlagen! … die Geschichte mit dem Tintenfass war mir bekannt, aber ich schwieg, ich glaube, das war eine richtige Lüge von mir … und Mama ist noch immer überzeugt, dass Fjodor das Geld genommen hat, und mich hat es richtig gejuckt zu sagen, dass es Galja war …«). Das alles ausschließlich auf Französisch!

Diese rührenden Selbstenthüllungen endeten abrupt mit Medeas Brief vom zehnten Oktober neunzehnhundertsechzehn. Dieser Brief war auf Russisch geschrieben, hart und kurz. Darin teilte sie mit, dass am siebten Oktober neunzehnhundertsechzehn vor der Sewastopoler Bucht das Schiff »Kaiserin Maria« explodiert war und sich unter den Toten der Schiffsmaschinist Georgi Sinopli befand. Man vermutete Sabotage. Durch die Umstände der Kriegszeit, die nahtlos überging in die Revolution und einen chaotischen Krieg auf der Krim, konnte das Schiff nicht sofort geborgen werden, und erst drei Jahre später, bereits in sowjetischer Zeit, bewies ein Expertengutachten, dass die Explosion durch einen im Schiffsmotor angebrachten Sprengsatz verursacht worden war. Einer der Söhne Georgis, Nikolai, war als Taucher an der Bergung des gesunkenen Wracks beteiligt.

In jenen Oktobertagen trug Matilda ihr vierzehntes Kind, das nicht im August zur Welt kommen sollte wie alle ihre anderen Kinder, sondern Mitte Oktober. Beide, Matilda und das rosaköpfige Mädchen, folgten Georgi neun Tage nach dessen Tod.

Medea war die Erste, die vom Tod ihrer Mutter erfuhr. Sie erschien am Morgen im Krankenhaus, und Schwester Fatima kam ihr entgegen, hielt sie auf der Treppe an und sagte in der Sprache der Krimtataren, die damals viele Bewohner der Krim beherrschten:

»Mädchen, geh nicht dahin, geh zum Doktor, er erwartet dich.«

Doktor Lesnitschewski kam ihr mit nassem Gesicht entgegen. Er war ein kleiner, dicker Greis, Medea überragte ihn um Haupteslänge. Er sagte: »Mein Goldstück!«, und reckte die Arme, um ihren Kopf zu streicheln. Matilda und er hatten im selben Jahr angefangen, sie mit dem Gebären und er mit der Leitung der Entbindungsstation; alle ihre Kinder hatte er selbst geholt.

Nun waren sie noch dreizehn. Dreizehn Kinder, die gerade ihren Vater verloren und noch nicht die Zeit gehabt hatten, an die Realität seines Todes zu glauben. Die symbolische Beisetzung der umgekommenen Seeleute mit Orchester und Gewehrsalven erschien den jüngeren Kindern wie ein militärisches Vergnügen, eine Art Parade. Neunzehnhundertsechzehn wütete der Tod noch nicht so wie neunzehnhundertachtzehn, als die Toten in Gräben beerdigt wurden, kaum bekleidet und ohne Särge. Der Krieg dauerte zwar schon lange, fand jedoch irgendwo in der Ferne statt, hier auf der Krim war der Tod noch Stückware.

Matilda wurde angekleidet, das leuchtende Haar wurde mit schwarzer Spitze bedeckt und das ungetaufte Mädchen zu ihr gelegt. Die ältesten Söhne trugen den Sarg zuerst in die griechische Kirche und von dort auf den alten Friedhof, neben Großvater Charlampi.

An die Beerdigung der Mutter erinnerte sich sogar der Jüngste, der zweijährige Dimitri. Vier Jahre später erzählte er Medea von zwei Ereignissen dieses Tages, die ihn erschüttert hatten. Die Beerdigung fand an einem Sonntag statt, und kurz davor war in der Kirche eine Trauung angesetzt. Auf dem engen Weg, der zur Kirche führte, trafen Hochzeits- und Trauerzug zusammen. Es gab eine Stockung, die Sargträger mussten ausweichen, um das Auto durchzulassen, auf dessen Rücksitz, wie eine Fliege in Sahne, die erschrockene dunkelhäutige Braut in der schneeweißen Wolke ihres Hochzeitsgewandes thronte, neben dem glatzköpfigen Bräutigam. Es war eines der ersten Autos in der Stadt und gehörte der reichen Familie Murusi, und es war grün – von diesem Auto erzählte Dimitri Medea. Das Auto war tatsächlich grün gewesen, erinnerte sich Medea. Die zweite Episode war rätselhaft. Der Junge fragte sie, wie die beiden weißen Vögel hießen, die neben Mamas Kopf gesessen hätten.

»Möwen?«, fragte Medea verwundert.

»Nein, einer war größer, der andere ein bisschen kleiner. Und ihre Gesichter sahen anders aus, nicht wie bei Möwen«, erklärte Dimitri.

An mehr konnte er sich nicht erinnern. Medea war damals sechzehn. Fünf Geschwister waren älter als sie, sieben jünger. Zwei fehlten an diesem Tag, Filipp und Nikifor, sie waren an der Front. Beide fielen später, der eine durch die Roten, der andere durch die Weißen, und Medea schrieb ihr Leben lang beide Namen nebeneinander in ihre Totengedenkliste.

Matildas jüngere Schwester Sofja, zur Beerdigung aus Batumi angereist, wollte zwei der älteren Jungen zu sich nehmen. Nach dem Tod ihres Mannes hatte sie einen großen Hof zu versorgen, und mit ihren drei Töchtern schaffte sie das kaum. Der vierzehnjährige Afanassi und der zwölfjährige Platon versprachen in absehbarer Zeit Männer zu werden, und die wurden im Haus dringend gebraucht.

Doch es war den beiden nicht beschieden, den Hof der Tante zu versorgen, denn zwei Jahre später verkaufte die kluge Sofja den ihr verbliebenen Besitz und brachte alle Kinder zunächst nach Bulgarien, dann nach Jugoslawien. In Jugoslawien wurde Afanassi, noch blutjung, Messdiener in einem orthodoxen Kloster und ging von dort nach Griechenland, wo sich seine Spur verlor. Das Letzte, was sie von ihm hörten, war, dass er in den Bergen lebte, in der ihnen gänzlich unbekannten Meteora. Sofja zog schließlich mit den Töchtern und Platon nach Marseille, und die Krönung ihres Lebens wurde ein kleines griechisches Restaurant, entstanden aus dem Handel mit orientalischen Süßigkeiten, unter anderem Baklawa, deren Teig ihre flinken, hässlichen Töchter so geschickt herstellten. Platon, der einzige Mann im Haus, war in der Tat ihrer aller Stütze. Er verheiratete die Töchter, beerdigte vor dem Zweiten Weltkrieg die Tante, heiratete nach dem Krieg, längst kein junger Mann mehr, eine Französin und zeugte zwei Franzosen mit dem fröhlichen Namen Sinopli.

Den zehnjährigen Miron nahm ein Verwandter der Sinoplis zu sich, der herzensgute Alexander Grigorjewitsch, Besitzer des Cafés »Karo« in Koktebel – er war zu Matildas Beerdigung gekommen und hatte eigentlich nicht die Absicht gehabt, sich neue Kinder ins Haus zu holen. Doch beim Anblick der Waisen blutete ihm das Herz, und er nahm den Jungen mit. Nach ein paar Jahren starb Miron an einer rasch verlaufenden, unklaren Krankheit.

Einen Monat später holte Anelja, Medeas älteste und von allen für die schönste gehaltene Schwester, die sechsjährige Nastja zu sich nach Tiflis, wo sie mit ihrem Mann lebte, einem damals berühmten Musiker. Sie wollte auch die kleineren Jungen nehmen, doch die stimmten ein derartiges Geheul an, dass beschlossen wurde, sie einstweilen bei Medea zu lassen. Bei Medea blieb auch die achtjährige Alexandra, die immer sehr an ihr gehangen hatte und ihr in letzter Zeit gar nicht mehr von der Seite wich.

Anelja war verwirrt – konnte sie drei Minderjährige in der Obhut eines sechzehnjährigen Mädchens lassen? Da mischte sich die alte Pelageja ein, die einäugige Kinderfrau, die ihr Leben lang im Haus gedient hatte, eine entfernte Verwandte von Charlampi:

»Solange ich lebe, sollen die Kleinen ruhig zu Hause aufwachsen.«

Damit war alles entschieden.

Kurz darauf erhielt Medea gleich drei Briefe aus Petersburg – von Jelena, von Armik Tigranowna und von Alexander Aramowitsch. Sein Brief war der kürzeste: »Unsere ganze Familie fühlt zutiefst mit Ihnen in Ihrem Kummer und bittet Sie, das Wenige anzunehmen, womit wir Ihnen in dieser schweren Minute helfen können.«

Das »Wenige« erwies sich als eine für damalige Verhältnisse beträchtliche Geldsumme, die Medea zur Hälfte ausgab für ein Kreuz aus sprödem Marmor mit den Namen der Mutter und des Vaters, dessen Körper verschlungen worden war vom klaren, starken Wasser des Pontos Euxeinos, das schon viele Seeleute der Sinoplis aufgenommen hatte.

An dieser Stelle, im Schatten des wilden Ölbaums auf Charlampis Grab, sah Medea an einem Oktobertag des Jahres neunzehnhundertsechsundzwanzig, als sie auf der kleinen Bank eingenickt war, alle drei: Matilda, deren rotes Haar nicht wie zu ihren Lebzeiten zu einem Knoten gebunden war, sondern wie ein feierlicher Glorienschein über ihrem Kopf schwebte, mit einem nackten rosaköpfigen Mädchen auf dem Arm, keinem Neugeborenen, sondern einer etwa Dreijährigen; und den Vater, grauhaarig, mit völlig ergrautem Bart und viel älter aussehend, als Medea ihn in Erinnerung hatte. Ganz zu schweigen davon, dass er im Leben nie einen Bart getragen hatte.

Sie waren freundlich zu ihr, sprachen aber nicht, und als sie verschwanden, wusste Medea, dass sie keineswegs geschlafen hatte. Jedenfalls hatte sie keinen Übergang vom Schlaf zum Wachsein bemerkt und in der Luft einen wunderbaren Harzgeruch gespürt, uralt und dunkel. Sie sog diesen Duft ein und wusste, dass sie ihr mit ihrem Erscheinen, leicht und feierlich, dafür dankten, dass sie die Kleinen behütet hatte, und sie von den Pflichten entbanden, die sie vor langer Zeit freiwillig auf sich genommen hatte.

Es verging einige Zeit, bis sie dieses ungewöhnliche Erlebnis in einem Brief an Jelena beschreiben konnte.

»Seit ein paar Wochen schon, Jelenotschka, will ich Dir schreiben, um Dir ein ungewöhnliches mystisches Erlebnis zu schildern ...«

Dann ging sie zum Französischen über: Alle russischen Worte, die sie hier hätte verwenden können, wie »Vision«, »Erscheinung«, »Wunder«, dünkten ihr unmöglich, und es war leichter, sich in eine Fremdsprache zu flüchten, in der es keine Deutungsvielfalt zu geben schien.

Während sie diesen Brief schrieb, wehte wieder der Harzgeruch heran, den sie auf dem Friedhof gespürt hatte.

»Qu'en penses-tu?«, schloss sie mit ihrer kalligrafischen

Handschrift, deren französische Variante schärfer und energischer wirkte.

Die Briefe wurden lange in Segeltuchsäcken in Postwaggons durchgerüttelt und blieben immer zwei, drei Monate hinter dem Leben zurück. Nach drei Monaten erhielt Medea die Antwort auf ihren Brief. Es war einer der längsten Briefe, die Jelena je geschrieben hatte, in ihrer gymnasialen Handschrift, die der von Medea so sehr ähnelte.

Sie dankte ihr für den Brief, schrieb, dass sie viele Tränen vergossen habe in Erinnerung an jene schrecklichen Jahre, als alles verloren schien. Weiter bekannte Jelena, auch sie habe ein ähnliches mystisches Erlebnis gehabt, vor der überstürzten Evakuierung ihrer Familie in der Nacht vom sechzehnten zum siebzehnten November neunzehnhundertachtzehn.

»Drei Tage zuvor hatte Mama einen Schlaganfall erlitten. Sie sah furchtbar aus, schlimmer als drei Wochen später, als wir in Feodossija ankamen und du sie gesehen hast. Ihr Gesicht war ganz blau, ein Auge nach oben gerutscht, wir rechneten jeden Augenblick mit ihrem Tod. Die Stadt lag unter Beschuss, im Hafen wurden in fieberhafter Eile Stabsoffiziere und Zivilbevölkerung eingeschifft. Papa war, wie Du weißt, Mitglied der Krimregierung, er konnte auf keinen Fall bleiben. Arsik hatte wieder einmal eine Angina, und Anahit, sonst immer so lebensfroh, weinte unaufhörlich. Vater verbrachte die ganze Zeit in der Stadt, kam immer nur für wenige Minuten, legte Mama die Hand auf den Kopf und fuhr wieder fort. All das habe ich Dir erzählt, bis auf das vielleicht Wichtigste.

An jenem Abend hatte ich Arsik und Anahit ins Bett gebracht, mich neben Mama gelegt und war sofort eingeschlafen. Unsere Zimmer lagen alle hintereinander, in einer Flucht, das erwähne ich nicht zufällig, das ist wichtig. Plötzlich hörte ich im Schlaf jemanden hereinkommen. Vater, dachte ich, begriff aber gleich, dass das Geräusch von der rechten Tür gekommen war, aus dem Inneren der Wohnung, während die Tür nach draußen links lag. Ich wollte aufstehen, Vater Tee machen, war aber wie gelähmt und konnte mich nicht rühren. Vater war, wie Du Dich erinnerst, klein, doch der Mann, der an der Tür stand, war groß und trug, wie mir schien, einen Kaftan. Ich erkannte vage, dass er alt war, sein Gesicht war sehr weiß und schien zu leuchten. Ich fürchtete mich, war aber, stell Dir vor, auch neugierig. Ich wusste, dass er ein Verwandter war, und gleich darauf, als hätte es jemand laut gesagt: Urgroßvater Schinararjan. Mama hat dir ja von dem bemerkenswerten Zweig ihrer Vorfahren erzählt, die armenische Kirchen bauten. Er schwebte zu mir heran und sagte deutlich, in singendem Tonfall: Lass ruhig alle weggehen, du aber, Kindchen, bleib hier. Du gehst nach Feodossija. Hab keine Angst.

Da sah ich: Er war kein vollständiger Mensch, unter seinem Oberkörper war Nebel, als hätte der Geist es eilig gehabt und es nicht geschafft, sich ganz zu verwandeln.

Genau so kam es schließlich. Tränenüberströmt verabschiedeten wir uns am Morgen. Sie fuhren mit dem letzten Dampfer, und Mama und ich blieben. Am nächsten Tag nahmen die Roten die Stadt ein. In diesen schrecklichen Tagen, als in der ganzen Stadt Erschießungen und Hinrichtungen stattfanden, rührte man uns nicht an. Jussim, der Kutscher der verstorbenen Fürstin, in deren Haus wir damals wohnten, fuhr Mama und mich zunächst in die Vorstadt, zu seinen Verwandten, und eine Woche später setzte er uns in eine Kutsche und brachte uns weg. Bis Feodossija brauchten wir zwei Wochen, und über diese Fahrt weißt Du alles. Ich fuhr zu Dir wie nach Hause, und das Herz blieb mir stehen, als wir alle Tore vernagelt vorfanden. Ich begriff nicht gleich, dass ihr jetzt den Seiteneingang benutztet.

Weder Mama noch Papa sind mir je im Traum erschienen, wahrscheinlich, weil ich einen zu festen Schlaf habe, da dringt kein Traum durch. Was für ein Glück ist Dir beschieden, Medea, einen so lebendigen Gruß von den Eltern zu erhalten. Sei nicht verwirrt, quäl Dich nicht mit Fragen, warum und wozu. Wir werden es sowieso nie erraten. Erinnerst Du Dich, Du hast mir einmal Deine Lieblingsstelle aus den Paulusbriefen vorgelesen, die mit dem dunklen Spiegel. Alles wird klarer mit der Zeit, nach der Zeit. Als wir Kinder waren, in Tiflis, lebte Gott mit uns in einem Haus, Engel liefen durch die Zimmer, doch hier in Asien ist alles anders, ER ist weit entfernt von mir, und die Kirche hier ist wie leer. Aber sich zu beklagen, wäre Sünde, alles ist gut. Natascha war krank, jetzt ist sie wieder fast gesund, sie hustet nur noch ein bisschen. Fjodor ist für eine Woche aufs Feld gefahren. Ich habe eine große Neuigkeit: Es wird noch ein Kind kommen. Schon bald. Nichts wünsche ich mir so sehr wie Deinen Besuch. Vielleicht kommst Du mit den Jungen zusammen im Frühling her?«

3

Medea stand immer sehr früh auf, doch an diesem Morgen war Artjom als Erster auf den Beinen. Die Sonne strahlte noch nicht, der Morgen war blässlich, in einen glitzernden Nebel gehüllt und kühl. Ein paar Minuten später, geweckt vom Geklapper des Kupfergeschirrs, kam auch Georgi heraus. Als Letzte stand an diesem Morgen Medea auf.

Medea, überhaupt recht schweigsam, war morgens besonders wortkarg. Alle wussten das und löcherten sie erst abends mit Fragen. Auch jetzt nickte sie nur, ging zur Toilette und von dort in die Küche, den Petroleumkocher anstellen. Es war kein Wasser im Haus – sie brachte den leeren Eimer hinaus und stellte ihn vor Georgi hin. Das gehörte zu den stillen Übereinkünften: Nach Sonnenuntergang ging niemand mehr zum Brunnen. Aus Achtung vor Medea wurde dieses Gesetz, wie auch andere unerklärliche, von allen im Haus streng eingehalten. Im Übrigen – je unerklärlicher ein Gesetz, desto überzeugender ist es.

Georgi ging hinunter zum Brunnen. Es war ein tiefes Steinbecken, von den Tataren Ende des vorigen Jahrhunderts angelegt – in diesem Sammelbrunnen wurde das kostbare angelieferte Wasser aufbewahrt. Jetzt stand es tief, und Georgi betrachtete es lange, nachdem er einen Eimer voll geschöpft hatte. Das Wasser war trübe und wirkte salzhaltig. Für ihn, den in Mittelasien Geborenen, war Wasserknappheit nichts Besonderes.

Ich muss einen artesischen Brunnen anlegen, dachte er nun schon zum zweiten Mal seit gestern, während er die unbequeme Treppe nach oben stieg, deren Stufen dem Gang einer Frau mit einem Krug auf dem Kopf angepasst schienen.

Medea setzte den Teekessel auf und ging hinaus, wobei der Saum ihres ausgeblichenen schwarzen Rocks über den Lehmboden fegte. Georgi setzte sich auf die Bank und betrachtete die gleichmäßigen Kräuterbündel, die am Deckenbalken hingen. Das tatarische Kupfergeschirr stand auf hohen Regalen, und in den Ecken stapelten sich riesige Kessel. Eine Kupferkanne krönte die Pyramide. Der ganze Hausrat war derber und schlichter als der vertraute usbekische, der auf dem Taschkenter Basar verkauft wurde, doch Georgi, der einen sicheren und etwas asketischen Blick hatte, zog diese kargen Geräte den aufwendigen asiatischen mit ihren üppigen Ornamenten vor.

»Papa, gehn wir ans Meer?«, wagte sich Artjom hervor.

»Kaum«, beschied Georgi mit unterdrücktem Ärger den Sohn, der die Nuancen des väterlichen Tonfalls bestens kannte. Der Junge begriff, dass sie nicht ans Meer gehen würden.

Seinem Charakter nach hätte er betteln und nörgeln mögen, doch seine sensible Seele spürte den Segen der morgendlichen Stille, und er schwieg.

Während das Wasser auf dem Kocher warm wurde, machte Medea ihr Bett, legte Kissen und Decken in die Truhe am Fußende und murmelte dabei eine kurze Morgenformel aus dem schon verblassten Gebetsrepertoire, das ihr trotz seiner Abgenutztheit auf unerklärliche Weise half bei dem, worum sie bat – den neuen Tag anzunehmen mit all seinen Mühen, Enttäuschungen, dem fremden, leeren Gerede und der Müdigkeit am Abend, bis zum Abend freudig durchzuhalten, ohne mit jemandem zu zürnen oder beleidigt zu sein. Dieser unangenehmen Eigenschaft – leicht beleidigt zu sein – war sie sich seit ihrer Kindheit bewusst und kämpfte schon so lange dagegen an, dass sie gar nicht merkte, wie viele Jahre sie niemandem mehr etwas übel nahm. Nur eine uralte Kränkung saß als dunkler Schatten in ihr. Werde ich das etwa noch ins Grab mitnehmen?, dachte sie flüchtig.

Nachdem sie das letzte Wort gemurmelt hatte, flocht sie sorgsam, mit geübten Bewegungen ihren Zopf, wickelte ihn zu einem Knoten, schlang sich den schwarzen Seidenschal um den Kopf, holte das lange Ende hervor, sodass es den Hals bedeckte, und sah plötzlich in dem ovalen, von Muscheln eingerahmten Spiegel ihr Gesicht. Sie band sich eigentlich jeden Morgen vor dem Spiegel den Schal um, registrierte aber dabei immer nur eine Stofffalte, eine Wange, den Kragen ihres Kleides. Heute aber – das hing irgendwie mit Georgis Ankunft zusammen – nahm sie plötzlich ihr Gesicht wahr und staunte darüber. Es war noch länger geworden, wohl durch die eingefallenen, von zwei tiefen Falten durchfurchten Wangen. Die Nase war Familienerbe und blieb mit den Jahren immer gleich: ziemlich lang, aber kein bisschen hervorstechend, mit stumpfer Spitze und runden Nasenlöchern.

Ihr Gesicht erinnerte an einen schönen Pferdekopf, besonders, als sie sich kurz nach ihrer Heirat überraschend den Pony gestutzt und eine Zeitlang anstelle des ewigen schweren, den Hals belastenden Haarknotens einen kürzeren Haarschnitt getragen hatte.

Medea betrachtete ihr Gesicht mit einer gewissen Verwunderung – nicht mit einem flüchtigen Seitenblick, sondern streng und aufmerksam – und begriff plötzlich, dass es ihr gefiel. In ihrer Jugend hatte sie oft unter ihrem Äußeren gelitten: Rotes Haar, riesenhafter Wuchs, ein breiter Mund; sie hatte sich ihrer großen Hände geschämt und der männlichen Schuhgröße, die sie trug.

»Aus mir ist eine schöne Greisin geworden.« Medea lachte und schüttelte den Kopf. Links neben dem Spiegel, aus einer ganzen Schar Fotos, blickte sie aus einem schwarzen viereckigen Rahmen ein junges Paar an – eine junge Frau mit langem Pony und ein wuschelköpfiger Mann mit edlem levantinischem Antlitz und für das hagere Gesicht zu üppigem Schnurrbart.

Wieder schüttelte Medea den Kopf: Warum hatte sie in ihrer Jugend so gelitten? Ihr Gesicht war schön, auch ihre Größe, ihre Kraft und ihr Körper – das hatte Samuel, ihr lieber Mann Samuel, ihr suggeriert. Sie blickte hinüber zu seinem großen Foto mit dem Trauerflor in der Ecke, eine Vergrößerung der letzten Aufnahme von ihm. Da hatte er keine solche Haarpracht mehr, zwei kahle Ecken vergrößerten seine niedrige Stirn, der Schnurrbart war schlaff und bescheidener, seine Augen blickten weich, und in seinem Gesicht lag eine unbestimmte Zärtlichkeit.

Alles gut. Alles vorbei. Medea verscheuchte den Schatten des alten Schmerzes, verließ das Zimmer und schloss die Tür hinter sich. Ihr Zimmer war für alle Gäste heilig, niemand betrat es unaufgefordert.

Georgi hatte schon Kaffee gekocht. Er machte das genauso wie Medea und seine Mutter Jelena – auf türkische Art. Die kleine kupferne Kaffeekanne stand mitten auf dem Tisch, auf einem lange nicht geputzten Tablett. Bei all ihrer pedantischen Akkuratesse putzte Medea das Kupfer nicht gern. Vielleicht, weil es ihr mit Patina besser gefiel. Medea goss sich Kaffee in die grobe Keramiktasse, aus der sie schon seit fünfzehn Jahren trank. Die Tasse war schwer und plump. Es war ein Geschenk ihrer Nichte Nika, eine ihrer ersten Keramikarbeiten, Frucht ihrer kurzen Leidenschaft fürs Töpfern. Sie war dunkelblau und rot, voller Spuren zerlaufener, festgebackener Glasur, rauh und zu dekorativ für den täglichen Gebrauch, doch Medea mochte sie, und Nika war noch heute stolz darauf, dass sie den Geschmack der Tante getroffen hatte.

Beim ersten Schluck dachte Medea an Nika, die heute kommen würde, mit den Kindern und mit Mascha. Mascha war die frühe Enkelin und Nika die späte Tochter von Medeas Schwester Alexandra, ihr Altersunterschied war gering.

»Wahrscheinlich fliegen sie gleich früh, dann sind sie gegen Mittag hier«, sagte Medea, anscheinend an niemanden gewandt.

Georgi sagte nichts, obwohl auch er überlegte, ob er nicht auf den Markt gehen und Wein holen sollte oder einen schönen Frühlingsgruß, wie frische Kräuter oder Mispeln.

Nein, für Mispeln war es noch zu früh, schätzte er und fragte die Tante nach einer Weile, ob sie zum Mittag nach Hause kommen würde.

Sie nickte und trank schweigend ihren Kaffee aus.

Als sie gegangen war, wollte Artjom seinen Vater noch einmal attackieren, doch der gebot ihm, sich für den Basar fertig zu machen.

»Jaja, erst Friedhof, jetzt Basar«, knurrte Artjom.

»Wenn du keine Lust hast, kannst du hierbleiben«, schlug der Vater friedfertig vor, doch Artjom dachte, dass Basar gar nicht schlecht war.

Eine halbe Stunde später waren sie schon unterwegs. Beide trugen einen Rucksack, Artjom hatte einen Sonnenhut aus Leinen auf, Georgi den Soldatenhut aus Segeltuch, der ihm ein verwegen militärisches Aussehen verlieh.

Fast an derselben Stelle wie am Vortag sahen sie erneut Mutter und Tochter, wieder gleich gekleidet, doch diesmal saß die Mutter auf einem kleinen Klappstuhl und zeichnete etwas auf einer Kinderstaffelei.

Georgi, der sie bemerkt hatte, fragte laut, ob er ihnen etwas vom Basar mitbringen solle, doch ein leichter Wind trug seine Worte fort, und die Frau bedeutete ihm, dass sie ihn nicht hören könne.

»Lauf hin, frag, ob sie was brauchen«, bat er seinen Sohn, und der rannte den Hang hinauf, von dem kleine Steinchen herunterrieselten. Georgi blickte zufrieden nach oben – das Gras war noch jung und frisch, oben auf dem Hügel dampfte im Nebel eine rosa-lila Tamariske, noch völlig unbelaubt.

Die Frau sagte etwas zu Artjom, winkte dann ab und lief los, aber nicht den Weg hinunter, den Artjom genommen hatte, sondern ein Stück weiter oben, wo der Hang steil zum Weg abfiel und man schlecht absteigen konnte. Sie hätte Georgi von dort antworten können, doch sie wollte hinunter und stockte vor dem kleinen Abhang.

Georgi hielt ihr eine Hand hin.

»Springen Sie!«

Sie ging in die Hocke, hielt sich an seiner Hand fest und sprang. Ihr Gesicht war ernst und erschrocken.

Ihre Hand fühlte sich kindlich an, wie ein Vögelchen, und erstaunlich zart. Übrigens war sie gar nicht besonders klein, sie reichte Georgi bis zur Schulter, wie seine Frau Soja.

»Bringen Sie uns Kartoffeln mit? Zwei Kilo bitte. Ich hab keinen, der auf Tanja aufpasst, und bis dorthin schafft sie es nicht. Und ein Bund Dill. Aber ich hab jetzt kein Geld bei mir.« Sie sprach schnell, ein bisschen lispelnd, und errötete ein wenig.

»Ja, gut, bring ich mit.«

Er wollte sie hinaufheben, aber sie winkte ab.

»Ich gehe einfach da rum, ich hab den Pfad von oben bloß nicht gesehen.«

Sie stieg zu ihrer Tochter hinauf, die neben der Staffelei stand, ihr Herz galoppierte und klopfte bis zum Hals: Was ist passiert? Was ist passiert? Gar nichts ist passiert. Zwei Kilo Kartoffeln und ein Bund Dill.

Auf dem Hügel angelangt, bemerkte sie, wie sich alles in den wenigen Minuten ihres Ab- und Aufstiegs verändert hatte: Die Sonne hatte endlich den glitzernden Nebel durchbrochen, und die Tamarisken, die sie zu malen versuchte, waren kein rosa Dunst mehr, sondern bildeten eine kompakte Schicht, wie Moosbeerenmus, auf dem Kamm des Hügels. Die ganze zarte Verschwommenheit der Landschaft war fort, und die Stelle, an der sie stand, erschien ihr plötzlich wie das reglose Zentrum, um das sich Welten, Sterne, Wolken und Schafherden drehten.

Doch dieser Gedanke beruhigte ihr pochendes Herz nicht, es raste noch immer, als wolle es sich selbst überholen, und ihr Blick sog unabhängig von ihr die Umgebung ein, um nichts zu übersehen, nicht einen Strich dieser Welt zu vergessen. Ach, wenn sie doch wie in der Kindheit, als sie für Botanik schwärmte, diesen Augenblick abpflücken und trocknen könnte wie eine schöne Blume, mit allen dazugehörigen Requisiten: mit ihrer Tochter neben der schief im Zentrum des Weltgebäudes stehenden Staffelei, der blühenden Tamariske, dem Weg, auf dem die beiden Wanderer liefen, ohne sich umzublicken, dem entfernten Fetzen Meer, dem faltigen Tal mit dem Bett eines längst versiegten Flusses. Und auch das, was hinter ihr war, was nicht in ihrem Blickfeld lag – hinter dem buckligen, an diesem Ort alt gewordenen Hügel – die akkuraten Tafelberge mit ihren gekappten Gipfeln, in einer Reihe hintereinander, wie folgsame Tiere.

Die Busfahrt von Simferopol bis zu Medeas Haus dauerte rund fünf Stunden, zudem fuhr der Bus bis zum Beginn der Saison nur einmal am Tag, doch Nika und Mascha kamen gewöhnlich, obwohl es sehr teuer war – die zweistündige Autofahrt kostete beinah mehr als der Flug von Moskau nach Simferopol –, mit dem Taxi.

Vom Basar zurück, kletterte Artjom mit einem alten Fernglas aufs Dach und wandte das bewaffnete Auge nicht von der Lücke zwischen den Hügeln, in der jedes ins Dorf kommende Auto unweigerlich auftauchte. Georgi packte in der Küche die Einkäufe aus. Es war kein Markttag und darum ziemlich öde gewesen, nur wenige Händler waren da. Er hatte ein Päckchen vertrockneter Pflaumenpastillen, eine Lieblingsnascherei der Kinder, primitiv hergestellt auf einem heißen Blech, frische Kräuter und eine große Tüte Fleischpasteten gekauft.

Am meisten Freude machte Georgi der Haushaltswarenladen, der die Urlauber immer mit seinem unerwartet reichen Angebot erstaunte. Diesmal hatte Georgi ein neumodisches Ding gekauft, einen Wasserkessel mit Pfeife, außerdem zwei Dutzend geschliffene Gläser und ein Pfund Hufnägel, die sich sein Nowosibirsker Freund Tarassow, Vorsitzender eines Kolchos, sehnlichst wünschte. Außerdem hatte er noch raren tschechischen Klebstoff erstanden und eine ziemlich hässliche Wachstuchdecke. Er legte alle Einkäufe auf den Tisch und erfreute sich an ihrer Menge. Er kaufte gern ein, ihm gefiel das Spiel – Auswählen, Feilschen, Erbeuten. Seine Frau Soja ärgerte sich immer, wenn er von jeder Reise einen Haufen völlig unnützer Dinge mitbrachte, mit denen ihr Haus und ihre Datscha vollgestopft waren. Sie war Ökonomin, arbeitete in der Abteilung Handel der Stadtverwaltung und war der Ansicht, kaufen müsse man sinnvoll, mit Verstand, und nicht jeden Blödsinn.

Er entkorkte eine Flasche taurischen Portwein und bedauerte, dass er davon so wenig mitgenommen hatte. Doch den gab es im Überfluss, er konnte auch später noch welchen holen, in dem kleinen Laden im Ort.

Als er alles ausgepackt hatte, setzte er sich mit einem Glas Wein und einer Pastete in der Hand auf die Hausschwelle und sah die Malerin mit ihrer Tochter den Hügel herunterkommen.

Verdammt, ich hab die Kartoffeln vergessen, fiel ihm ein. Aber es gab auch gar keine. Wenn ich welche gesehen hätte, wärs mir bestimmt eingefallen.

Aber Dill hatte er viel gekauft, und weil er seine Versprechen immer hielt, rief er Artjom zu, er solle vom Dach herunterkommen und der Urlauberin den Dill bringen – sich selbst betrachteten die Gäste in Medeas Haus nie als Urlauber, und auch von den Einheimischen wurden sie wie ihresgleichen behandelt.

Artjom weigerte sich strikt, den Dill hinzubringen. Zu wichtig war der Augenblick, da das Auto auftauchen würde, den wollte er auf keinen Fall verpassen. Und wirklich, sie stritten noch über den Dill, da tauchte in der eigens dafür vorgesehenen Lücke ein gelber Wolga auf.

»Sie kommen!«, schrie Artjom mit vor Glück brüchiger Stimme, rollte kopfüber vom Dach und rannte zur Gartenpforte. Ein paar Minuten später hielt das Auto vorm Haus, alle vier Türen wurden gleichzeitig geöffnet, und sofort sprangen sechs Personen heraus, zwei davon noch recht winzig. Während der Chauffeur Koffer und Kartons aus dem Gepäckraum holte, begann das verwandtschaftliche Gerangel mit Küssen und Umarmungen. Das Auto war noch nicht weg, da erschien unbemerkt Medea mit einer prall gefüllten Tasche; sie lächelte, den Mund fest geschlossen und die Augen zusammengekniffen.

»Tante! Mein Sonnenschein! Ich hatte solche Sehnsucht! Wie schön du bist! Und du riechst nach Salbei!« Die große, rothaarige Nika küsste Medea, die leicht abwehrte und knurrte:

»Unsinn! Ich rieche nach Ölfarbe, bei uns im Krankenhaus wird seit zwei Monaten renoviert, die werden und werden nicht fertig.«

Die dreizehnjährige Katja, Nikas älteste Tochter, stand neben Medea und wartete, bis sie mit dem Küssen dran war. Überall, wo Nika war, stand ihr das unumstrittene Recht zu, die Erste zu sein, kaum jemand hätte das angefochten. Geduldig wartete auch Mascha, die einen kurzen Jungenhaarschnitt trug und die Figur einer Halbwüchsigen hatte, als wäre sie keine erwachsene Frau, sondern eine magere Minderjährige auf unsicheren Beinen. Aber ihr Gesicht war schön, von einer Schönheit, die noch nicht vollständig zutage getreten war, wie bei einem Abziehbild.

Georgi zog sie an sich und küsste sie auf den Kopf.

»Ach du, mit dir red ich gar nicht«, wehrte Mascha ihn ab. »Du warst in Moskau und hast nicht mal angerufen.«

Maschas Sohn Alik und Nikas kleine Tochter Lisa, beide fünf Jahre alt, umarmten sich auch, spielten stürmische Begrüßung, obwohl sie seit dem Vortag zusammen waren, da sie alle bei Nika übernachtet hatten. Die Kinder waren gleichaltrig, liebten einander sozusagen seit ihrer Geburt und imitierten zum Vergnügen aller ständig die Erwachsenen: weibliche Koketterie, Eifersucht und gockelhaftes Prahlen.

»Cousinage, dangereux voisinage«, sagte Medea, wie so oft, wenn sie die beiden sah.

»Ich werd dich küssen, als ob wir schon vor euch angekommen wären.« Alik zog Lisotschka an sich, doch die sträubte sich, suchte krampfhaft nach einer Bedingung, unter der sie das zulassen könnte, und hielt ihn hin:

»Nein, erst musst du … erst musst du … erst musst du mir den Hund zeigen!«

Zwei der Anwesenden nickten sich nur knapp zu – Artjom und Katja. Einst hatten auch sie einander genauso leidenschaftlich geliebt wie jetzt Lisa und Alik, doch vor ein paar Jahren war alles anders geworden. Katja war sehr gewachsen, hatte hier und da Haare bekommen, die sie sich prompt immer wieder abrasierte, und kleine, aber durchaus echte Brüste, und nun trennte sie der Abgrund der geschlechtlichen Reife.

Artjom, innerlich zutiefst gekränkt durch den im letzten Jahr erteilten Laufpass, den er in keiner Weise verdient hatte, wandte sich, obwohl er Katja sehnsüchtig erwartet hatte, aus Selbstschutz ab und wühlte mit dem Fuß nachdenklich in der blassbraunen Erde.

Katja, die wegen völliger Perspektivlosigkeit seit einem Jahr nicht mehr die Ballettschule des Bolschoi-Theaters besuchen durfte, hatte alle Gewohnheiten einer Ballerina beibehalten, worüber sich Nika, obwohl insgeheim stolz auf Katjas wunderbare Haltung, ständig lustigmachte: »Kinn hoch, Schultern runter, Brust raus, Bauch rein und die Fußspitzen gespreizt.«

In genau dieser Haltung war Katja nun erstarrt, damit jeder die Schönheit der Ballettkunst genießen konnte, die sie trotz allem noch immer vertrat.

»Medea, kuck dir unser junges Paar an!« Mascha berührte Medeas Schulter.

Alik hatte aus Medeas Hundehütte die langgestreckte, kurzbeinige Hündin Njukta geholt und einen ebensolchen Welpen, den Lisa schon auf dem Arm hielt, und Alik versuchte, ihn beiseite zu schieben und an Lisas versprochene Wange heranzukommen.

Alle lachten. Georgi nahm zwei Koffer, Artjom, mit dem Rücken zu Katja, einen Pappkarton mit Lebensmitteln, und Katja lief, leicht hüpfend wie eine Primadonna beim Applaus, hinunter und blieb auf dem hellen Fleck zwischen Haus und Küche stehen, schön und unnahbar wie eine Prinzessin, und Artjom reagierte darauf mit einem ihm bisher unbekannten Schmerz im Herzen. Er war der Erste, der in diesem zeitigen Frühling verletzt wurde.

Nora aber fiel wieder die Rolle der Beobachterin zu. Tanja hielt schon ihren Mittagsschlaf. Weder Kartoffeln noch Dill hatte ihr dieser schöne Mann mitgebracht, der aussah – nun wusste sie es endlich – nicht wie ein römischer Legionär, nein, wie Odysseus. Doch als sie in Tante Adas Hof Geschirr abwusch, sah sie, wie ein Taxi vorfuhr, eine große rothaarige Frau in einem grellen himbeerroten Mantel die alte Frau umarmte und viele Kinder um sie herum sprangen, und ihr stockte der Atem von einem plötzlichen Neid auf diese Menschen, die sich so aneinander freuten und ihr Wiedersehen derartig feierten.

Zwei Stunden später kam ein weiteres Auto in den Ort, doch diesmal hielt das Taxi vor dem Haus der Krawtschuks. Nora schob den bestickten Vorhang ein Stück zur Seite und sah, wie auf den Ruf nach den Hausherren zuerst Ada aus der Sommerküche hervorkam, dann ihr Mann, der sich mit seiner schwarzen Kraftfahrerhand den fettglänzenden Mund abwischte.

Am offenen Gartentor stand ein großer Mann mit langen Haaren, die er auf Frauenart mit einem Gummi zusammengebunden hatte, in hautengen weißen Jeans und einem rosa T-Shirt. Ada verschlug es den Atem bei diesem frechen Aufzug. Der Neuankömmling aber lächelte, wedelte mit einem weißen Briefumschlag und rief schon vom Tor:

»Sind Sie die Krawtschuks? Ich bring einen Brief von Ihrem Sohn und einen frischen Gruß. Wir haben uns gestern erst gesehn.«

Ada entriss ihm den Umschlag, und ohne ein Wort verschwanden die Krawtschuks in der Küche, um den Brief von ihrem einzigen Sohn Vitka zu lesen, der schon das dritte Jahr, seit Beendigung der Militärfachschule, in der Nähe von Moskau lebte und, wie es von hier aus schien, eine große Karriere machte. Der Ankömmling, ohne sich im Geringsten um den noch immer vor dem Tor wartenden Taxifahrer zu scheren, setzte sich auf eine Bank. Die Krawtschuks hatten inzwischen gelesen, dass ihr Sohn ihnen einen wichtigen Mann schicke, dass sie auf keinen Fall Geld von ihm nehmen und ihn auf jede erdenkliche Weise verwöhnen sollten und dass bei ihm, diesem Valeri Butonow, der Kreischef persönlich wegen einer Massage Schlange stand.

Ohne den Brief zu Ende zu lesen, stürzten die Krawtschuks zu dem Fremden.

»Kommen Sie doch herein, wo sind denn Ihre Sachen?«

Der Ankömmling brachte seinen Koffer – er war aus Leder, mit einem dicken mehrschichtigen Griff und voller ausländischer Aufkleber. Nora konnte das schwere gusseiserne Bügeleisen nicht mehr halten, mit dem sie gerade Tanjas Rock gebügelt hatte, und stellte es ab.

Die Hausherren liefen um den Ankömmling herum – der Koffer hatte auch sie beeindruckt.

Wahrscheinlich ein Schauspieler. Oder Jazzmusiker oder so was, dachte Nora. Das Bügeleisen war inzwischen kalt, aber sie mochte ihre Hütte nicht mehr verlassen, um es in der Küche wieder zu erhitzen. Sie legte den halbfertigen Rock beiseite.

4

Medea war in einer Familie aufgewachsen, in der das Essen in großen Kesseln gekocht, Auberginen in Fässern eingelegt und Obst pudweise auf dem Dach getrocknet wurde, wo es seine süßen Düfte dem salzigen Meereswind überließ. Fast nebenbei kamen neue Brüder und Schwestern zur Welt und füllten das Heim. Medeas jetziges Haus, das im Winter so still und einsam war, erinnerte in der Hochsaison mit den zahlreichen Kindern und dem allgemeinen Trubel an das Haus ihrer Kindheit. In riesigen Kesseln auf dreibeinigen Eisengestellen kochte ständig Wäsche, in der Küche trank immer jemand Kaffee oder Wein, es kamen Gäste aus Koktebel oder Sudak. Manchmal stellte wildes junges Volk, unrasierte Studenten und unfrisierte Mädchen, in der Nähe ein Zelt auf, lärmte mit neuartiger Musik und verblüffte mit neuen Liedern. Medea, verschlossen und kinderlos, hatte sich zwar an das sommerliche Gewimmel gewöhnt, wunderte sich aber trotzdem, was ihr sonnendurchglühtes und den Meereswinden ausgesetztes Haus für diese vielstämmige Menge – aus Litauen, Georgien, Sibirien und Mittelasien – so anziehend machte.

Die Saison hatte begonnen. Gestern war sie noch mit Georgi allein gewesen, heute saßen sie zu acht bei einem frühen Abendessen.

Die kleineren Kinder, die von der Reise müde waren, hatten sie sehr früh ins Bett gebracht. Auch Artjom war gegangen – um dem erniedrigenden Kommando: Geh schlafen! zuvorzukommen. Die Freiwilligkeit seines Abgangs stellte ihn gewissermaßen auf eine Stufe mit Katja, die schon lange nicht mehr ins Bett geschickt wurde.

Das erste Abendessen war unmerklich ins zweite übergegangen. Sie tranken den von Georgi gekauften Wein. Georgi, der während seines Geologiestudiums fünf Jahre in Moskau gelebt und es nicht liebgewonnen hatte, interessierte sich dennoch immer für die Neuigkeiten aus der Hauptstadt und versuchte auch jetzt, den Verwandten welche zu entlocken. Doch Nikas Berichte landeten immer entweder bei ihr selbst oder bei Familientratsch, und Maschas – bei der Politik. Im Übrigen war die Zeit danach: Egal, womit ein Gespräch begann, es endete unweigerlich mit gedämpfter Stimme und gesteigerter Leidenschaft bei der Politik.

Es ging eigentlich um den Riesen Gwidas, Medeas Neffen in Vilnius, den Sohn ihres verstorbenen Bruders Dimitri. Er hatte sich ein Haus gebaut, ein ziemlich großes sogar.

»Und die Behörden, die erlauben das?«, wollte Georgi wissen, bei diesem Thema ganz aufgewühlt.

»Erstens ist es da doch ein bisschen freier. Außerdem ist er Architekt. Und vergiss nicht, sein Schwiegervater ist ein hoher Parteibonze.«

»Und Gwidas, spielt der etwa diese Spielchen mit?«, wunderte sich Georgi.

»Na ja, wie mans nimmt. Bei denen ist die Sowjetmacht im Großen und Ganzen ein bisschen wie Maskerade. Den Litauern sind Räucherwurst, Aal und Bier allemal wichtiger als eine Parteiversammlung, so viel ist sicher. Da gehts nicht sonderlich blutrünstig zu«, erklärte Nika.

Mascha brauste auf:

»Red keinen Unsinn, Nika! Nach dem Krieg haben sie halb Litauen eingesperrt, fast eine halbe Million junge Männer. So viele haben sie im ganzen Krieg nicht verloren. Von wegen Maskerade!«

Medea stand auf. Sie war schon lange müde. Sie begriff, dass sie ihre übliche Zeit, da sie leicht in den Schlaf gleiten konnte, verpasst hatte und sich nun bis zum Morgen auf ihrer Seegrasmatratze hin und her wälzen würde.

»Gute Nacht«, sagte sie und ging hinaus.

»Da seht ihr«, sagte Mascha enttäuscht. »Unsere Medea ist doch ein so großer Mensch und durch nichts zu erschüttern, und trotzdem hat sie Angst. Sie hat kein Wort gesagt und ist gegangen.«

Georgi wurde wütend:

»Du bist dumm, Mascha. Für euch ist alles Übel der Welt die Sowjetmacht. Ihr aber haben einen Bruder die Roten umgebracht, einen die Weißen, im Krieg einen die Faschisten, einen die Kommunisten. Für sie ist alle Macht gleich. Mein Großvater Stepanjan, ein Aristokrat und Monarchist, hat ihr, als sie Waise wurde, Geld geschickt, alles, was er damals im Haus hatte. Und Vater hat Mutter geheiratet, ein glühender, pardon, Revolutionärer hat sie geheiratet, nur weil Medea gesagt hat: Lenotschka muss gerettet werden. Was bedeutet ihr die Macht, die jeweilige Regierung? Sie ist ein gläubiger Mensch, sie richtet sich nach einer anderen Macht. Sag nie wieder, sie hätte vor irgendetwas Angst.«

»Mein Gott!«, rief Mascha. »Das hab ich doch gar nicht gemeint. Ich hab nur gesagt, dass sie sofort gegangen ist, als von Politik die Rede war.«

»Was soll sie mit dir dummem Huhn darüber reden?«, sagte Georgi ironisch.

»Hör auf«, unterbrach ihn Nika träge. »Ist noch was da?«

»Na klar!«, bejahte Georgi erfreut. Er tastete hinter sich und holte die am Tag angebrochene Flasche hervor. Mascha zitterten schon die Lippen, sie wollte sich erneut in den Kampf stürzen, doch Nika, die Streit nicht ausstehen konnte, stellte ein Glas vor Mascha und begann zu singen:

»Munter fließt das Flüsschen, wäscht das Ufer rein und bleich, und ein junger Bursche, frech und ungeniert, prügelt den Natschalnik windelweich ...«

Georgi und Mascha wurden sanft, lehnten sich geschwisterlich aneinander, aller Streit versiegte. Nikas Stimme drang wie Licht durch einen Spalt der halboffenen Tür, durch die unregelmäßigen Fenster, und das simple, freche Lied erleuchtete Medeas ganzen Hof.

Valeri Butonow, der mitten in der Nacht auf die Toilette musste, erledigte seine Notdurft auf halbem Weg zum Bretterhäuschen, überraschte einige junge Tomatenpflanzen mit einem plötzlichen warmen Guss und betrachtete den sternenübersäten südlichen Himmel, über den ständig Scheinwerfer huschten, die auf der Suche nach filmreifen Spionen in schwarzen Taucheranzügen die Uferzone abtasteten. Doch um diese Zeit fehlten sogar die im Mondlicht schimmernden Hinterteile der Liebespaare am Strand.

Hier unten aber war es stockfinster, nur ein einziges Fenster leuchtete zwischen den Hügeln mit hellem gelbem Licht, und von dort schien sogar der Gesang einer Frauenstimme zu dringen. Valeri lauschte – ab und zu bellte ein Hund.

Es war wirklich eine schlaflose Nacht gewesen. Doch Medea war seit ihrer Jugend an wenig Schlaf gewöhnt, und jetzt im Alter warf eine solche Nacht sie nicht aus dem Gleichgewicht. Sie lag auf ihrem schmalen Jungmädchenbett, in einem Nachthemd mit verblasster Stickerei auf der Brust, und neben ihrem Körper ruhte ihr zur Nacht lose geflochtener Zopf, der mit den Jahren dünner geworden war, ihr aber noch immer bis zur Hüfte reichte.

Bald war das Haus erfüllt von kleinen, vertrauten Geräuschen: Nika lief mit nackten Füßen umher, Mascha klapperte mit dem Deckel des Nachttopfs, flüsterte ihrem schlafenden Kind zu: »pss-pss«, dann floss klar und melodisch der kindliche Strahl. Licht wurde angeknipst, gedämpftes Lachen ertönte.

Auf ihr Gehör und ihre Augen konnte sich Medea noch verlassen. Und dank ihrer guten Beobachtungsgabe bemerkte sie vieles im Leben ihrer jungen Verwandten, ohne dass diese es ahnten.

Die jungen Frauen mit den kleinen Kindern kamen gewöhnlich zu Beginn der Saison, ihre arbeitenden Männer verbrachten nur kurze Zeit hier, vielleicht zwei Wochen, selten einen ganzen Monat. Irgendwelche Freunde kamen, mieteten sich im Unteren Ort ein und schlichen sich nachts heimlich ins Haus, und Meda hörte sie stöhnen und schreien. Dann trennten sich die Frauen von ihren Männern und heirateten andere. Die neuen Männer erzogen die alten Kinder, zeugten neue, die Stiefgeschwister besuchten einander, dann kamen die früheren Männer mit neuen Frauen und neuen Kindern her, um mit ihren älteren Sprösslingen zusammen Urlaub zu machen.

Als Nika Katjas Vater geheiratet hatte, einen vielversprechenden jungen Regisseur, der seinen guten Ruf dann doch durch nichts rechtfertigte, brachte sie jahrelang den plumpen, grobschlächtigen Mischa mit, den Sohn des Regisseurs aus erster Ehe. Katja unterdrückte ihn auf alle erdenkliche Weise, aber Nika umhegte und umsorgte ihn, und auch als sie den Regisseur verlassen und gegen einen Physiker ausgetauscht hatte, schleppte sie den Jungen noch eine Weile mit sich herum. Vor Medeas Augen spielten sich ein Partnertausch zweier Ehepaare ab, eine glühende Liebesgeschichte zwischen Schwager und Schwägerin mit einem Altersunterschied von dreißig Jahren und mehrere jugendliche Verbindungen, die das bewusste französische Sprichwort voll und ganz bestätigten.

Das Leben der Nachkriegsgeneration, besonders derer, die jetzt um die zwanzig waren, kam ihr ein bisschen verspielt vor. Weder in der Ehe noch in der Mutterschaft entdeckte sie bei den jungen Leuten das Verantwortungsgefühl, das ihr eigenes Leben von früher Jugend an bestimmt hatte. Sie verurteilte niemanden, schätzte aber die Menschen besonders, die, wie ihre Mutter, ihre Großmutter und ihre Freundin Jelena, unwesentliche wie schwerwiegende Dinge auf die einzige für Medea denkbare Weise taten – ernsthaft und endgültig.

Medea hatte ihr Leben als Frau eines einzigen Mannes verbracht und war noch immer seine Witwe. Ihr Witwendasein war schön, nicht schlechter als die Ehe selbst. In den vielen Jahren – beinah dreißig – seit dem Tod ihres Mannes hatte sich die Vergangenheit verändert; die einzige bittere Kränkung, die er ihr zugefügt hatte – erstaunlicherweise erst nach seinem Tod –, war vergangen, und sein Antlitz hatte schließlich eine ungeheure Bedeutsamkeit und Monumentalität angenommen, von der im Leben keine Spur gewesen war.

Sie war schon wesentlich länger Witwe, als ihre Ehe gedauert hatte, und ihr Verhältnis zu ihrem verstorbenen Mann war noch immer wunderbar und wurde sogar von Jahr zu Jahr besser.

Medea, die ihren dumpfen Dämmerzustand als Schlaflosigkeit empfand, lag dennoch in einer Art leichtem Schlummer, der ihr gewohntes Nachdenken nicht unterbrach: teils Gebete, teils Gespräche, teils Erinnerungen, die manchmal wie versehentlich über das hinausgingen, was sie selbst gesehen oder gehört hatte.

Sie erinnerte sich beinah Wort für Wort an alles, was ihr Mann ihr von seiner Kindheit erzählt hatte, und sah ihn nun als kleinen Jungen, obwohl sie ihn erst kennengelernt hatte, als er schon fast vierzig war.

Samuel war der Sohn einer Witwe, die ihre Kränkung und ihr Unglück höher schätzte als jeden Besitz. Mit unbegreiflichem Stolz zeigte sie auf ihren kränklichen Sohn und sagte zu ihren Schwestern: »Seht nur, wie dünn er ist, wie ein Küken, in der ganzen Straße gibt es kein zweites so mageres Kind! Und seine Krankheiten! Er ist voller Skrofulose! Und die Hände, voller Risse!«

Samuel wuchs und wuchs, mit all seinen Rissen, Pickeln und Geschwüren, war wirklich blass und mager, unterschied sich aber kaum von seinen Altersgenossen. Mit dreizehn befiel ihn eine ganz besondere Unruhe, die damit zusammenhing, dass seine Hose sich beulte, von innen angehoben durch einen schnell wachsenden Trieb, der ihm schmerzhaftes Unbehagen bereitete.

Seinen neuen Zustand betrachtete der Junge als eine seiner zahlreichen Krankheiten, auf die seine Mutter so stolz war, und er benutzte ein Band aus einem Unterrock seiner Mutter, um das widerspenstige Organ zu bändigen, damit es nicht mehr störte. Gleichzeitig entfalteten zwei weitere auffällige Körperteile ein stürmisches Wachstum – seine Nase und seine Ohren. Aus dem hübschen Kind schlüpfte etwas Unansehnliches mit runden, leicht herabhängenden Brauen und langer, beweglicher Nase. Seine Magerkeit erreichte eine neue Qualität: Worauf er sich auch setzte, er hatte immer das Gefühl, auf zwei spitzen Steinen zu sitzen. Die alte gestreifte Hose seines Vaters hing an ihm wie an einer Vogelscheuche – damals bekam er auch den kränkenden Spitznamen »Samonja-Leere Hose«.

Mit dreizehn, bald nach der Bar-Mizwa, die sich für Samuel nur dadurch auszeichnete, dass er beim Vorlesen der festgelegten Stellen fünfmal so viele Fehler machte wie die anderen fünf Jungen aus armen Familien, die die Synagogenschule ebenfalls auf Gemeindekosten besucht hatten, wurde er nach einem zermürbenden, ausweichenden Briefwechsel seiner Mutter mit dem älteren Bruder des verstorbenen Vaters schließlich nach Odessa geschickt, wo er eine Tätigkeit als Kontorsgehilfe mit einer Reihe endloser und unbestimmter Pflichten aufnahm.

Die Arbeit als Laufbursche ließ ihm kaum Freizeit, dennoch kam er in den Genuss einer Kostprobe der damals schon veralteten jüdischen Bildung, verabreicht vom ältesten Bruder seines Vaters, Efraim. Der war ein jüdischer Amateur-Intellektueller und hoffte, allem Augenschein zuwider, eine gute Bildung könne jegliches Problem der Welt lösen, ein Missverständnis wie den Antisemitismus eingeschlossen.

Samuel blieb nicht lange unter dem edlen, aber stark ausgeblichenen Banner der jüdischen Aufklärung, sondern wechselte zum großen Kummer des Onkels in das angrenzende Lager des Zionismus, das dem Juden, der sich durch Bildung dem Niveau anderer zivilisierter Völker anpasste, den Rücken kehrte und statt dessen auf den natürlichen Juden setzte, der den einfachen und zweischneidigen Entschluss fasste, seinen Garten wieder in Kanaan anzupflanzen.

Samuels Cousin war bereits nach Palästina ausgewandert, lebte in dem fremden Ort En Gedi, war Landarbeiter und lockte Samuel mit begeisterten Briefen.

Zum Ärger seines Onkels im Kontor besuchte Samuel landwirtschaftliche Kurse für Aussiedler. Dieser Unterricht kostete sehr viel Arbeitszeit, der Onkel war unzufrieden, kürzte Samuel den nie ausgezahlten Lohn um die Hälfte, doch die Frau des Onkels, Tante Genele, war eine echte jüdische Frau und beabsichtigte, ihn mit ihrer nicht mehr jungen Nichte zu verheiraten, die einen angeborenen kleinen Hüftgelenksfehler hatte.

Zwei Monate lang besuchte Samuel fleißig die Kurse, lernte etwas über das Pfropfen und Okulieren, doch seine unbeständige Seele hielt nicht so lange durch, bis die Eier der Absichten ausgebrütet waren und als vollbrachte Taten schlüpften, und während die anderen Hörer immer tiefer in die Welt des Wein- und Gartenbaus eindrangen, wechselte er die Schulbank: Diesmal war es ein marxistischer Geheimzirkel, organisiert für Mechaniker und Hafenarbeiter.

Die aufregenden Ideen eines kleinen jüdischen Sozialismus im provinziellen Palästina konnten nicht mit dem großen Weltmaßstab des Proletariats konkurrieren.

Der Onkel im Kontor, der sich ausschließlich für die Weizenpreise interessierte, hatte auf alle vorherigen Neigungen des Neffen ziemlich gleichgültig reagiert, doch den Marxismus duldete er nicht und bedeutete seinem Neffen, er möge sich woanders ein Bett suchen. Der Gerechtigkeit halber sei gesagt, dass er nach Samuels Worten ungefähr begriffen hatte, was Mehrwert ist, aber eine überraschende Feindseligkeit gegenüber dem ökonomischen Genie an den Tag legte und brüllte:

»Du meinst, er weiß besser als ich, was man mit dem Mehrwert macht? Soll er doch erst mal welchen kriegen!«

Samuel hatte den Verdacht, dass der Onkel Mehrwert und Reingewinn verwechselte, konnte ihm das aber nicht mehr erklären. Der Onkel verhieß Samuel, er werde in allernächster Zukunft im Gefängnis landen. Das erwies sich als prophetisch, obwohl fast zwei Jahre vergingen, bis sich diese Vorhersage erfüllte. In dieser Zeit absolvierte Samuel eine Schlosserlehre, erwarb mittels verschiedener Bücher eine Menge Wissen und leitete bald selbst einen Zirkel zur Aufhellung des im Dunkeln gehaltenen Bewusstseins des Volkes.

Ende neunzehnhundertzwölf wurde er ins Gouvernement Wologda verbannt, wo er zwei Jahre verbrachte, danach zog er von Stadt zu Stadt, stets eine Arzttasche voller druckfrischer selbstgefertigter Literatur bei sich, traf sich in geheimen Wohnungen mit unbekannten, aber bedeutenden Personen und betrieb Agitation, Agitation … Sein Leben lang bezeichnete er sich als Berufsrevolutionär. Die Revolution erlebte er in Moskau, war dort Natschalnik, nicht allzu hoch angebunden, denn seine Stärke lag in der Arbeit mit den proletarischen Massen, wurde dann in die Lederkleidung der Kommunistischen Kampftruppen gesteckt und ins Gouvernement Tambow geschickt. An dieser Stelle reißt seine ruhmreiche Biografie plötzlich geheimnisvoll ab, da klafft eine Lücke, und dann wird er ein ganz normaler Mensch, ohne jedes höhere Interesse am Leben, ein Zahnprothetiker, der nur beim Anblick vollschlanker Damen auflebt.

Die Begegnung der schon welkenden Medea, die ihre goldene Jugend unbemerkt in alltäglichen Sorgen um ihre jüngeren Brüder Dimitri und Konstantin und ihre Schwester Alexandra, erst kurz zuvor mit dem Erstgeborenen Sergej zu ihrem Mann nach Moskau verschwunden, aufgebraucht hatte, mit dem immerfröhlichen Dentisten, der beim Lächeln seine kurzen, kräftigen Zähne und einen Streifen zarthimbeerfarbenen Zahnfleisches entblößte, fand im Sanatorium statt. Der Heilschlamm der Krim, hieß es, fördere die Fruchtbarkeit, wozu die Krankenschwester Medea Georgijewna beitrug, indem sie Schlammpackungen auf unfruchtbare Bäuche legte.

Vorher war das Sanatorium ohne Dentisten gewesen, doch der Chefarzt hatte diese Planstelle über das Volkskommissariat für das Gesundheitswesen erkämpft, und der Dentist reiste an und entfaltete an diesem ruhigen, etwas geheimnisvollen Ort einen unerhörten Zirkus. Er lärmte, scherzte, fuchtelte mit den vernickelten Instrumenten herum, flirtete mit allen Patientinnen gleichzeitig, bot seine inoffiziellen Dienste in Sachen Kinderkriegen an, und Medea Georgijewna, die beste Krankenschwester des Sanatoriums, wurde ihm als Helferin bei seinem stomatologischen Gastspiel zugeteilt. Sie rührte mit einem Spatel Füllungen für Plomben an, reichte ihm die Instrumente und wunderte sich im Stillen über die unerhörte Dreistigkeit des Dentisten, noch mehr aber über die unfassbare Zügellosigkeit der an Unfruchtbarkeit leidenden Frauen, die mit dem Dentisten noch auf dem Zahnarztstuhl ihre Rendezvous verabredeten.

Mit täglich wachsendem Interesse beobachtete sie den mageren Juden in der sackartigen, in der Taille von einem kaukasischen Gürtel zusammengerafften Hose und dem alten blauen Hemd. Wenn er den weißen Kittel überzog, sah er ein wenig edler aus.

Er ist immerhin Doktor, erklärte sich Medea seinen offensichtlichen Erfolg bei Frauen. Und auf seine Weise witzig.

Während Medea die Patientenkarte ausfüllte, noch bevor die nächste Patientin vertrauensvoll den Mund öffnete, hatte er diese bereits einer wohlmeinenden, professionellen männlichen Musterung von Kopf bis Fuß unterzogen. Nichts entging seinem Kennerblick, und das erste Kompliment, hatte Medea festgestellt, betraf ausschließlich die obere Etage – Haar, Teint, Augen. Bei positiver Reaktion – in dieser Hinsicht war der Dentist äußerst sensibel – begann er mit gezielterer Rhetorik.

Medea beobachtete den Doktor und staunte, wie er angesichts jeder eintretenden Frau auflebte und in sich zusammenfiel, sobald er allein war, das heißt, allein mit der strengen Medea. Er hatte sie gleich am ersten Tag seiner kritischen Analyse unterzogen und ihr wundervolles kupferfarbenes Haar gelobt, war aber, da er nicht dazu ermuntert wurde, nicht wieder auf ihre Vorzüge zu sprechen gekommen.

Nach einiger Zeit stellte Medea fest, dass er in der Tat

einen sicheren Blick hatte, dass er in einem einzigen Augenblick die verborgensten Vorzüge einer Frau bemerkte und sich wohl selbst um so mehr über die entdeckten Vorzüge freute, je weniger offensichtlich sie waren.

Zu einer unglaublich dicken Person, die zweifellos an Verfettung litt, sagte er begeistert, während sie ihren weichen Hintern auf den Behandlungsstuhl zwängte:

»Wenn wir in Istanbul wären, würden Sie als schönste Frau der Stadt gelten!«

Die wassersüchtige Dicke errötete, ihre Augen füllten sich mit Tränen, und sie zischte beleidigt:

»Was wollen Sie damit sagen?«

»Um Gottes willen!« Samuel war verstört. »Natürlich nur das Allerbeste. Jeder wünscht sich doch möglichst viel Gutes!«

Medea hatte den Eindruck, als sei er am Ende der Sprechstunde nicht so sehr von der Arbeit selbst erschöpft als von dem anstrengenden Bestreben, jeder Frau etwas Angenehmes zu sagen, gestützt auf reale, manchmal auch zweifelhafte Vorzüge.

Den seltenen Vertretern des männlichen Geschlechts, die sich zufällig zu ihm verirrten – das Spezialgebiet des Sanatoriums war ja die Behandlung von Unfruchtbarkeit –, begegnete er befangen, sogar schüchtern.

Medea lächelte über ihre Beobachtung: Ihr kam der Gedanke, der fröhliche Dentist habe Angst vor Männern. Später sollte sie erfahren, wie wertvoll diese beiläufige Vermutung war.

Medea ging damals auf die dreißig zu. Dimitri wollte an die Militärfachschule in Taganrog, Konstantin wurde bald sechzehn und wollte Geologe werden.

Medeas Schwester Anelja, die die kleine Anastassija zu sich nach Tiflis geholt hatte, lud Medea seit Langem ein, sie zu besuchen. Anelja hatte unter den Verwandten ihres Mannes einen noch nicht alten, herzensguten Witwer ausgemacht und schmiedete Pläne, die beiden miteinander bekannt zu machen. Medea, die nichts von diesen Plänen ahnte, hatte tatsächlich vor, die Schwestern zu besuchen, aber nicht im Frühling, sondern im Herbst, wenn die Vorräte für den Winter angelegt waren. Wären Aneljas Pläne aufgegangen, gäbe es dieses vielleicht letzte griechische Haus auf der Krim wohl nicht mehr, die Sinoplis der nächsten Generation wären reine Festlandsgriechen in Taschkent, Tbilissi und Vilnius. Doch es kam anders.

Mitte März neunzehnhundertneunundzwanzig wurden alle Mitarbeiter des Sanatoriums zu einer dringenden Versammlung gerufen. Absolut alle, auch der geistesschwache Raís mit dem schiefen Lächeln auf dem halben Gesicht. Und wenn selbst er kommen musste, dann hieß das, es handelte sich um eine wichtige Staatsangelegenheit.

Der Parteinatschalnik aus der Stadt, der riesige Wjalow, wütete an einem mit glänzendem rotem Stoff bedeckten Tisch. Er hatte bereits eine Verordnung verlesen und sprach nun von sich aus über das wundervolle Morgen und die Großartigkeit der Kolchosidee. Das überwiegend weibliche Kollektiv des Sanatoriums hörte brav zu. Es waren hauptsächlich Bewohnerinnen der Vororte, die ein halbes Haus besaßen, ein paar Quadratmeter Gartenland, ein paar Bäume, eine Handvoll Hühner und ihre Arbeit im Staatsdienst. Sie waren keine Schreihälse. Der Chefarzt Firkowitsch stammte aus einer gebildeten Familie von Krimjuden, kein leichtes Los; er war neunzehnhundertachtzehn zur Roten

Armee einberufen worden, hatte in Lazaretten gearbeitet, war aber parteilos geblieben, sorgte sich ständig um seine Familie, hielt sich darum immer gern zurück und gab jedem, der es wünschte, Zeit und Gelegenheit zum Reden.

»Wer möchte etwas sagen?«, fragte Wjalow, und sofort sprang der agile Filosow auf, Sekretär der Parteigruppe.

Samuel Jakowlewitsch saß in der letzten Reihe und zuckte krampfhaft, hüpfte sogar leicht auf seinem Stuhl und blickte sich nach allen Seiten um. Medea saß neben ihm und beobachtete von der Seite seine unbegreifliche Erregung. Er begegnete ihrem Blick, griff heftig nach ihrer Hand und flüsterte ihr ins Ohr:

»Ich muss etwas sagen … ich muss unbedingt etwas sagen …«

»Aber warum sind Sie so aufgeregt, Samuel Jakowlewitsch? Wenn Sie wollen, sagen Sie doch etwas.« Sie löste vorsichtig ihre Hand aus seiner Umklammerung.

»Verstehen Sie, ich bin Parteimitglied seit neunzehnhundertzwölf. Ich bin verpflichtet …«

Seine Blässe war nicht von edlem bleichem Ton, sondern vom matten Grau der Furcht.

Eine neue Ärztin, eine krausköpfige Frau mit einer platten Locke rechts im Gesicht und einem deutschen Namen, sprach lange über die Kollektivierung, wobei sie immer wieder sagte: »Vom Standpunkt des jetzigen Moments …«

Samuel, Medeas Hand umklammernd, verstummte. So saß er bis zum Ende der Versammlung, ab und zu ein Zucken im Gesicht oder ein Flüstern auf den Lippen. Als die Versammlung ausgedröhnt hatte und alle auseinandergingen, hielt er noch immer ihre Hand fest.

»Das ist ein schrecklicher Tag, glauben Sie mir, ein

schrecklicher Tag. Lassen Sie mich nicht allein«, bat er, und seine hellbraunen Augen waren bittend und ganz und gar weiblich.

»Gut«, willigte Medea überraschend leicht ein, und sie gingen zusammen durch das geweißte Tor des Sanatoriums, vorbei am Busbahnhof, und bogen in eine stille Straße, in der Eisenbahner wohnten, seit die Stadt an die Bahnlinie angeschlossen war. Samuel Jakowlewitsch hatte ein Zimmer mit separatem Eingang und einem kleinen Garten, in dem zwei alte Weinstöcke wuchsen und ein Tisch stand, ebenso krumm und vermoost, als wäre er mit den Bäumen zusammen hier gewachsen. Der Wein rankte sich schon um den über dem Tisch gespannten Draht. Auf der einen Seite wurde der winzige Hof von einem lückenhaften Zaun begrenzt, auf der anderen von der Lehmwand des Nachbarhauses.

Medea saß am Tisch und beobachtete, wie Samuel Jakowlewitsch um den Petroleumkocher in der Diele herumlief, hinter der Tür ein Stück in grobes Tuch gewickelten Ziegenkäse hervorholte, Öl in eine Pfanne goss, und das alles zwar fahrig, aber rasch und mit Verstand. Medea sah auf die Uhr – die Brüder würden heute nicht zurückkommen, sie waren auf der Segelflugstation und würden wohl bei Medeas alter Freundin übernachten, der Besitzerin eines in der Gegend bekannten Sommerhauses.

Ich habe es nicht eilig, stellte Medea verwundert fest. Ich bin zu Besuch.

Samuel Jakowlewitsch plapperte unaufhörlich und war so munter und ungezwungen, als habe nicht er, sondern ein ganz anderer sich eben noch an Medeas Hand geklammert.

Was für ein sonderbarer und wechselhafter Mensch, dachte Medea und bot ihm ihre Hilfe in der Küche an.

Aber er bat sie, sitzen zu bleiben, und den wunderbaren Himmel voller kleiner Weinblätter zu genießen.

»Ganz im Vertrauen, Medea Georgijewna, ich hab schon allerhand gemacht im Leben, ich hab sogar Landwirtschaftskurse für jüdische Siedler besucht. Und jetzt sehe ich den Wein«, er wies mit majestätischer Geste auf die beiden krummen Stöcke, »und denke, was ist das doch für eine wunderbare Arbeit. Viel besser als Zähne einsetzen. Oder, was meinen Sie?«

Dann stellte er das Abendessen auf den Tisch, sie aßen leicht nach Petroleum schmeckende Kartoffeln und Ziegenkäse, danach wollte Medea eigentlich aufstehen und gehen, zögerte aber.

Später begleitete er Medea durch die ganze Stadt, erzählte ihr von sich, von seinen großen und kleinen Unglücken, Misserfolgen und Pechsträhnen. Doch nicht klagend, sondern eher spöttisch und verwundert. Dann verabschiedete er sich ehrerbietig von ihr, und sie blieb nachdenklich zurück – was war nur so rührend an ihm? Er schien sich selbst nicht sonderlich ernst zu nehmen.

Am nächsten Morgen sahen sie sich wie üblich im Sprechzimmer. Der Dentist war wie ausgewechselt: Schweigsam, streng zu seinen Patientinnen, und er machte keinerlei Scherze. Bis zur Mittagspause hatte Medea den Eindruck gewonnen, er wolle ihr etwas sagen. Tatsächlich, als die letzte Patientin vor der Pause gegangen war und er seine gewichtigen Butterbrote neben Medeas dünne Fladen mit den ersten frischen Kräutern gelegt hatte, schüttelte er den Kopf, schnalzte mit der Zunge und fragte:

»Medea Georgijewna, wie wärs, wenn ich Sie ins Restaurant ›Kaukasus‹ einlüde?«

Medea lächelte: Er hatte mehrfach ausgewählte Patientinnen ins Restaurant »Kaukasus« eingeladen. Außerdem fand sie die grammatikalische Form amüsant – wie wärs, wenn …

»Ich würde darüber nachdenken«, antwortete Medea trocken.

»Was gibts da lange zu überlegen?«, ereiferte er sich. »Wir machen unsere Arbeit fertig, und dann gehen wir.«

Medea begriff, dass er unbedingt mit ihr in dieses »Kaukasus« wollte.

»Nun, auf jeden Fall müsste ich erst nach Hause und mich umziehen«, wandte Medea schwach ein.

»Unsinn! Glauben Sie, die Damen tragen dort Zobel?«, drängte der Dentist.

Medea trug an diesem Tag ein graues Sergekleid mit rundem weißem Kragen und Manschetten, wie ein Dienstmädchen oder eine Pensionsdame, eines der wohl an die hundert Kleider von ein und demselben Schnitt, die sie seit dem Gymnasium ihr Leben lang getragen hatte und mit verbundenen Augen nähen könnte. Eines der Witwenkleider, die sie noch heute trug.

Der Abend im Restaurant »Kaukasus« war wunderschön. Samuel Jakowlewitsch prahlte ein bisschen. Der Ober kannte ihn, und der Dentist war geschmeichelt. Den Oberkörper leicht vorgebeugt, den dünnen Schnurrbart von einem feinen Lächeln hochgezogen, verteilte der Ober durchsichtige kleine Teller mit Vorspeisen in zwangloser, aber symmetrischer Kreuzform auf dem Tisch. Medea Georgijewna erschien dem Dentisten in der Plüsch-und-

Palmen-Atmosphäre des Restaurants anziehender als am Vortag, als sie mit ihrem altgriechischen Profil vor der weißen Wand in seinem kleinen Garten gesessen hatte.

Sie brach ein Stück Fladen ab, tunkte es in das Hähnchenragout Tschachochbili und aß so akkurat, dass sich nicht die geringste orange Spur um ihren Mund bildete; als er beobachtete, wie sie lässig und mit zerstreuter, wohlwollender Miene aß, beinah ohne auf den Teller zu sehen, ahnte er, dass sie ausgezeichnete Manieren hatte, und ihm kam der Gedanke, dass ihm selbst nie jemand Tischsitten beigebracht hatte, und das verdarb ihm für ein paar Minuten den Appetit. Das Tschachochbili kam ihm sauer vor.

Er schob die Servierschüssel und den Teller beiseite. Dann goss er sich aus einem runden Krug noch ein Glas von dem schweren dunklen Chwantschkara-Wein ein, nahm einen Schluck, stellte das Glas ab und sagte entschlossen:

»Essen Sie weiter, Medea Georgijewna, achten Sie nicht auf das, was ich jetzt sagen werde.«

Sie sah ihn erwartungsvoll an. Die Ecke, in der sie saßen, war gemütlich, aber ein wenig dunkel.

»Ich muss Ihnen mein gestriges Verhalten erklären. Ich meine, die Versammlung. Denken Sie daran, ich bin Berufsrevolutionär, ich war in ganz Odessa bekannt und habe drei Jahre politische Verbannung hinter mir. Ich habe eine Flucht aus dem Gefängnis organisiert für einen Mann, dessen Namen zu nennen der Anstand heute verbietet. Ich bin kein Feigling, glauben Sie mir.«

Er war erregt, zog seinen Teller zu sich heran, gabelte ein großes Stück Fleisch auf, schmatzte genießerisch und kaute. Sein Appetit schien zurückgekehrt.

»Verstehen Sie, ich habe einfach ein Nervenleiden.« Er schob den Teller wieder beiseite. »Ich bin neununddreißig, also nicht mehr jung. Aber auch noch nicht alt. Mit meiner Familie verkehre ich nicht. Man könnte sagen, ich bin Waise«, scherzte er. Er neigte den Kopf, ein Teil seines dichten, nach hinten gekämmten Haars fiel ihm in die Stirn. Er hatte schönes Haar.

Gleich macht er mir einen Heiratsantrag, vermutete Medea.

»Ich war nie verheiratet. Und, unter uns gesagt, ich hatte auch nie vor zu heiraten. Aber, verstehen Sie, ich hatte gestern einen kleinen Anfall, das war, als wir auf der Versammlung saßen. Also, er ist durch Ihre Gegenwart vorbeigegangen, ohne jegliche Folgen. Dann sind Sie mit zu mir gekommen, wir haben den ganzen Abend zusammengesessen, und ich habe absolut nichts empfunden …«

Wie dumm er ist, das ist ja richtig amüsant, dachte Medea lächelnd.

»Sehen Sie«, setzte der Dentist zu weiteren Erklärungen an, »Sie sind überhaupt nicht mein Geschmack …«

Eine derartige Offenheit erschien selbst Medea, die bar jeder Koketterie war, übertrieben, doch nun war sie ganz durcheinander und wusste gar nicht mehr, worauf er hinauswollte. Da vollzog der Dentist eine jähe Wendung, als setzte er blitzschnell die Zahnzange an.

»Eigentlich liebe ich kleine Frauen, kompakte, wissen Sie, so auf kräftigen Beinen, im russischen Stil. Nein, halten Sie mich nicht für einfältig. Ich weiß, dass Sie in gewissem Sinne eine Königin sind. Aber ich habe von Jugend auf nicht nach Königinnen geschaut. Wäscherinnen, Arbeiterinnen, pardon, Krankenpflegerinnen …«

Ja, wirklich amüsant. Aber zu Hause liegt ein Berg Bügelwäsche.

Samuel Jakowlewitsch spießte ein Stück kalt gewordenes Fleisch auf die Gabel, kaute hastig, schluckte es hinunter, und Medea sah, dass er sehr nervös war.

»Als Sie meine Hand nahmen, Medea Georgijewna, nein, verzeihen Sie, ich habe Ihre Hand genommen, da spürte ich, dass ich an Ihrer Seite keine Angst habe. Und den ganzen Abend habe ich für Sie nichts empfunden, nur gespürt, dass ich an Ihrer Seite keine Angst habe. Ich brachte Sie nach Hause, ging zurück, legte mich schlafen und beschloss, dass ich Sie heiraten muss.«

Medea blieb vollkommen gleichgültig. Sie zählte neunundzwanzig altjüngferliche Jahre, lange Zeit hatte sie voller Verachtung verschiedene männliche Angebote ausgeschlagen.

»Und da hab ich von meiner Mutter geträumt!«, rief er pathetisch. »Wenn Sie wüssten, was für einen schrecklichen Charakter sie hatte, aber das tut nichts zur Sache. Ich hab überhaupt noch nie von ihr geträumt. Und nun träumte ich plötzlich von ihr, ich roch sogar ihr Haar, wissen Sie, altes, graues Haar, und sie sagt zu mir: ›Ja, Samonja, ja.‹ Nichts weiter. Ich musste selber überlegen, was – ja.«

Medea saß aufrecht, aber sie hielt sich immer sehr gerade. Links war ihr Kragen ein wenig eingeknickt, doch das bemerkte sie nicht. Sie überlegte, wie sie diesen Sonderling sanft abweisen konnte, ohne ihn zu kränken. Mit einer Ablehnung schien er gar nicht zu rechnen.

»Ja, Medea Georgijewna, da ist noch etwas, das ich als Ihr künftiger Ehemann Ihnen erzählen muss. Die Sache ist die – ich bin als psychisch krank registriert. Das heißt, ich bin völlig gesund. Es ist eine alte Geschichte, aber trotzdem muss ich sie Ihnen erzählen.

1920 wurde ich einer Abteilung der Kampftruppen der Partei zugeteilt und fuhr hinaus, Getreide konfiszieren. Eine Angelegenheit von größter Wichtigkeit, das war mir stets bewusst. Und natürlich fanden wir im Dorf Wassilistschewo im Gouvernement Tambow tatsächlich Getreide. Ich bin sicher, dass auf jedem Hof etwas versteckt war, aber wir fanden es nur auf zwei Höfen, offensichtlich nicht den reichsten. Der Befehl lautete: Wer Getreide versteckte, war zur Abschreckung zu erschießen. Die Rotarmisten führten die drei Männer zum Ortsausgang. Sie wurden abgeführt, und die Leute liefen hinterher. Zwei Brüder mit einem gemeinsamen Hof und ein alter Mann. Ihre Frauen kamen angelaufen und die Kinder. Eine gelähmte Alte, die Mutter des alten Bauern, kroch hinterher. Vier Pud Getreide wurden bei ihnen beschlagnahmt, bei den Brüdern ganze anderthalb. Und ich, Medea Georgijewna, leitete den Requirierungstrupp. Die drei standen da, vor ihnen die Rotarmisten mit Gewehren. Und da stimmten die Frauen und Kinder ein derartiges Geheul an, dass mir plötzlich etwas den Kopf vernebelte, und ich fiel um. Ich hatte einen Anfall wie ein Epileptiker. Ich bekam natürlich nichts mehr mit. Sie legten mich auf einen Wagen, direkt auf das Getreide, und brachten mich in die Stadt. Ich war, sagten sie, ganz schwarz, Arme und Beine völlig steif. Drei Monate hab ich im Krankenhaus gelegen, dann wurde ich ins Sanatorium geschickt, danach musste ich vor eine Kommission, und da wurde festgestellt, dass ich nervlich labil bin. Nach der Kommission sollte ich in die Wirtschaftsabteilung der Partei. Aber ich überlegte und sagte, ich wolle lieber Dentist werden. Sie berücksichtigten meine Nervenschwäche und ließen mich gehen. Sie haben vielleicht bemerkt, dass ich ein guter Dentist bin. Ich beherrsche sowohl die therapeutische Arbeit als auch die Prothetik. Auch meine parteilichen Anschauungen habe ich nicht geändert. Aber mein Organismus ist eben schwach. Sobald es gilt, eine parteiliche Position zu beziehen, möchte ich es von ganzem Herzen, aber mein Organismus wird von Angst und Schwäche erfasst – ich fürchte, einen Anfall zu bekommen, Nervenfieber … wie gestern auf der Versammlung. Was ich Ihnen erzähle, ist mein großes Geheimnis, obwohl es auch in meinem Krankenblatt steht. Ich hätte die Möglichkeit gehabt, das zu bereinigen. Aber ich dachte, nein, ich tue es nicht, sonst ziehen sie mich im Parteiauftrag wieder zur operativen Arbeit heran, und das kann ich nicht. Und wenn man mich totschlägt, ich kann es nicht. Doch sonst habe ich keine negativen Eigenschaften, Medea Georgijewna.«

Mein Gott, mein Gott, Bruder Filipp wurde von den Roten erschossen, Bruder Nikifor von den Weißen aufgehängt, aber beide waren zuvor selbst zu Mördern geworden. Und der hier konnte das nicht und ist traurig, weil er schwach ist. Wahrlich, der Wind weht, wo er will.

Samuel brachte sie nach Hause. Der Weg zu ihren Füßen leuchtete schwach. Dieser Teil der Vorstadt war damals ein finsterer Ort, unbebaut und schmutzig, und bis zu Medeas Haus waren es vier Kilometer Fußweg. Samuel, der ununterbrochen geredet hatte, verstummte auf halbem Weg plötzlich. Im Grunde hatte er alles über sich erzählt. In den Jahren ihrer Ehe ergänzte er das an diesem Abend Erzählte nur noch durch zweitrangige Details.

Auch Medea schwieg. Er hielt mit seiner schmalen, starken Hand ihren Arm, dennoch hatte Medea das Gefühl, dass sie ihn führte.

Als sie an Charlampis altem Hof anlangten, war der Mond aufgegangen, silbern schimmerten die Bäume im Garten; das Tor war seit Langem vernagelt, die Bewohner benutzten die beiden Gartenpforten, hinten und an der Seite. Vor der Seitentür blieben sie stehen. Er hustete und fragte sachlich:

»Also, wann gehen wir aufs Standesamt?«

»Das werden wir nicht.« Medea schüttelte den Kopf. »Ich muss darüber nachdenken.«

»Warum nachdenken?«, fragte er erstaunt. »Heute haben wir die Kollektivierung, morgen irgendwas anderes. Das Leben wird natürlich immer besser, aber ich finde, zu zweit werden wir dieses gute Leben besser ertragen. Verstehen Sie mich?«

Im Haus war es still. Sie zog ihr graues Kleid aus und ein anderes von derselben Farbe an, ihr Hauskleid, und schrieb einen Brief an Jelena. Es wurde ein langer und trauriger Brief. Sie erwähnte mit keinem Wort den komischen Dentisten und seine ungeschickte Brautwerbung, erzählte Jelena nur von den Jungen, die nun groß seien und sie verließen. Davon, dass jetzt Nacht sei und sie allein im Haus, dass die Jugend vorbei sei und sie sich müde fühle.

Gegen Morgen kam Wind auf, und Medea verspürte starke Kopfschmerzen. Sie wickelte sich ein altes Tuch um den Kopf und legte sich in ihr kaltes Bett. Am nächsten Tag hatte sie Fieber und Gliederschmerzen. Die Krankheit, die damals Influenza genannt wurde, war schwer und langwierig. Samuel Jakowlewitsch pflegte Medea mit großer

Hingabe. Am Ende der Krankheit war er unsterblich in sie verliebt, und sie fühlte sich grenzenlos und unverdient glücklich: Sie konnte sich nicht erinnern, dass ihr jemals jemand Tee ans Bett gebracht, ihr Bouillon gekocht und sie warm zugedeckt hätte. Nach der Krankheit heirateten sie, und ihre Ehe war glücklich vom ersten bis zum letzten Tag.

Medea kannte seine Hauptschwäche: Nach ein paar Gläsern brüstete er sich wie verrückt mit seiner revolutionären Vergangenheit und warf triumphierende Blicke auf die Frauen. Dann stand sie still auf, sagte: »Samonja, nach Hause!«, und er eilte ihr schuldbewusst hinterher. Aber diese Kleinigkeit verzieh sie ihm.

Im Nebenzimmer weinte ein Kind. Alik oder Lisotschka, das konnte Medea nicht ausmachen. Ein neuer Tag brach an, und Medea wusste nicht, ob sie nun diese Nacht geschlafen hatte oder nicht. Solche diffusen Nächte kamen in letzter Zeit immer häufiger vor.

Das Kind – inzwischen wusste sie, dass es Lisotschka war – verlangte, sofort ans Meer zu gehen.

Nika rief ärgerlich:

»Was soll das Geschrei! Steh auf, wasch dich, iss dein Frühstück, und dann entscheiden wir, wohin wir gehen.«

5

Zum Meer führten zwei Wege. Der eine, über die Chaussee, war vor dem Krieg entstanden. Er wand sich in weitem Halbrund, führte an einer Schlucht vorbei und fiel von dort als unbequemer Pfad ab. Der Hauptweg stieg bergauf und verschwand hinter einem Schlagbaum, wo militärische Objekte ihr unterirdisches Leben führten. Eine Abzweigung dieses Weges führte nach Feodossija, von hier konnte man per Anhalter fahren.

Der zweite Weg war alt, wesentlich kürzer, aber steiler und beschwerlicher. Beide Wege kreuzten sich zweimal: an der Schlucht und an einer runden Lichtung zwischen Oberem und Unterem Ort. Die Aussicht von hier war für das Auge kaum zu ertragen. Er war gar nicht so hoch, der Berg, auf dem einmal ein tatarisches Dörfchen gestanden hatte, aber wie in einem chinesischen Rätsel schien die Landschaft an dieser Stelle den optischen Gesetzen zuwiderzulaufen. Sie dehnte sich in weiter konvexer Wölbung aus, balancierend an der Grenze des Übergangs von Fläche in Volumen, und verband auf wundersame Weise Linear- und Vogelperspektive. Mit einer fließenden Kreisbewegung war darin alles erfasst: die terrassenförmig angelegten Berge, einst voller Weinstöcke, die nun nur noch auf den Gipfeln erhalten waren, dahinter die Tafelberge, blass, grau gefleckt von weidenden Schafherden, und noch höher und weiter ein uraltes Bergmassiv mit lockigen Wäldern am Fuß, kahlen, alten Abstürzen, nackten, bizarren Felsfiguren und eigenwilligen Naturgebilden, Wohnstätten toter Steine oben auf den Gipfeln; und es war nicht auszumachen, ob die steinerne Kruste der Berge in der blauen Meeresschale schwamm, die den halben Horizont einnahm, oder ob der gewaltige, mit einem Blick nicht zu erfassende Bergring den länglichen Tropfen des Schwarzen Meers umschloss.

Medea und Samuel waren im Herbst einunddreißig zum ersten Mal hergekommen. Als sie hier saßen, auf der mit Kapern und grauem Wermut bewachsenen Wiese, spürten sie beide, dass sie sich im Mittelpunkt der Erde befanden, dass die fließende Bewegung der Berge, die rhythmischen Seufzer des Meeres, die ziehenden Wolken, schnelle, halbdurchsichtige und langsamere, kompaktere, und der ringsum spürbare warme Luftstrom von den Bergen – dass all dies eine vollkommene Ruhe schuf.

»Der Nabel der Erde«, hatte der erschütterte Samuel damals nur gesagt. Aber Medea kannte in dieser Gegend mehrere solcher »Nabel«.

An diesem Tag hatten sie beschlossen, sich hier niederzulassen, Medeas Wohnung in Feodossija, die ihr verbliebenen zwei Zimmer in Charlampis Haus, gegen einen alten tatarischen Hof ganz am Rande des Ortes zu tauschen.

Hier begannen gewöhnlich die Expeditionen der Familie ans Meer, denen sich oft Freundinnen aus dem Ort mit ihren Kindern und einheimische Kinder anschlossen. Die Ausflüge zu den Buchten wurden gut vorbereitet, mit Essen, Stöcken für Sonnendächer, kurz, mit voller Wanderausrüstung. Selten blieben sie nur einen Tag am Wasser, meistens zwei, drei Tage, sie brachen vor Sonnenuntergang auf, um noch im Hellen den beschwerlichen schmalen

Gesimspfad zu bewältigen. Nach Hause kehrten sie spät zurück, die jüngeren, schon schläfrigen Kinder auf den Schultern. Manchmal konnten sie an der Schlucht ein Auto anhalten, das sie mitnahm, aber das war ein Glücksfall.

Medea ging, wie die meisten Einheimischen, selten ans Meer. Doch im Unterschied zu den jetzigen Zugezogenen, den Nachkriegsumsiedlern aus der Ukraine, aus dem Nordkaukasus und sogar aus Sibirien, die nicht einmal schwimmen konnten, war Medea am Meer geboren und kannte es, wie ein Dorfbewohner seinen Wald kennt: alle Tücken des Wassers, seine Unberechenbarkeit und seine Beständigkeit, seine Farbe, die am Morgen anders war als am Abend, im Herbst anders als im Frühling, alle Winde und Strömungen und deren kalendarische Zeiten. Aber wenn Medea sich zu einem Rendezvous mit dem Meer aufmachte, dann ging sie lieber allein. Doch diesmal hatte Georgi sie überredet, sich den anderen anzuschließen.

Es waren Feiertage, das Krankenhaus war geschlossen, sie hatte also keine Ausrede. Sie schlang sich ihr ausgeblichenes, einst schwarzes Tuch um den Kopf und warf sich eine alte tatarische Tasche über die Schulter, in der ihre Wegzehrung und ihr Badeanzug lagen.

Sie schlossen das Haus ab. Den Schlüssel legten sie an die vor vielen Jahren verabredete Stelle – mit unverhofften Gästen wurde immer gerechnet. Nora und Tanetschka saßen schon auf dem »Nabel«, beide von Kopf bis Fuß in Weiß, und Nora hatte sich ein Ahornblatt unter die Brille geklemmt, klein und schmal, genau passend für ihre Nase. Georgi prüfte die Schuhe der beiden.

»Na dann, mit Gott!«

Die Karawane setzte sich in Bewegung. Artjom ging voran, hinter ihm der strahlende Alik mit Lisa, dann als bunter Haufen die Mädchen, den Abschluss bildeten Medea und Georgi.

Der Weg führte auf diesem Abschnitt zunächst sanft bergab und nach dem ersten steilen Abstieg zur Fuchsklamm hinunter. Früher war hier einmal ein munteres Flüsschen geflossen, doch das war längst verschwunden, wie die meisten Flüsse in der Gegend, selbst sein Name war vergessen; nur wenige Tage im Jahr, während der Schneeschmelze, lebte es auf als schmales Bächlein trüben Schmelzwassers. Sie liefen im Halbdunkel über den steinigen Grund der nicht sehr tiefen Klamm. In ihren Wänden, die unten aus Lehm waren und oben aus Stein, gab es viele Fuchsbaue, eine ganze alte Stadt. Die Baue standen mal leer, mal waren sie bevölkert von kleinen, recht unscheinbaren Gebirgsfüchsen mit bleichem Fell und traurigem Schnäuzchen. Georgi blickte ständig nach oben – sein Jägerauge entdeckte jedes Mal etwas Lebendiges.

Durch die Fuchsklamm gelangten sie zu einem früheren Wasserfall und bogen auf den Pfad ab, der die Chaussee kreuzte und schließlich zu einer Schlucht führte. Hier endete der längere und leichtere Teil des Weges, und vor dem gefährlichen Abstieg über den Gesimspfad an den Uferfelsen machten sie auf einer kleinen flachen, mit niedrigen Wacholdersträuchern bewachsenen Wiese Rast. In diesem geschlossenen Raum, rundum von Felsen und auf einer Seite vom Hang eines ziemlich steilen Berges begrenzt, lag immer ein besonderer, würziger Duft – ein Gemisch aus Wacholder, Meersalz, Seetang und Fisch.

Sie rasteten stets nur kurz, um nicht faul und träge zu

werden, sondern Kräfte zu sammeln vor der letzten Anstrengung. Georgi gab den Kindern der Verwandtschaft ohne jede pädagogische Absicht Jahr für Jahr einen unvergleichlichen Lebensunterricht. Von ihm übernahmen die Jungen und Mädchen den heidnisch sorgsamen und kundigen Umgang mit Wasser, Feuer und Holz. Artjom, obwohl nicht der beste seiner Schüler, hatte sich hingesetzt, ohne seinen Rucksack abzunehmen, und Katja gab den Kleinen von dem von zu Hause mitgebrachten, abgekochten Wasser zu trinken. Jedem ein kleines Glas voll.

Medea hatte die mageren Beine ausgestreckt. Sie stocherte im Boden zwischen den Wurzeln eines Wacholderstrauchs herum und rief nach Nika. Auf ihrer ausgestreckten Hand lag ein dunkel angelaufener Ring mit einer kleinen rosa Koralle.

»Gefunden?«, fragte Nika begeistert.

Alle kannten Medeas außergewöhnliche Gabe. Medea schüttelte den Kopf.

»Wie mans nimmt. Eher verloren. Deine Mutter hat diesen Ring verloren. Sie dachte, das Meer hätte ihn weggespült. Dabei wars hier.«

Sie legte den schlichten Ring in Nikas Hand und dachte: Tut es etwa weh? Es scheint noch immer wehzutun.

»Wann?«, fragte Nika kurz. Sie ahnte, dass sie ein verbotenes Thema berührte, einen alten Zwist der Schwestern.

»Im Sommer sechsundvierzig«, antwortete Medea rasch.

Nika hielt den Ring in der Hand; die Koralle leuchtete noch immer rosa, war nicht tot. Alle umringten Nika und blickten auf ihre Hand, als liege darauf wirklich ein lebendiges Wesen. Georgi blickte über die Köpfe der Frauen hinweg.

»Der ist tatarisch. Mutter hat fast genau so einen.«

Katja warf einen gierigen Blick darauf.

»Mama, lass mich mal probieren.«

Auch Mascha streckte die Hand aus, um den Ring näher zu betrachten. Kein großes Wunder, aber immerhin ein Wunder!

Plötzlich rief die kleine Tanja:

»Seht mal! Seht mal, wer da ist!«

Den steilen Hang herunter kam ein Mann gerannt. Er flog mit der Geschwindigkeit eines Skiläufers, sprang über die raren Büsche, rutschte ein Stück auf Geröllawinen, ging in die Hocke, drehte, bremste mal mit dem einen, mal mit dem anderen Fuß. Ihm voran flog ein Strom kleiner Steine, hinter sich her zog er eine Staubspur. Sein Gesicht war unter dem Schirm der Basketballkappe nicht zu sehen, aber Nora erkannte ihn sofort an den weißen Jeans – es war ihr neuer Nachbar.

Georgi blickte missbilligend. Der Bursche war sportlich, aber ein Geck. Butonow sprang über den kleinen Steinschlag hinweg mitten auf die Wiese, hüpfte kurz auf der Stelle und stand schließlich still wie eine Statue. Dann schüttelte er sich und wandte sich an Nora:

»Ich hab Sie vom Ort aus gesehn, als Sie zum Weg gingen, und jetzt hab ich Sie eingeholt.«

Alle, auch Medea, musterten ihn neugierig. Aber das war für ihn nichts Neues. Er nahm seine Kappe ab, wischte sich übers Gesicht und schüttelte seine Hände, als wären sie nass.

»Bist du von links auf den Karatasch rauf?«, wollte Georgi wissen.

»Wohin?«, fragte Butonow zurück.

»Auf diesen Berg.« Georgi wies mit einem Nicken dorthin.

»Ja, von links«, bestätigte Butonow.

Georgi kannte diesen unauffälligen Pfad, führte aber die Kinder nicht dort entlang, weil er den Abstieg mit dem Geröll zu gefährlich fand.

»Wer ist das? Wer ist das?«, löcherte Mascha Nika.

Nika zuckte die Achseln.

»Ein Urlauber. Wohnt bei Tante Ada. Er war doch gestern mit Nora kurz bei uns.«

»Ach ja, ich hab gehört, dass jemand gekommen ist. Ich hab die Kinder ins Bett gebracht und bin dann selber eingeschlafen.«

»Siehst du, was für ein Prachtexemplar du verschlafen hast. Ein schönes Tier«, flüsterte Nika Mascha ins Ohr.

»Los, alle hoch, auf, auf!«, kommandierte Georgi.

Lisa klammerte sich an die Beine ihrer Mutter und jammerte:

»Mama, trag mich, ich kann nicht mehr.«

»Lauf schon, lauf selbst, du bist ein großes Mädchen«, wimmelte Nika die Tochter zerstreut ab.

»Mascha, trag du mich ein bisschen, ja, Mascha«, quengelte sie.

»Und wer ist er?«, fragte Mascha.

»Ein Sportler oder Masseur«, sagte Nika spöttisch. »Bleib ruhig, er ist nichts für dich. Er ist ein Schwachkopf«, sagte sie und rief dem ein Stück entfernt stehenden Butonow zu:

»Na, Valeri, haben Sie es sich im letzten Moment anders überlegt und beschlossen, uns einzuholen?«

»Ja, ich hab Ihre nette Gesellschaft von oben gesehen

und mir gedacht, wieso bleib ich wie ein armer Schwachkopf als Einziger im Ort?«

Mascha und Nika lachten: Er konnte Gedanken lesen!

»Ach, sind Ihre Gastgeber nicht da?«, wollte Nika wissen.

»Die trinken schon den zweiten Tag, haben Besuch gekriegt. Und das ist nicht gerade meine Lieblingsbeschäftigung«, antwortete Butonow überraschend kühl, weil er wohl in dem Lachen der Frauen etwas Beleidigendes gespürt hatte.

Georgi wandte sich an Butonow:

»Ich geh vorn, du machst das Schlusslicht.«

Valeri nickte. Georgi sprang hinunter, dem Pfad folgend. Butonow ließ alle anderen vorbei. Mascha ging mit Lisa auf der Schulter direkt vor ihm. Er holte sie ein und berührte ihren Arm.

»Lassen Sie mich Ihre Tochter tragen.«

Mascha schüttelte den Kopf.

»Nein, sie wird nicht wollen. Nehmen Sie Alik, wenn Sie möchten.«

Aber Alik wollte nicht.

Mascha berührte die Stelle, die dieser Sportler, oder was er war, angefasst hatte. Die Haut brannte. Mechanisch berührte sie ihren anderen Arm – nein, nur die Spur der Berührung brannte. Sie blieb stehen, setzte Lisa ab und sagte leise zu ihr:

»Lauf allein, Lisa, mir ist irgendwie nicht gut.«

Lisa sah sie mit ihren klugen Augen an.

»Soll ich deine Tasche nehmen?«

»Ach, du meine liebe Kleine«, sagte Mascha, erfreut über die überraschende Güte bei dem verwöhnten Mädchen. »Wenn ich nicht mehr kann, sag ichs dir, ja?«

Der Gesimsweg begann. Früher einmal, vor etwa hundert Jahren, hatten die hiesigen Schmuggler ihre kostbare Ware auf diesem Weg zu den Buchten gebracht, aber damals konnte ihn noch ein Fuhrwerk passieren. Von Jahr zu Jahr bröckelte das Gesims mehr ab. Die Schmuggler, die sich früher einmal um den Weg gekümmert hatten – Stützbalken aufstellten, Abhänge befestigten –, waren längst gestorben, manche aus Altersschwäche, manche durch Tollkühnheit, und ihre Nachkommen waren entweder umgesiedelt worden oder hatten sich als Beamte verdingt, erst im Dienst des Zaren, dann im Dienst der Sowjets, betrieben also andere Formen von Banditentum. An die romantische kriminelle Vergangenheit erinnerten sich nur noch Medea und vielleicht ein paar alte Krimbewohner, die längst weggezogen waren, bestenfalls auf die Innere Krim.

»In hundert Jahren ist er ganz verschwunden«, bemerkte Georgi.

Medea nickte ziemlich gleichgültig. Katja und Artjom schienen die Bemerkung gar nicht gehört zu haben – für Alte und Junge waren, aus unterschiedlichen Gründen, hundert Jahre ein zu großer Zeitraum, um ernsthaft darüber zu reden.

Nora, ängstlich bemüht, nicht nach rechts zu blicken, in den Abgrund, führte Tanja, die es abgelehnt hatte, sich auf Georgis Schulter zu setzen, an der vor Angst schweißnassen Hand. Nora haderte mit sich, dass sie das Kind auf eine so beschwerliche Tour mitgenommen hatte. Dumm, sehr dumm – aber sie konnte ja nicht auf halbem Wege allein umkehren. Tanja jammerte erstaunlicherweise nicht, fragte aber, einer eigenen Phantasie nachgehend, ab und zu:

»Mamotscha, ist da ein Schloss?«

Sie wollte nicht glauben, dass da kein Schloss sein würde. Das Meer ja, doch kein Schloss.

Aber auf dem letzten Abschnitt des Gesimsweges lag plötzlich doch ein Schloss vor ihnen: Ein vom Wind kahl gefegtes Kalkmassiv reckte unregelmäßige gotische Zinnen in die Höhe.

Der Festlandsgranit des Kara-Dag-Ausläufers, vulkanisches Tuffgestein und tertiäre Ablagerungen bildeten, wie Georgi sagte, eine einzigartige Verbindung geologischer Schichten, wie es sie sonst nirgends auf der Erde gab. Meterhohe Zapfen schienen in die Höhe zu wachsen, an manchen Stellen vertikal, an anderen, der Herrschaft eines ständig blasenden Windes ausgesetzt, einträchtig in dieselbe Richtung geneigt, wie an die Oberfläche gekrochene Fühler eines riesigen unterirdischen Tieres.

»Mama, schau, da ist doch das Schloss!«, rief Tanja, und alle lachten.

Der Anblick war für das menschliche Auge so sonderbar, dass er nicht lange zu ertragen war, man musste wegsehen – es war zu unwirklich.

Medea musste hier immer an den inzwischen verstorbenen Maler Bogajewski denken, den sie aus ihrer Gymnasialzeit kannte; er war einer der zahlreichen Maler aus Feodossija, wohl der bekannteste nach Aiwasowski. Seine sonderbaren Bilder verwiesen auf diese bizarre Felsenwelt, die schwarzgrünen Hänge und rosa Abstürze des Kara Dag. Sie mochte die Bilder nicht, weil sie falsch und unwirklich waren, aber wenn sie hierher kam, sagte sie sich: Auch das alles ist unmöglich, unwirklich, existiert aber dennoch in dieser Welt, verändert seine Form, wirft mit großen hellen Sandkörnern, aus denen dort unten schon ein kleiner Sandstrand entstanden ist, der in der Umgebung seinesgleichen sucht.

Etwa dreißig Meter weiter löste sich der Pfad vorsichtig vom Felsen und verzweigte sich zu mehreren gewundenen, die zum Meer führten. Hier wurden die Kleinen von der Schulter genommen, die Älteren, die an der Hand gegangen waren, losgelassen, und über Felsspalten und Risse, vorbei an unförmigen Gesteinsbrocken, liefen sie hinunter und wurden belohnt: Das Meer war an dieser schwer zugänglichen Stelle ganz klar, kostbar, wie jedes Mal von Neuem erobert.

Die kleinen Buchten wurden von einem dünnen steinigen Damm in zwei Hälften geteilt. Sie schnitten ziemlich tief ins Land, und einige große Felsen standen ihnen direkt gegenüber im Meer. Die Buchten und Felsen hatten schon viele Namen gehabt, doch in den letzten Jahrzehnten wurden sie immer häufiger nach Medea benannt. Zuerst hatten ihre jungen Verwandten sie so getauft, von ihnen übernahmen die Nachkriegsumsiedler den Namen Medeabuchten, danach auch völlig Fremde, die, wenn sie überhaupt schon einmal von Medea gehört hatten, dann höchstens von der anderen, der aus der Mythologie.

Der Weg zum Wasser war unbequem, voller unförmiger Steinbrocken und mit grobem Geröll übersät. Die Brocken lagen wild durcheinander, als wäre hier einst ein Spielplatz von Trollkindern gewesen. Schöne Steinchen wie in der Bucht von Koktebel – Chalzedone, Karneole und verschiedenfarbige Krimjaspisse – gab es hier nicht, dafür viele helle Kiesel mit dunklem, schmalem Streifen in der Mitte, wie Achten geformte Steine und jede Menge Treibgut,

Spuren vergangener Stürme. Direkt am Wasser aber leuchtete schneeweißer Sand, ohne den geringsten Schimmer Gelb.

Alle gingen hinunter zum Meer, warfen die Sachen ab und verstummten wie auf Kommando. Es war der übliche Augenblick ehrfurchtsvollen Schweigens angesichts der relativen Ewigkeit und ewigen Schönheit, die direkt vor ihren Füßen rauschte.

Katja zog als Erste ihre Schuhe aus und lief mit ihrem gezierten Ballettgang zum Wasser. Jetzt, da sie Artjom den Rücken zuwandte, konnte er sie endlich anschauen, ohne einen spöttischen oder unfreundlichen Blick fürchten zu müssen. Aber selbst von hinten war ihr anzusehen, dass sie niemanden brauchte und niemandes Freundschaft nötig hatte.

Artjom betrachtete ihren festen Rücken und den kleinen Kopf mit dem straffen kleinen Haarknoten, wie bei Mary Poppins, und litt. Vorgebeugt lief sie über die Steine, drehte die Füße mit der Spitze nach außen, und ihre festen, gewölbten Waden zitterten bei jedem Schritt ein wenig. Sie lief am Wasser entlang, litt ebenfalls und genoss zugleich die Situation. Sie fühlte, dass ihr Gang schön war, aber nur der Waschlappen Artjom sah ihr zu, und Onkel Georgi, wenn er überhaupt hinsah, dann höchstens missbilligend, und dieser neue Nachbar beachtete sie gar nicht. Sie lief, demonstrierte ihre Ballettschule, doch das Schlimmste war bereits geschehen: Sie hatte die Ausbildung abbrechen müssen, weil ihr Sprung nicht genügte. Gelenkig war sie, dehnbar auch, aber am verfluchten Sprung haperte es. Ihr Gang war zwar federleicht, aber sie flog auf der Bühne nicht, und die Lehrer wussten, dass sie nie fliegen würde.

Sie ging ins seichte Wasser, in dem von weither angespülter rosa Tang sanft schaukelte, strich mit ihrem Ballettfuß darüber, und die Berührung war kalt, aber samtig-angenehm.

»Ist es sehr kalt?«, rief Nika ihrer Tochter zu.

»Elf Grad«, antwortete Katja, ohne zu lächeln.

»Grässlich!«, rief Nika.

»Bei dreizehn Grad kann man schon schwimmen«, bemerkte Mascha und ging zum Wasser. Ihr folgten die Kleinen, alle drei. Alik hielt Lisa an der einen Hand, mit der anderen versuchte er Tanja zu halten.

»Der wird mal ein Frauenheld«, sagte Nika spöttisch.

»Unsinn! Er ist einfach sehr lieb«, widersprach Georgi.

Nika wollte noch etwas entgegnen, da ließ sich plötzlich Medea vernehmen:

»Mir gefällt diese letzte Generation von Kindern. Diese beiden und Brigitta, Wassenka und der kleine Rewas von Tomotschka.«

»Sind nicht alle Kinder gleich?«, wunderte sich Nika. »Sind diese etwa anders, als Katja und Artjom oder wir in dem Alter waren?«

»Früher einmal rechnete man Generationen nach dreißig Jahren, jetzt, glaube ich, wechseln sie alle zehn Jahre. Katja, Artjom, Schuschins Zwillinge und Sofiko – sie alle sind sehr zielstrebig. Aus denen werden einmal tüchtige Menschen. Aber die Kleinen sind sanft, voller Liebe, gehen ganz auf in Beziehungen, Emotionen.« Medea hatte noch nicht zu Ende gesprochen, da ertönte vom Wasser her Lisas verzweifelter Schrei:

»Lass ihn los, lass seine Hand los! Sie soll ihn loslassen!«

Lisa versuchte, Alik Tanja zu entreißen, und Tanja zerrte mit gesenktem Kopf an seinem Arm.

Alle lachten.

»Sieh an, die kleinen Weibchen …«

Nora rannte zu Tanja, packte sie, hob sie hoch und flüsterte ihr etwas ins Ohr. Sie kannte alle diese Menschen erst seit ein paar Tagen, sie gefielen ihr, sie waren sympathisch, aber schwer zu verstehen, und mit Kindern gingen sie irgendwie anders um als sie mit ihrer Tochter.

Sie sind zu streng zu den Kindern, dachte sie am Morgen.

Sie lassen ihnen zu viel Freiheit, schloss sie am Mittag.

Sie sind zu nachsichtig mit ihnen, glaubte sie am Abend.

Während sie sie zugleich bewunderte, beneidete und tadelte, begriff sie noch nicht, dass es einfach daran lag, dass die Kinder im Leben dieser Menschen einen bestimmten Platz einnahmen, aber nicht ihr ganzes Leben.

»Geh Holz sammeln, Artjom«, befahl Georgi leise seinem Sohn. Der Junge wurde rot. Der Vater hatte bemerkt, wie er nach Katja schielte. Er bückte sich und hob ein Stück von einem gespaltenen Brett auf, das der Sturm angetrieben hatte.

»Geh weiter hoch, da liegt viel trockenes Holz«, sagte Georgi, und Artjom kletterte erleichtert nach oben.

Georgi selbst nahm zwei Wasserkannen.

»Ich komme mit, Wasser holen«, bot Butonow an.

Georgi wäre lieber allein zu der uralten Stelle gegangen, die Medea ihm gezeigt hatte, als er noch ein Kind war, lehnte aber aus Höflichkeit nicht ab.

Der Tag wurde warm, sogar heiß. An diesem verborgenen Ort – Medea wusste das seit Langem – lebte die Natur irgendwie intensiver: Im Winter war es hier kälter, in der warmen Jahreszeit heißer, der Wind wirbelte an dieser scheinbar geschützten Stelle mit wütender Kraft, und das Meer warf unglaubliche Raritäten an Land, Fische, die seit hundert Jahren an der Küste nicht mehr gesehen worden waren, Herz- und Venusmuscheln, die in der Tiefsee lebten, und kleine Seesterne von der Größe einer Kinderhand.

Medea zog ihren Badeanzug an. Der letzte Schrei der Pariser Mode von neunzehnhundertvierundzwanzig; eine damalige literarische Berühmtheit hatte ihn Medea mitgebracht. Das zu völliger Farblosigkeit ausgewaschene Kleidungsstück hatte kurze Ärmel und eine Art Röckchen, alles von Nika mit dunkelroten und dunkelblauen Flicken geschickt restauriert, wirkte aber an Medea nicht lächerlich. Obwohl Medea beim alljährlichen Fest im August, mit dem ihr Geburtstag und das Ende der Kindersaison begangen wurde, jedes Mal von Interessenten bestürmt wurde, wirkte der Badeanzug an allen außer ihr wie ein Clownskostüm.

»Willst du baden?«, fragte Nika erstaunt.

»Mal sehen«, antwortete Medea vage.

Nora dachte voller Bitterkeit an ihre früh gealterte Mutter mit den geschwollenen weißen Beinen und den blauen Venen, die hektisch und hysterisch gegen das böse Alter ankämpfte, an ihre ständigen weinerlichen Forderungen, Ultimaten, belehrenden Ratschläge und Ermahnungen.

Mein Gott, was für normale menschliche Beziehungen, keiner fordert etwas vom anderen, nicht einmal die Kinder, dachte sie seufzend.

In diesem Augenblick kam die heulende Lisa zu ihrer Mutter gerannt und verlangte, Tanja solle ihr sofort den Nadelfisch wiedergeben, denn sie habe ihn zuerst gesehen, und Tanja habe ihn ihr weggeschnappt.

Nika saß im Schneidersitz. Sie zuckte nicht mit der Wimper, tastete nur hinter sich, holte, ohne hinzusehen, einen flachen Stein hervor, griff sich aus dem herumliegenden Geröll zielsicher einen kleinen rötlichen Stein und kritzelte mit ihm etwas auf den grauen.

Sie beruhigte ihre Tochter nicht, versuchte gar nicht, den Streit gerecht zu schlichten, und darum rührte sich auch Nora, die ihre Tochter schon überreden wollte, Großmut zu zeigen und den Fisch Lisa zu geben, nicht von der Stelle.

»Ich mal jetzt was, das erratet ihr nie«, sagte Nika in den Raum, und Lisa, die noch immer Tränen vergoss, beobachtete schon Nikas flinke Handbewegungen. Doch die Mutter schirmte die Zeichnung mit der Hand ab, und Lisa ging seitlich um sie herum, um etwas zu sehen. Nika drehte sich weg.

»Zeig mal, Mama«, bettelte Lisa.

Nora bewunderte Nikas pädagogisches Talent.

An diesem Tag, etwas später, bewunderte sie noch einmal Nikas Talent, diesmal ihr kulinarisches. Am Lagerfeuer, in einem zerbeulten alten Kessel, kochte Nika aus Junggesellentüten eine Suppe, in die sie alles Mögliche hineinwarf: Brotkrümel und -stückchen, die sie nach dem Frühstück vom Tisch gefegt und in ein Leinentuch gewickelt hatte, kleingehackte Sauerampferreste vom Vortag und sogar harte Feldthymianblätter, die sie auf dem Weg zur Bucht gepflückt hatte.

Es war Medeas, oder besser Matildas, Kochkunst, zugeschnitten auf eine große Familie und geringes Einkommen. Medea warf noch heute nichts weg, selbst Kartoffelschalen verarbeitete sie zu einer knusprigen Knabberei mit Salz und Kräutern – ideal zu Bier, behauptete Georgi.

Das alles wusste Nora nicht. Sie tauchte den Holzlöffel in den gemeinsamen Kessel, hielt beim Essen wie Medea ein Stück Brot unter den Löffel, aß die dicke, duftende Suppe mit längst vergessenem kindlichem Hunger und blickte hin und wieder zur Seite, wo an einem separaten Steintisch die Kleinen saßen – auch das war Familientradition, dass die Kinder an einem eigenen Tisch aßen.

»Nora, tun Sie bitte etwas auf«, bat Georgi und reichte Nora Medeas leere Schüssel. Sie beugte sich verwirrt über den Kessel.

»Mit dem Becher, schöpfen Sie mit dem Becher, eine Kelle gibts hier nicht«, sagte er.

Die beiden wären ein Paar, dachte Nika, o ja. Er sollte was mit ihr anfangen. Er wirkt die letzten Jahre so erloschen.

Wie ein Jäger witterte Nika jedes Liebeswild, sogar fremdes. Für sich hatte sie seit dem vorigen Abend Butonow vorgesehen. Es gab sowieso keine Auswahl, und er sah gut aus, war wunderbar gebaut und unkompliziert. Allerdings besaß er nicht das innere Strahlen, das Nika so schätzte. Übrigens sandte er auch keinerlei einladende Signale aus.

Na schön, wir werden sehen, entschied Nika.

Butonow löffelte schweigend seine Suppe, ohne jemanden anzusehen. Neben ihm saß Mascha, traurig und irgendwie zusammengekrümmt. Ihr Arm brannte noch immer, wie von einem Schlag, und sie wollte diese Berührung noch einmal spüren. Sie hatte sich absichtlich neben Butonow gesetzt und ihn, als sie ihm Löffel und Brot reichte, zweimal berührt, aber es brannte nicht, verursachte nur eine Art Ziehen im Innern. Er saß neben ihr, reglos wie ein Buddha, und strahlte eine steinharte Kraft aus. Mascha rutschte auf ihrem Platz herum, konnte keine bequeme Stellung finden und begriff schließlich voller Abscheu gegen sich selbst, dass dieses ganze Getue nichts anderes war als eine unbewusste Annäherung an ihn. Da legte sie den Löffel hin, stand auf und ging zum Meer; unterwegs warf sie ihr weißes Männerhemd ab, mit dem sie sich vor der Sonne schützte. Sie stürzte mit Anlauf ins Wasser und schwamm sofort los, ohne Luft zu holen und mit Armen und Beinen Spritzfontänen aufwühlend.

Das Mädchen ist ganz außer sich, dachte Medea.

Butonow sah zu ihr hin.

»Das Wasser ist ziemlich kalt.«

»Katja sagt, elf Grad, und sie ist wie ein Thermometer«, sagte Nika, wobei sie sich zu ihm umdrehte.

Aha, du willst was von mir, stellte Butonow fest, sah sie direkt und nüchtern an und ging ohne Hast zum Wasser. Mascha kam schon heraus, kopfschüttelnd und prustend.

»Wie in einem Eisloch«, sagte sie zähneklappernd.

»Ja, ein starker Reiz«, spöttelte Butonow.

Mascha legte sich auf die heißen Steine und deckte sich mit dem weißen Hemd zu. Hitze und Kälte zugleich durchfluteten ihren Körper.

Butonow setzte sich neben Medea.

»Medea Georgijewna, es heißt, Sie baden den ganzen Winter?«

»Nein, mein Lieber, schon seit zwanzig Jahren nicht mehr.«

Die Suppe war aufgegessen, und Nika forderte Katja auf, den Kessel auszuwaschen.

»Warum immer ich?«, empörte sich Katja.

»Darum.« Nika lächelte, und wieder bewunderte

Nora sie: keinerlei Beschwichtigungen, Erklärungen, Argumente.

Katja nahm mit unzufriedener Miene den Kessel und ging zum Wasser.

»Katja! Du hast was vergessen!«, rief Nika ihr hinterher.

»Was denn?« Katja drehte sich um.

»Lächeln!«, antwortete Nika, das Gesicht zu einer lustigen Clownsgrimasse verzogen.

Katja machte eine tiefe theatralische Verbeugung, den Kessel an die Brust gedrückt.

»Sehr gut!«, befand Nika.

Wie unbekümmert sie ihr schönes Gesicht entstellt, es mit den Fingern in die Breite zieht und Grimassen schneidet, wenn sie den Kindern einen Affen vormacht, der Schlafmittel genommen hat, oder einen Igel, der seine Mama küssen will, aber die Stacheln stören – und sie hat gar keine Angst, hässlich auszusehen! Das alles war für Nora erstaunlich und unbegreiflich.

Medea nahm nichts davon wahr. Sie saß mit dem Rücken zum Meer und betrachtete, den Kopf leicht erhoben, die Berge, nahe und ferne, und zwei Gedanken bewegten sie: Dass sie in der Jugend das Meer über alles auf der Welt geliebt hatte und ihr jetzt der Anblick der Berge wesentlich wichtiger war. Und der zweite: Hinter ihr, unter diesen mit ihr verwandten jungen Leuten, herrschte große Liebessehnsucht, die ganze Luft war erfüllt von ihrer gegenseitigen Anziehung, den sanften Regungen von Körpern und Seelen.

6

Der Ring, den Medea auf dem Weg zu den Buchten gefunden hatte, gehörte wirklich einmal Sandra. In Medeas Erinnerung war der Sommer sechsundvierzig die Zeit ihrer vollkommensten schwesterlichen Nähe gewesen. Ihr erstes Wiedersehen nach dem Krieg. Medea war den ganzen Krieg über auf der Krim, ja, an diesem Ort geblieben; Sandra hatte den gesamten Krieg ohne Unterbrechung in Moskau verbracht, sich auch strikt gegen die Evakuierung nach Kuibyschew gesträubt, wohin die Familien der Militärs gleich zu Beginn des Krieges geschickt wurden. Damals, sechsundvierzig, schienen sie auf einmal gleichaltrig, und Medea musste sich nicht mehr ständig darum sorgen, was die jüngere Schwester wohl noch anstellen würde.

Sandra war Kriegswitwe mit drei Kindern, erschöpft von den schweren Jahren, und hatte ihre beste Zeit hinter sich – nichts deutete darauf hin, dass sie gerade jetzt erneut über die Stränge schlagen würde.

Der Verlust des Rings war in jeder Hinsicht bedeutungslos. Sandra verlor oft etwas, die Dinge hingen nicht an ihr und sie nicht an ihnen. Aber Medea ging der Fund dieses vor dreißig Jahren verlorenen Rings nicht aus dem Sinn. Vielleicht, weil sie wusste: Neben den simplen kausalen Zusammenhängen gab es zwischen verschiedenen Ereignissen noch weitere, die manchmal offensichtlich waren, manchmal geheim und manchmal völlig unbegreiflich.

Na schön, wenns sein muss, werd ichs erfahren, dachte Medea voller Vertrauen in den, dem nichts verborgen bleibt, und beruhigte sich.

Sandra besaß eine ganze Sammlung von Ringen, beinahe von Kindesbeinen an hatte sie sich stets mit allem möglichen Zeug behängt, doch ihre Jugend war just in die Zeit gefallen, als diese liebenswerte weibliche Schwäche von der gesellschaftlichen Meinung streng geächtet wurde.

In den zwanziger Jahren, als Medeas zuverlässigster Schutz ihre Situation als kinderreiche Waise war, ihre unliebenswürdige Strenge und ihre unablässige Sorge um die Jüngeren, blies Sandra, von Natur aus leichtsinnig, aber keineswegs dumm, ihre verzeihliche Schwäche auf wie einen Luftballon, und es schien, als würde sie jeden Augenblick davonfliegen, egal, wohin und mit wem.

Mit der Zeit wuchs sich diese unschuldige Schwäche so aus, dass die Anschläge diverser ideologischer Missionare vom Russischen und Allrussischen Komsomol und anderer auf Sandras Seele von selbst aufhörten: Sie konstatierten ihre staatsbürgerliche Unzulänglichkeit und bescheinigten ihr unausrottbaren Leichtsinn, was Sandra entband von der Teilnahme an der großen Sache des Aufbaus … wovon eigentlich, versuchte sie gar nicht erst zu ergründen.

Medea, die Einzige in der Familie mit Gymnasialabschluss, hatte durch die Umstände der Kriegs- und Revolutionszeit keine richtige Ausbildung erhalten und träumte davon, dass aus ihren Kleinen etwas werden sollte. Doch bei Sandra klappte das offenbar nicht. Ihre Leistungen waren schlecht, obwohl sie nicht unbegabt war. In der städtischen Schule, die sie besuchte, unterrichteten noch Gymnasiallehrer, es war eine recht gute Schule. Manchmal holte

Medea ihre Schwester ab, und dann bat sie der alte Geografielehrer Nikolai Leopoldowitsch Welde, ein großer Kenner der Krim, ins Lehrerzimmer, schimpfte flüchtig auf die heutigen Schüler, die das Lernen nicht ernst nahmen, und erging sich in sehnsüchtigen, leidenschaftlichen Erinnerungen an die Zeiten, da er die Fräuleins auf Exkursionen in die wildesten und geheimsten Winkel und Schluchten des Kara Dag geführt hatte. In diesen gemeinsamen Erinnerungen klang die verborgene Hoffnung durch, alles könne wieder zum normalen Leben zurückkehren, das heißt, zu dem vor dem Krieg, vor der Revolution.

Das Leben wurde zwar nicht wieder normal, doch allmählich schliff sich alles ein und wurde erträglicher. Medeas Brüder waren der Kindheit entwachsen. Wie alle Männer der Sinoplis zog es sie aufs Meer. Der Fischfang, ein beliebter Zeitvertreib aller Jungen, war für sie von klein auf Arbeit gewesen, die sie ernährte; der alte Genuese Onkel Grischa Porcelli, der von Jugend auf bei Charlampi gearbeitet hatte, nahm sie schon früh mit zum nächtlichen Meeräschenfang, und das war kein leichter Spaß.

Neunzehnhundertvierundzwanzig beendete Sandra die Siebenklassenschule. Medea zerbrach sich den Kopf, wo sie die Schwester unterbringen sollte – die Hungerzeit war zwar vorbei, aber es herrschte grimmige Arbeitslosigkeit.

Zwei Tage lang ließen die Grübeleien um Sandra Medea selbst im Schlaf keine Ruhe, und am dritten Tag traf sie auf dem frühmorgendlichen Weg zur Arbeit – sie arbeitete damals in der Geburtshilfeabteilung des städtischen Krankenhauses von Feodossija – Nikolai Leopoldowitsch Welde bei seinem Morgenspaziergang. Sie hatte kaum den Mund aufgemacht, um ihm ihre Sorge mitzuteilen, da bestellte er sie, als habe er bereits alles für sie überlegt und entschieden, nach der Arbeit zu sich.

Als Medea zu ihm nach Hause kam, war die Sache so gut wie beschlossen. Er hatte bereits einen Brief aufgesetzt an den Leiter der Forschungsstation Kara Dag, seinen alten Freund.

»Ich weiß nicht, ob er was hat, aber die Station untersteht jetzt der Hauptverwaltung Wissenschaft, vielleicht sind noch Stellen dazugekommen. Zumal jetzt im Sommer auswärtige Wissenschaftler anreisen und es mehr zu tun gibt.« Er reichte ihr den Brief.

Medea nahm das graue, hässliche Kuvert und wusste sofort, dass die Sache in Ordnung gehen würde. Jedes Mal, wenn alte Fäden auftauchten, Menschen von früher, aus der Vergangenheit, wurde alles gut.

Sie kannte die Station und deren jetzigen Leiter Ludski gut, erinnerte sich sogar an Terenti Iwanowitsch Wjasemski, den Gründer der Station. In jenem ersten Sommer, in dem sie Gast der Stepanjans in Sudak gewesen war, hatte er diese in Angelegenheiten der Station aufgesucht – ein verwahrloster Greis in einem schon blankgescheuerten Gehrock, mit einem Frauenschal, den er wie eine altmodische Krawatte gebunden hatte. Mit ihm war noch ein Zweiter gekommen, eine nicht weniger bemerkenswerte Person, aber von ganz anderer Art, mit rundem Gesicht, Bauch, buschigen grauschwarzen Brauen und einem jüdischen Akzent, der im Russischen ebenso stark war wie im Französischen; Mitglied der Staatsduma und lokale Sehenswürdigkeit: Solomon Solomonowitsch Krim.

Stepanjan, ein großer Mäzen und Wohltäter, hatte den Bittstellern damals aus irgendwelchen Gründen seine Unterstützung verweigert und am Abend, nach dem Essen, erzählt, was für ein origineller und außergewöhnlicher Mensch dieser Doktor Wjasemski sei – Physiologe, Kämpfer gegen den Alkoholismus und Verfechter der sonderbarsten Ideen. Mit der ungewöhnlichsten seiner Ideen hatte er sich lange getragen: Er war der Ansicht, dass der Staat, wenn er intellektuelle Kräfte ins Gefängnis sperre, eine ungeheure geistige Energie verlor, die er in seinem Interesse nutzen könnte, und durch die Schaffung wissenschaftlicher Laboratorien im Gefängnis könne dieses Potenzial zum Wohle der Gesellschaft bewahrt werden. Terenti Iwanowitsch hatte diesen Gedanken dem damaligen Bildungsminister Graf Deljanow überzeugend dargelegt. Der Graf fand den Gedanken absurd und sogar gefährlich, doch ein paar Jahrzehnte später sollte er sich im Staat erfolgreich durchsetzen.

»C'est un grand original«, hatte Armik Tigranowna gemurmelt und die Kinder nach oben, in die Schlafzimmer geschickt.

Damals geriet die aberwitzige Idee des großherzigen Verrückten in Vergessenheit. Ein paar Jahre später steckte er sein ganzes Vermögen in eine erfolgreichere Idee – die Gründung einer Wissenschaftlichen Station auf seinem Gut in Kara Dag, die jedem ernsthaften Wissenschaftler offenstehen sollte, auch wenn er keinen akademischen Grad besaß oder eine schwache Gesundheit hatte – um so besser, hier konnte er seine Gesundheit sanieren und zugleich wissenschaftlich produktiv sein, selbst wenn es ihm an materiellen Mitteln fehlte, denn Doktor Wjasemski wollte hier zugleich ein Sanatorium eröffnen und mit dessen Gewinn die wissenschaftliche Arbeit absichern.

Am nächsten Tag fuhr Medea mit ihrer Schwester zur Station. Der Leiter küsste Medea zur Begrüßung. Seine älteste Tochter Xenija Ludskaja, eine Mitschülerin Medeas aus dem Gymnasium, hatte mit ihr zusammen im Lazarett gearbeitet und war neunzehnhundertneunzehn an Typhus gestorben.

Der alte Ludski wies den Hausmeister an, für Sandra das kleine Eckzimmer im Wohngebäude der Station freizumachen. Dann tranken sie lange Tee, erinnerten sich an gemeinsame Bekannte, das waren nicht wenige, und verabschiedeten sich herzlich.

Drei Tage später zog Sandra endgültig auf die Station und lernte alles Nötige für die Durchführung des Praktikums der Studenten, die in diesem Jahr aus Moskau, Leningrad, Kasan und Nishni Nowgorod kommen sollten.

Gleich ihre erste Saison wurde fröhlich und ein Erfolg. Zuerst hatte sie eine Affäre mit einem wissenschaftlichen Assistenten aus Charkow, und als er abreiste, weil er genug Würmer gesammelt hatte, tauchte ein sehr attraktiver Geologe auf, der eine topographische Karte von Kara Dag zeichnete und dem sie als Hilfe zugeteilt wurde, weil er bei der Vermessungsarbeit einen Partner brauchte. Sie waren wunderbare Partner, beide hochgewachsen, mit rostrot schimmerndem Haar, braunen Augen, beide fröhlich und unbeschwert, und der Geologe, der Alexander hieß, was sie beide zusätzlich amüsierte, machte auf der neuen Karte kleine Kreuzchen an den Stellen, wo man bequem lagern konnte, und von Juli bis Ende Oktober diente Sandra, ohne ihren eigenen Rücken zu schonen, der Wissenschaft, kreuz und quer über den Bergrücken, auf allen seinen fünf Massiven. Dann wurde das Wetter schlecht, und der Geologe reiste ab, um seine Arbeit im nächsten Jahr zu vollenden.

Der Winter war auch nicht langweilig. Sandra arbeitete viel in der Bibliothek und im Museum der Station, erwies sich als ausreichend verständig und kundig. Ab Ende März kamen verschiedene Wissenschaftler, es wurde lebendiger, zumal auch die Segelflugstation, die in den letzten Jahren eine Krise durchgemacht hatte, wiedererstand und ganz in der Nähe, im stillen Koktebel, auf dem Klementjew-Berg, nun breitschultrige Sportler und romantische Erfinder auftauchten. Aus diesem Grund war Sandra, als der Geologe vom Vorjahr eintraf, bereits in einen Segelflieger verliebt, den nach einem Monat sein Zwillingsbruder ablöste, der ihm so ähnlich sah, dass Sandra den Moment kaum wahrnahm, da der zweite den ersten ersetzte.

Medea, die nicht weiter in das Privatleben ihrer Schwester eindrang, freute sich, dass diese gut untergebracht war, gut behandelt, ja, sogar verwöhnt wurde, und sorgte sich nun vorwiegend um die Kleinen. Dimitri zeigte eine große Begabung für Mathematik und träumte von der Artillerieschule. Medea versuchte taktvoll, ihn möglichst vom Militärberuf abzubringen, doch er spürte ihr Manöver und verschloss sich, rückte von ihr ab und gab ihr deutlich zu verstehen – obwohl er kein Wort sagte –, dass Medea eine Spießerin und anachronistischer Ballast sei. Konstantin, obwohl nur zwei Jahre älter, hatte für diese Dinge nichts übrig, sondern ging wie früher mit Grischa Porcelli zum Fischfang und schien von nichts anderem zu träumen als von Reusen, Schlepp- und Beutelnetzen.

Die leichte Entfremdung zwischen ihr und den jüngeren Brüdern enttäuschte Medea zutiefst, zumal sie Sandra jetzt nur noch selten sah. Sandra kam etwa alle vierzehn Tage nach Feodossija, besuchte ihre Freunde und erzählte Medea nur nebenbei, beim Abendessen, von ihrem Leben auf der Station, hauptsächlich von Exkursionen und Fundstücken, ihr stürmisches Privatleben klammerte sie ein für allemal aus. Doch Medea ahnte, dass ihr kleines Schwesterchen kein Vergnügen ausließ, sich aus jedem Wasser ihre Perlen fischte und den Nektar von allen Blüten sammelte. Das brachte Medea auf den traurigen Gedanken, dass ihr eigenes Privatleben unerfüllt war und es wohl immer bleiben würde.

Sie war nicht sehr begehrt – ihr ikonenhaftes Gesicht, der kleine Kopf, schon damals mit einem Schal umwickelt, ihre für den Geschmack der Männer in Feodossija zu flache, magere Gestalt bescherten ihr keine Verehrer.

Mein Bräutigam ist wohl an der Front gefallen, entschied Medea und fand sich schnell damit ab. Aber Sandra muss so schnell wie möglich verheiratet werden.

Sandra arbeitete das dritte Jahr oder besser, die dritte Saison, auf der Station, und ihr zukünftiger Mann packte in der Poljankastraße in Moskau schon seine Sachen für eine Forschungsreise nach Kara Dag.

Alexej Kirillowitsch Miller stammte aus einer ziemlich bekannten Petersburger Familie, die einst den etwas gefährlichen Nimbus der »Progressivität« besaß und weit zurückreichende humanistische Traditionen pflegte. Alexej Kirillowitschs Urahn war ein petrinischer Deutscher; beide Großväter, auch der von Seiten seiner Mutter, waren Professoren gewesen. Sein Vater, ein vielversprechendes naturwissenschaftliches Talent, hatte in England studiert, war aber bei einer Polarexpedition umgekommen, noch keine dreißig Jahre alt. Alexej Kirillowitsch, erzogen von einer reichen alten Tante, einer gebildeten Dame, die sich rege an der verlegerischen Tätigkeit ihres Mannes beteiligte, hatte ebenfalls in England studiert, war jedoch vor der Verteidigung seiner Dissertation wegen des ausgebrochenen deutschen Krieges nach Russland zurückgekehrt.

Seine angeborene Kurzsichtigkeit, die im Übrigen nicht weiter schlimm war, befreite ihn vom Militärdienst; er verteidigte seine Dissertation an der Moskauer Universität und blieb dort als Assistent, später als Dozent. Er war Entomologe und erforschte Insekten mit kompliziertem Sozialverhalten. Im Grunde war er einer der ersten Spezialisten der Soziobiologie. Seine Lieblingsobjekte waren Erdwespen und Ameisen; diese stummen Geschöpfe erzählten dem aufmerksamen Forscher von interessanten und höchst rätselhaften Ereignissen, die sich in ihren jahrtausendealten Stadtstaaten mit komplizierten administrativen, wirtschaftlichen und militärischen Strukturen abspielten.

Viele Jahre später, als er sich mit dem unsicheren Status einer Displaced Person in Süddeutschland befand und als wissenschaftlicher Mitarbeiter in einer geschlossenen Forschungseinrichtung arbeitete, die intellektuelles Potenzial aus dem eroberten Europa versammelte, und zwar nach dem einst von Terenti Iwanowitsch propagierten Prinzip, da schrieb er sogar eine von zutiefst pessimistischer Eleganz erfüllte kleine Abhandlung, in der er versuchte, die Gemeinsamkeiten der Verhaltensstrukturen in Kriegsgefangenenlagern, wo er bis zur Versetzung ins Laboratorium fast ein Jahr als Dolmetscher verbracht hatte, und in Kolonien staatenbildender Insekten zu analysieren.

Diese Arbeit, die eine traurige Begründung des Rassismus als biologische Erscheinung enthielt, wurde Anfang fünfundvierzig bei einem Bombenangriff vernichtet. Unglücklicherweise zusammen mit dem Autor.

Aber in jenem Sommer fünfundzwanzig auf der Krim konnte er zum ersten Mal das Drama der Eroberung einer Ameisenart durch eine andere von Anfang bis Ende beobachten, angefangen vom ersten Eindringen der Fremden, die zwar kleiner waren, aber massivere Kiefer besaßen.

Wenn er stundenlang vor einem Ameisenhaufen saß und das scheinbar wohldurchdachte Leben dieser Wesen betrachtete, die unfähig waren, einzeln zu existieren, fühlte er sich fast wie Gott und war sich sehr wohl bewusst, auch wenn er es nicht in seiner gewohnten wissenschaftlichen Sprache ausdrücken konnte, dass im unschuldigen Gewimmel der Ameisen viel Geheimnisvolles wie Schicksalhaftes lag und, mit Puschkin ausgedrückt, »so manchem eine Lehr«. Das war keine bloße Biologie, nein, da war noch sehr viel mehr – er witterte eine Entdeckung, war großartiger Stimmung und spürte seine Kräfte wachsen.

Alexej Kirillowitsch war noch keine vierzig. Er gehörte zu den von Geburt an grundsoliden Menschen mit einem für alle Zeiten festgelegten Alter. Möglicherweise fühlte er sich in den letzten Jahren deshalb so gut, weil sein persönliches, von der verstreichenden Zeit unabhängiges Alter nun mit seinem kalendarischen übereinstimmte.

Er bekam früh eine Glatze, doch schon bevor seine Haare seinen runden Kopf voller symmetrischer Höcker auf natürlichem Wege verließen, hatte er diesen stets kahlrasiert und sich einen Vollbart stehenlassen. Dazu gehörten eine Brille mit goldenem Rahmen und ein altväterlicher

Anzug aus Leinen oder Rohseide, eine Nummer größer, als seine frühe, aber durchaus kompakte Beleibtheit es erforderte. Er bewegte sich leichtfüßig, war ein großartiger Schwimmer und, was man kaum vermutete, geschickt bei allen Ballspielen, von Tennis bis Fußball. Unverkennbar englische Schule.

In jenem Jahr war auf der Station Kara Dag Volleyball in Mode. In der Stunde vor Sonnenuntergang spielte eine bunt gemischte Gruppe aus ortsansässigen und fremden wissenschaftlichen Mitarbeitern und Praktikanten, nachdem alle ein abendliches Bad genommen hatten und über die glitschigen Steine aus dem Wasser gestiegen waren, im Kreis Volleyball. Der korrekte und wohlerzogene Alexej Kirillowitsch nahm den leichten Ball mit seinen sensiblen Fingern an, spielte präzise Pässe und parierte die schwersten Angaben, indem er sich wie eine Meereswelle unter den Ball rollte.

Sandra hüpfte, schwang die Ellbogen und die langen Beine mit den hochsitzenden sehnigen Wadenmuskeln, ließ den Ball fallen, schrie und lachte, den Mund so weit offen, dass ihre rosa Kehle zu sehen war.

Was für ein bezauberndes Mädchen, dachte Alexej Kirillowitsch verträumt und absichtslos. Er war seit Langem verheiratet, seine Frau, Dozentin, Hydrobiologin, genoss einen nicht minder respektablen Ruf als er. Vor vielen Jahren hatte sie wegen Alexej Kirillowitsch, der damals noch studierte, ihren ersten Mann verlassen, seitdem lebten sie ohne Trauschein zusammen.

Eine Zeitlang hatte sie, protestantisch geboren und erzogen, den orthodoxen Glauben annehmen wollen, damit sie sich trauen lassen konnten, doch in den Jahren nach der

Revolution geriet die Idee in Vergessenheit und wurde sogar lächerlich: Die tiefen Konflikte zwischen den Konfessionen wurden restlos verweht vom Wind der neuen Welt, die sich nicht um irgendwelche Schmalkaldischen Punkte scherte.

Das Paar lebte ungetraut und in vollkommener Eintracht zusammen, tauschte beim Abendessen berufliche Informationen aus und zeigte nicht die geringste Neigung zum Ehebruch.

Das feine Flämmchen, das sich unter der dichten Wolle in seiner Brust eingenistet hatte, wäre von Alexej Kirillowitsch möglicherweise unbemerkt geblieben, hätte sich Sandra nicht zu dem komischen, altmodischen Professor hingezogen gefühlt und dieses vage, kaum schwelende Interesse nicht angefacht.

Zuerst gab sie ihm drei Tage. Aber er kam nicht zu ihr, obwohl er sich im Volleyballkreis immer ihr gegenüber aufstellte und ihr den Ball zuspielte – ausschließlich ihr. Dann gab sie ihm noch zwei Tage – jeden Abend gingen sie in lärmender Gesellschaft zusammen baden, spielten Ball, aber er besuchte sie noch immer nicht, bedachte sie nur ab und zu mit kurzen, scheuen Blicken und beschäftigte sie immer mehr. Während der Arbeitszeit sahen sie sich nicht, er ging zu seinen Ameisen, sie half den Botanikern bei Herbariumsarbeiten.

Für moralisch gefestigte und physiologisch anständige Menschen, wie Alexej Kirillowitsch zweifellos einer war, stellt das Leben die simpelsten, aber zuverlässigsten Fallen auf. Der Stolperstein geriet ihm vor die Füße, als er schon fast als Sieger aus dem noch nicht begonnenen Spiel hervorgegangen war. Das heißt, gestolpert war Sandra – und hatte sich beim Volleyball den Fuß verstaucht. Sie konnte nicht mehr auftreten.

Die wissenschaftlichen Mitarbeiter männlichen Geschlechts trugen der Reihe nach Sandra vom Strand bis zum Haus. Zuerst zwei Aspiranten, die Hände zu einem Tragesitz verschränkt, dann der Ichthyologe Botashinski auf dem Rücken und schließlich, das letzte Drittel – Alexej Kirillowitsch. An diesem Abend bekam er sie, mitsamt Knien, Ellbogen, dem verstauchten Knöchel und allem Übrigen.

Er erinnerte sich, wie er sie ins Eckzimmer gebracht hatte, dann in die Datscha von Junge gegangen war, aus der Apotheke einen Verband geholt hatte, deutsche Vorrevolutionsware, bestimmt noch aus den Beständen des verstorbenen Wjasemski, und wie er zu Sandra zurückgekommen war, um ihren geröteten und angeschwollenen Fuß zu verbinden. Die halbe Stunde zwischen dem Verbinden und dem Augenblick, da er, ohne die Tür verschlossen zu haben, in das muskulöse Innere der Nachwuchsvolleyballerin eindrang, war spurlos aus seinem Gedächtnis verschwunden.

Sandra empfing buchstäblich am selben Abend, und als Alexej Kirillowitsch zwei Monate später, nach Ablauf seiner Dienstreise, abreiste, war sie eindeutig schwanger und er überzeugt, dass er in allernächster Zeit wiederkommen und sie holen würde.

Doch die Umgestaltung seines früheren Lebens, die diese romantische Geschichte nach sich zog, dauerte länger, als er vermutet hatte.

Seine protestantische Frau nahm Alexej Kirillowitschs Mitteilung über die neuen Umstände ruhig, sogar ein wenig kühl auf. Die einzige Bedingung, die sie ihm stellte, war für ihn überraschend und schwer erfüllbar: Sie bat ihn, die Universität zu verlassen, an der sie beide arbeiteten. Vor September konnte er als Pädagoge keinerlei Schritte in Sachen Arbeitssuche unternehmen, denn an den Hochschulen waren Ferien. Im September wurde an der Timirjasew-Akademie eine Stelle frei. Dann gab es Probleme mit der Wohnung. Die Wohnung in der Poljankastraße behielt seine Frau. Die Timirjasew-Akademie verfügte über Diensträume, aber er brauchte einige Zeit, bis die nötigen Papiere geschrieben, die notwendigen Bescheide und Unterschriften eingeholt waren.

Die Zeit verging, Sandra trug ihre Schwangerschaft unauffällig, musste bis zum siebten Monat keinen einzigen Knopf versetzen, bekam täglich einen Brief von Alexej Kirillowitsch und machte sich dank ihres glücklichen Leichtsinns keine Gedanken darum, was ihr bevorstünde, sollte Alexej Kirillowitsch ebenso überraschend verschwinden, wie er aufgetaucht war. Doch womöglich fußte ihre Ruhe auf der Überzeugung, dass Medea auch die Verantwortung für dieses Kind auf sich nehmen würde, wie sie es einst mit Sandra und ihren Brüdern getan hatte.

Noch aber schwiegen beide Schwestern. Allerdings sah Medea alte Wäsche durch und legte einiges für Windeln beiseite. Erst als Sandra in Medeas Hand ein altmodisches Mützchen sah, auf dessen Rand sie mit feiner Nadel ein blaues Fischgrätenmuster stickte, erzählte Sandra von Alexej Kirillowitsch, heftig das Haar schüttelnd und mit starker Betonung auf dem »s« in »sehr«: »Er gefällt mir sehr, er ist ein sehr interessanter Mann … du kennst ihn sehr gut …«

Medea erinnerte sich tatsächlich noch aus ihrer Kindheit an ihn, als der Student Alexej Kirillowitsch, noch vor seiner

Abreise nach England, ein Zimmer in ihrem Haus gemietet hatte – die Krim zog damals viele Naturforscher an.

Nun warteten beide Sinopli-Schwestern auf Alexej Kirillowitschs Ankunft.

Unterdessen hatte er eine Wohnung gefunden – eine Winterdatscha neben dem Timirjasew-Park. Sie war so heruntergekommen, dass eine Instandsetzung dringend nötig war, zudem bereitete Alexej Kirillowitsch eine neue umfangreiche Vorlesungsreihe zur allgemeinen Entomologie vor und einen Spezialkurs »Gartenschädlinge«.

Sandras Sohn hielt es nicht aus bis Moskau und kam unter Tante Medeas Aufsicht im selben städtischen Krankenhaus von Feodossija zur Welt, wo Matilda ihre Kinder geboren hatte. Nur Doktor Lesnitschewski lebte nicht mehr.

Zwei Wochen später erschien, ohne jede schriftliche Vorankündigung, Alexej Kirillowitsch, direkt in Medeas Haus – aus Sandras Briefen wusste er, dass sie kurz vor der Entbindung zu ihrer Schwester gezogen war. Er fand in einem Lehnstuhl am Fenster sitzend eine junge Frau mit halblangem rötlichem Haar, das ihr Gesicht zur Hälfte verdeckte, und einen rundköpfigen Säugling, der sich an ihrer bläulich-weißen Brust festsaugte. Das war seine Familie – ihm stockte der Atem.

Nach zwei Tagen reiste Alexej Kirillowitsch mit seiner neuen Familie nach Moskau ab. Medea hätte nicht mitfahren müssen, doch der Neffe, den sie, nun seine Patin, bereits hatte taufen lassen, war ihr in diesen Tagen so ans Herz gewachsen, dass sie Urlaub nahm und mitfuhr, um Sandra beim Einrichten am neuen Ort zu helfen.

In diesem Monat, dem ersten Lebensmonat von Serjosha, durchlebte sie mit ganzer Intensität ihre nicht realisierte Mutterschaft.

Manchmal kam es ihr vor, als fülle sich ihre Brust mit Milch. Nach Feodossija kehrte sie mit dem Gefühl eines großen Verlusts und tiefer innerer Leere zurück. Die Jugend ist vorbei, begriff Medea.

7

Die Heimat von Valeri Butonow war Rastorgujewo. Er lebte mit seiner Mutter Valentina Fjodorowna in einem niedrigen Eigentumshäuschen, das seit Langem einzustürzen drohte. An seinen Vater erinnerte er sich nicht. Als Junge war er überzeugt gewesen, sein Vater sei an der Front gefallen. Die Mutter hatte das nicht direkt bestätigt, die Legende aber auch nicht zerstört. Valentina Fjodorownas kurzzeitiger Mann hatte sich noch vor dem Krieg irgendwohin in den Norden verpflichtet, von dort einen belanglosen Brief geschickt und sich dann für immer in den Weiten jenseits des Polarkreises verflüchtigt.

Seine ganze lange Kindheit hatte Valeri, wie die meisten seiner Altersgenossen, damit verbracht, auf wackligen Zäunen zu sitzen oder ein Beute-Taschenmesser, seinen wertvollsten Schatz, in die festgestampfte Erde zu werfen. Bei diesem Spiel konnte sich keiner mit ihm messen, sämtliche Reiche und Städte, die auf dem abgewetzten Platz hinter der Bushaltestelle umkämpft wurden, eroberte er mit seinem Messer so mühelos und fröhlich wie Alexander der Große.

Nachdem sich die Nachbarskinder von seiner absoluten Überlegenheit überzeugt hatten, spielten sie nicht mehr mit ihm, also verbrachte er viele Stunden im Hof seines Hauses und warf das Messer auf die blasse Stelle, die ein abgesägter unterer Ast am riesigen Birnbaum hinterlassen hatte, wobei er den Abstand zum Ziel immer mehr vergrößerte. In diesen vielen Stunden erlernte er die Technik des Wurfs, beherrschte sie automatisch, sowohl mit der Hand als auch mit dem Auge; die größte Befriedigung aber bereitete ihm der flammende Augenblick, wenn er die Hand mit dem Messer zu dem gewünschten Punkt in Beziehung setzte, der Augenblick, der mit dem Zittern des Griffs mitten im Ziel endete.

Manchmal nahm er ein anderes Messer, aus der Küche, und wählte ein anderes Ziel, und das Messer drang mit einem Krachen, Stöhnen oder feinen Pfeifen ein. Das alte Haus der Mutter, ohnehin baufällig, war voller Schrammen von seinen Jungenübungen. Doch die Vollkommenheit langweilte ihn, und er gab diese Beschäftigung auf.

Neue Möglichkeiten offenbarten sich, als er aus der Grundschule in die neue Zehnklassenschule überwechselte, wo es viel Erstaunliches gab: Pissoirs, Porzellanwaschbecken, eine ausgestopfte Eule, die Abbildung eines nackten Menschen ohne Haut, wundersame Glasbehälter, Metallgeräte mit Lampen. Doch der liebste und anziehendste Ort war für ihn die für damalige Verhältnisse gut ausgestattete Turnhalle. Barren, Schwebebalken und das lederne Pferd wurden von der fünften Klasse an seine Lieblingsgegenstände.

Butonow offenbarte eine antike körperliche Begabung, die ebenso selten ist wie die musikalische, poetische oder die für das Schachspiel. Damals wusste er noch nicht, dass dieses Talent geringer geschätzt wird als intellektuelle Begabungen, und genoss seine Erfolge, die von Monat zu Monat augenfälliger wurden.

Die Sportlehrerin schickte ihn in eine Sektion des Zentralen Armeesportklubs, und zu Neujahr nahm er bereits am ersten Wettkampf seines Lebens teil. Die Trainer staunten über seine phänomenale Geschicklichkeit, die angeborene Präzision seiner Bewegungen und seine Konzentration – er erreichte auf Anhieb Resultate, die sich gewöhnlich erst nach jahrelanger Arbeit einstellen.

Er war noch keine zwölf Jahre alt, als er zum ersten Mal an einem Trainingslager teilnahm. Diesmal blieben die kleinen Sportler in Moskau – sie wurden in einem Armeehotel auf dem Platz der Kommune einquartiert, in Vierbettzimmern mit rotem Teppich, Wasserkaraffe und Telefon auf dem Edelholztisch – plumpe stalinsche Pracht mit militärischem Einschlag.

Es war mitten im Schuljahr, darum fuhren die Sportler morgens in ihre Schulen, und wenn sie zurückkamen, aßen sie mit Dreißigrubeltalons in der hoteleigenen Armeekantine. Im rechten Flügel des niedrigen Gebäudes, dessen Herzstück der Rotbannersaal bildete, lag der Trainingskomplex. Dort verbrachte die künftige Blüte des sowjetischen Sports die schönsten Stunden ihrer glücklichen Kindheit.

Der Einlass erfolgte streng nach Passierschein, und das alles zusammen – die Essentalons, die kräftige kalorienreiche Kost mit Schokolade, süßer Kondensmilch und Kuchen, der Einlass dank Ausweis mit Foto und besonders der wollene blaue Trainingsanzug mit weißem Streifen am Kragen, den jeder kostenlos bekam –, all das flößte dem jungen Butonow Achtung vor dem eigenen Körper ein, der diese überirdischen Wohltaten anscheinend verdiente.

Er war ein schwacher Schüler, stets lag ihm eine noch nicht ausgebügelte schlechte Zensur auf der Seele, die er gewöhnlich am Quartalsende ausglich, aus Angst, sonst nicht mehr zum Training zugelassen zu werden. Da er der sportliche Stolz der Schule war, gaben die Lehrer ihm mit verzogener Miene, aber ohne weitere Diskussion, stark geschönte Dreien.

Mit vierzehn war er ein außerordentlich gut gebauter Jüngling, mit regelmäßigen Gesichtszügen, sportlich kurzgeschnittenem Haar, diszipliniert und ehrgeizig. Er gehörte zur Jugendmannschaft, trainierte nach dem Meisterprogramm und wollte bei den bevorstehenden Allunionswettkämpfen den ersten Platz erringen.

Sein Trainer Nikolai Wassiljewitsch, ein kluger und mit allen Wassern gewaschener alter Hase im Sport, setzte große Hoffnungen auf ihn und witterte eine erfolgreiche Sportkarriere. Er kümmerte sich sehr um Valeri, und sein simples »mein Sohn« war für den Jungen bedeutsam und kein leeres Wort. Valeri suchte nach Gemeinsamkeiten mit seinem Idol, freute sich, dass sie die gleiche Haarfarbe hatten und beide graublaue Augen, er blinzelte genau wie Nikolai Wassiljewitsch, imitierte dessen federnden, schaukelnden Gang und kaufte sich weiße Taschentücher, wie Nikolai Wassiljewitsch sie besaß.

Aber er belegte bei den Wettkämpfen nicht den ersten Platz, obwohl er sich seines Erfolgs sicher gewesen war. Er turnte ausgezeichnet, war wie ein fliegendes Messer und wusste, dass er ins Ziel getroffen hatte. Doch er verstand nichts von anderen wichtigen Dingen, die seinem Trainer bestens vertraut waren: von den geheimen Mechanismen des Erfolgs, von hochrangiger Protektion, vom Druck auf Schiedsrichter, von der Schamlosigkeit und Käuflichkeit des Sports.

Die zwei Zehntel, die Butonow auf den zweiten Platz

verwiesen, empfand er als grausame Ungerechtigkeit, so dass er sich in der Umkleidekabine die kostenlosen Klubklamotten herunterriss und mit der Schulhose auf dem nackten Leib nach Rastorgujewo fuhr.

Vielleicht hätte Nikolai Wassiljewitsch ihn zurückholen, die Niederlage mit nichtssagenden Worten, mit ausweichenden und halbwahren Erklärungen übertünchen können, doch unglücklicherweise lüftete einer der älteren Kameraden – Butonow war der Jüngste in der Mannschaft – das Geheimnis der ungerechten Niederlage. Es war eine abgekartete Sache gewesen, und der Trainer selbst hing mit drin. Der Sieger wurde trainiert vom Schwiegersohn des Oberhaupts der Föderation, und die Schiedsrichter waren voreingenommen, nicht direkt bestochen, aber ihnen waren die Hände gebunden.

Nun ging auch Valeri ein Licht auf. Darum also hatte Nikolai Wassiljewitsch, der ihn sonst immer auf Sieg einstellte, am Vorabend des Wettkampfes wie beiläufig zu ihm gesagt: Also, Valeri, mach dich nicht verrückt, für dich, in deinem Alter, ist auch ein zweiter Platz nicht schlecht. Ganz und gar nicht schlecht.

Der Trainer kam mehrmals nach Rastorgujewo. Das erste Mal verkroch sich Valeri wie ein kleiner Junge auf dem Dachboden. Beim zweiten Mal kam er heraus, murmelte nur etwas zwischen den Zähnen, sah am Trainer vorbei. Beim dritten Mal sprach Nikolai Wassiljewitsch mit Valentina Fjodorowna, doch sie zuckte nur die Achseln und brummte: »Von mir aus, ist doch alles gut, aber wenn Valeri meint …«

Auch ihr gefielen die kostenlosen olympischen Anzüge, und einen zweiten Platz fand sie nicht schlecht.

Aber Valeri blieb unbeugsam. Nikolai Wassiljewitsch befürchtete, der Junge könnte zu den »Arbeiterreserven« oder zu »Spartak« überlaufen und seine ganze dreijährige Arbeit würde in fremde Hände geraten. Doch das geschah nicht. Butonows ungeheure Selbstachtung, gewachsen im Schatten des Birnbaums in Rastorgujewo, ließ ihn jetzt einen anderen Weg suchen, der sicherer war, wo keine beleidigende Niederlage, kein korruptes abgekartetes Spiel und kein Verrat möglich waren.

Die Sommerferien hatten begonnen, Valeri fuhr in kein Trainingslager, lag tagelang unter dem Birnbaum und dachte ständig darüber nach, wie passieren konnte, was passiert war, und hatte nach einer Woche eine Offenbarung: Man darf nicht von anderen Menschen oder Umständen abhängig sein. Hätte er unter einem Feigenbaum gelegen, wäre die Offenbarung vielleicht erhabenerer Art gewesen, aber von einem russischen Birnbaum war nicht mehr zu erwarten.

Zwei Wochen später wurde er in die Zirkusschule aufgenommen.

Was war das für ein Wunder! Jeden Tag, wenn Butonow zum Unterricht kam, empfand er die Begeisterung eines Fünfjährigen, der zum ersten Mal im Zirkus ist. Die Übungsmanege war ganz echt: Es roch nach Sägespänen, Tieren und Talkum. Kugeln, farbige Kegel und schlanke Mädchen flogen durch die Luft. Es war eine besondere, einzigartige Welt, das spürte Butonow mit jeder Zelle seines Körpers.

Von Wettkampf keine Spur, jeder war so viel wert wie sein Beruf: Der Trapezkünstler konnte nicht schlecht arbeiten, er riskierte sein Leben. Kein Anruf konnte den Bären aufhalten, wenn er mit seiner reglosen, jeder Mimik entbehrenden Schnauze hoch aufgerichtet auf den Dompteur losging. Keine Verwandtschaft mit einem Natschalnik, keine Protektion von oben half bei einem Salto rückwärts.

Das ist nicht wie beim Sport, überlegte der nun erfahrene Butonow, im Sport herrscht Bestechlichkeit, hier ist das anders.

Er hätte es nicht formulieren können, begriff aber, dass auf dem Gipfel der Meisterschaft, im Raum der vollkommenen Beherrschung des Berufs, eine winzige Zone der Unabhängigkeit lag. Dort, auf dem Gipfel des Olymp, standen die Zirkusstars, die ungehindert Ländergrenzen überschritten, unvorstellbar schöne Kleidung trugen, reich und unabhängig waren.

In etwas Wesentlichem hatte der Junge recht, obwohl der Zirkus in vieler Hinsicht nicht anders war als andere sowjetische Einrichtungen – eine Sauna, ein Warenlager oder eine Akademie. Es gab ein Partei- und ein Gewerkschaftskomitee; die offizielle Unterordnung unter höhergestellte Organisationen und die inoffizielle – unter jeden beliebigen Anruf von einem mystischen Oben. Neid, Intrigen und Angst waren die mächtigen Hebel des Zirkuslebens, doch das sollte Butonow erst später erfahren. Noch aber führte er jenes beinah mönchische Leben, das ihn der Sport gelehrt hatte. Obgleich es keinerlei formale Gelöbnisse gab, herrschte Askese – nur traten an die Stelle von Gebetsriten die Gymnastik am Morgen und der Unterricht am Abend, statt Fasten herrschte Diät und anstelle von Gehorsam die absolute disziplinierte Unterordnung unter den Lehrer. Den Meister, wie er hier hieß. Was die Keuschheit anging, die nicht als Wert an sich galt, war das Leben des echten Sportlers doch so eingerichtet, dass die irrsinnige physische Belastung und das harte Reglement die müßige, ungezwungene und überschwängliche Stimmung, in der Jungen und Mädchen ihre Kräfte zum Erlangen gemeinsamer Freuden vereinigen, stark einschränkten.

In der Zirkusschule erinnert man sich noch heute an Butonow. Spielend eignete er sich die gesamte Zirkuskunst an – Akrobatik, Jonglieren, Äquilibristik –, und jeder dieser Zweige erhob Anspruch auf ihn. In der Artistik konnte sich niemand mit Butonow messen.

Von den ersten Monaten an bekam er Angebote, in fertigen Nummern mitzuwirken. Er lehnte ab, denn er wusste genau, was er werden wollte – Trapezkünstler. Am Trapez arbeiten. Butonows Lehrer war nun anstelle des in Ungnade gefallenen Nikolai Wassiljewitsch ein älterer Zirkusartist von undurchsichtigem Geblüt aus einer Zirkusdynastie, mit dem Äußeren eines Hausierers und dem italienischen Namen Antonio Mucetoni, schlicht Anton Iwanowitsch genannt.

Geboren wurde Mucetoni der Ältere in einem dreiachsigen Fuhrwerk, auf dem verwaschenen blau-roten Segeltuch des Zirkuszelts, auf dem Weg von Galizien nach Odessa, als Kind einer Kunstreiterin und eines Akrobaten. Viele tiefe Falten durchfurchten kreuz und quer sein Gesicht, ebenso verschnörkelt wie die unzähligen Geschichten, die er über sich erzählte.

Darin war die Wahrheit schon seit so langer Zeit mit der Phantasie verwoben, dass er selbst nicht mehr wusste, wo er flunkerte. Angesichts der überdurchschnittlichen Begabung seines neuen Schülers erwog er schon, diesen mit der Zeit in die Trapezgruppe einzubeziehen, in der sein Sohn, sein Neffe und seine zwölfjährige Enkelin Nina von Trapez zu Trapez flogen.

Am Ende des zweiten Ausbildungsjahres hatte Butonow sehr an Wissen, Können und Schönheit gewonnen. Er näherte sich immer mehr dem abstrakten Bild des von den rot-schwarzen Plakaten her bekannten Erbauers des Kommunismus, gezeichnet mit geraden horizontalen und vertikalen Linien, ohne jeden Schnörkel, und mit einer tiefen Querfurche am Kinn. Eine gewisse Unvollkommenheit lag in der kaum auffallenden entenhaft langgezogenen Nasenspitze, aber dafür – die Schulterhaltung, die unslawisch langen Beine und die wer weiß woher stammenden edlen Hände ... Und bei alledem eine unerhörte Immunität gegen das weibliche Geschlecht.

Doch die Zirkusmädchen liefen ihm nach, genau wie früher die in der Schule. Hier war alles so entblößt, so nahe – rasierte Achseln und Leistenfalten, muskulöse Gesäße, kleine, feste Brüste ... Seine Altersgefährten, die jungen Zirkusartisten, genossen in der Oase dieser seltsamen Schule die Früchte der sexuellen Revolution und der artistischen Freiheit, die in den Hinterhöfen des Sozialismus blühte, er aber betrachtete die Mädchen spöttisch und naserümpfend, als erwartete ihn zu Hause in Rastorgujewo auf dem durchgelegenen Sofa Brigitte Bardot höchstpersönlich.

Valentina Fjodorowna konnte sich nicht genug über ihren Sohn freuen: Er trank nicht, rauchte nicht, brachte keine Weiber mit, erhielt ein ordentliches Stipendium und war gut zu ihr. Sie prahlte vor ihren Nachbarinnen – dein Slawka, der ist ein Ganove, aber von meinem Valerka hab ich im ganzen Leben noch kein böses Wort gehört.

Am Ende des zweiten Studienjahres wurde Butonow Meisterschüler, damit gehörte er zu den auserwählten Studenten, musste sich nicht mehr dem allgemeinen Reglement unterordnen, sondern war einem Meister zugeteilt und arbeitete an einer Nummer. Anton Pawlowitsch führte ihn in das Programm seines Sohnes ein. Giovanni – Wanja – besaß zwar nicht das Talent des Vaters, war aber bei ihm in die Schule gegangen; seit seiner frühesten Kindheit flog er unter der Zirkuskuppel, drehte seine Salti, doch seine wahre Leidenschaft waren Autos. Als einer der ersten Zirkusleute führte er einen ausländischen Wagen nach Russland ein, einen schönen Volkswagen, für Deutschland schon veraltet, dem zähfließenden sowjetischen Fortschritt jedoch um drei Jahrzehnte voraus.

Eine alte Decke unter seinem kostbaren Rücken, lag er stundenlang unter dem Auto, und seine böse, etwas ordinäre Frau Ljalka bemerkte giftig:

»Wenn ich so viel unter ihm liegen würde wie er unterm Auto, dann wär er unbezahlbar.«

Das Verhältnis von Mucetoni junior zum Vater war schwierig. Obwohl der Sohn schon weit über dreißig war, in Butonows Augen nicht mehr jung und nach Zirkusbegriffen für das Trapez fast im Rentenalter, fürchtete er seinen Vater wie ein kleiner Junge. Viele Jahre hatten sie zusammen gearbeitet – Anton Iwanowitsch hatte alle Rekorde der Langlebigkeit unter der Kuppel gebrochen. Von Jugend an studierte Anton als Erster die riskantesten Nummern ein, in den zwanziger Jahren war er der Einzige gewesen, der den dreifachen Salto mit Pirouette vollführte, erst acht Jahre später tauchte ein weiterer Mann auf, ein gewisser Dutow, der die Nummer nachmachte. Über seinen Sohn sagte Anton Iwanowitsch mit tief verborgenem Ärger:

»Eins kann Wanja perfekt, nämlich fallen.«

Dieser Teil des Berufs war tatsächlich enorm wichtig – sie arbeiteten unter der Kuppel, und obwohl sie doppelt gesichert waren, durch die am Gürtel befestigte Longe und das Netz, konnte ein Absturz tödlich enden. Der junge Mucetoni galt als Virtuose des Fallens, und der Ältere, von Natur aus ein Wegbereiter, war es müde, von seinem Sohn vergeblich etwas zu erwarten, das dieser nicht besaß.

Aber in diesem Jahr bereiteten sich alle auf das große Zirkusfestival in Prag vor, und Anton Iwanowitsch setzte seinem Sohn quasi das Messer an die Kehle: Er sollte die Nummer wieder aufbauen, mit der der alte Mucetoni vor dem Krieg im ganzen Land berühmt geworden war.

Nur ungern fügte sich Mucetoni dem Vater – zwang ihn der Alte doch, mit vollem Einsatz zu arbeiten. Valeri, der bei den Proben stets dabei war, zitterten richtig die Muskeln – so sehr verlangte es ihn, sich in dem langen und schwierigen Flug zu erproben, doch davon wollte Anton Iwanowitsch nichts hören. Er setzte ihn als Partner seines Neffen Anatoli ein; sie flogen synchron, ganz präzise durch die Luft, aber damit konnte man niemanden in Erstaunen versetzen – alle Trapezkünstler begannen mit dieser Nummer.

Die Proben dauerten ein halbes Jahr, doch endlich kam der Tag, an dem sie nach Ismailowo fuhren, in die Hauptdirektion, um ihr Programm dem künstlerischen Rat vorzuführen. Es ging um Prag – für Butonow die erste Auslandsreise.

In der Direktion herrschte große Hektik, hier trafen sich die Stars der Manege und die Zirkusnatschalniks. Alle waren nervös. Die Zeit der Vorführung rückte näher, und Anton Iwanowitsch kletterte nach oben, um die Verankerung zu überprüfen, die sich zum Teil hinter der Kuppel befand; pedantisch kontrollierte er jede Schraube, jeden Bolzen, befühlte die Trosse. Inspizient der Manege war sein alter Konkurrent Dutow, und obwohl der in dieser Funktion mit seiner Freiheit für die Sicherheit haftete, war Anton Iwanowitsch angespannt.

Wanja hatte eine Einzelgarderobe, Tolja und Valeri teilten sich eine, und in der dritten waren die Frauen untergebracht, zwei junge Artistinnen und die zwölfjährige Nina, Wanjas Tochter, die unumstrittene künftige Prima.

Die Artisten zogen bereits ihre himbeerroten Trikots an, als Valeri im Flur jemanden schimpfen hörte: Wanjas Auto versperre die Einfahrt, ein Fuhrwerk komme nicht durch. Wanja antwortete, die Stimme forderte etwas. Tolja ging zur Tür und lauschte.

»Was wollen die denn von ihm, er hat ihn ordentlich geparkt.«

Valeri, der sich nicht in fremde Angelegenheiten einmischte, sah nicht einmal hinaus. Dann war alles ruhig. Ein paar Minuten später klopfte es an ihre Tür, und Nina steckte den Kopf herein:

»Valeri, Toma ruft nach dir.«

Toma, eine junge Artistin, lief ihm schon lange nach, was Valeri zugleich schmeichelte und ärgerte.

Valeri sah zu ihr hinein.

»Na, wie gefällt dir meine Maske, Valeri?« Sie präsentierte ihm ihr rundes Gesicht, als hielte sie es in die Sonne.

Die Maske war wie immer: gelblich-rosa Grundierung, darauf zwei zart himbeerfarbene Flügel künstliches Rouge und dick blau geschminkte, bis an die Schläfen verlängerte Augen.

»Prima, Toma. Modell Brillenschlange.«

»Ach, hau ab, Valeri«, Toma schüttelte kokett den wie bei einer Babypuppe mit Lack überzogenen Kopf, »immer sagst du nur Gemeinheiten.«

Valeri drehte sich um und ging hinaus auf den Flur – aus Wanjas Garderobe kam ein grauhaariger Mann in Arbeitshose und kariertem Schottenhemd. Besonders das Hemd fiel Butonow auf, darum erinnerte er sich später an diese Begegnung. In zehn Minuten mussten sie in die Manege.

Alles lief präzise, auf die Sekunde genau: Black, Sprung, Licht, Abstoß, Trapez, Trommelwirbel, Pause, Musik, Black … Die Partitur saß, bis hin zum Ein- und Ausatmen, und alles lief großartig.

Giovanni schonte sich bei dieser Nummer, stand wie ein Gott mit ausgebreiteten Armen auf dem Artistenstand unter der Kuppel, im Licht, während die Jungen herumflatterten. Sie arbeiteten präzise, anständig, aber es war nichts Herausragendes. Die Glanznummer, den dreifachen Salto mit Pirouette, hatte Giovanni. Nicht alle Mitglieder des künstlerischen Rates hatten diese Nummer schon einmal gesehen, sie wurde sehr selten gezeigt.

Von Regie verstand der alte Mucetoni etwas, er hatte alles perfekt inszeniert – weiches, wanderndes Licht, Musikuntermalung, dann ein jäher Wechsel, alles Licht auf Giovanni, unter die Kuppel, die Arena im Dunkeln, die Musik verstummte auf dem Höhepunkt.

Giovanni glänzte am ganzen Körper, den Kopf voller

Gold, an den Füßen Schnürsandalen, von einem Kostümbildner für ihn entworfen, um die krummen Beine zu kaschieren. Ein leiser Trommelwirbel. Giovanni reckte den goldenen Kopf – ein Dämon, ein wahrer Dämon … ein blitzschneller Griff an den Gürtel, um den Karabinerhaken zu überprüfen …

Butonow hatte nichts bemerkt, doch Anton Iwanowitsch blieb fast das Herz stehen – er prüft zu lange, da stimmt was nicht. Aber noch lag alles in der Zeit, ohne Verzögerung. Der Trommelwirbel brach ab. Eins, zwei, drei … eine Sekunde zu viel … das Trapez schwingt zurück … Abstoß … Sprung … Giovanni fliegt schon, noch hat keiner etwas begriffen, doch Anton Iwanowitsch sieht schon, dass die Kombination nicht aufgehen, dass er die letzte Drehung nicht schaffen wird … richtig!

Tolja schickt ihm rechtzeitig das Trapez, doch Wanja verfehlt es um etwa zwanzig Zentimeter, reckt sich im Flug danach, um es einzuholen – was nie gelingt – und fliegt aus der einstudierten Geometrie nach unten, direkt an den Rand des Netzes, wo die Landung gefährlich ist, weil dort die Spannung am größten ist, er wird aufprallen, rausgeschleudert werden … Richtig, auf den Rand.

Das Netz federte, schleuderte Wanja hoch – aber nicht hinaus, sondern nach innen. Fallen kann er immerhin … ein Fiasko, natürlich, ein Fiasko … Aber dem Jungen ist nichts passiert.

Doch ihm war etwas passiert. Das Netz wurde hinuntergelasssen. Als Erster war Anton Iwanowitsch da, griff nach dem Karabiner – der Haken war locker. Er fluchte leise. Wanja lebte, war aber bewusstlos. Eine schwere Verletzung – Schädel, Wirbelsäule? Er wurde auf ein Brett gelegt. Der Krankenwagen kam nach sieben Minuten und brachte Wanja an den besten Ort, ins Burdenko-Institut. Anton Iwanowitsch begleitete seinen Sohn.

Butonow sah seinen Meister erst zwei Wochen später wieder. Er wusste, dass Wanja lebte, sich jedoch nicht bewegen konnte. Die Ärzte stellten alles Mögliche mit ihm an, versprachen aber nicht, dass sie ihn wieder auf die Beine bekommen würden.

Anton Iwanowitsch war so abgemagert, dass er Ähnlichkeit mit einem italienischen Windhund hatte. Ein düsterer Gedanke ließ ihn nicht los: Er begriff nicht, wie es passieren konnte, dass Wanja den lockeren Karabiner erst kurz vor seinem Auftritt bemerkte. Von sich selbst wusste er, dass ihn ein solcher Vorfall nicht aus der Fassung gebracht, dass er die Nerven bewahrt haben würde. Ihm war einmal etwas Ähnliches passiert, da hatte er den Gürtel abgeschnallt und weitergemacht. Wanja aber war nervös geworden, aus dem Gleichgewicht geraten und abgesackt. Seltsam war auch, dass er kurz vor seinem Auftritt rausgeholt worden war, um sein Auto wegzufahren, obwohl es ordnungsgemäß geparkt war, Anton Iwanowitsch hatte das selbst überprüft – das Fuhrwerk wäre durchgekommen.

Als Anton Iwanowitsch Butonow von seinem vagen Verdacht erzählte, brachte der hervor:

»Nicht nur der Arbeiter vom Wirtschaftshof war bei Wanja.«

Anton Iwanowitsch packte ihn am Ärmel.

»Rede.«

»Als er draußen war, den Wagen wegfahren, war Dutow in seiner Garderobe. Das heißt, ich hab vom Flur aus gesehn, wie er rauskam, in seinem karierten Hemd.«

Inzwischen wusste Valeri, dass Dutow der Inspizient in der Manege gewesen war.

»Gottverdammt! Ich alter Esel!« Anton Iwanowitsch griff sich an sein abgemagertes Gesicht. »So ist die Sache … Das ist es …«

Butonow besuchte Wanja im Hospital. Der war von Kopf bis Fuß eingegipst, wie in einem Sarkophag. Sein Haar war schütter geworden, zwei große kahle Stellen zogen sich von der Stirn nach hinten. Er bewegte die Augenlider – grüß dich. Er sprach kaum. Butonow verfluchte sich, dass er gekommen war, saß etwa zehn Minuten auf dem weißen Besucherhocker, versuchte, irgendetwas zu erzählen – äh-äh … und verstummte. Er hatte bislang nicht gewusst, wie zerbrechlich der Mensch war, und ihn schauderte.

Es war ein trüber, nasser Herbst. Der Birnbaum in Rastorgujewo hatte seine Blätter abgeworfen und war ganz schwarz, wie verbrannt, und Butonow konnte sich nicht darunter legen und lauschen, ob ihm vielleicht eine neue Offenbarung zuteil wurde.

Bis zum Abschluss blieb ihm noch ein halbes Jahr. Prag, auf das Butonow große Hoffnungen gesetzt hatte, war gestorben. Gestorben war auch die Schule. Wanjas trübe Augen gingen Butonow nicht aus dem Sinn. Eben noch war Wanja Giovanni Mucetoni gewesen, der berühmte Artist, wie Butonow einer sein wollte: unabhängig, reich, reiste umher, fuhr das schönste Auto, das Butonow je gesehen hatte – längst nicht mehr den buckligen roten Volkswagen, sondern einen neuen weißen Fiat. Und auf einmal war alles zusammengebrochen, in einem einzigen Augenblick. Es gab keine Unabhängigkeit, alles nur Schein. Und nun regungslose Invalidität bis zum Tod.

Die Prüfungen im Wintersemester, die letzten, legte Butonow nicht mehr ab. Außer den Spezialfächern wurden an der Schule auch normale Schulfächer unterrichtet, und ohne Prüfungen in diesen verachteten Wissenschaften bekam man kein Diplom. Butonow ging überhaupt nicht mehr in die Schule. Ein halbes Jahr lag er auf dem Sofa und wartete auf die Einberufung zum Militär. Im Februar wurde er achtzehn, Anfang April wurde er eingezogen. Man schlug ihm vor, in den Armeesportklub zu gehen, immerhin besaß er im Turnen die Meisterklasse, doch das lehnte er zur großen Verwunderung der Militärkommission ab. Butonow war alles egal, nur zum Sport wollte er nicht zurück. Er wurde Soldat wie alle anderen.

Aber es wurde trotzdem nicht wie bei allen anderen, seinem Talent entkam er nicht, und das führte ihn nun mal auf einen besonderen Weg, und etwas Besonderes fand sich immer. Im Schießen übertraf Butonow alle – ob MPi, Karabiner oder Pistole, als er endlich eine in die Hand bekam. Selbst die Jungs aus Sibirien, von Kindesbeinen an Jäger, waren ihm in der Zielsicherheit von Auge und Hand unterlegen.

Bei der Leistungsschau fiel Butonow einem Oberst auf, einem großen Liebhaber des Schießsports. Es verging kein Jahr, da gehörte Butonow wieder zu einer Mannschaft des Armeesportklubs, diesmal als Sportschütze. Wieder Training, Wettkämpfe und Leistungsklassen. Der Armeedienst verlief auf die angenehmste Weise, jedenfalls in der zweiten Hälfte.

Nach Rastorgujewo kehrte er sieben Kilogramm schwerer und drei Zentimeter größer zurück, und seine Entlassung erfolgte akkurat, ohne jede Verzögerung, beinah auf den Tag genau. Und vor allem: Er wusste wieder ganz genau, was er tun musste. Schnell und mühelos erwarb er extern sein Artistendiplom und wurde noch im selben Sommer am Institut für Körperkultur und Sport immatrikuliert. Er aber schlug allen ein Schnippchen und ging an die Fakultät für Sportmedizin.

Das Bild, das sich Butonow seit seiner Schulzeit eingeprägt hatte, der Mensch ohne Haut, mit entblößten Muskeln, stand nun im Mittelpunkt seiner Aufmerksamkeit. Die Anatomie, den Schrecken aller Erstsemester, studierte er mit Begeisterung und tiefer Ehrfurcht. Er, der kein gutes Gedächtnis hatte und einmal gelesene Bücher sofort und vollständig vergaß, begriff und behielt in diesem langweiligsten aller Fächer alles.

Butonow besaß noch eine weitere besondere Eigenschaft, die ihn, zusammen mit der angeborenen körperlichen Begabung, zu dem machte, der er war: das Talent zum Schüler. Sowohl sein Trainer Nikolai Wassiljewitsch, der ihn verraten hatte, als auch der arme Mucetoni hatten an ihm die Fähigkeit geschätzt, sich mit Freuden unterzuordnen, in eine Methode einzudringen und sie sich sozusagen von innen heraus anzueignen.

Seinem dritten und letzten Lehrer begegnete Butonow am Institut, im dritten Studienjahr. Das war ein unscheinbarer kleiner Mann, von der Ostchinesischen Eisenbahn gekommen, mit dem verschleiernden Namen Iwanow und einer dunklen, verworrenen Vergangenheit. Geboren war er, wie er sagte, in Schanghai, sprach perfekt Chinesisch, hatte viele Jahre in Indien gelebt, Tibet besucht und repräsentierte im russischen Halbeuropa das geheimnisvolle Asien. Er verstand etwas von fernöstlichem Kampfsport, der damals gerade in Mode kam, und unterrichtete chinesische Massage.

Der angebliche Iwanow war begeistert von Butonows außergewöhnlichem Körpergefühl; in dessen Fingern lag viel Unabhängigkeit und Verstand, er erfasste im Nu, wo ein Bandscheibenvorfall vorlag, eine Salzablagerung oder eine bloße Muskelkontraktur, und seine Hände erlernten die komplizierte Kunst der Akupressur ganz von selbst, ohne dafür den Kopf heranzuziehen.

Wenn Butonow genügend Worte gehabt und über eine gewisse humanistische Bildung verfügt hätte, würde er von der Munterkeit des Rückens, von der Freude der Beine und dem Verstand der Finger gesprochen haben, von der Trägheit in den Schultern, dem Leistungsunwillen der Hüften und der Schläfrigkeit der Hände, denn alle diese Eigenheiten des Körpers vermochte er bei jemandem, der vor ihm auf der Massagebank lag, zu erkennen.

Iwanow lud ihn zu sich nach Hause ein, in seine halbleere Einzimmerwohnung voller tibetischer Heiligenbilder. Ein intimer Kenner des Fernen Ostens, versuchte er seinen überdurchschnittlichen Schüler für das edle Yoga, die weise Bhagawadgita und die elegante chinesische Lehre des I-ching zu interessieren. Doch auf geistigem Gebiet war Butonow völlig taub.

»Das ist mir alles zu gelehrt«, sagte er und machte eine leichte Bewegung mit dem Abziehermuskel der rechten Hand.

Der Lehrer war enttäuscht – doch praktisches Yoga und Akupressur erlernte Butonow dafür sehr schnell und mit allen Raffinessen.

Iwanow selbst hatte damals großen Erfolg nicht nur als

bedeutender Masseur, dessen Dienste verschiedene Berühmtheiten in Anspruch nahmen – ein Weltmeister im Gewichtheben, eine geniale Ballerina und ein Skandalschriftsteller. Er beteiligte sich an diversen häuslichen Seminaren, einer exklusiven Unterhaltung jener Jahre, gab spezielle Yogastunden. In diese Tätigkeit bezog er auch Butonow ein, zumindest in deren sichtbaren Teil. Mit der anderen, informellen Seite seiner Arbeit hatte Butonow nichts zu tun, und erst viele Jahre später begriff er, welche Achselklappen sein Lehrer unsichtbar auf den Schultern trug.

Der Lehrer machte Butonow zu seinem Gehilfen. Er führte die Yogaliebhaber, seine Hörer, auf dem hohen Weg der Befreiung direkt ins Mokscha, und Butonow saß mit gespreizten Beinen auf einer Matte und lehrte sie die Posen von Lotos, Löwe, Schlange und andere nichtmenschliche Konfigurationen.

Eine der Gruppen traf sich in der Wohnung eines hochrangigen Wissenschaftlers, bei dessen Tochter. Die Teilnehmer waren allesamt, einer wie der andere, aus teigartigem Fleisch, und Butonow musste ihnen das Gefühl für den eigenen Körper vermitteln, das er selbst so vollkommen beherrschte. Sie waren Wissenschaftler – Physiker-Chemiker-Mathematiker –, und Butonow empfand für sie eine unerklärliche leise Verachtung. Zu ihnen gehörte das große, dicke Mädchen Olga, eine Mathematikerin mit schweren Beinen und grobgeschnittenem Gesicht, dessen Farbe während der Übungen vom natürlichen Rosa zu bedrohlichem Rot wechselte.

Zur missbilligenden Verwunderung der Freunde beider Seiten heirateten Butonow und Olga, zwei Monate, nachdem sie sich kennengelernt hatten. Als die Gastgeberin von dem bevorstehenden Ehebund erfuhr, schnalzte sie mit der Zunge und meinte:

»Was wird die arme Olga nur mit diesem prachtvollen Tier anfangen!«

Aber Olga fing gar nichts Besonderes mit ihm an. Sie war ein kühler Kopfmensch, was vielleicht mit ihrem Beruf zusammenhing: Damals hatte sie bereits ihre Dissertation in Topologie verteidigt, einem Teilgebiet der Mathematik, und die filigrane geistige Arbeit, die in ihrem großen Kopf unter dem schlecht gewaschenen Haar vor sich ging, war ihr wichtigster Lebensinhalt.

Butonow empfand keine besondere Ehrfurcht vor den gewundenen Häkchen, die wie Vogelfährten im Schnee die Seiten auf dem Schreibtisch seiner Frau bedeckten, er lachte nur verächtlich, wenn er die winzigen Zeichen und die wenigen menschlichen Worte am linken Rand sah – »daraus folgt«, »wie aus oben Angeführtem hervorgeht …«, »betrachten wir die Definition …«.

Olga war von verträglichem Charakter, nur ein wenig faul. Valeri staunte über ihre Unbeweglichkeit und ihre alltägliche Trägheit – sie war sogar zu faul, die paar Yogaübungen zu machen, die sie von ihrer Verstopfung erlösten.

Valentina Fjodorowna mochte die Schwiegertochter nicht sonderlich, erstens, weil sie vier Jahre älter war als Valeri, und zweitens wegen ihrer mangelnden Häuslichkeit. Aber Olga lächelte nur gleichgültig und nahm zu Valentina Fjodorownas Ärger deren Antipathie gar nicht wahr.

Die ehelichen Freuden waren äußerst gemäßigt. Butonow, von Kindheit an nach Muskelfreuden strebend, hatte jene Muskeln, die für innige Genüsse zuständig waren, völlig außer acht gelassen. Verständlich: Für Leistungen auf diesem Gebiet gab es keine Qualifizierungen, wurde man in keine Mannschaft aufgenommen, und seine Instinkte waren geringer ausgeprägt als sein jugendlicher Ehrgeiz.

Es gab noch einen weiteren Grund für seine erstaunliche Zurückhaltung Frauen gegenüber: Sie verliebten sich in ihn, seit er die ersten Hosen trug; er fühlte sich verfolgt von ihrer Wolke ermüdender Verliebtheit, und als er älter wurde, empfand er dieses ständige Interesse als einen Angriff auf seinen Körper und schützte verzweifelt seinen kostbarsten Besitz; gesteigert wurde das Bewusstsein für den Wert seines eigenen Körpers durch die erstaunliche Zugänglichkeit der gierigen Frauenkörper und die unzähligen Angebote.

Seine ersten sexuellen Erfahrungen waren wenig geglückt und unbedeutend: eine dreißigjährige Nachbarin, eine Serviererin aus der Kantine des Armeesportklubs, eine Schwimmerin mit verwaschenem Gesicht aus seinem Studienjahr – alle voller Gier und Eifer und bestrebt, die Beziehung fortzusetzen.

Für Butonow selbst waren diese Begegnungen kaum wertvoller als ein angenehmer erotischer Traum mit erfolgreicher Vollendung an der Traumgrenze, kurz bevor das Bild der Fee vom Türklappen im Flur und dem Rauschen der Toilettenspülung hinter der Wand vertrieben wird.

Alles lief ruhig und glatt in Butonows Leben. Drei Monate nachdem Olga ihre Dissertation verteidigt hatte, heirateten sie, nach weiteren drei Monaten wurde sie schwanger, und drei Monate vor ihrem dreißigsten Geburtstag brachte sie eine Tochter zur Welt.

Während sie das winzige Mädchen, das Kind zweier so großer Eltern, austrug, gebar und es an ihrer großen, aber wenig Nahrhaftes spendenden Brust stillte, schloss Butonow sein Studium ab und verdingte sich bei den Tennisspielern.

Er kümmerte sich um die Gesundheit der gesündesten Menschen des Planeten, behandelte ihre Verletzungen, lockerte ihre Muskeln. In seiner Freizeit tat er das Gleiche, allerdings auf privater Basis. Er verdiente gutes Geld und war unabhängig. Patienten vermittelte ihm sein Lehrer, und ihm standen alle Türen offen: vom Restaurant des Theaterverbands bis zum Fahrkartenschalter des ZK.

Nach einem Jahr brachte das große Tennis ihn ins Ausland, zuerst nach Prag – Butonow hatte es also doch noch erreicht! – und dann nach London. Das war alles, was man sich erträumen konnte.

Zu Butonows Ehre sei gesagt, dass er seine hohen Honorare zu Recht kassierte. Er hielt die Körper der ihm anvertrauten Tennisspieler, Ballerinen und Artisten in tadelloser Form und arbeitete außerdem noch auf dem Gebiet der Rehabilitation nach schweren Verletzungen. Sein Ehrgeiz hatte endlich einen würdigen Boden gefunden. Es hieß von ihm, er vollbringe Wunder. Die Legende über seine Hände wuchs, doch er selbst, der ihren Wert genau kannte, ging bei seiner Arbeit, wie einst im Sport, bis an die Grenzen seiner Möglichkeiten und dehnte diese Grenzen allmählich immer weiter aus.

Als seine beste Leistung betrachtete er Wanja Mucetoni, mit dem er arbeitete, seit Iwanow ihm die ersten Behandlungswege und -methoden für die Wirbelsäule gezeigt hatte. Butonow brachte Iwanow mehrfach zu Mucetoni. Einmal schickte Iwanow einen großen Chinesen, der Wanjas Rücken mit aromatischen Räucherkerzen behandelte.

Doch die Hauptarbeit leistete Butonow – sechs Jahre lang dokterte er nahezu ohne Unterbrechung zweimal in der Woche an Wanjas Rücken herum, und schließlich stand Wanja auf, konnte, auf eine spezielle Gehhilfe gestützt, durch die Wohnung laufen und wurde langsam, sehr langsam wiederhergestellt.

Anton Iwanowitsch, dessen Gesicht noch runzliger geworden war, vergötterte Butonow. Seine Enkelin Nina, seit ihrem zwölften Lebensjahr in Butonow verliebt, betrachtete andere Männer nur unter einem Gesichtspunkt: wie sehr der eine oder andere Verehrer Butonow ähnelte. Die bösartige Ljalja Mucetoni, die zehn Jahre lang vorgehabt hatte, sich von Wanja scheiden zu lassen, war nach dessen Unfall wie ausgewechselt und schien ein anderer Mensch geworden – edelmütig, zurückhaltend und lebendig. Sie strickte für Privatkunden Pullover, ernährte damit die Familie und beklagte sich nie. Butonow bekam von ihr zum Geburtstag gewöhnlich ein wollenes Meisterwerk.

Mitte Oktober erschien Butonow mürrisch und schlecht gelaunt bei Wanja, arbeitete anderthalb Stunden mit ihm und wollte ohne den üblichen Kaffee wieder gehen. Ljalja hielt ihn zurück und brachte ihn zum Reden.

Butonow klagte, er müsse am nächsten Tag eine idiotische Dienstreise antreten, mit einer Gruppe von Sportlern zu einer Leistungsschau in der öden Stadt Kischinjow.

Ljalja freute sich und war plötzlich ganz aufgeregt.

»Fahr ruhig, fahr hin, da ist es jetzt wunderschön, und damit du dich nicht langweilst, geb ich dir einen Auftrag, du nimmst ein Geschenk für meine Freundin mit.«

Sie wühlte im Schrank und holte einen weißen Mohairpullover heraus.

»Sie wohnen in einem Vorort, die berühmte Pferdegruppe von Tschowdar Syssojew. Noch nie gehört? Ein grässlicher alter Zigeuner, Rosa ist Kunstreiterin.« Ljalja steckte den Pullover in eine Tüte und schrieb die Adresse auf.

Butonow nahm das Päckchen ohne große Begeisterung.

Den ersten Vormittag in Kischinjow hatte Butonow frei. Er verließ am frühen Morgen das Hotel, in dem er übernachtet hatte, und ging durch die fremde Stadt in der ihm beschriebenen Richtung zum Basar. Die Stadt war unscheinbar, ohne auch nur einen Hauch von Architektur, zumindest in dem Teil, den Valeri in dem sich allmählich auflösenden Morgennebel zu sehen bekam. Aber die Luft war gut, südlich, erfüllt vom Geruch süßer, am Boden verfaulender Früchte. Der Geruch kam von weither, denn auf den neu bebauten Straßen gab es keine Bäume. Nur hell- und dunkelrote Astern, die ihre ganze Kraft für die Farbe verbrauchten und ohne jeden Duft waren, wuchsen auf rechteckigen Rasenstücken mit Betoneinfassungen. Es war warm und erinnerte an einen Kurort.

Valeri gelangte zum Basar. Fuhrwerke und zweirädrige Karren, Pferde und Ochsen verstopften den kleinen Platz, kurzbeinige Männer mit warmen Pelzmützen und hängenden Schnurrbärten schleppten Körbe und Kisten, Frauen häuften Berge aus Tomaten, Weintrauben und Birnen auf Ladentische.

Ich sollte was für zu Hause mitnehmen, dachte Valeri flüchtig und erblickte direkt vor sich das zerbeulte Hinterteil eines Busses der Linie, mit der er fahren musste. Der Bus war leer. Valeri stieg ein, nach ein paar Minuten kletterte der Fahrer in seine Kabine und fuhr ohne ein Wort los.

Die Strecke führte lange durch einen Vorort, der immer schöner wurde, vorbei an Lehmhütten und kleinen Weingärten. Der Bus hielt oft, eine kurze Strecke lang füllte er sich mit Kindern, die dann alle an einer Schule ausstiegen. Schließlich, nach fast einer Stunde, erreichten sie die Endhaltestelle an einem sonderbaren Zwischenort, weder Stadt noch Dorf.

Valeri wusste noch nicht, was für ein wichtiger Tag in seinem Leben an diesem Morgen angebrochen war, prägte sich aber dennoch alle Einzelheiten ein. Zwei kleine Fabriken standen zu beiden Seiten der Straße und qualmten sich gegenseitig ins Gesicht – gegen alle Gesetze der Physik, denen zufolge der Wind ihre graublauen Rauchwolken in die gleiche Richtung hätte tragen müssen.

Der aufmerksame Butonow zuckte die Achseln. Entlang der Straße zogen sich Treibhäuser, und auch das war merkwürdig: Wozu Gewächshäuser, wenn hier Ende Oktober zwanzig Grad waren und alles auch ohne Verglasung ausgezeichnet gedieh? Weiter die Straße hinunter standen Wirtschaftsgebäude und Pferdeställe. Dorthin ging Butonow. Von Weitem sah er, wie das Tor eines Pferdestalls aufging, der Spalt sich mit samtiger Schwärze füllte und, die weißen Zähne gebleckt, ein hochbeiniger schwarzer Hengst herauskam, der dem überraschten Butonow riesig dünkte, wie das Pferd unter dem Ehernen Reiter. Doch kein Gedanke an einen Ehernen Reiter – der Hengst wurde am Zügel geführt von einem kleinen Lockenkopf, der sich bei näherem Hinsehen als junge Frau in rotem Hemd und schmutzigen weißen Jeans entpuppte.

Zuerst fielen Butonow ihre Stiefel auf, leicht, mit breiter Spitze und derber Fersenkappe, genau das Richtige zum

Reiten, und dann begegnete er ihrem Blick. Ihre Augen waren schwarze Spiegel, mit schwarzer Tusche grob verlängert, ihr Blick aufmerksam und unfreundlich. Alle drei blieben stehen. Der Hengst wieherte kurz, sie tätschelte ihm mit ihrer leuchtend weißen Hand mit kurzen roten Nägeln den Hals.

»Willst du zu Tschowdar?«, fragte sie ziemlich grob. »Er ist da drüben.« Sie zeigte auf den nächstgelegenen Schuppen, stellte dann ihren Fuß in den hochgezogenen Steigbügel und glitt in den Sattel, wobei sie Valeri in einen süßen, erregenden Duft hüllte, der von keinem Parfüm stammte.

»Nein, ich will zu Rosa.« Butonow ahnte schon, dass sie Rosa war. »Ich hab ein Päckchen von Ljalja Mucetoni.« Er zog das Päckchen aus der Tasche und hob es hoch.

Sie nahm es, ohne vom Pferd zu steigen, holte aus und schleuderte es in den offenstehenden Pferdestall, entblößte die Zähne, nicht zu einem Lächeln, sondern eher zu einem Fletschen, und fragte rasch:

»Wo wohnst du?«

»Im ›Oktjabrskaja‹.«

»Aha, ist gut. Ich hab jetzt zu tun.« Sie winkte, stieß einen schrillen Schrei aus und galoppierte los.

Er sah ihr nach und empfand Ärger, Entzücken und noch etwas, das er lange würde ergründen müssen. So oder so, dies war der letzte Tag in seinem Leben, da er sich nicht für Frauen interessierte.

Am Abend lag Valeri lange in seinem nach Waschpulver riechenden Hotelbett und dachte an die freche Zigeunerin, ihren prachtvollen Hengst und die edelrassigen gelben Pferde, die er auf der Koppel hinterm Stall beobachtet hatte, als er auf den Bus wartete.

Ein recht unangenehmes Mädchen, schloss Valeri und glitt in einen Traum, der erfüllt war von Pferdestallgeruch und der gemächlichen Freude des leeren warmen Tages, als ein leises Klopfen, erst lang, dann kurz, ihn herausriss. Er hob den Kopf vom Kissen.

Offensichtlich hatte er vergessen abzuschließen – die Tür öffnete sich langsam, und eine Frau kam herein. Valeri schwieg und sah sie an. Er dachte erst, es sei das Zimmermädchen.

»Ah, du hast mich erwartet«, sagte die Frau heiser, und da erkannte er sie – es war die Reiterin vom Morgen.

»Ich hab mir gedacht, wenn du fragst, wer da ist, dann dreh ich mich um und geh wieder«, sagte sie, ohne zu lächeln, und setzte sich aufs Bett.

Sie zog die Stiefel aus, die er am Morgen im Stillen gutgeheißen hatte. Zuerst trat sie auf den Hacken des linken und warf ihn ab, dann zog sie mit den Händen den rechten herunter und schleuderte ihn mit einiger Anstrengung in die Ecke.

»Na, was kuckst du denn so?« Sie stand neben dem Bett, und er sah, wie klein sie war. Dann konnte er noch denken, dass er so kleine und spitze Frauen gar nicht mochte.

Sie zog ihren weißen Pullover aus, das Geschenk von Ljalja, knöpfte einen Knopf ihrer schmutzigen weißen Jeans auf und sagte in müdem und sachlichem Ton:

»Den ganzen Tag hat es in mir gebrannt, so sehr wollte ich dich.«

Butonow atmete aus und vergaß für immer, was für Frauen er eigentlich mochte.

Alles, was er über sie erfuhr, erfuhr er später. Sie war keineswegs Zigeunerin, sondern eine Jüdin aus einer Petersburger Professorenfamilie und vor sieben Jahren zu Syssojew gezogen. Ihre Tochter aus erster Ehe lebte bei ihren Eltern, weil sie ihr das Kind nicht anvertrauen wollten. Aber das Wichtigste und Verblüffendste für ihn war die Feststellung, dass er mit seinen knapp neunundzwanzig Jahren einen ganzen Kontinent übersehen hatte; und ihm war unbegreiflich, wie dieses schmächtige Mädchen, das außen und innen so heiß war, ihn in einem solchen Maße in sich aufzunehmen vermochte, dass seine ganze Haut stöhnte und vor Glück und Zärtlichkeit schmolz und jede Berührung, jedes Gleiten bis in sein Innerstes drang, bis direkt in die Seele, und seine ganze Oberfläche tief in seinem Inneren zu liegen schien. Er fühlte sich von innen nach außen gekehrt und begriff, dass, hätte sie ihm nicht mit ihren zarten Fingern die Ohren verstopft, seine Seele ihn auf jeden Fall verlassen haben würde.

Um sechs Uhr morgens zirpte die eigentümliche Uhr, die sie nicht abgenommen hatte. Sie saß auf dem Fensterbrett, beide Beine um seine Hüften geschlungen. Er stand vor ihr und sah, wie sich unter ihrem Nabel ein Hügel wölbte, der von seiner Anwesenheit zeugte.

»Schluss«, sagte sie und streichelte den Hügel durch ihre dünne Bauchdecke.

»Geh nicht weg«, bat er.

»Ich bin schon weg.« Sie lachte, und er sah, dass ihre Vorderzähne vorstanden wie bei einem Vampir.

Er strich ihr mit den Fingern über die Zähne.

»Nein, ich bin kein Vampir.« Sie lachte. »Ich bin eine ganz gewöhnliche Hure. Gefällts dir?«

»Sehr«, antwortete er ehrlich, und sie sprang weg, noch bevor er seinen Pfeil abgeschossen hatte.

Sie ging in die Dusche. Ihre Beine waren ein wenig krumm und nicht sehr geschickt eingeschraubt. Doch das heizte sein Verlangen nur an. Er holte aus dem zerwühlten Bett ihre zerrissenen Goldkettchen, die ihr in der Nacht vom Hals geglitten waren.

In der Dusche rauschte Wasser, er ließ die Kettchen durch seine Finger gleiten und sah aus dem Fenster. Es herrschte der gleiche glitzernde Nebel wie am Vortag, und hinter seinem vergehenden Glanz ahnte man die Sonne.

Den Körper voller großer Wassertropfen, kam sie wieder ins Zimmer. Er reichte ihr die Ketten. Sie nahm sie, zog sie auseinander und warf sie auf den Tisch.

»Wenn du sie repariert hast, gibst du sie mir zurück. Ist heute Mittwoch?«

Sie schüttelte das restliche Wasser von ihrer kleinen Brust und zog mühsam die Jeans auf den nassen schmalen Leib. Auch in ihrem bauschigen schwarzen Haar, in der Frisur, die damals noch nicht »Afro-Look« hieß und ihre eigene und niemandes sonst war, hingen große Wassertropfen. Ein paar kleine, hart aussehende Narben, nun schon erregend und geliebt, zierten ihren Körper unter der Brust, links auf dem Bauch und auf dem rechten Unterarm. Sie wirkte überhaupt nicht weiblich. Doch alle Frauen, die er vorher gekannt hatte, kamen ihm verglichen mit ihr vor wie Grießbrei oder gebratener Kohl.

»Weißt du was, Valeri? Wir treffen uns in genau einer Woche auf dem Hauptpostamt in Piter. Zwischen elf und zwölf.«

»Und heute?«, fragte Butonow.

»Nein, das geht nicht. Syssojew bringt dich um. Oder mich.« Sie lachte. »Jedenfalls einen von uns beiden.«

Sie trafen sich noch dreimal – im Laufe eines Jahres. Und dann verschwand sie. Nicht nur für Valeri, sondern überhaupt. Weder ihre Eltern noch Syssojew wussten, mit wem und wohin sie verschwunden war.

Seitdem wies Butonow Frauen nicht mehr ab. Er wusste, dass es keine Wunder gab, aber an der Grenze des Möglichen, bei äußerster Konzentration, schlug auch hier, direkt im Unterkörper, der Blitz ein und erhellte alles, und dann flammte wieder dieses Gefühl auf – das Messer, auf das Ziel geworfen, zittert und erstarrt genau in dessen Zentrum.

8

Am Abend gegen zehn von den Buchten zurückgekehrt, hatten die Erwachsenen die schlafenden Kinder ins Bett gebracht und saßen nun in Medeas Küche und tranken Tee. Obwohl alle müde waren, mochten sie nicht auseinandergehen – in der Luft lag ein vages »Fortsetzung folgt«. Selbst Nora, eine eifrige Mutter, willigte ein, ihre Tochter in diesem fremden Haus schlafen zu legen, um noch mit den anderen beim Tee zusammensitzen zu können.

Nur Mascha war nicht in der Küche. Sie hatte schon auf dem Rückweg, auf halber Strecke, ein widerliches Jucken im Blut gespürt und gemerkt, dass sie einen ihrer seltenen und unerklärlichen Anfälle bekam. Ihr Mann Alik, der Arzt war und jede Krankheit als zu lösende Aufgabe betrachtete, war der Ansicht, Mascha leide an einer seltenen Form von Gefäßallergie. Einmal hatte ein solcher Anfall vor seinen Augen begonnen, in einem Dorf, wo sie Silvester feiern wollten. Mascha hatte den kalten Zapfen des Wasserspenders berührt, und er hatte auf ihrer Haut eine Spur hinterlassen wie eine Verbrennung. Zwei Tage später hatte sie Fieber bekommen, und am Abend war ihr ganzer Körper mit Allergiepickeln übersät gewesen.

Diesmal war es ähnlich, allerdings nicht ausgelöst durch gleichgültiges Metall, sondern durch Butonows flüchtige Berührung. Aber wer weiß, vielleicht war es einfach die

Hitze gewesen, die Frühlingssonne. Jedenfalls war der rechte Unterarm dunkelrot und leicht geschwollen.

Mascha hatte sich mit Mühe nach Hause geschleppt und sich sofort ins Bett gelegt, zugedeckt mit allen greifbaren Decken.

Weil sie Schüttelfrost und Fieber hatte, träumte sie immer wieder ein und denselben Traum: Sie geht in die Küche und will Wasser schöpfen aus einem fast leeren Eimer, der Becher schabt nur über den Boden, füllt sich aber nicht mit Wasser. Gleichzeitig entstanden ganz von selbst einige unfertige Verszeilen, in denen Strand vorkam, heiße Sonne und eine vage Erwartung, gemischt mit realem Durst.

Georgi ging hinaus, um zu rauchen, setzte sich auf die Bank vorm Haus und blickte von dort, aus dem Dunkel, wie aus dem Zuschauersaal eines Theaters in das helle Viereck der offenen Küchentür. Es war ein zweifaches, flackerndes Licht: gelb von der Petroleumlampe und tief himbeerrot vom offenen Feuer. Die Gesichter, den ganzen Tag von der gefährlichen Frühjahrssonne bestrahlt, wirkten wie dick geschminkt. Neben Medea saß die hellhäutige Nora mit hochgestecktem Haar – Nika hatte sie genötigt, sich das Gesicht mit Kefir einzureiben, und nun glänzte es matt. Ihre Stirn wirkte mit dem hochgebundenen Haar zu hoch und steil, wie bei kleinen Kindern und mittelalterlichen deutschen Madonnen, und dieser Schönheitsfehler machte ihr Gesicht noch liebenswerter.

Außerdem sah Georgi Butonows mächtigen Rücken im rosa Hemd und Nikas geflügelten Schatten – der Gitarrenhals und ihre Hände schwankten an der Wand hin und her. Mitten auf dem Tisch stand wie eine kostbare Kugel der Samowar, kochte aber keinen Tee. Georgi hatte zwar endlich eine Leitung zur Küche gezogen, doch an diesem Tag gab es aus unerfindlichem Grund in der Siedlung keinen Strom.

Außer dem Licht drang auch ein Lied nach draußen, das Nika mit ihrer schlichten, kräftigen Stimme sang und mit simplen Akkorden ihrer musikalisch ungeschulten Hand begleitete.

Damals sangen alle Lieder von Okudshawa, doch Georgi mochte sie als Einziger nicht. Ihn ärgerten die Manschetten und Samtwesten darin, das Blau und Gold, der Geruch nach Milch und Honig, die ganze romantische Pracht, und vor allem vielleicht, dass sie so verführerisch waren, einem gegen den Willen ins Herz krochen, noch lange nachklangen und im Kopf eine Spur hinterließen.

Seine Arbeit hatte viele Jahre mit Paläozoologie zu tun gehabt, der totesten aller Wissenschaften, und das hatte seine Wahrnehmung auf besondere Weise geprägt: Alles auf der Welt teilte sich in Hartes und Weiches. Das Weiche schmeichelte dem Gefühl, roch, war süß oder widerlich, mit einem Wort, war mit emotionalen Reaktionen verbunden. Das Harte aber bestimmte das Wesen einer Erscheinung, war sein Skelett.

Georgi brauchte nur die halbe Schale einer Muschel in die Hand zu nehmen, die eingemauert war in einen Hang irgendwo in Fergana oder hier bei Altschak, um zu bestimmen, in welchem der zehn Abschnitte des Paläogens das fleischige, längst untergegangene Tier gelebt hatte, seine kräftigen Muskeln und primitiven Nervenknoten, also alles, was sein bedeutungsloses Weiches ausgemacht hatte. Auch diese Lieder kamen ihm vor wie etwas Weiches, ganz und gar weich, im Gegensatz beispielsweise zu den Liedern von Schubert, in denen er ein festes musikalisches Skelett spürte – zum Glück verstand er kein Deutsch, sodass die Worte ihn nicht störten.

Georgi drückte seine Zigarettenkippe an einem flachen Stein aus, ging in die Küche und setzte sich in die dunkelste Ecke, von wo aus er Nora mit ihrem liebenswerten, schläfrigen Gesicht gut sehen konnte.

Ein Mädchen aus dem Norden, auf den ersten Blick nicht sehr glücklich, dachte er, Petersburgerin. Vom Typ der anämischen Blondinen mit durchsichtigen Händen, blauen Venen, mit schmalen Fesseln und Handgelenken … ihre Brustwarzen sind bestimmt blassrosa … Plötzlich überlief es ihn siedend heiß.

Und sie, als hätte sie seine Gedanken gespürt, bedeckte das Gesicht mit ihren schmalen Händen.

Georgis Jugend mit ihren geologischen Expeditionen, den Köchinnen vor Ort, gefügigen Laborantinnen und Geologinnen, die immer bereit waren, ihre muskulösen Hüften Mückenstichen auszusetzen, war lange vorbei.

Aus einem armenischen Gemisch von Sturheit und Faulheit, aber auch aus Treue zu einer von der Mutter eingeimpften Familienmythologie, hielt er, dem allgemein verbreiteten Leichtsinn, allen Gewohnheiten seines Kreises und dem Spott seiner Freunde zum Trotz, der dicken Soja mürrisch die Treue, konnte sich allerdings beim besten Willen nicht erinnern, was ihm an ihr vor fünfzehn Jahren gefallen hatte. Nichts außer der rührenden Geste, mit der sie ihre weißen Söckchen zusammenlegte, ganz ordentlich übereinander.

Wieder verließ er die Küche, um sich von der beunruhigenden Luft darin zu erholen, die brodelte, ihn reizte und erregte.

Er ist gegangen, dachte Nora enttäuscht.

Nika indessen übte sich in ihrer liebsten Kunst, der Verführung, fein wie Spitze, unsichtbar, aber wahrnehmbar, wie der Duft eines heißen Kuchens im Herd, der augenblicklich jeden Raum erfüllt. Das war ein Bedürfnis ihrer Seele, eine Nahrung, der geistigen verwandt, und Nika kannte keinen höheren Augenblick als den, wenn sie die Aufmerksamkeit eines Mannes gewann, sich durch die jeden Mann erfüllende Sorge um das eigene Innenleben bohrte, sein Interesse an sich weckte, indem sie kleine Köder und Schlingen auswarf, auffällige Fäden spann und zu sich heranzog, immer weiter, sodass er, während er sich noch in einer anderen Ecke des Zimmers mit jemandem unterhielt, bereits auf ihre Stimme lauschte, den Ton ihres freudigen Wohlwollens erhaschte sowie jenes Unbestimmte, um dessentwillen ein Schmetterlingsmännchen Dutzende Kilometer zu seinem faulen Weibchen fliegt; und dann zog es den von Nika erwählten Mann gegen seinen eigenen Willen schon in die Ecke, wo sie saß, mit oder ohne Gitarre, die große, fröhliche rothaarige Nika mit den lockenden Augen.

Das war vielleicht der Augenblick des höchsten Triumphs, nicht zu vergleichen mit anderen körperlichen Freuden – wenn die Beute mit leerem Glas und verwirrtem Blick durch die Zimmer irrte und sich immer mehr der unbestimmten Quelle näherte und Nika im Vorgefühl des Sieges strahlte.

Butonow, der bewegungslos auf der Bank saß, in der Mitte, Nika gegenüber, war bereits in ihrer Hand. Bei aller auffälligen Pracht war er eine leichte Beute: Er wies Frauen selten ab. Lieferte sich ihnen jedoch nicht aus, denn er zog einmalige Auftritte langwierigen Beziehungen vor.

Jetzt wollte er schlafen, und er überlegte, ob er diese Rothaarige nicht auf morgen verschieben sollte. Nika ihrerseits hatte keineswegs vor, auf morgen zu verschieben, was sie heute besorgen konnte.

Sie stand leichtfüßig auf und legte die Gitarre in den Sessel von Medea, die schon in ihr Zimmer gegangen war.

»Der Rest ist Schweigen.« Sie sah Butonow mit einem Lächeln an, das eine Fortsetzung des Abends verhieß. Das Zitat begriff Butonow nicht.

Die Gute ist ganz aus dem Häuschen, dachte Georgi nachsichtig.

»Augenblick, wir sehen mal nach den Kindern.« Das schien Nora zu gelten, doch Butonow begriff, dass sie ihn aufforderte zu warten.

Die Frauen gingen in das dunkle Haus und warfen einen Blick ins Kinderzimmer. Es gab nichts zu sehen: Nach der anstrengenden Wanderung schliefen alle, nur Lisa atmete wie gewöhnlich mit süßen Seufzern. Die kleine Tanja lag quer auf der breiten Liege, am Rand gerade ausgestreckt Katja, auch im Schlaf stets auf ihre Haltung bedacht. Mitten im Zimmer stand ein Nachttopf für alle.

»Wenn du willst, leg dich hier hin.« Nika zeigte auf die Liege. »Oder im kleinen Zimmer, da ist das Bett gemacht.«

Nora legte sich neben ihre Tochter. Es war schon nach drei, zum Schlafen blieb nicht mehr viel Zeit.

Nika ging in die Küche zurück und legte mit einer leichten, flüchtigen Bewegung Butonow ihre Hände an den Hals.

»Du hast einen Sonnenbrand.«

»Ein bisschen«, erwiderte Butonow, und Nika hatte

plötzlich das Gefühl, keineswegs einen Sieg errungen zu haben.

»Na schön, gehn wir«, schlug Butonow mit völlig ausdrucksloser Stimme vor, ohne sich umzudrehen.

Etwas war falsch, verletzte Nikas Spielregeln, aber sie verzichtete auf kokette Anspielungen, die ihn auf den richtigen Ton einstimmen sollten, und schmiegte sich mit der Brust leicht an seinen harten, mit rosa Baumwollstoff umspannten Rücken.

Alles Weitere, das auf Adas Territorium vor sich ging, verdient keine genauere Beschreibung. Beide Beteiligten waren durchaus zufrieden. Butonow erleichterte sich – wozu er den ganzen langen und belebten Tag nicht gekommen war –, nachdem Nika gegangen war, in dem Bretterhäuschen am Ende des Grundstücks und sank in einen gesunden Schlaf.

Nika kam nach Hause, als es schon hell wurde, kein bisschen müde, sondern im Gegenteil putzmunter, und ihr Körper, als sei er ihr dankbar für den empfangenen Genuss, war bereit zu Arbeit und Vergnügen.

Sie sang etwas vom vorigen Abend vor sich hin, spülte sorgfältig das Geschirr und rührte mit einem langen Löffel den morgendlichen Haferbrei um, als Medea hereinkam, um sich ihre Tasse Kaffee zu holen.

»Haben wir dich gestern sehr gestört?« Nika küsste Medea auf die hagere Wange.

»Nein, Kindchen, wie immer.« Medea berührte Nikas Kopf. Sie liebte Nikas Kopf: Ihr Haar war genauso wellig und knisterte ein bisschen wie das von Samuel.

»Mir schien, du warst gestern sehr müde«, sagte Nika halb fragend.

»Weißt du, Nika, früher kannte ich so was nicht. Das ganze letzte Jahr bin ich fast immer müde. Vielleicht das Alter?«, antwortete Medea offenherzig.

Nika stellte den Primuskocher kleiner.

»Hast du dein Krankenhaus noch nicht satt? Vielleicht solltest du aufhören?«

»Ich weiß nicht, ich weiß nicht. Ich bin das Arbeiten gewöhnt. Knechtsbeschwerden, wie Armik Tigranowna immer sagte.« Medea stand auf, das Gespräch war beendet.

Mascha kam herein, eine Jacke über dem Nachthemd, das Gesicht rot, entzündet und voller kleiner Pickel.

»Maschka! Was ist mit dir?«, rief Nika.

Mascha trank gierig aus einem Becher und sagte, als er leer war, abwesend:

»Der Eimer ist doch voll … Ich hab eine Allergie.«

»Nicht etwa die Röteln?«, fragte Medea beunruhigt.

»Ach was! Heute Abend ist das weg.« Mascha lächelte. »Die Nacht war furchtbar. Fieber, Schüttelfrost. Aber jetzt ist es vorbei.«

In ihrer Tasche lag ein zerknittertes Blatt Papier, auf dem das in der Nacht geschriebene Gedicht stand. Mascha gefiel es noch immer sehr, und sie wiederholte es in Gedanken:

Im Korbe schwamm ein Kind heran, liegt namenlos im Ufersand, und eingehüllt in weiße Kleider, die Pharaonentochter eilt herbei, sein Schicksal zu entscheiden. Ein Fisch hat plötzlich angebissen, sein Schwanz schlug auf das Ufer ein, vergessen hab ich es, vergessen, mir fällt der Name nicht mehr ein, ich werd an jenem Ufer sein, lass Sand durch meine Finger gleiten, schlaf ein in diesen Sonnenweiten, und warte weiter, wach ich auf. Ich warte und weiß nicht worauf …

Doch in Wirklichkeit wusste sie Bescheid. Nach dem gestrigen verworrenen Tag und der schrecklichen Nacht sah sie klar: Sie war verliebt.

Außerdem empfand sie Schwäche, die übliche Schwäche nach einem Fieberanfall.

9

Sandra, die in ihrem Leben nicht nur die Männer ständig wechselte, weil sie ihr langweilig wurden, sondern auch ihre Berufe, hatte ihren dritten Mann im Maly-Theater kennengelernt, wo sie seit Mitte der fünfziger Jahre als Ankleiderin einer alten Berühmtheit arbeitete. Er war Möbeltischler, bezog ein anständiges staatliches Gehalt und restaurierte nebenher museale Kostbarkeiten, die Volksschauspieler, Verdiente Künstler und andere Vertreter der Theaterelite, die etwas von schönen Möbeln verstanden, für ein paar Groschen erworben hatten.

Sandra, die sich immer leicht verliebte, machte sich nichts aus Reichtum, um so mehr jedoch aus Glanz. Ihre Ehe mit Alexej Kirillowitsch hatte keinen Glanz gehabt. Es waren die langweiligsten drei Jahre ihres Lebens gewesen, und geendet hatten sie mit einem Skandal – Alexej Kirillowitsch überraschte sie zur Unzeit mit Gerassim, dem schönen taubstummen Heizer der Timirjasew-Datschas.

Alexej Kirillowitsch war zutiefst erstaunt und verschwand für immer, seine Frau in den Armen des hünenhaften Gerassim zurücklassend. Sandra weinte bis zum Abend.

Danach sah sie Alexej Kirillowitsch nur noch einmal, vor dem Scheidungsrichter, bekam aber bis 1941 regelmäßig von ihm Geld geschickt. Seinen Sohn wollte Alexej Kirillowitsch nicht sehen.

Der Heizer war selbstverständlich nur eine belanglose Episode. Sandra hatte diverse glänzende Liebschaften: einen tapferen Testpiloten, einen berühmten jüdischen Wissenschaftler, der ein witziger und anspruchsloser Frauenheld war, und einen jungen Schauspieler, ein Opfer frühen Ruhms und noch früheren Alkoholismus.

Sie heiratete ein zweites Mal, einen Militär, einen stattlichen und stimmgewaltigen Liebhaber ukrainischer Lieder, Jewgeni Kitajew, bekam von ihm ihre Tochter Lidija, doch auch diese Ehe ging in die Brüche. Sie ließen sich zwar nicht scheiden, lebten aber getrennt, und die zweite Tochter Vera, die vor dem Krieg zur Welt kam, hatte einen anderen Vater, einen Mann mit so berühmtem Namen, dass Kitajew bis zu seinem Tod über sein Familienleben bescheiden den Mund hielt. Sandras letzte Tochter Nika, die siebenundvierzig zur Welt kam, trug ebenfalls seinen fröhlichen Namen.

Doch als Sandra über fünfzig war und das Feuer ihres stumpfer gewordenen Haars keine Scharen von Verehrern mehr anzog, seufzte sie und sagte sich: Na, dann ist es wohl Zeit …

Sie ließ ihre scharfen weiblichen Blicke schweifen und verharrte überraschend beim Möbeltischler des Theaters, Iwan Issajewitsch Prjanitschkow.

Er war noch nicht alt, um die fünfzig, ein, zwei Jahre jünger als sie, nicht sehr groß, aber breitschultrig, trug das Haar auf Künstlerart, länger als bei der Arbeiterklasse üblich, sein Gesicht war immer glattrasiert, die Hemden unter seinem blauen Kittel waren stets sauber. Als sie im Flur einmal hinter ihm ging, bemerkte sie den von ihm ausgehenden komplexen, herben Geruch, der mit seinem

Handwerk zu tun hatte: Terpentin, Kolophonium und etwas, das sie nicht kannte, und sie fand den Geruch recht angenehem.

Der Möbeltischler besaß eine ganz eigene Würde, er ordnete sich nicht in die übliche Theaterhierarchie ein. Ihm wäre eigentlich ein bescheidener Platz zwischen Bühnenmeister und Maskenbildner zugekommen, er aber lief selbstbewusst durch die Flure des Theaters, antwortete auf einen Gruß mit einem Kopfnicken wie ein Verdienter Künstler und verschloss die Tür seiner Werkstatt so fest wie ein Volksschauspieler. Eines Abends, als die Arbeiter der Werkstätten noch nicht gegangen und die Schauspieler und alle anderen, die für die Vorstellung gebraucht wurden, schon gekommen waren, klopfte Alexandra Georgijewna an seine Tür. Sie begrüßten sich. Wie sich herausstellte, kannte er ihren Namen nicht, obwohl sie bereits drei Jahre am Theater arbeitete. Sie beschrieb ihm einen von ihrer Schwiegermutter geerbten Glasschrank aus Nussbaum und warf einen flüchtigen Blick auf die Wände der Werkstatt, wo auf Regalen Flaschen mit dunkler und roter Flüssigkeit standen und verschiedene Werkzeuge ordentlich hingen oder lagen.

Iwan Issajewitschs braune Hand mit den dunkel umrandeten Fingernägeln lag auf der hellen Platte eines zerlegten Tischchens, er strich mit einem rauen Finger über eine zerschrammte Blume, und als Alexandra Georgijewna ihren Bericht von dem Glasschrank beendet hatte, sagte er, ohne sie anzusehen:

»Wenn ich mit den Intarsien hier für Iwan Iwanowitsch fertig bin, kann ich ihn mir ja mal ansehen.«

Zu ihr in die Uspenskigasse, wo sie mit ihren beiden Töchtern Vera und Nika in zweieinhalb Zimmern wohnte, kam er eine Woche später. Die angebotene Tasse Bouillon mit einem Stück Pastete vom Vortag und die Buchweizengrütze, wie im russischen Ofen gekocht, hinterließen einen tiefen Eindruck bei Iwan Issajewitsch, der sauber und anständig lebte, aber eben wie ein Junggeselle, ohne gute Hausmannskost.

Ihm gefiel die sorgfältige Art, wie Alexandra Georgijewna das Brot aus dem Holzkasten nahm und die Serviette aufschlug, in die es eingewickelt war. Noch tiefer beeindruckte ihn ihr kurzer Blick zur Seitenwand der Anrichte – dort hing eine kleine Ikone der Madonna von Korsun, die er nicht gleich bemerkt hatte, weil sie nicht in der Ecke hing, wie es sich gehörte, sondern verborgen –, und ihr leiser Seufzer »O Herr«, den sie schon als Kind von Medea übernommen hatte.

Er stammte aus einer altgläubigen Familie, hatte aber sein Elternhaus früh verlassen und den Glauben abgelegt, war jedoch, nachdem er sich vom heimischen Ufer abgekehrt hatte, an keinem neuen angekommen und sein ganzes Leben lang mit sich im Zwist: Mal haderte er mit sich wegen der Flucht aus der Welt der Eltern, mal litt er unter der Unmöglichkeit, mit den Tausenden tatkräftiger und fanatischer Mitbürger zu verschmelzen.

Ihn rührte Sandras gebetsähnlicher Seufzer, und erst viel später, als er bereits mit ihr verheiratet war, begriff er, dass sie einfach mit erstaunlicher Leichtigkeit ein Problem gelöst hatte, das ihn sein Leben lang quälte. Er konnte die Vorstellung vom richtigen Gott und dem unrichtigen Leben in keiner Weise zusammenbringen, bei Sandra dagegen war alles in schönster Schlichtheit vereint: Sie schminkte sich die Lippen, putzte sich, amüsierte sich von Herzen, doch zu gegebener Stunde seufzte sie, betete, weinte und offenbarte plötzlich großzügige Hilfsbereitschaft.

Der Glasschrank erwies sich als nicht der Rede wert, furnierter Nussbaum, der Schlüssel war verloren und das Schlossblech ramponiert. Iwan Issajewitsch breitete sein Werkzeug aus, schraubte die Tür ab, Alexandra Georgijewna aber zog sich an und eilte zur Abendvorstellung, um ihre gebrechliche Primadonna in einen Kaufmannsüberwurf aus schwerer Seide zu hüllen. Die Greisin spielte fast durchweg Ostrowski.

Iwan Issajewitsch, nun allein mit ihren Töchtern, bereitete leise alles für seine Arbeit vor, säuberte die Oberfläche, löste das an einer Stelle beschädigte Furnier und dachte über die Witwe nach: Eine gute Frau, lebt sauber, die Kinder gut erzogen, sie selbst augenscheinlich gebildet, obwohl – warum arbeitet sie als Ankleiderin bei der Alten, die für ihren üblen Charakter bekannt ist?

Die Rückkehr der Hausherrin wartete er nicht ab, zumal sie an diesem Tag länger im Theater blieb als sonst. Die alte Primadonna hatte nach der Vorstellung den Regisseur zu sich gerufen und verlangt, er solle ihre junge Partnerin auswechseln, denn die sei »ständig unverschämt, obwohl sie kein Wort rauskriegt«.

Bis sich die Wogen geglättet hatten, bis Sandra die große Greisin beruhigt und umgezogen hatte, war es schon halb eins, und Sandra musste zu Fuß nach Hause gehen, weil die Schauspielerin entweder vergessen oder keine Lust gehabt hatte, ihre Ankleiderin wie üblich in dem bestellten Taxi mitzunehmen und nach Hause zu bringen.

Iwan Issajewitsch kam zu mehreren Rendezvous mit dem Nussbaumschrank, wobei er vorher auf den Spielplan sah und Tage auswählte, an denen kein Ostrowski gegeben wurde, Alexandra Georgijewna also zu Hause blieb. Am ersten Abend saß sie am Tisch und schrieb Briefe, am zweiten nähte sie einen Rock für ihre Tochter, dann sortierte sie Buchweizen und summte dabei eine eingängige Operettenmelodie. Sie bot Iwan Issajewitsch mal Tee an, mal ein Abendessen.

»Dieser Tischler«, wie sie ihn in Gedanken nannte, gefiel ihr immer besser – seine ernste Zurückhaltung, seine lakonischen Worte und Gesten und sein ganzes Benehmen, das zwar »ein bisschen hölzern« war, wie sie ihrer Busenfreundin Kira erzählte, aber dafür »ziemlich männlich«.

Auf jeden Fall war er deutlich ihrem jetzigen Hauptanwärter vorzuziehen, einem seit Kurzem verwitweten Verdienten Schauspieler mit schallender Stimme, eitel, geschwätzig und empfindlich wie eine Gymnasiastin. Der Schauspieler hatte sie vor Kurzem zu sich in seine schöne große Wohnung im Stalinstil neben dem Moskauer Stadtsowjet eingeladen, und am nächsten Tag hatte sie ihn Kira gegenüber ausgiebig und in allen Punkten verspottet: Wie er den ganzen Tisch mit antikem Bankettgeschirr vollgestellt hatte, obwohl in der riesigen Käseglocke aus Kristall nur eine trockene Scheibe Käse lag und in einer Schale von einem halben Meter Durchmesser ein ebenso vertrocknetes Stück Wurst; wie er mit dröhnender Stimme, die das ganze vier Meter hohe Zimmer erfüllte, zuerst von seiner Liebe zu seiner Frau gesprochen und sie dann ebenso schallend in sein Schlafzimmer eingeladen hatte, wo er ihr zeigen wollte, was er könne, und wie er schließlich, als Sandra schon aufbrechen wollte, eine Schatulle mit dem Schmuck seiner Frau hervorgeholt und, ohne sie zu öffnen, erklärt hatte, das alles bekomme die Frau, die er nun heiraten würde.

»Und, Sandrotschka, hast du dich rausgeredet oder bist du doch mit ihm ins Schlafzimmer gegangen?«, fragte die Freundin neugierig, die sich für jedes Detail in Sandras Leben interessierte.

»Ich bitte dich, Kira!« Alexandra Georgijewna lachte. »Man sieht doch, dass er die Hose schon lange nur noch auf der Toilette aufknöpft! Ich hab einen Schmollmund gezogen und zu ihm gesagt: ›Ach, wie schade, dass ich nicht mit in Ihr Schlafzimmer kommen kann, denn ich habe heute meine Men-stru-a-tion.‹ Er ist beinah umgefallen. Nein, nein, er braucht eine Köchin, und ich brauche einen Mann im Haus. Das wird nichts.«

Iwan Issajewitsch ließ sich mit der Arbeit Zeit. Das tat er eigentlich immer. Aber am fünften Abend seiner gemächlichen Reparaturen am Glasschrank war er dennoch fertig und ging extra etwas früher, um die letzte Schicht Schellack erst am nächsten Tag aufzutragen. Es tat ihm leid, dieses Haus zu verlassen, um es nie wieder zu betreten, und voller Hoffnung betrachtete er einen dreiteiligen missglückten Jugendstil-Spiegel mit deutlichen Schäden.

Ihm gefiel Alexandra Georgijewna, auch ihr Zuhause, und im Schutz des Nussbaumschränkchens beobachtete er ihr Leben: die mürrische älteste Tochter Vera, die wie ein Mäuschen ständig mit Papier raschelte, die rosige Nika und den ältesten Sohn, der seine Mutter fast jeden Tag auf einen Tee besuchte. Hier sah er nicht Angst und Respekt vor den Eltern, wie er es aus seiner Kindheit kannte, sondern eine heitere Liebe zur Mutter und warme Freundschaft zwischen allen. Das erstaunte und bezauberte ihn.

Mit der Reparatur des Spiegels war Alexandra Georgijewna einverstanden, sodass Iwan Issajewitsch nun zweimal in der Woche kam, an ihren freien Tagen. Mitunter fand sie seine Anwesenheit beinahe lästig: Sie konnte weder Gäste einladen noch selbst weggehen.

Aus ihrer Sicht hatte sie den Möbeltischler schon in der Tasche, war jedoch selbst noch unschlüssig: Er sah natürlich aus wie ein Kerl und war tüchtig, aber im Grunde doch ein Trottel. Unterdessen brachte er wer weiß woher ein Kinderbett mit geschwungenem Kopf- und Fußteil angeschleppt.

»Das wurde mal für Herrenkinder gemacht, Nika müsste genau reinpassen«, sagte er und schenkte es Sandra.

Sie seufzte: Sie war die Männerlosigkeit leid. Außerdem hatte ihre Primadonna sie vor einem Jahr mit einem Grundstück in der Siedlung des Maly-Theaters bedacht, aber allein konnte sie das Haus nicht herrichten. Alles lief auf ein Ziel hinaus, den gemächlichen Iwan Issajewitsch, in dem sich bereits unbewusste Regungen rührten, die einen einsamen Mann zum Familienleben führen.

Während des Möbelpräludiums zu ihrer Ehe überzeugte er sich immer mehr von Alexandra Georgijewnas außerordentlichen Vorzügen.

Ein anständiger Mensch, keine leichtfertige Person, dachte er, und seine Missbilligung galt einer gewissen Valentina, mit der er ein paar gute Jahre verlebt hatte, bis sie ihn mit einem plötzlich aufgetauchten Hauptmann betrog, der aus derselben Gegend stammte wie sie.

In der Tat konnte seine dickbeinige Valentina Sandra nicht das Wasser reichen.

Indessen ging der Winter zu Ende, und zu Ende ging

auch Sandras langjähriges Verhältnis mit dem Ministerialbeamten, der sie damals am Theater untergebracht hatte. Korrupt und ein Dieb im Staatsdienst, war er Frauen gegenüber großzügig und hatte Sandra immer unterstützt. Doch nun hatte er ein neues festes Verhältnis und traf sich nur noch selten mit Sandra, sodass es bei ihr finanziell knapp wurde.

Ende März bat sie Iwan Issajewitsch, mit ihr auf das Grundstück zu fahren, wo in der letzten Saison der Bau eines Hauses begonnen, aber nicht zu Ende geführt worden war. Von da an begleitete er sie jeden Sonntag.

Sie trafen sich immer auf dem Bahnhof, am Fahrkartenschalter, um acht Uhr morgens; er nahm ihr die Tasche mit dem vorbereiteten Essen ab, sie stiegen in den leeren Vorortzug, wechselten bis zu ihrer Station kaum ein paar Worte und liefen dann schweigend zwei Kilometer die Chaussee entlang. Sandra dachte an ihre Angelegenheiten und beachtete ihren Begleiter kaum, und er war froh über ihr konzentriertes Schweigen, denn er war nicht sehr gesprächig, und es gab auch nichts, worüber sie hätten sprechen können: Theaterklatsch verabscheuten sie beide, und ein gemeinsames Leben hatten sie noch nicht.

Allmählich entwickelte sich zwischen ihnen ein echtes Gesprächsthema: Bau- und Haushaltsangelegenheiten. Iwan Issajewitschs Ratschläge waren klug und sachlich; die Handwerker, die Ende April wieder aufgetaucht waren, um den begonnenen Bau zu beenden, betrachteten ihn als Hausherrn und arbeiteten unter seiner Aufsicht ganz anders als früher.

Die Heiratsangelegenheit kam dennoch nicht von der Stelle. Sandra hatte sich daran gewöhnt, ohne seinen Rat keinen Finger zu rühren, und empfand in seiner Gegenwart eine nie gekannte Geborgenheit. Die jahrelange Anspannung der allein lebenden Frau, die die ganze Verantwortung für die Familie trägt, hatte sie erschöpft, zudem war auch die materielle Unterstützung durch Männer, die sie so unbeschwert in Anspruch genommen hatte, ohne überflüssige moralische Bedenken, irgendwie von selbst versiegt.

Sie entdeckte immer neue Vorzüge an Iwan Issajewitsch, war aber stets aufs Neue pikiert, wenn er »Jankett« oder »Mantratze« sagte. Obwohl Alexandra Georgijewna selbst nur über eine unzureichende Bildung verfügte, einen unvollendeten Schulabschluss und die Laborantenkurse, verdankte sie Medeas Erziehung eine tadellose Sprache, und von den pontischen Seefahrern hatte sie wahrscheinlich einen Tropfen königlichen Blutes geerbt, eine ehrenvolle Verwandtschaft mit jenen Königinnen, die dem Betrachter immer ihr Profil zuwenden, den Königinnen, die einst Wolle spannen, Gewänder webten und Käse herstellten für ihre Männer, die Herrscher von Ithaka und Mykene.

Sandra war bewusst, dass die beiderseitige Begutachtung sich in die Länge zog, doch sie hatte sich noch nicht von dem trügerischen Gefühl freigemacht, ihm in jeder Hinsicht weit überlegen zu sein, dass er sich ob ihrer Wahl glücklich schätzen müsse, und so zögerte sie das wortlose Zeichen des Einverständnisses, auf das Iwan Issajewitsch so sehnlich wartete, hinaus. Das große, nicht wiedergutzumachende Unglück, das in jenem Sommer geschah, sollte sie einander näherbringen und vereinen.

Sandras Schwiegertochter Tanja war eine Generalstochter, doch das war nicht ihre Haupteigenschaft, sondern nur ein biografisches Detail. Vom Vater hatte sie den Ehrgeiz geerbt und von der Mutter die schöne Nase. Als Mitgift bekam sie, dank der Bemühungen des Generals, eine neue Einzimmerwohnung im Bezirk Tscherjomuschki und einen alten Pobeda. Sergej, übermäßig korrekt und unabhängig, rührte das Auto nicht an, besaß nicht einmal einen Führerschein. Tanja fuhr.

Tanjas und Sergejs Tochter Mascha verbrachte ihren letzten Vorschulsommer auf der Datscha der Generalsgroßmutter Vera Iwanowna, die zänkisch und hysterisch war, was alle sehr gut wussten. Ab und zu stritt sich die Enkelin mit der Großmutter und rief die Eltern in Moskau an, damit diese sie abholten. Diesmal rief sie am späten Abend aus Großvaters Arbeitszimmer an, sie weinte nicht, beklagte sich nur bitterlich:

»Mir ist langweilig, sie lässt mich nirgendwo hin, und zu mir kommen dürfen die Mädchen auch nicht, sie sagt, die würden stehlen. Aber sie stehlen nicht, Ehrenwort.«

Tanja, die sich noch recht gut an die mütterliche Erziehung erinnerte, versprach Mascha, sie in ein paar Tagen abzuholen. Das brachte die familiäre Planung ziemlich durcheinander. In zwei Wochen wollten sie alle zusammen zu Medea auf die Krim fahren, der Urlaub war mit Medea abgesprochen, kurz, die Reise ließ sich auf keinen Fall vorverlegen.

»Vielleicht kann Sandrotschka Mascha wenigstens für eine Woche nehmen?«, fragte Tanja vorsichtig.

Aber Sergej hatte keine große Lust, die Tochter von den »Generals« wegzuholen, wie er die Verwandtschaft seiner Frau nannte, aus Rücksicht auf seine Mutter, deren Haus gerade erst fertig geworden war, ganz zu schweigen davon, dass die Datscha des Generals riesengroß war, Sandras dagegen nur zwei Zimmer und eine Veranda hatte.

»Maschka tut mir leid«, seufzte Tanja, und Sergej gab sich geschlagen.

Sie nahmen mitten in der Woche einen Abbummeltag und fuhren am frühen Morgen los. Bis zur Generalsdatscha kamen sie nicht: Ein betrunkener Lkw-Fahrer raste auf die Gegenfahrbahn, direkt in ihren Wagen, der frontale Zusammenstoß tötete beide augenblicklich.

Am Abend dieses Tages – Nika, schon ganz erschöpft vom Warten auf ihre geliebte Freundin und Nichte, hatte alle Puppen für sie in Reih und Glied aufgestellt und eigenhändig Himbeermus geschlagen – kam der Generalswolga, der kurzbeinige General stieg aus und lief mit unsicheren Schritten auf das Haus zu.

Sandra, die ihn durch den durchsichtigen Vorhang gesehen hatte, ging auf die Vortreppe hinaus und blieb auf der obersten Stufe stehen, um die Nachricht entgegenzunehmen, die sie durch die wortlose schreckliche Schwere der dichter werdenden Abendluft bereits erreicht hatte.

»Mein Gott, mein Gott, warte, ich kann nicht, ich bin noch nicht …«

Der General verlangsamte seine Schritte, die Zeit wurde langsamer und blieb schließlich stehen. Nur die Schaukel mit der darauf sitzenden Nika stand nicht völlig still, sondern vollendete ihre gleitende Abwärtsbewegung vom höchsten Punkt.

Sandra sah in dieser verharrenden Zeit ein großes Stück von ihrem und Sergejs Leben, sah ihren ersten Mann Alexej Kirillowitsch in jenem Sommer auf der Station Kara Dag, den neugeborenen Serjosha auf Medeas Arm, ihre gemeinsame Abreise nach Moskau in einem teuren alten Eisenbahnwaggon, Serjoshas erste Schritte auf der Datscha von Timirjasewo, ihn in einer Jacke und mit kurzgeschorenem Haar bei seiner Einschulung, und noch viele, viele vergessen geglaubte Fotografien sah Sandra, während der General, das Bein erhoben, im Laufen auf dem Weg innehielt.

Sie sah alles bis zum Ende, bis zu Serjoshas Besuch vor zwei Tagen in der Uspenskigasse, als er sie bat, Mascha für ein paar Tage, bis zu ihrer Abreise auf die Krim, mit auf die Datscha zu nehmen, sah sein verlegenes Lächeln und wie er sie auf das zu einer Rolle gewickelte Haar geküsst hatte.

»Danke, Mamotschka, du tust so viel für uns.«

Sie aber hatte abgewinkt.

»Unsinn, Serjosha. Das ist doch kein Gefallen, wir lieben deine Maschka doch alle abgöttisch.«

Schließlich stand General Pjotr Stepanowitsch vor ihr und sagte mit langsamer, dumpfer Stimme:

»Unsere Kinder … sie hatten … einen Unfall, sie sind tot …«

»Mit Mascha?«, konnte Sandra nur fragen.

»Nein, Mascha ist auf der Datscha. Sie waren auf dem Weg zu uns … wollten sie abholen …«, schniefte der General.

»Kommen Sie ins Haus«, befahl Sandra, und er gehorchte und stieg die Treppe hoch.

Um die Generalin Vera Iwanowna stand es sehr schlecht: Drei Tage lang schrie sie mit versagender Stimme wild und heiser, schlief nur unter Spritzen ein, ließ aber die arme Mascha keinen Schritt von sich weichen. Die aufgedunsene, angeschwollene Vera Iwanowna brachte Mascha mit zur Beerdigung, das Mädchen stürzte sofort zu Sandra und stand die ganze lange Trauerfeier über eng an sie geschmiegt.

Vera Iwanowna schlug gegen den geschlossenen Sarg und stieß schließlich Bruchstücke eines Wologdaer Klagegesanges hervor, der aus der Tiefe ihrer schlichten, durch das Generalsdasein verdorbenen Volksseele drang.

Sandra, wie versteinert, hatte ihre feste Hand auf Maschas Kopf gelegt, ihre beiden älteren Töchter standen links und rechts von ihr, und dahinter, Nika an der Hand, behütete Iwan Issajewitsch ihren familiären Kummer.

Die Totenfeier fand in der Generalswohnung am Kotelnitscheskaja-Ufer statt. Alles, einschließlich Geschirr, wurde von einem besonderen Ort gebracht, wo hochrangige Persönlichkeiten aßen. Pjotr Stepanowitsch betrank sich stark. Vera Iwanowna verlangte ständig nach Maschenka, das Mädchen aber klammerte sich an Sandra. So saßen sie den ganzen Abend zu dritt, zwei Schwiegermütter, vereint durch die gemeinsame Enkelin.

»Sandrotschka, nimm mich mit zu dir, Sandrotschka«, flüsterte das Mädchen Sandra ins Ohr, und Sandra, die dem General versprochen hatte, ihnen nicht das einzige Kind wegzunehmen, tröstete sie und sagte, sie werde sie zu sich holen, sobald es Großmutter Vera besser ginge.

»Wir dürfen sie doch nicht allein lassen, das verstehst du doch«, redete sie Mascha zu, während sie selbst sich nichts sehnlicher wünschte, als sie mitzunehmen in ihre zweieinhalb Zimmer in der Uspenskigasse.

An diesem Abend bemerkte Sandra auf Maschas blassem Gesicht viele kleine rötliche Sommersprossen, ein Familienmal der Sinoplis, kleine Zeichen der lebendigen Anwesenheit der längst verstorbenen Matilda.

»Man müsste Mascha hier wegholen. Ich würde helfen«, murmelte Iwan Issajewitsch – wie immer in unbestimmter Form, um das intime »Du« und das offizielle »Sie« zu umgehen, sie weder mit Alexandra Georgijewna noch mit Sandra oder Sandrotschka anzureden – am späten Abend dieses Tages, als er sie vom Kotelnitscheskaja-Ufer nach Hause gebracht hatte.

»Müsste man, ja, aber wie?«, antwortete Sandra ebenso unbestimmt.

Medea war nicht zur Beerdigung ihres Patenkindes gekommen – Nina, die Adoptivtochter der verstorbenen Anelja, lag nach einer schweren Operation im Krankenhaus, und Medea hatte für den Sommer deren zwei kleine Kinder zu sich genommen. Nun hatte sie niemanden, der sie hätte beaufsichtigen können.

Ende August war Iwan Issajewitsch mit dem Zaun fertig, vergitterte die Fenster und baute ein raffiniertes Schloss ein.

»Ein richtiger Dieb kommt nicht her, und gegen die kleinen Gauner hilfts.«

In dieser ganzen schwarzen Zeit, vom Tag der Beerdigung an, wich er Sandra nicht von der Seite, und hier, an dieser traurigen Stelle, begann ihre Ehe.

Ihre Beziehung schien für immer überschattet von diesem tragischen Ereignis, und auch Sandra selbst schien nicht mehr in der Lage, ihr Leben fröhlich zu feiern, wie sie es von frühester Jugend an getan hatte, ungeachtet aller Umstände von Krieg, Frieden oder Weltuntergang.

Iwan Issajewitsch ahnte nichts von alledem. Er war ein anderer Mensch, sein Wortschatz umfasste nicht solche Worte, sein Alphabet nicht solche Buchstaben, seine Erinnerung nicht solche Träume, wie Sandra sie kannte. In seinen Augen war seine Frau ein höheres, vollkommenes Wesen.

Und als er begriff, dass die jüngste Tochter Nika unmöglich von dem vier Jahre vor ihrer Geburt gefallenen Oberst Kitajew stammen konnte, dessen Namen sie trug, hätte er mit Freuden eher an eine Version der unbefleckten Empfängnis geglaubt als an irgendeine andere.

Aus dem Wunsch heraus, ihm seinen hehren Glauben zu bewahren, musste Sandra eine Geschichte erfinden: Sie habe einen Testpiloten heiraten wollen, doch der sei, als sie schon schwanger war, kurz vor der Hochzeit abgestürzt.

Die Geschichte war nicht hundertprozentig erfunden – den Testpiloten hatte es wirklich gegeben, es existierte sogar ein Foto mit einem fröhlichen Autogramm, und er war unglücklicherweise wirklich bei einem Testflug abgestürzt, aber von Heirat war zwischen ihnen nie die Rede gewesen, er war nicht Nikas Vater und erst fünf Jahre nach deren Geburt abgestürzt, Nika konnte sich noch an ihn erinnern, weil er immer längliche Schachteln Nusskonfekt mitbrachte, das es später irgendwann nicht mehr gab.

Aber so war Iwan Issajewitschs Verhältnis zu seiner Frau beschaffen, dass er selbst an dieser zweifelhaften Episode ihrer Biografie etwas Gutes entdeckte: Eine andere Frau in ihrer Lage hätte eine Abtreibung gemacht oder sonst eine Schweinerei, Sandrotschka aber hatte das Kind bekommen und großgezogen, hatte sich aufgeopfert. Er war bereit, ihr bitteres Leben mit allen seiner Phantasie zu Gebote stehenden Mitteln zu verschönen: Er brachte ihr aus dem Jelissejew-Laden das Beste, was er dort sah, machte ihr Geschenke, manchmal die absurdesten, behütete ihren Morgenschlaf. An den intimen Beziehungen mit seiner Frau schätzte er am meisten ihr bloßes Vorhandensein und glaubte im Grunde seines schlichten Herzens anfangs, er belästige seine edle Frau mit seinen Ansprüchen nur, und es dauerte einige Zeit, bis Sandra ihn so weit hatte, dass er zur Erlangung kleiner, unspektakulärer ehelicher Freuden taugte. Iwan Issajewitschs Treue war bedeutend umfassender, als es dieser Begriff gewöhnlich meint. Er diente seiner Frau mit allen seinen Gedanken, allen Gefühlen, und Sandra, erstaunt über ein solches Geschenk am Ende ihres Frauenlebens, nahm seine Liebe dankbar an.

General Gladyschew hatte in seinem Leben so viele militärische und halbmilitärische Objekte gebaut, so viele Orden an seine breite, kurze Brust geheftet bekommen, dass er kaum Angst vor der Obrigkeit hatte. Natürlich nicht in dem Sinne, wie ein Philosoph oder Künstler in einem laschen bürgerlichen Staat keine Angst hat vor der Obrigkeit, sondern in dem Sinne, dass er Stalin überlebt hatte, ohne zu wanken, mit Chruschtschow ausgekommen war, den er seit dem Krieg gekannt hatte, und nicht daran zweifelte, dass er mit jeder Macht eine gemeinsame Sprache finden würde.

Angst hatte er nur vor seiner Frau Vera Iwanowna. Nur Vera Iwanowna, seine treue Ehefrau und Kampfgefährtin, störte seine Ruhe und erschütterte seine Nerven. Den hohen Rang und Posten ihres Mannes betrachtete sie als ihr Eigentum und verstand es, alles zu fordern, was ihr ihrer Ansicht nach zustand. Gelegentlich schreckte sie auch vor einem Ehekrach nicht zurück. Diese Kräche fürchtete Pjotr Stepanowitsch am meisten. Die Stimme seiner Gattin war unglaublich laut, die Akustik in den hohen Räumen ausgezeichnet und die Schallisolierung unzureichend. Und wenn sie anfing zu schreien, gab er schnell nach:

»Man muss sich ja vor den Nachbarn schämen, du hast wohl völlig den Verstand verloren!«

Nach ihrer hungrigen Kindheit und ärmlichen Jugend in Wologda hatte Vera Iwanowna ein für allemal einen Hieb weg. Seit Pjotr Stepanowitsch, der nicht habgierig war, aber auch kein Trottel, Ende fünfundvierzig eine ganze Wagenladung Beutegut aus Deutschland mitgebracht hatte, seitdem konnte Vera Iwanowna nicht mehr an sich halten, sie kaufte und kaufte immer mehr.

Obwohl er seine Frau als verrückt und irrsinnig beschimpfte, hielt er sie im wörtlichen Sinne nicht dafür. Als er darum eines Nachts, ein paar Monate nach dem Tod der Tochter, vom Gemurmel seiner Frau erwachte, die in einem ferkelfarbenen Nachthemd vor dem aufgezogenen Schubfach des, wie er noch wusste, aus Potsdam mitgebrachten Damenschreibtischs stand, kam ihm nicht der Gedanke, dass es an der Zeit sei, sie ins Irrenhaus zu bringen.

»Sie denkt, nun kriegt sie alles von mir ... sie wird schon sehen ... die kleine Mörderin.« Vera Iwanowna wickelte einen chinesischen Fächer und einige Flakons in ein Frotteehandtuch ein.

»Was machst du da mitten in der Nacht, Mutter?«, fragte Pjotr Stepanowitsch und richtete sich auf.

»Ich muss es verstecken, Petja, verstecken. Sie denkt, das geht so einfach.« Ihre Pupillen waren weit aufgerissen, sodass sie fast mit den schwarzen Rändern der Iris verschmolzen und ihre Augen nicht mehr grau wirkten, sondern schwarz.

Der General wurde so wütend, dass die schlimme Ahnung, die sich in ihm geregt hatte, sofort verflog. Er bedachte seine Frau mit einem langen, deftigen Fluch, gezielt wie ein Stiefeltritt, nahm Kissen und Decke und ging zum Schlafen in sein Arbeitszimmer, wobei er die langen Hosenbänder seiner Soldatenunterhose hinter sich her schleifte.

Irrsinn, und das weiß jeder, der ihn aus der Nähe beobachtet hat, ist um so ansteckender, je sensibler der Mensch gebaut ist, der sich in der Nähe des Irren befindet. Der General bemerkte ihn einfach nicht. Motja, eine entfernte Verwandte von Vera Iwanowna, die seit ihrer Jugend als »Kostgängerin« bei ihnen lebte, bemerkte ein paar Absonderlichkeiten im Verhalten der Hausherrin, beachtete sie aber nicht weiter, da sie selbst, die zweimal den berühmten russischen Hunger erlebt hatte, seit Langem in dieser Hinsicht ein wenig gestört war. Sie lebte, um zu essen. Keiner in der Familie hatte je gesehen, wie und wann genau sie das tat, aber alle wussten, dass sie nachts aß.

Sie tafelte in ihrem schmalen, fensterlosen Zimmer, das eigentlich als Abstellkammer gedacht war, hinter einem eisernen Riegel. Zuerst verzehrte sie die am Tag von der Familie übrig gebliebenen Reste, dann das, was sie als ihr zustehend betrachtete, und schließlich das Süßeste, das Gestohlene – das, was sie eigenhändig, heimlich den Lebensmittelpäckchen aus dem Kreml entnahm: einen Happen Stör, ein Ende Räucherwurst oder Pralinen, wenn sie sich nicht in einer geschlossenen Schachtel befanden, sondern in einer Papiertüte.

In ihre Behausung, die für alle strikt tabu war, ließ sie nicht einmal die Katze, und selbst der General, unempfindlich gegen jegliche Mystik, spürte hier ein unangenehmes Geheimnis. Hierher brachte sie in Beutel umgefüllte

Graupen, Buchweizengrütze, Mehl und Konserven. Einen Tag vor der alljährlichen Reise zu ihrer Schwester aufs Land glitt sie, bemüht, von der Hausherrin nicht gesehen zu werden, mit zwei großen Taschen zur Tür hinaus, fuhr auf den Jaroslawler Bahnhof und brachte die Taschen in die Gepäckaufbewahrung. Alle diese Lebensmittel nahm sie ihrer Schwester als Geschenk mit, aber jedes Jahr wiederholte sich die gleiche Geschichte: Sie stellte am ersten Abend eine mit aromatischem Maschinenöl eingefettete Büchse Schmorfleisch auf den Tisch und hatte vor, den Rest nach und nach herzugeben, doch ihre kranke Seele ließ diese tollkühne Tat nicht zu, und so aß sie wie immer ihre Vorräte in der Nacht, in Dunkelheit und Einsamkeit, und ihre Schwester, die von ihrer Hängepritsche aus die nächtlichen Gelage beobachtete, bedauerte sie sehr wegen ihrer Gier, war aber nicht gekränkt. Sie war zwar älter als Motja, lebte aber von ihrem Garten, hielt eine Kuh und war keine gierige Esserin.

Kein Wunder, dass die ständig mit ihrer Nahrungssuche befasste Motja weder die Anfälle von Erstarrung bemerkte, in die Vera Iwanowna ab und zu verfiel, noch deren plötzliche Erregung, wenn sie durch die Wohnung lief, von Zimmer zu Zimmer, wie ein Tier im Käfig; und selbst wenn sie etwas bemerkte, erklärte sie es sich auf die übliche Weise: Vera ist der reine Satan.

Pjotr Stepanowitsch bemerkte auch deshalb nichts, weil er seiner Frau seit Jahren aus dem Weg ging; er stand früh auf und frühstückte nicht zu Hause, seine Sekretärin brachte ihm umgehend Tee, wenn er in seinem riesigen Arbeitszimmer angelangt war. Nach Hause kam er spät, in früheren Zeiten nach Mitternacht, saß bis zu sechzehn Stunden hintereinander in seiner Verwaltung, am liebsten aber fuhr er auf Inspektionsreisen zu irgendwelchen Objekten und war oft außerhalb Moskaus. Mit seiner Gattin sprach er aus eigenem Antrieb keine zwei Worte. Er kam nach Hause, aß zu Abend, wickelte sich so schnell wie möglich in die seidenen Daunendecken und fiel rasch in gesunden Schlaf.

So kam es, dass die ganze ungeheuerliche Macht von Vera Iwanownas Irrsinn sich über Mascha entlud. Hier, am Kotelnitscheskaja-Ufer, kam sie in die erste Klasse. Geweckt und zur Schule begleitet wurde sie von Motja, aber vom Mittag an verbrachte Mascha ihre Zeit mit der Großmutter.

Mascha musste sich an den Tisch setzen. Gegenüber saß Großmutter Vera und ließ sie nicht aus den Augen. Nicht, dass sie Mascha mit Bemerkungen traktierte. Sie sah sie aus reglosen grauen Augen an und flüsterte ab und zu etwas Unverständliches. Mascha rührte mit ihrem Silberlöffel im Teller herum und konnte ihn nicht zum Mund führen. Die Suppe wurde unter Vera Iwanownas strengem Blick schnell kalt, und Motja, die ihr ganz eigenes Interesse daran hatte, trug sie schnell in unbekannter Richtung fort und stellte Mascha einen großen Teller mit dem Hauptgericht hin, der alsbald, kaum berührt, der Suppe folgte. Dann aß Mascha ein Stück Weißbrot mit Kompott, übrigens bis zu ihrem Tod ihre Lieblingsnahrung, und die Großmutter sagte zu ihr:

»Komm.«

Mascha setzte sich folgsam auf drei dicke Bände einer Enzyklopädie ans Klavier und senkte ihre Finger auf die Tasten. Im ganzen Leben kannte sie keine schlimmere Kälte als die von den schwarz-weißen Zähnen der verhassten

Klaviatur, die ihr durch Mark und Bein ging. Vera Iwanowna wusste, dass das Mädchen diese Übungen hasste. Sie setzte sich daneben, sah Mascha an und flüsterte immerzu, flüsterte irgendetwas, und dem Kind stiegen Tränen in die Augen, liefen die Wangen hinunter und hinterließen erkaltende nasse Spuren.

Dann wurde sie ins Eckzimmer geschickt. Hier stand ein gerahmtes Foto von Tanja auf dem Tisch, viele weitere Fotos lagen in einer Pappschachtel. Mascha schlug ihr Heft auf und legte ein Foto ihrer Mutter zwischen die Seiten, meist das, wo sie in der Tür eines ländlichen Hauses stand und auf der einen Seite ein Stück Hecke zu sehen war und auf der anderen ein blühender Strauch, und ihr Lächeln war so breit, dass es kaum in ihr schmales Gesicht passte. Diesen Schnappschuss hatte Sergej aufgenommen, und man sah das Glück dieses Sommermorgens und den Abglanz der Nacht, die die beiden zum ersten Mal zusammen verbracht hatten, nachdem Tanja Sergej einen Heiratsantrag gemacht hatte. Er war seit Langem stillschweigend in sie verliebt gewesen, hatte aber geschwankt und gezögert, eingeschüchtert vom Schatten der Generalsfamilie hinter Tanja.

Mascha malte Häkchen und Striche und erstarrte ab und an lange über dem Foto. Stundenlang saß sie an ihren Hausaufgaben – hinaus durfte sie nicht, da hatte Vera Iwanowna ihre eigenen Ansichten. Selten einmal nahm Motja sie mit zum Einkaufen, zum Bäcker oder Schuster. Fast alle Läden befanden sich unten im Erdgeschoss des Hauses, kein großer Weg also; selten gingen sie hinüber auf die andere Seite der Jausa, zu Maschas Lieblingshaus mit den Karyatiden – den Riesen, wie sie sie nannte. Ein besonderer

Reiz für Mascha lag darin, dass der Fluss Jausa, die kleinen Kirchen und die Bauzäune, die sie aus ihrem zehnten Stock sah, plötzlich größer wurden, ihre Niedlichkeit einbüßten, dafür aber um kleine Details und wunderschöne Einzelheiten reicher waren.

Am Abend, nachdem Motja sie ins Bett gebracht hatte, begann das Schlimmste: Mascha konnte nicht einschlafen, wälzte sich in dem großen Bett herum und wartete auf den Augenblick, da die Tür quietschen und Großmutter Vera zu ihr ins Zimmer kommen würde. Sie erschien immer zu später Stunde, die Mascha nicht genau bestimmen konnte, in einem weinroten Morgenrock, mit einem langen glatten Zopf auf dem Rücken. Sie setzte sich neben das Bett, und Mascha rollte sich zusammen und kniff die Augen zu. An einen solchen Abend erinnerte sie sich besonders gut wegen der Illumination, mit der das Haus zum bevorstehenden Novemberfeiertag geschmückt worden war. Das Licht war gelb-rot gestreift, und Vera Iwanowna, die in einem roten Lichtstreifen saß, flüsterte deutlich und langgezogen:

»Mörderin, kleine Mörderin … Du hast angerufen, und sie sind losgefahren … Alles deine Schuld … Leb nur weiter, leb weiter und freue dich …«

Wenn Vera Iwanowna wieder weg war, konnte Mascha endlich weinen. Sie barg ihren Kopf im Kissen und schlief unter Tränen ein. Sonntags kam ihre geliebte Sandrotschka, auf die Mascha die ganze Woche wartete. Sie durfte Mascha bis zum Mittag mitnehmen, für ein paar Stunden. Unten am Hauseingang wartete Iwan Issajewitsch, Onkel Wanja, manchmal allein, meistens mit Nika, und sie unternahmen etwas: gingen in den Zoo, ins Planetarium, in den Zirkus. Der Abschied wühlte Mascha jedes Mal stärker auf als das Wiedersehen, und auch die kurzen Ausflüge selbst erinnerten sie nur an das Glück der anderen, die in der Uspenskigasse lebten.

Ein paarmal nahm Sandra Mascha dorthin mit. Sie begriff, dass das Mädchen bedrückt war, konnte aber nicht ahnen, was Mascha am meisten quälte – der schreckliche Vorwurf der verrückten Großmutter. Und Mascha sagte nichts, denn mehr als alles auf der Welt fürchtete sie, die geliebte Sandrotschka und Nika könnten erfahren, was sie getan hatte, und sie nicht mehr besuchen.

Im Spätherbst hatte Mascha ihren ersten Albtraum. In diesem Traum geschah absolut nichts. Es ging einfach nur die Zimmertür auf, und jemand Schreckliches würde gleich hereinkommen. Aus dem Flur drang ein Grauen, das immer näher kam und stärker wurde – dann erwachte Mascha schreiend. Wer hatte wohl die Tür, die ein Stück neben der wirklichen Tür lag, geöffnet und warum? Auf Maschas Schreien kam gewöhnlich Motja angelaufen. Sie deckte das Mädchen zu, streichelte und bekreuzigte es – und dann, erst gegen Morgen, schlief Mascha fest ein.

Sie war auch früher schwer eingeschlafen, weil sie das Erscheinen der Großmutter fürchtete, nun aber lag sie, auch nachdem diese wieder gegangen war, noch lange wach, fürchtete sich vor dem Traum, der sich um so öfter wiederholte, je mehr sie ihn fürchtete. Morgens konnte Motja sie nur mit Mühe wecken. Schlaftrunken saß Mascha in der Schule, schlaftrunken kam sie nach Hause und leistete unter den Augen von Vera Iwanowna ihre musikalische Fron, dann hielt sie einen kurzen Mittagsschlaf, der sie vor einem Nervenzusammenbruch bewahrte.

Der Platz an der Jausa, wo das Haus stand, in dem sie

wohnten, galt von altersher als übler Ort. Weiter oben lag der Läuseberg, direkt am Ufer hatten früher einmal die Hütten der Töpfer und Kesselflicker gestanden. Auf der gegenüberliegenden Seite erstreckte sich der Chitrow-Markt, in dessen Umkreis sich Trödler, Prostituierte und Landstreicher angesiedelt hatten. Deren Nachkommen bevölkerten die Mietshäuser, die hier zu Beginn des Jahrhunderts entstanden waren. Nun zeigten sie, eingepfercht in muffige Gemeinschaftswohnungen, auf das hohe, alle Kirchen ringsum überragende Gebäude, einen architektonischen Wahn nicht ohne Verspieltheit, mit einer Spitze, Bögen und Kolonnaden über den unterschiedlich hohen Flügeln, und sagten: Ein übler Ort …

Viele Bewohner des Hauses starben eines gewaltsamen Todes, und die schmalen Fenster und gestutzten Balkons zogen Selbstmörder an. Mehrmals im Jahr hielt ein Krankenwagen vor dem Haus und sammelte ausgestreckt auf dem Boden liegende menschliche Überreste auf, die mit einem barmherzigen Laken bedeckt waren. Die in Russland so beliebte Statistik hat längst festgestellt, dass die Selbstmordrate an dunklen Wintertagen steigt.

Jener Dezember war außergewöhnlich düster, die Sonne drang kein einziges Mal durch die dichte Wolkendecke – beste Saison für den letzten Flug durch die Luft.

Mittags aßen die Gladyschews gewöhnlich im Esszimmer, abends in der Küche. Am Abend, Mascha aß gerade Bratkartoffeln, die Motja auf Bauernart wie einen zusammengebackenen Fladen bereitete, kam Vera Iwanowna in die Küche. Motja erzählte ihr, heute sei wieder einer »runtergesprungen«; die Tochter eines berühmten Flugzeugkonstrukteurs hatte sich aus dem sechsten Stock gestürzt.

»Bestimmt aus Liebe«, kommentierte Motja ihre Mitteilung.

»Verwöhnt sind sie, darum passiert so was. Man darf Mädchen nicht ausgehen lassen«, erwiderte Vera Iwanowna. Sie goss sich abgekochtes Wasser in eine Tasse und ging hinaus.

»Motja, was ist denn mit ihr passiert?«, fragte Mascha, die sich von ihren Kartoffeln losriss.

»Was schon? Tot ist sie. Unten ist schließlich Stein und kein Heu. Ach, eine Sünde, eine Sünde«, seufzte sie.

Mascha stellte ihren leeren Teller ins Spülbecken und ging in ihr Zimmer. Sie wohnten im zehnten Stock. Einen Balkon hatte ihr Zimmer nicht. Sie rückte einen Stuhl ans Fenster und stieg auf das breite Fensterbrett. Zwischen zehntem und neuntem Stock schmiegte sich eine rudimentäre Balustrade an die Mauer. Mascha versuchte, das Fenster zu öffnen, doch die Riegel waren mit Ölfarbe überstrichen und ließen sich nicht lösen.

Mascha zog sich aus und legte ihre Sachen auf einen Stuhl. Motja kam »gute Nacht« sagen. Mascha lächelte, gähnte und schlief augenblicklich ein. Zum ersten Mal in ihrem Leben in dieser Wohnung fiel sie mühelos in einen glücklichen Schlaf, zum ersten Mal hörte sie nicht die leisen Verwünschungen, mit denen Vera Iwanowna nach Mitternacht zu ihr kam, und auch die Tür aus ihrem Albtraum öffnete sich in dieser Nacht nicht.

Etwas in Mascha war anders seit diesem Tag, da sie von dem Mädchen erfahren hatte, das »runtergesprungen« war. Es gab also eine Möglichkeit, von der sie früher nichts gewusst hatte, und das erleichterte sie.

Am nächsten Tag rief Sandra an und fragte, ob sie nicht

Lust hätte, mit Nika ins Winterferienlager des Theaterverbands zu fahren. Mit Nika wäre Mascha überallhin gefahren. Nika war das einzige Mädchen, das ihr vom früheren Leben geblieben war. Alle anderen Freundinnen aus dem Südwest-Bezirk, wo sie früher gewohnt hatte, waren spurlos verschwunden, als wären sie zusammen mit Maschas Eltern umgekommen.

Die wenigen noch verbleibenden Tage bis Neujahr verbrachte Mascha voller Vorfreude. Motja packte ihren Koffer, steckte ihn in einen Sack aus Segeltuch und nähte ein weißes Quadrat mit ihrem Namen darauf. Der Generalschauffeur holte Maschas Skier aus dem Südwesten. Die Stöcke fand er nicht; er kaufte im Kinderkaufhaus neue, rote, und Mascha streichelte sie und roch daran: Sie dufteten appetitlicher als jedes Essen.

Am Morgen des einunddreißigsten Dezember sollte sie zum Puschkinplatz gebracht werden, wo Nika warten würde, von dort sollten die Busse abfahren. Mascha glaubte, dort auch alle ihre Freundinnen aus dem alten Hof wiederzusehen: Olga, Nadja und Aljona.

Am Dreißigsten abends bekam sie plötzlich fast vierzig Fieber, Vera Iwanowna holte einen Arzt und rief Alexandra Georgijewna an, um ihr Bescheid zu sagen. Die Fahrt fiel also aus.

Zwei Tage lag Mascha mit hohem Fieber im Bett, öffnete hin und wieder die Augen und fragte: »Wie spät ist es? Kommen wir auch nicht zu spät?«

»Morgen, morgen«, sagte dann Motja, die ihr kaum von der Seite wich. In lichten Momenten sah Mascha Motja, Sandra, Vera Iwanowna und sogar Opa Pjotr Stepanowitsch.

»Wann fahre ich denn ins Ferienlager?«, fragte Mascha mit klarer Stimme, als die Krankheit von ihr abgelassen hatte.

»Die Ferien sind doch schon vorbei, Maschenka, jetzt ist kein Lager mehr«, erklärte Motja. Der Kummer war riesengroß.

Am Abend kam Sandra, tröstete Mascha lange und versprach, sie im Sommer mit zu sich auf die Datscha zu nehmen.

In der Nacht aber träumte Mascha wieder den bewussten Traum. Die Tür zum Flur ging auf, und jemand Schreckliches kam langsam näher. Sie wollte schreien und konnte es nicht. Sie riss sich los, sprang aus dem Bett, rückte in einem sonderbaren Zustand zwischen Schlaf und Wachsein den Stuhl ans Fensterbrett, kletterte darauf und riss mit ungeahnter Kraft am Fensterriegel. Der innere Flügel ging auf. Der äußere ließ sich ganz leicht öffnen, und sie rutschte vom Fensterbrett hinunter, noch bevor sie die kalte Berührung des Blechs gespürt hatte.

Ihr Nachthemd blieb an dessen scharfer Kante hängen, hielt sie kurz auf, und dann fiel sie weich auf die schneebedeckte Balustrade des neunten Stocks.

Eine Stunde später hatte Motja ihren nächtlichen Schmaus beendet und kam aus der Kammer. Kälte wehte ihr entgegen. Frostige Luft drang aus Maschas offener Tür. Sie ging ins Zimmer, sah das weit offene Fenster, schrie erschrocken auf und lief es schließen. Auf dem Fensterbrett lag inzwischen ein kleiner Schneehaufen. Erst als sie das Fenster geschlossen hatte, sah sie, dass Mascha nicht in ihrem Bett lag. Ihr knickten die Beine ein. Sie setzte sich auf den Boden. Blickte unters Bett. Ging zum Fenster. Es schneite heftig. Sie sah nichts außer dicken, trägen Schneeflocken.

Mit nackten Füßen schlüpfte Motja in ihre Filzstiefel, warf sich ein Tuch über und einen alten Mantel des Hausherrn und lief zum Fahrstuhl. Sie fuhr hinunter, lief durch die große, mit rotem Teppich ausgelegte Eingangshalle, schlüpfte durch die schwere Tür nach draußen und bog um die Hausecke. Der Schnee lag glatt und locker und glitzerte festlich.

Vielleicht schon zugeschneit, dachte sie und wühlte mit ihren Filzstiefeln den hohen Schnee unter den Fenstern ihrer Wohnung auf. Das Mädchen war nicht da. Sie fuhr hinauf und weckte die Hausherren.

Nach anderthalb Stunden wurde Mascha von der Balustrade heruntergeholt. Sie war bewusstlos, aber ohne den geringsten Kratzer. Pjotr Stepanowitsch trug das in Decken gehüllte Mädchen zum Krankenwagen und ging zurück in die Wohnung. Vera Iwanowna hatte die gesamten anderthalb Stunden auf ihrem Bettrand gesessen, ohne sich von der Stelle zu rühren oder ein Wort zu sagen. Als Mascha weggebracht worden war, führte der General Vera Iwanowna in sein Arbeitszimmer, setzte sie in einen kalten Ledersessel, packte sie bei den Schultern und schüttelte sie heftig.

»Rede!«

Vera Iwanowna lächelte unsinnig.

»Das hat alles sie angerichtet. Sie hat meine Tanetschka umgebracht.«

»Was?«, fragte Pjotr Stepanowitsch, dem endlich dämmerte, dass seine Frau den Verstand verloren hatte.

»Die kleine Mörderin … sie hat das alles angerichtet … sie …«

Das nächste Auto brachte Vera Iwanowna weg. Der General wartete nicht bis zum Morgen – er griff unverzüglich zum Telefon. Noch einmal musste er in dieser Nacht hinunter zu einem Krankenwagen. Als er mit dem Fahrstuhl wieder hinauffuhr, schwor er sich, nicht einen Tag länger mit seiner Frau unter einem Dach zu leben.

Am nächsten Morgen rief er Alexandra Georgijewna an, berichtete ihr knapp und sachlich, was geschehen war, und bat sie, Mascha zu sich zu nehmen, sobald sie aus dem Krankenhaus entlassen würde. Einen Tag später trat der General eine Inspektionsreise in den Fernen Osten an.

Ihre Großmutter Vera Iwanowna sah Mascha danach nur noch einmal, bei der Beerdigung. Pjotr Iwanowitsch hatte Wort gehalten – Vera Iwanowna verbrachte die letzten acht Jahre ihres Lebens in einer privilegierten Heilanstalt, weit weg von wertvollen Möbeln, Kristall und Porzellan. In der leblosen mageren Greisin mit dem schütteren grauen Haar erkannte Mascha nicht mehr die schöne Großmutter Vera Iwanowna mit dem üppigen Haar und im weinroten Morgenrock, die nachts zu ihr gekommen war und ihr, der Siebenjährigen, Verwünschungen zugeflüstert hatte.

Eine Woche nach dem glücklich ausgegangenen Unglück schob ein unscheinbarer Jude von provinziellem Äußeren, Doktor Feldmann, Alexandra Georgijewna in eine Kammer unter der Treppe, die vollgestopft war mit alten Betten, Packen zerrissener Wäsche und Kartons, bugsierte sie auf einen wackligen Hocker und setzte sich auf einen dreibeinigen Stuhl. Unter seinem offenen Kittel sahen ein altes Baumwollhemd mit ausgeleiertem Kragen und ein schiefer Krawattenknoten hervor. Selbst seine Glatze wirkte ungepflegt – sie war voller ungleichmäßiger Büschel und Haarfetzen wie ein abgewetzter Pelz. Er faltete seine Arzthände und begann:

»Alexandra Georgijewna, wenn ich nicht irre. In diesem Haus kann man sich nirgends unterhalten, das hier ist der einzige Ort, wo man ungestört ist. Ich habe etwas Ernstes mit Ihnen zu besprechen. Ich möchte, dass Sie begreifen, dass die psychische Gesundheit des Kindes voll und ganz in Ihrer Hand liegt. Das Mädchen hat ein derart tiefgreifendes Trauma erlebt, dass die späteren Folgen schwer abzusehen sind. Ich bin sicher, viele meiner Kollegen würden auf stationärer Einweisung und ernsthafter medikamentöser Behandlung bestehen. Vielleicht wird das noch notwendig sein, ich weiß nicht, wie sich die Situation entwickelt. Aber ich denke, es gibt eine Chance, die Geschichte zu begraben.« Er wurde verlegen, weil er spürte, dass er das Falsche sagte. »Ich meine, die Psyche verfügt über starke Schutzmechanismen, und vielleicht kommen sie zum Tragen. Zum Glück begreift Mascha das Vorgefallene nicht völlig. Die Selbstmordidee hat sich in ihrem Bewusstsein noch nicht manifestiert, und die Tatsache ihres Suizidversuchs ist ihr nicht bewusst. Was ihr passiert ist, kann eher betrachtet werden als … wissen Sie, wie wenn jemand die Hand wegzieht, weil er etwas Heißes berührt. Ich habe mich lange mit Mascha unterhalten. Sie ist nicht sehr kontaktfreudig, aber wenn der Kontakt hergestellt ist, spricht sie aufrichtig, offenherzig, und wissen Sie«, er verwarf seine halbwissenschaftliche Rede, »sie ist ein bezauberndes Wesen, klug, klar, mit einem sehr guten ethischen Kern. Ein wunderbares Kind.«

Sein Gesicht hellte sich auf, und plötzlich war er sogar attraktiv.

Er sieht irgend jemandem ähnlich, den ich kenne, dachte Sandra flüchtig.

»Manche Menschen werden durch Leiden verkrüppelt, andere dadurch, wissen Sie, irgendwie veredelt. Sie braucht jetzt ein Treibhaus, einen Inkubator. Ich würde sie für dieses Jahr aus der Schule nehmen, wissen Sie, um alle Eventualitäten auszuschließen … ein schlechter Pädagoge, grobe Kinder … Sie sollte besser zu Hause bleiben, bis zum nächsten Jahr. Und eine sehr, sehr schonende Atmosphäre.« Er nickte bekräftigend. »Und keinerlei Kontakt zur anderen Großmutter, auf keinen Fall. Sie hat ihr einen Schuldkomplex am Tod der Eltern eingeredet, und das verkraftet nicht einmal jeder Erwachsene. Das alles kann verdrängt werden – kann. Versuchen Sie, sie nicht an diese Zeit zu erinnern, auch nicht an ihre Eltern. Hier ist meine Nummer, rufen Sie mich an.« Er zog einen vorbereiteten Zettel hervor. »Ich lasse Mascha nicht allein, ich werde sie weiter beobachten, bitte, bitte …«

Sandra hatte nicht erwartet, dass man ihr Mascha so schnell überlassen würde. Ihre Sachen, zum zweiten Mal in einem halben Jahr vom Generalschauffeur in eine neue Wohnung gebracht, standen noch unausgepackt da, zusammen mit dem nicht benötigten Koffer und den Skiern. Sandra fuhr gleich nach dem Gespräch mit dem Arzt nach Hause, etwas zum Anziehen holen für Mascha, und brachte sie noch am selben Tag zu sich in die Uspenskigasse.

Es war Mitte Januar, die Neujahrstanne noch geschmückt, der Tisch noch von den Feiertagen ausgezogen. Auch ein Gast war da – Sandras älteste Tochter, die schwangere Lidija. Das Essen war einfach, nicht feiertäglich: Gemüsesalat, Buletten mit Makkaroni und ein angebrannter

Kuchen, den Nika kurz vor Maschas Ankunft hastig gebacken hatte.

Dafür stand mit der vom Doktor empfohlenen Liebe alles zum Besten: Sandra zersprang schier das Herz vor andächtiger Dankbarkeit, dass Mascha wie durch ein Wunder gerettet war, gesund und bei ihr zu Hause. In diesen Minuten glaubte sie, keines ihrer eigenen Kinder so heiß zu lieben wie dieses zarte grauäugige Mädchen, das von ganz anderer Art war als sie.

Nika drückte und umarmte Mascha, versuchte sie auf jede erdenkliche Weise zu unterhalten. Mascha saß eine Weile am Tisch, dann setzte sie sich in den Kinderkorbsessel, den Iwan Issajewitsch ein paar Tage vor ihrem Eintreffen von irgendwoher mitgebracht hatte – er hatte den Sitz mit einem roten Fransentuch bezogen und zwei Tage lang die kaputte Armlehne repariert.

Die von der Schwangerschaft erschöpfte Lidija ging bald – sie lebte jetzt mit ihrem Mann in Iwan Issajewitschs früherem Zimmer.

Obwohl die ganze Familie auf Maschas Ankunft gewartet hatte, war sie nun doch überraschend gekommen, und darum war für sie noch kein Schlafplatz vorbereitet. Nika ging zu ihrer Mutter schlafen, und Mascha wurde in das kleine Kinderbett gelegt, aus dem Nika über den Sommer fast herausgewachsen war. Mascha fielen die Augen zu, doch im Bett war der Schlaf wie weggeblasen. Sie lag mit offenen Augen da und dachte daran, wie sie im nächsten Jahr mit Nika ins Winterferienlager fahren würde.

Nachdem Sandra das Geschirr abgewaschen und weggeräumt hatte, ging sie zu dem Mädchen und setzte sich neben sie.

»Gib mir deine Hand«, bat Mascha.

Sandra nahm Maschas Hand, und das Mädchen schlief schnell ein. Doch als Sandra vorsichtig ihre Hand losmachen wollte, öffnete Mascha die Augen.

»Gib mir deine Hand.«

So saß Sandra bis zum Morgen neben ihrer schlafenden Enkelin. Iwan Issajewitsch versuchte, sie auf diesem schweigsamen Posten abzulösen, aber sie schüttelte nur den Kopf und bedeutete ihm, er solle schlafen gehen. Das war die erste Nacht von vielen. Ohne nächtliche Begleitung – Großmutters oder Nikas Hand – konnte Mascha nicht einschlafen, und wenn sie eingeschlafen war, wachte sie manchmal schreiend auf, dann nahm Sandra oder Nika sie zu sich und beruhigte sie. Es schienen zwei Maschas zu existieren: die Mascha vom Tag, ruhig, lieb und freundlich, und die Mascha der Nacht, ängstlich und verschreckt.

Neben Maschas Bett wurde ein Klappbett aufgestellt. Gewöhnlich legte sich Nika darauf, sie konnte Maschas empfindsamen Schlaf besser bewachen als ihre Mutter, und schlief, wenn sie aufgeschreckt worden war, sofort wieder ein. Nika war der Mutter überhaupt eine bessere Hilfe als die ältere Schwester Vera, die am Institut studierte, jegliches Lernen leidenschaftlich liebte und neben dem Unterricht am Institut noch Kurse in Deutsch und irgendeiner nebulösen Ästhetik besuchte.

Nika wurde bald dreizehn, sie hatte bereits eine beachtliche Größe erreicht und sich viele weibliche Fähigkeiten angeeignet; eine Schar kleiner Pickel auf der Stirn zeugte davon, dass die Zeit nahte, da ihre Talente zum Zuge kämen.

Mascha war genau zu der Zeit in die Uspenskigasse gezogen, da Nika das Interesse am üblichen Mädchenspiel mit Puppen verloren hatte, und die lebendige Mascha ersetzte ihr mit einem Schlag alle Katjas und Ljaljas, an denen sie so lange ihre vagen Mutterinstinkte erprobt hatte. Die Puppen samt einem Berg Kleider und Mäntel, genäht von der geschickten Sandra, bekam Mascha, und Nika fühlte sich als Oberhaupt einer großen Familie mit der Tochter Mascha und vielen Spielzeug-Enkelinnen.

Viele Jahre später, als Katja schon geboren war, gestand Nika Sandra, dass sie wohl ihren gesamten ersten mütterlichen Eifer für ihre Nichte aufgebraucht habe, denn nie habe sie für ihre Kinder eine solche scheue Liebe empfunden, nie einen anderen Menschen so bedingungslos ins Herz geschlossen wie Mascha in den ersten Jahren, die diese in ihrem Haus verbrachte. Besonders in jenem ersten Jahr, als sie erfüllt war von Mitgefühl mit Mascha, nachts ihre Hand hielt, ihr morgens Zöpfe flocht und nach der Schule mit ihr auf dem Strastnoi-Boulevard spazieren ging. In Maschas Leben nahm Nika einen bedeutenden und schwer zu definierenden Platz ein: Sie war ihr liebste Freundin, ältere Schwester, in allem die Beste, in allem ideal.

Im Jahr darauf, als Mascha wieder zur Schule ging, begleitete Nika sie hin, und Iwan Issajewitsch holte sie ab. Nach dem Unterricht brachte er sie entweder nach Hause oder nahm sie mit ins Theater.

Sandra, die bald nach Maschas Einzug ihre berühmte Primadonna begraben hatte, arbeitete nicht mehr am Theater, sie leitete nun ein kleines Schneideratelier für Regierungsdamen. Eine Stelle, auf die man nur durch Beziehungen gelangte, aber Sandra hatte von früher noch einige Gönner.

Stoffreste von den weiten Kleidern der üppigen Damen wurden zu Puppenkostümen, doch beide, Nika und Mascha, behielten ihr Leben lang eine Abneigung gegen Rosa und Himmelblau, gegen Plissé und Faltenbesatz. Als sie älter wurden, trugen sie Jeans, sobald diese auftauchten, und Männerhemden.

Trotz dieses, wie Sandra fand, so unweiblichen Stils wurde Nika ab ihrem sechzehnten Lebensjahr sehr umschwärmt. Das Telefon klingelte Tag und Nacht, und Iwan Issajewitsch sah Sandra erwartungsvoll an – wann sie endlich das stürmische Leben ihrer Tochter unterbinden würde.

Doch Sandra schien selbst Freude an Nikas Erfolgen zu haben. Am Ende der neunten Klasse begann Nika eine aufregende Affäre mit einem Jugenddichter, der damals stark in Mode kam, und verschwand, ohne das letzte Schulquartal zu beenden, mit ihm nach Koktebel, was sie erst post faktum mitteilte, bereits aus Simferopol.

Mascha wurde ab ihrem zwölften Lebensjahr Nikas Vertraute und nahm deren Beichten mit heimlichem Schrecken und Bewunderung auf. Nika griff mit beiden Händen nach allen Genüssen, großen und kleinen, und bittere Beeren und kleine Steinchen spuckte sie leichten Herzens aus, ohne ihnen besondere Bedeutung beizumessen. Auch die Schule spuckte sie übrigens aus.

Sandra meckerte nicht, machte ihr keine unnützen Szenen, sondern brachte Nika, eingedenk ihrer eigenen Jugend, schnell an der Kunst- und Theaterschule unter, wo sie von ihrer Theaterzeit her gute Bekannte hatte. Nika konnte leidlich zeichnen, bestand die Prüfungen mit den erforderlichen Noten und warf voller Genugtuung die Schuluniform weg. Ein Jahr später war sie bereits mehr oder weniger verheiratet.

Mascha war das letzte Kind der alten Großeltern; das gesamte Leben der Familien drehte sich nun um sie. Ihre nächtlichen Ängste waren vorbei, doch die frühe Berührung mit dem dunklen Abgrund des Wahnsinns hatte in ihr ein feines Gespür für Mystik hinterlassen, ein sensibles Verhältnis zur Welt und eine künstlerische Phantasie – all das, was poetische Neigungen ausmacht. Mit vierzehn schwärmte sie für Pasternak, verehrte Anna Achmatowa und schrieb geheime Gedichte in ein geheimes Heft.

10

Am Abend zogen sich über den Bergen, an der Stelle, die Fauler Winkel genannt wurde, Wolken zusammen, und im Haus herrschte eine Atmosphäre schweigenden Wartens. Nika wartete darauf, dass Butonow vorbeikäme. Sie fand, nach ihrem nächtlichen Rendezvous war nun er am Zug. Zumal sie sich nicht erinnerte, ob sie ihm gesagt hatte, dass sie abreisen würde.

Auch Mascha wartete. Ihr Warten war umso angespannter, da sie selbst nicht wusste, auf wen sie mehr wartete – auf ihren Mann Alik, der ein paar Abbummeltage nehmen und herkommen wollte, oder auf Butonow. Sie sah immer wieder vor sich, wie er den Berg heruntergelaufen kam, über stachlige Büsche springend und über Geröll rutschend. Vielleicht würde der Bann weichen, wenn sie mit ihm ein bisschen in der Küche sitzen, mit ihm reden würde.

Er ist ein Schwachkopf, erinnerte sie sich an Nikas Worte und klammerte sich an die rettende, nichtige Logik, ein dummer Mensch könne nicht Quelle eines Liebesbanns sein.

Am schlimmsten war die Qual der Sehnsucht und des Wartens für Lisotschka. Am Morgen, nach einem Tag voller kleiner Zankereien und Unzufriedenheiten mit Tanja, schien sie nicht mehr ohne sie leben zu können. Sie wartete den ganzen Tag auf sie, quengelte, und gegen Abend, müde vom Warten, bekam sie einen Tobsuchtsanfall, mit hysterischem Händeringen. Nika maß Lisotschkas übertriebenen Forderungen an das Leben nie große Bedeutung bei, aber diesmal musste sie lächeln – auch sie hat eine Romanze. Ganz mein Charakter – wenn ich was will, dann muss ich es sofort haben.

Doch in diesem Moment trafen die Wünsche von Mutter und Tochter teilweise zusammen: Beide dürsteten nach Fortsetzung der Romanze.

»Na, hör auf. Zieh dich an, wir gehen zu deiner Tanja«, tröstete Nika ihre Tochter, und die lief ins Zimmer, ihr schönstes Kleid anziehen.

Mit offenen Knöpfen auf dem Rücken und einem ganzen Armvoll Spielzeug kam sie zurück zu Nika in die Küche, um zu fragen, welches Spielzeug sie Tanja schenken könne.

»Eins, worums dir nicht leidtut«, sagte Nika lächelnd.

Medea sah die verweinte Großnichte an und stellte für sich fest:

Ein Heißblut. Ganz bezaubernd.

»Komm her, Lisa, ich knöpf dich zu«, sagte Medea, und das Mädchen kam folgsam heran und drehte ihr den Rücken zu. Die kleinen Knöpfe gingen nur mit Mühe in die noch kleineren Knopflöcher. Das blonde Haar roch nach vertrauter kindlicher Süße.

Fünfzehn Minuten später waren sie bei Nora, saßen in deren Häuschen hinter den Glyzinien- und Tamariskenzweigen. Das winzige Sommerhäuschen strahlte ukrainische Gemütlichkeit aus, es war sauber geweißt, der Lehmboden mit Läufern bedeckt.

Lisa versteckte den mitgebrachten Plüschhasen unter ihrem Rock und versuchte, Tanjas Aufmerksamkeit zu erregen, doch Tanja aß ihren Brei, den Blick auf den Teller gesenkt. Nora klagte aus Gewohnheit sanft, dass sie gestern sehr erschöpft gewesen seien und einen Sonnenbrand hätten, der Ausflug sei doch recht weit gewesen … Ihr Lamentieren war ein bisschen nervend. Nika saß am Fenster und blickte immer wieder zum Haus der Gastgeber hinüber.

»Valeri ist auch den ganzen Tag nicht rausgekommen.« Nora wies mit dem Kopf dorthin. »Er sieht fern.«

Nika stand behände auf, drehte sich an der Tür um und sagte:

»Ich geh mal kurz zu Tante Ada.«

Dort lief der Fernseher mit voller Lautstärke. Auf dem Tisch stand ein opulentes Mahl. Michail, der Hausherr, mochte keine kleinen Happen, zudem hatten Adas Töpfe, trotz ihrer nur kleinen Familie, beinah Eimergröße. Sie arbeitete in der Küche eines Sanatoriums und kochte immer in Großküchendimensionen, sehr zum Nutzen der beiden Ferkel, die sie hielten.

Valeri und Michail saßen am Tisch, leicht benommen vom üppigen Essen, Ada aber war schnell, wie sie sagte, »auf den Keller« gegangen, Kompott holen. Sie trat hinter Nika ins Zimmer, zwei Dreilitergläser in der Hand. Die beiden Frauen küssten sich.

Pflaumenschnaps, erriet Nika.

»Setz dich doch, Nika. Mischa, gieß ihr was ein«, befahl Ada ihrem Mann. Butonow starrte auf den Fernseher.

»Ich wollte bloß mal guten Tag sagen. Meine Lisa besucht eure Feriengäste«, wehrte Nika ab.

»Zu uns kommst du nie, immer nur zu den Gästen«, tadelte Ada.

»Gar nicht, ich war ein paarmal hier, aber du bist ständig arbeiten oder jemanden besuchen«, rechtfertigte sich Nika.

Ada runzelte die Stirn und rieb sich die Nase, die sich in ihrem dicken Gesicht verlor.

»Stimmt, wir warn in Kamenka bei der Base.«

Inzwischen hatte Michail ihr schon Traubenschnaps eingeschenkt – er verstand sich auf alles, das wusste Valeri bereits von seinem Nachbarn Vitka: Schnaps brennen, Fleisch räuchern, Fisch einsalzen. Egal, wo Michail lebte, in Murmansk, im Kaukasus oder in Kasachstan – am meisten interessierte ihn, wie sich das Volk ernährte, und das Beste übernahm er.

»Auf unser Wiedersehen!«, rief Nika. »Auf eure Gesundheit!«

Sie hielt ihr Glas auch Butonow hin, der sich endlich vom Fernseher losgerissen hatte. Sie bedachte ihn mit einem Blick, der Butonow nicht gefiel. Auch Nika selbst gefiel ihm jetzt nicht: Ihr Kopf war fest umwickelt mit einem uralten grünen Tuch, das fröhliche Haar verdeckt, ihr Gesicht wirkte zu lang, und das Kleid hatte die Farbe von Jod und war ganz scheckig. Butonow konnte nicht ahnen, dass Nika genau das angezogen hatte, was ihr angeblich am besten stand, worin sie einem berühmten Maler Modell gesessen hatte – er hatte sie angewiesen, das Tuch ganz eng zu wickeln, sie dann lange angesehen, den Tränen nahe, und immer wieder gesagt:

»Was für ein Gesicht! Mein Gott, was für ein Gesicht! Ein ägyptisches Mumienporträt.«

Doch Butonow hatte keine Ahnung von Mumienporträts, er war böse, dass sie hier ungebeten angelaufen kam, das Recht hatte er ihr bislang noch nicht eingeräumt.

»Das ist ein Freund von unserm Vitka, ein berühmter Arzt«, prahlte Ada.

»Valeri war gestern mit uns bei den Buchten, ich kenne ihn schon.«

»Dir kann man nicht zuvorkommen«, stichelte Ada, womit sie auf etwas anspielte, von dem Butonow nichts wusste.

»Stimmt genau«, erwiderte Nika frech.

Da kreischte Lisa los, und Nika, die vage einen Missklang in der neuen Affäre verpürt hatte, glitt aus der Tür, das lange jodfarbene Kleid schwang um ihre Beine.

Den Abend verbrachte Nika mit Mascha – niemand kam sie besuchen. Sie rauchten, sie schwiegen und sie redeten. Mascha gestand Nika, dass sie sich verliebt habe, las ihr das Gedicht vor, das sie in der Nacht geschrieben hatte, und noch zwei weitere, und Nika reagierte zum ersten Mal mürrisch auf die Dichtung ihrer geliebten Nichte.

Den ganzen Tag hatte sie keine Gelegenheit gehabt, Mascha ihren gestrigen Erfolg mitzuteilen, doch der war ihr nun vermiest, und sie wollte Mascha nicht durch die zufällige Rivalität enttäuschen. Mascha, ganz mit sich beschäftigt, bemerkte nichts.

»Was soll ich tun, Nika? Was nur?«

Benebelt von ihrer frischen Verliebtheit, blickte sie Nika erwartungsvoll an, wie früher als Kind. Nika verbarg ihren Ärger auf Butonow, der sie offenbar bestrafen wollte, und auf ihre Nichte, das dumme Huhn, das sich ausgerechnet in ihn verliebt hatte, zuckte die Achseln und antwortete:

»Lass ihn ran und beruhige dich.«

»Wie – ranlassen?«, fragte Mascha.

Nika wurde noch wütender:

»Wie, wie. Bist du ein kleines Kind? Pack ihn am …!«

»So einfach?«, staunte Mascha.

»Nichts einfacher als das«, schnaubte Nika.

So eine unschuldige Pute – mit ihren Gedichten, aber wenn sie unbedingt reinfallen will, soll sie.

»Weißt du, Nika«, sagte Mascha plötzlich entschieden, »ich geh jetzt gleich zur Post und ruf Alik an. Vielleicht kommt er her, und alles renkt sich wieder ein.«

»Ganz bestimmt.« Nika lachte böse.

»Tschüss!« Mascha sprang von der Bank auf, schnappte sich ihre Jacke und lief auf die Straße. Der letzte Bus in die Stadt ging in fünf Minuten, um zehn.

Der Erste, den Mascha auf der Post in der Stadt sah, war Butonow. Er stand mit dem Rücken zu ihr in der Telefonzelle. Der Hörer verlor sich in seiner großen Hand, und die Wählscheibe drehte er mit dem kleinen Finger. Ohne gesprochen zu haben, hängte er ein und kam heraus. Sie begrüßten sich. Mascha stand am Ende der Schlange, vor ihr standen noch zwei Wartende. Butonow trat einen Schritt beiseite, um den Nächsten vorbeizulassen, und sah auf die Uhr.

»Bei mir ist schon seit vierzig Minuten besetzt.«

Die Tageslichtlampen, bläulich flackernde Röhren, hingen dicht an dicht, das Licht war grell, wie in einem Horrorfilm, kurz bevor etwas passiert, und Mascha verspürte Angst, dass dieser hünenhafte Filmheld im hellblauen Jeanshemd ihr vernünftiges, ordentliches Leben zum Einsturz bringen könnte. Er aber wandte sich ihr zu und redete weiter:

»Die Weiber schwatzen … Oder das Telefon ist kaputt. Aber ich muss unbedingt anrufen.«

Mascha war an der Reihe. Sie wählte und hoffte inständig, Aliks Stimme zu hören, die alles ins Lot gebracht hätte. Doch es ging niemand ran.

»Auch besetzt?«, fragte Butonow.

»Nicht zu Hause«, sagte Mascha und schluckte.

»Komm, wir gehen ein bisschen auf der Strandpromenade spazieren, und dann versuchen wirs noch mal«, schlug Butonow vor.

Er bemerkte plötzlich, dass sie ein hübsches Gesicht hatte, und wie rührend ihr rundes Ohr unter dem kurzgeschnittenen Haar wirkte. Mit einer freundschaftlichen Geste legte er eine Hand auf den dünnen Kord ihrer Jacke. Mascha reichte ihm bis an die Brust und war schmal und eckig wie ein Junge.

Mit ihr könnte man am Trapez arbeiten, dachte er.

»Hier auf der Promenade solls irgendein Fass geben und einen ganz besonderen Wein.«

»Sekt aus Nowy Swet«, antwortete Mascha, während sie schon losliefen.

Sie gingen hinunter zur Promenade, und Mascha sah auf einmal von der Seite, wie auf einer Leinwand, wie sie beide mit schnellen Schritten, zugleich ungezwungen und zielstrebig, die Rückseite des Kurorts entlangeilten, wo vor den Eingängen der Ferienheime Töpfe mit Oleandern standen; vorbei an falschen Gipssäulen, mattglänzendem immergrünem Buchsbaum, an ungepflegten, vom Pavillondasein ausgelaugten Palmen; Serafima, die ortsansässige Prostituierte mit dem groben Gesicht, huschte hinten durchs Bild und ein paar kräftige Bergleute mit stierem Blick; und Musik war da, natürlich »O Meer bei Gagry«. Und dabei federten ihre Füße freudig im Takt seiner Schritte, und sie verspürte eine festliche Leichtigkeit im Körper, sogar eine wortlose Heiterkeit, als hätte sie bereits Sekt getrunken.

Der kleine Keller, zu dem Mascha Butonow geführt hatte, gefiel ihm. Der Sekt, den man ihnen brachte, war kalt und wohlschmeckend. Der Film, der unterwegs begonnen hatte, ging weiter. Mascha sah sich auf dem runden Hocker sitzen, als stünde sie rechts dahinter, sah den ihr halb zugewandten Butonow und, was das Komischste war, gleichzeitig die Barfrau mit den Goldzähnen und in der goldenen Bluse, die hinter ihr stand, und ein paar Jungen, halb Lagerarbeiter, halb Kellner, die durch den Hintereingang Kisten aus dem Keller brachten. Alles bekam eine filmische Weite und zugleich eine filmische Flachheit.

Und noch eins bemerkte Mascha – sie sah gut aus als Schattenriss, saß ruhig und aufrecht, hatte ein schönes Profil, und das Haar lief hinten sehr schön mit einer schmalen Spitze auf den langen Hals zu.

Ja, ja, der Film erlaubt Spiel, gestattet Leichtigkeit ... Leidenschaft ... Schäumender Sekt ... Er und sie ... Mann und Frau ... Das nächtliche Meer ... Nika, du bist genial, du hast dieses Talent ... Keine Daseinsschwere ... Keine angestrengten Bemühungen um Selbsterkenntnis, Selbstvervollkommnung, Selbst- ...

»Es ist toll hier«, sagte sie in Nikas Tonfall.

»Ein guter Tropfen. Soll ich nachschenken?«

Mascha nickte. Die kluge Mascha, die gebildete Mascha, die als Erste in ihrem Kreis Berdjajew und Florenski gelesen hatte, die die Kommentare zur Bibel, zu Dante und Shakespeare mehr liebte als die Texte selbst, die ganz allein, wenn man den dürftigen Fernunterricht am Pädagogischen Institut nicht rechnete, Englisch und Italienisch gelernt und zwei allerdings noch unveröffentlichte Gedichtbändchen verfasst hatte; Mascha, die sich mit einem amerikanischen Professor über Ezra Pound und mit einem italienischen katholischen Journalisten über das Konzil von Nicäa unterhalten konnte – sie schwieg. Sie mochte nicht reden.

»Noch einen Schluck?« Butonow sah zur Uhr. »Na, versuchen wirs noch mal mit dem Anrufen?«

»Wo?«, wunderte sich Mascha.

»Zu Hause, wo sonst.« Butonow lachte. »Du bist ulkig.«

Der Film schien wegzurücken und wich der früheren Unruhe. Doch die Kurortdekorationen reihten sich auf dem kurzen Rückweg zur Post erneut wie eine Girlande aneinander.

Butonow kam sofort durch, stellte ein paar kurze sachliche Fragen, erfuhr von seiner Frau, dass die Dienstreise nach Schweden noch nicht entschieden sei, und hängte ein.

Mascha telefonierte nach ihm, und jetzt wollte sie nur eines – dass Alik nicht zu Hause wäre. Er war tatsächlich nicht da. Bei Sandra rief sie nicht an. Sie gingen immer früh zu Bett, außerdem war Nika ja am nächsten Tag wieder in Moskau, und einen Brief hatte sie an Sandra schon geschrieben.

»Keinen erreicht?«, fragte Butonow zerstreut.

»Keiner zu Hause. Mein Mann treibt sich irgendwo rum.«

Das war eine glatte Lüge – das dachte sie nicht. Alik hatte wahrscheinlich Dienst. Eine Lüge war auch der lässige Ton, in dem sie das gesagt hatte.

Doch nach den Regeln des Films, der nun weiterging, war alles richtig.

»Was ist, laufen wir?«, fragte Butonow und sah Mascha zweifelnd an. »Oder lieber ein Taxi?«

»Hier gibts keine Taxis, nachts gehn wir immer zu Fuß, man braucht zwei Stunden.«

Sie bogen von der beleuchteten Straße ab und liefen etwa fünfzig Meter. Keine Straßenlaternen, kein Oleander, diese Straße wirkte gleich dörflich und schwarz. Der Weg führte mal krumm bergauf, mal holprig bergab. Das Dunkel unten war undurchdringlich, die Finsternis am Himmel dagegen nicht gleichförmig, über dem Meer schien es heller zu sein, und am Westrand lag noch ein schwacher Schimmer vom Abendrot. Selbst die Sterne leuchteten nur schwach, mit halber Kraft.

»Hier nehmen wir eine kleine Abkürzung.« Mascha huschte einen ausgetretenen lehmigen Pfad hinunter, der zu einer Treppe oder einer kleinen Brücke führte.

»Sag bloß, du siehst was?«

Butonow berührte ihre Schulter.

»Ich bin wie eine Katze, ich kann nachts sehen.« Da er im Dunkeln ihr Lächeln nicht sah, hielt er das für einen Scherz. »In unserer Familie kommt das vor. Ist übrigens sehr praktisch: Man sieht, was kein anderer sehen kann.«

Das war ein vielsagendes weibliches Signal, ausgesendet, um den gewaltigen, abgrundtiefen Abstand zu verkürzen, der zwei Menschen trennte, aber binnen eines Augenblicks zusammenschrumpfen konnte.

Es war nicht so, dass in Mascha ein bestimmter Plan gereift wäre, vielmehr war Mascha in gewisser Hinsicht gereift. Wie eine Kugel in einem Kinderspiel hatte sie ein

Tor passiert und rollte nun durch die Rinne, die zu dem einzigen Ausgang führt: das mit dünnen Fäden umspannte Billardloch. Doch über das alles sollte Mascha erst später nachdenken, in den Stunden langer winterlicher Schlaflosigkeit.

Vorerst führte sie Butonow an der Hand über eine kleine Brücke und eine Treppe, dann einen Pfad hinauf und schließlich wieder auf den beiderseits mit Pyramidenpappeln bepflanzten festen Weg, den sie wirklich um etwa anderthalb Kilometer abgekürzt hatten. Es war ein kluger Weg, entstanden aus einem Trampelpfad, und die kürzeste Verbindung zur Chaussee. Auf der Chaussee trennten sich ihre Hände, Butonow lief mit schnellem, sicherem Schritt, sodass Mascha kaum hinterherkam. Butonow dachte über seine Moskauer Angelegenheiten nach, über die aufgeschobene Reise, und überlegte, was das bedeuten mochte.

Butonows Rücken, den Mascha zwei Schritte vor sich sah, war geradezu die Verkörperung von Fremdheit, und sie war drauf und dran, sich mit ihren spitzen Fäusten auf ihn zu stürzen, sein hellblaues Hemd zu zerreißen, zu schreien.

Sie waren in der Siedlung angelangt, Mascha begriff, dass sie sich in ein paar Minuten trennen würden, und das durfte nicht sein.

»Bleib stehn!«, sagte sie in seinen Rücken, als sie am »Nabel« vorbeikamen. »Hierher.«

Folgsam bog er ab. Nun ging Mascha voran.

»Hier«, sagte sie und setzte sich auf den Boden.

Er blieb neben ihr stehen. Plötzlich glaubte er ihren Herzschlag zu hören, und auch sie hatte das Gefühl, ihr Herz schlage weithin hörbar Alarm.

»Setz dich«, bat sie, und er hockte sich neben sie.

Sie umschlang seinen Kopf.

»Küss mich.«

Butonow lächelte, wie man ein Haustier anlächelt.

»Willst du es sehr?«

Sie nickte.

Er spürte nicht die geringste Erregung, aber die Gewohnheit des gewissenhaften Profis verpflichtete. Er presste sie an sich, küsste sie und staunte, wie heiß ihr Mund war.

Da er in allem die Regeln schätzte, hielt er sie auch hier streng ein: Zieh erst die Partnerin aus, dann dich selbst. Er strich über den Reißverschluss ihrer Jeans und traf dabei auf ihre zitternden Hände, die den engen Reißverschluss aufzogen. Sie glitt aus dem festen Stoff und zerrte an den Knöpfen seines Hemdes. Er lachte.

»Was denn, musst du zu Hause darben?«

Ihr komischer Eifer erregte ihn ein wenig, aber er fühlte sich noch nicht ganz bereit und zögerte. Dann die heiße Berührung ihrer Hände – Nika, Nika, ich hab ihn gepackt! –, ihr verzweifeltes Stöhnen – Butonow! Butonow! –, und er spürte, dass er die nötigen Handlungen vollziehen konnte.

Innen erschien sie ihm reizvoller als außen und überraschend heiß.

»Hast du da drinnen etwa einen Ofen?« Er lachte.

Aber ihr war gar nicht zum Lachen zumute, ihr Gesicht war tränennass, und sie murmelte nur:

»Butonow, du bist so …! Butonow, du …«

Butonow spürte, dass sie ihm in der Erfüllung weit voraus war, und ahnte, dass sie zur selben Art gehörte wie

Rosa – rasend und schnellfeuernd, auch äußerlich sah sie ihr ein bisschen ähnlich, bloß ohne das afrikanische Haar. Er umschlang ihren kleinen Kopf, wobei er heftig ihre Ohren presste, und machte eine Bewegung, bei der er ihren Herzschlag so stark spürte, als befände er sich in ihrem Brustkorb. Er fürchtete, er habe ihr wehgetan, aber es war schon zu spät.

»Entschuldige, Kleines, entschuldige.«

Als er sich auf Knien aufrichtete und den Kopf hob, kam es ihm vor, als seien sie in einen Scheinwerferstrahl geraten: Die Luft leuchtete bläulich, und jeder Grashalm war zu erkennen. Nein, kein Scheinwerfer – mitten am Himmel stand der runde Mond, riesengroß, ganz flach und blausilbern.

»Entschuldige, aber die Vorstellung ist aus«, sagte er und gab ihr einen Klaps auf die Hüfte.

Sie stand auf, und er sah, dass sie gut gebaut war, nur die Beine waren ein bißchen krumm und schief eingesetzt, wie bei Rosa, sodass sie oben nicht ganz zusammentrafen. Dieser schmale Spalt gefiel ihm – jedenfalls besser als dicke Schenkel, die aneinanderrieben und rote Flecke bekamen wie bei Olga.

Er war schon angezogen, sie aber stand noch immer im Mondlicht, und er missdeutete ihr Zögern – doch jetzt wollte er schlafen und vor dem Einschlafen noch weiter über die aufgeschobene Reise nachdenken.

Die Siedlung lag nun offen vor ihnen ausgebreitet, und Butonow sah den Pfad, der direkt zu Vitkas Haus führte, zur Rückseite von Adas Hof. Er zog Mascha an sich und strich ihr mit dem Finger über das schmale Rückgrat.

»Soll ich dich bringen oder läufst du allein rüber?«

»Allein.« Aber sie ging nicht, hielt ihn fest. »Du hast nicht gesagt, dass du mich liebst.«

Butonow lachte, er war in guter Stimmung.

»Was haben wir beide denn hier gerade gemacht?«

Mascha lief zum Haus – alles an ihr war neu: die Arme, die Beine, die Lippen …

Ein physisches Wunder war geschehen … Was für ein irrsinniges Glück! Ist es etwa das, dem Nika ihr Leben lang nachjagt? Armer Alik …

Mascha sah zu den Kindern hinein: Mitten im Zimmer stand ein gepackter Rucksack. Lisa und Alik schliefen auf Klappbetten, Katja lag ausgestreckt auf der Liege. Nika war nicht da; wahrscheinlich schläft sie in Samuels Zimmer, dachte Mascha. Sie war versucht, sie sofort zu wecken und ihr alles zu erzählen, entschied dann aber doch, sie nicht mitten in der Nacht zu behelligen. Sie öffnete die Tür zu Samuels Zimmer nicht und schlich auf Zehenspitzen ins Blaue Zimmer.

Butonows Abenteuer waren für diesen Abend noch nicht zu Ende. Die Tür zu Vitjas Haus war angelehnt, und er stutzte: Er erinnerte sich, dass er zwar das Schloss nicht vorgehängt, die Tür aber von außen zugehakt hatte. Er ging hinein, die Angeln quietschten, er warf die Turnschuhe auf den Läufer und ging ins andere Zimmer, wo er gewöhnlich schlief.

Auf dem hohen Bett, das auf ukrainische Art aufwendig gemacht war, mit Randkrause, Überwurf und einem Berg ordentlicher Kissen, die Ada jeden Morgen der Größe nach ausrichtete, lag auf der weißen Webdecke, das üppige Haar über die durcheinandergeworfenen Kissen gebreitet, Nika und schlief.

In Wirklichkeit war sie schon vom Türquietschen aufgewacht. Sie öffnete die Augen und strahlte mit einem leicht gespielten, glücklichen Lächeln.

»Eine Überraschung für Sie! Frei Haus!«

Der zweite Anlauf klappte bei Butonow immer besser als der erste. Nika war unkompliziert und fröhlich, verdarb die letzte Nacht nicht mit albernen Vorwürfen, sagte nichts von alledem, was eine gekränkte Frau hätte sagen können.

Butonow, ausgehend von den Regeln für den Umgang mit Frauen, deren erste er heute wegen Maschas Behendigkeit nicht hatte anwenden können, hielt sich an die zweite, wichtigste: sich Frauen gegenüber niemals auf Erklärungen einlassen.

Im Morgengrauen, nach völliger beiderseitiger Befriedigung, verließ Nika Butonow, nicht ohne vorher ihre Telefonnummer in sein Notizbuch zu schreiben. Als Nika zurückkam, saß Medea schon vor einer nach Morgenkaffee duftenden Tasse, und ihrem Gesicht war nicht zu entnehmen, ob sie aus dem Küchenfenster Nika nach Hause kommen gesehen hatte. Im Übrigen brauchte man vor Medea nichts zu verbergen: Die jungen Leute waren sich sicher, dass Medea alles über sie alle wusste. Nika küsste sie auf die Wange und ging hinaus.

Sie überschätzten Medeas Scharfsichtigkeit, doch heute hatte sie sich direkt im Epizentrum befunden: In der Nacht, nach zwei Uhr, nach geduldigem und fruchtlosem Warten auf Schlaf, war sie in die Küche gegangen, um ihren »Schlafsud« zu trinken, wie sie einen Löffel mit Honig aufgekochten Mohn nannte. Der zur gleichen Zeit wie sie hervorgekommene Mond beleuchtete den Hügel, auf dem sich ein junges Pärchen vergnügte, dessen Körper, die sie nicht erkannte, blendend weiß leuchteten. Kurz darauf, als sie ihren Sud mit kleinen, sorgsamen Schlucken getrunken hatte und wieder in ihrem Bett lag, hörte sie die Tür nebenan aufgehen und Sprungfedern quietschen. Mascha ist zurück, dachte Medea und schlief ein.

Als sie nun Nika zurückkommen sah, überlegte Medea einen Augenblick: Es gab im ganzen Umkreis doch nur einen einzigen jungen Mann, den Sportler Valeri mit dem stahlharten Körper und dem Popenzopf. So vermerkte sie dieses Ereignis mit einigem Unverständnis und legte es da ab, wo sie ihre anderen Beobachtungen zum Leben ihrer jungen Verwandten mit den heißblütigen Romanzen und unbeständigen Ehen verwahrte.

Nika kam wieder herein, mit einem Berg von der Leine abgenommener Wäsche.

»Die hab ich für die Litauer vorbereitet. Ich bügle sie noch, bevor ich fahre.«

Am Mittag brachte der Nachbar Nika, Katja und Artjom nach Simferopol.

Eine halbe Stunde zuvor war Nika mit dem Packen frischer Bettwäsche ins Blaue Zimmer gegangen, das Mascha für die Litauer räumte, und da, zum ersten Mal an diesem Vormittag allein mit Mascha, bekam Nika ein Geständnis zu hören, das sie ungeheuer erstaunte.

»Nika, das ist furchtbar!« Maschas abgemagertes Gesicht strahlte. »Ich bin so glücklich! Alles war so einfach … und überwältigend! Wenn du nicht gewesen wärst, hätte ich mich nie getraut …«

Nika setzte sich auf den Wäschestapel.

»Dich was nicht getraut?«

»Ich hab ihn gepackt, wie du gesagt hast.« Mascha lachte

dümmlich. »Du hast recht gehabt. Wie immer. Ich brauchte nur die Hand auszustrecken.«

»Wann?«, konnte Nika nur hervorbringen.

Mascha setzte zu einer ausführlichen Schilderung an, wie sie auf der Post … Doch Nika unterbrach sie, sie hatte keine Zeit mehr für lange Gespräche, sie stellte nur eine einzige und scheinbar seltsame Frage:

»Wo?«

»Auf dem ›Nabel‹. Direkt auf dem ›Nabel‹ ist es passiert. Wie in einem italienischen Film – jetzt kann ich da ein Kreuz aufstellen zum Gedenken an meine unerschütterliche Treue zu meinem Mann.« Mascha lächelte wieder ihr früheres kluges Lächeln.

Nika hatte nicht geahnt, dass ihr unwirscher Rat so prompt und wörtlich befolgt werden würde. Aber bei Butonow hatte er perfekt funktioniert.

»Na dann, Mascha, nun hast du was, worüber du Gedichte schreiben kannst, Liebeslyrik«, prophezeite Nika und sollte sich damit nicht irren.

So was Dummes. Vielleicht sollte ich ihr diesen Sportdoktor schenken, dachte Nika. Na schön, ich fahre ja sowieso ab. Es kommt, wie es kommt.

11

Die kleine lederne Truhe mit der verschnörkelten Holzumrandung, innen mit weiß-rosa gestreifter Seide ausgeschlagen und angefüllt mit vielen kleinen, verschiebbaren Schächtelchen, die eine ganze Reihe von Fächern und Unterteilungen bildeten, hatte einmal Lenotschka Stepanjan gehört.

Mit dieser Truhe war sie neunzehnhundertneun aus Genf zurückgekehrt, mit ihr war sie von Petersburg nach Tiflis gereist und neunzehnhundertelf auf die Krim gekommen. Mit dieser Truhe war sie neunzehnhundertneunzehn nach Feodossija zurückgekehrt, und hier hatte sie sie vor ihrer Abreise nach Taschkent Medea geschenkt.

Drei Mädchengenerationen hatten diese Truhe mit heißem Begehren betrachtet. Sie alle glaubten fest daran, dass Medeas Truhe voller Kostbarkeiten sei. Und tatsächlich lagen darin auch ein paar Schmuckstücke – eine große Perlmuttkamee ohne Einfassung, denn die war vierundzwanzig »aufgegessen« worden; drei silberne Ringe und ein kaukasischer Männergürtel aus Silberplättchen, und zwar für eine sehr schmale Taille. Doch neben diesen armseligen Schmuckstücken enthielt die Truhe alles, wovon Robinson Crusoe nur träumen konnte. In tadelloser Ordnung und wohlverpackt lagen darin Kerzen, Streichhölzer, Garn in allen Farben, Nadeln und Knöpfe in allen Größen, Spulen für nicht existierende Nähmaschinen, Haken für Hosen und Pelzmäntel sowie zum Angeln und zum Häkeln, Briefmarken der Zarenzeit, der Krimregierung und der deutschen Okkupanten, Schnüre, Borten, Spitze und Besatz, dreizehn verschiedenfarbige Haarbüschel vom ersten Haareschneiden der einjährigen Sinopli-Kinder, eingewickelt in Papirossy-Papier; eine Menge Fotos, die Pfeife des alten Charlampi und noch manches andere.

In den beiden unteren Kästen lagen Briefe – nach Jahren geordnet, in akkurat mit einem Brieföffner aufgeschnittenen Kuverts.

Hier wurden auch alle möglichen Bescheinigungen aufbewahrt, darunter recht kuriose, zum Beispiel ein Papier über die Beschlagnahmung eines Fahrrades des Bürgers Sinopli für Transportzwecke der Freiwilligenarmee. Es war ein richtiges Familienarchiv, und wie jedes richtige Archiv bewahrte es Geheimnisse, die nicht vorzeitig ausgeplaudert werden sollten. Übrigens waren die Geheimnisse in zuverlässigen Händen und wurden, soweit es von Medea abhing, sorgsam gehütet, zumindest das erste.

Dieses Geheimnis war enthalten in einem Brief an Matilda Zyruli, datiert vom Februar achtzehnhundertzweiundneunzig. Der Brief kam aus Batumi, war in sehr schlechtem Russisch geschrieben und unterzeichnet mit dem georgischen Namen Medea. Die jetzige Medea wusste natürlich von der Existenz ihrer Namensvetterin aus Batumi, der Frau von Matildas älterem Bruder Sidor. Der Familienlegende zufolge war diese Medea bei der Beerdigung ihres bei einem Unfall umgekommenen Mannes vor Kummer gestorben. Zum Gedenken an sie trug Medea ihren für eine Griechin so ungewöhnlichen Namen. Der Brief lautete, mit korrigierter Orthografie, folgendermaßen:

»Matilda, liebe Freundin, schon vorige Woche hieß es, sie seien ertrunken, Dein Teressi und die Brüder Karmaki. Vorgestern ist er in Kobulety ans Ufer getrieben worden. Erkannt haben ihn die Zeugen Wartanjan und Kursua mit der Schirmmütze. Er wurde begraben, Friede sei mit ihm, mehr kann ich nicht sagen. Als Du weggelaufen warst, wurde er noch böser, hat Onkel Platon geschlagen, sich immer mit Nikos geprügelt, Gott hat Dich freigesprochen. Mir tun die Beine sehr weh. Vorigen Winter konnte ich gar nicht laufen. Isidor hilft mir, es wird ihm gewiss gelohnt. Heirate jetzt schnell. Ich sende Dir meine Liebe, Gott sei mit Dir. Medea.«

Medea hatte diesen Brief ein paar Jahre nach dem Tod der Eltern gefunden und ihn vor den Geschwistern versteckt. Als die blutjunge Sandra mit ihren Abenteuern begann, erzählte Medea ihr in vager pädagogischer Absicht diese Geschichte. Sie versuchte gleichsam, Sandras Schicksal zu beschwören, ihr Misserfolge und die schwere Glückssuche zu ersparen, die, wie dem Brief zu entnehmen war, ihre Mutter Matilda durchgemacht hatte. Medea war zutiefst davon überzeugt, dass Leichtsinn zum Unglück führte, und ahnte nicht, dass Leichtsinn genauso gut auch zum Glück führen konnte oder zu überhaupt nichts. Doch Sandra hatte sich von Kindheit an so verhalten, wie ihr linkes Bein wollte, und Medea konnte es nie verstehen, dieses ihr unbegreifliche Gesetz des »linken Beins«, das Gesetz der Lust, des augenblicklichen Wunsches, der Laune oder Leidenschaft.

Das zweite Familiengeheimnis hing mit eben dieser Sandra zusammen und war lange auch vor Medea im untersten Fach des Kleiderschranks in Samuel Jakowlewitschs Offiziersfeldtasche verborgen gewesen.

In dem kleinen Zimmer, in dem Samuel das letzte, qualvolle Jahr seines Lebens verbrachte, hatte sich Medea eine Ecke eingerichtet. Sie hatte den Sessel ihres Mannes ans Fenster gerückt, daneben die Truhe mit ein paar Büchern darauf, in denen sie immer wieder las. In diesem Zimmer wechselte sie ständig die weißen Vorhänge gegen noch weißere aus, wischte den weißlichen Krimstaub vom Bücherregal und von Samuels Schrank. Seine Sachen rührte sie nicht an.

Dieses ganze Jahr über las sie im Psalter, jeden Abend einen Psalm, und wenn sie fertig war, begann sie von vorn. Ihr Psalter war alt, in Kirchenslawisch, und stammte noch aus ihrer Gymnasialzeit. Der zweite, in Griechisch, hatte Charlampi gehört und war für sie zu schwer, weil er nicht in der Sprache der pontischen Griechen abgefasst war, sondern in Neugriechisch. Außerdem gab es noch einen zweisprachigen russisch-hebräischen Psalter, eine Wilnaer Ausgabe vom Ende des neunzehnten Jahrhunderts, die nun zusammen mit zwei anderen hebräischen Büchern auf der Truhe lag.

Medea versuchte manchmal, den Psalter auf Russisch zu lesen, darin waren manche Stellen zwar vom Sinn her verständlicher, doch die geheimnisvolle Schönheit des nebulösen Kirchenslawischen ging verloren.

Medea erinnerte sich noch gut an das dunkle Gesicht des jungen Mannes mit der dicken, grob gespaltenen Oberlippe, an seine spitz zulaufende Nase und die großen flachen Revers seines braunen Jacketts, der entschlossen auf Samuel zugegangen war, als sie beide auf einer Bank vor dem Busbahnhof von Feodossija saßen und auf den Bus nach Simferopol warteten. Der junge Mann, der drei Bücher unter dem Arm trug, blieb vor Samuel stehen und fragte unverblümt:

»Entschuldigen Sie, sind Sie Jude?«

Samuel, von Schmerzen gepeinigt, nickte stumm und verzichtete darauf, einen seiner üblichen Scherze zu machen.

»Nehmen Sie die bitte, unser Großvater ist gestorben, und niemand kann diese Sprache.« Der junge Mann drängte Samuel die zerlesenen Bücher auf, ihm war anzumerken, dass er schrecklich verlegen war. »Vielleicht lesen Sie ja einmal darin. Chaim hieß mein Großvater.«

Samuel schlug schweigend das oberste Buch auf.

»Ein Siddur. Ich war ein ziemlich schlechter Cheder-Schüler, junger Mann«, sagte Samuel nachdenklich, doch der Junge, der Samuels Unschlüssigkeit bemerkte, sagte hastig:

»Nehmen Sie sie bitte, nehmen Sie sie. Ich kann sie doch nicht wegwerfen. Was sollen wir damit, wir sind doch nicht gläubig.«

Der junge Mann lief fort und ließ die drei Bücher neben Samuel auf der Bank liegen. Samuel sah Medea mit großen Augen an.

»Nun, siehst du, Medea«, er stockte, denn er begriff, dass sie alles sah, was er sah, und überdies noch etwas mehr, und wand sich geschickt heraus, »jetzt müssen wir diese Last mit nach Simferopol schleppen und wieder zurück.«

Das letzte Blatt der Hoffnung war abgefallen. Für Medea, die nicht an Zufall, sondern an Gottes Fügung glaubte, war dieses Zeichen eindeutig: Mach dich bereit! Und die Biopsie, wegen der sie gerade ins Bezirkskrankenhaus fuhren, erschien ihr nun überflüssig.

Sie sahen einander an, und selbst Samuel, der gewöhnlich sofort alles aussprach, was ihm in den Sinn kam, schwieg.

Die Ärzte in Simferopol verzichteten auf die Biopsie und operierten Samuel gleich, entfernten einen großen Teil des Dickdarms und legten einen künstlichen Darmausgang, und drei Wochen später holte Medea ihn zum Sterben nach Hause.

Doch nach der Operation ging es ihm allmählich immer besser. Erstaunlicherweise kam er zu Kräften, obwohl er außerordentlich mager war. Medea gab ihm nur Brei zu essen und kochte einen Sud aus Kräutern, die sie selbst sammelte. Ein paar Tage nach der Rückkehr aus dem Krankenhaus fing er an, die uralten Bücher zu lesen, und der schlechteste Schüler des Cheders von Olschanskoje kehrte in seinem letzten Lebensjahr, den ihm unbekannten Chaim segnend, zu seinem Volk zurück, und die orthodoxe Medea freute sich darüber. Sie hatte sich nie mit Theologie beschäftigt und spürte vielleicht deshalb, dass Abrahams Schoß gar nicht so weit entfernt war von dem Ort, wo die christlichen Seelen weilten.

Dieses letzte Jahr in Samuels Leben war wunderbar. Es war ein friedlicher, sanfter, außergewöhnlich großzügiger Herbst. Die alten tatarischen Weinstöcke, lange nicht beschnitten und nun verwahrlost, schenkten der Erde ihre letzte Ernte. In den darauffolgenden Jahren verwilderten die alten Stöcke ganz, und jahrhundertelange Arbeit war zunichte gemacht.

Birnen, Pfirsiche und Tomaten hingen schwer herab. Nach Brot musste man Schlange stehen, an Zucker war nicht zu denken. Die Hausfrauen kochten die Tomaten und salzten sie ein, trockneten auf den Dächern Früchte, und die geschickten, wie Medea, kochten tatarische Konfitüre ohne Zucker. Die ukrainischen Schweine wurden fett vom süßen Fallobst, und über dem ganzen Ort lag der Honigduft von faulenden Früchten.

Medea leitete damals das kleine Krankenhaus – erst neunzehnhundertfünfzig wurde ein Arzt geschickt, bis dahin war sie die qualifizierteste medizinische Fachkraft im Ort. Frühmorgens ging sie mit einer Schüssel warmen Wassers ins Zimmer ihres Mannes, nahm den plumpen, unschönen Apparat von seiner Seite ab, säuberte ihn und wusch die Wunde mit einem Sud aus Kamille und Salbei.

Er verzog das Gesicht, nicht vor Schmerzen, sondern vor Verlegenheit, und murmelte:

»Wo bleibt da die Gerechtigkeit? Ich hab einen Sack voll Gold gekriegt und du einen Sack voll Scheiße.«

Sie fütterte ihn mit wässrigem Brei, gab ihm aus einem Halbliterbecher Kräutersud zu trinken, hielt eine Brechschale unter die Öffnung in seiner Seite und wartete, bis der Brei seinen kurzen Weg vollendet hatte und aus der offenen Wunde floss. Sie wusste, was sie tat: Die Kräuter spülten das Gift der Krankheit aus dem Körper, Nahrung aber verdaute er kaum noch. Der Tod, auf den sich beide vorbereiteten, würde durch Auszehrung eintreten, nicht durch Vergiftung.

Der empfindliche Samuel wandte sich anfangs ab, litt unter der Entblößung der peinlichen Physiologie, doch dann spürte er, dass Medea sich keineswegs krampfhaft bemühen musste, Abscheu zu unterdrücken, dass ein entzündeter Wundrand oder ein verzögertes Ausfließen des leicht veränderten Breis sie tatsächlich bedeutend mehr aufregten als der unangenehme Geruch, der von der Wunde ausging.

Die Schmerzen waren stark, aber unregelmäßig. Manchmal vergingen einige Tage ruhig, dann bildete sich plötzlich irgendein inneres Hindernis, Medea spülte den Ausgang mit abgekochtem Sonnenblumenöl, und alles beruhigte sich wieder. Es war immerhin noch Leben, und Medea war bereit, diese Last endlos zu tragen.

Morgens verbrachte sie drei Stunden bei ihrem Mann, um halb neun ging sie zur Arbeit und kam mittags kurz zu Hause vorbei. Wenn Tamara Stepanowna, eine alte Krankenschwester, mit ihr zusammen Dienst hatte, gab die ihr manchmal ab Mittag frei, und Medea ging nach der Pause nicht mehr zur Arbeit.

Dann kam Samuel nach draußen, sie setzte ihn in einen Sessel, ließ sich auf einer niedrigen Bank nieder und schälte mit einem kleinen Messer mit dünner, fast völlig abgewetzter Klinge Birnen oder zog überbrühte Tomaten ab.

Am Ende seines Lebens wurde Samuel schweigsam, sie saßen still zusammen und genossen ihre beiderseitige Gegenwart, die Ruhe und Liebe, die nun ohne jeden Makel war. Medea, die nie seine angeborene Friedfertigkeit vergaß und jenes Ereignis, das er als seine untilgbare Schande betrachtete, sie dagegen als wahren Beweis seiner sanften Seele, freute sich jetzt über den stillen Mut, mit dem er den Schmerz ertrug, ohne Angst auf den Tod zuging und buchstäblich Dankbarkeit ausströmte, gerichtet an die ganze Gotteswelt und besonders an sie, Medea.

Gewöhnlich stellte er seinen Sessel so, dass er die Tafelberge sah, in einen rosagrauen Schleier gehüllte glatte Hügel.

»Die Berge hier ähneln denen von Galiläa«, wiederholte er die Worte von Alexander Aschotowitsch, den er nie gesehen hatte – genauso wenig wie die Berge von Galiläa. Er kannte ihn nur aus Medeas Erzählungen.

Das Buch, aus dem er bei der Feier seiner jüdischen Volljährigkeit vor einem halben Jahrhundert am schlechtesten vorgelesen hatte, las er nur langsam. Vergessene Worte stiegen wie Seifenblasen aus seinem Gedächtnis auf, und wenn das nicht geschah und die eckigen Buchstaben ihm ihren verborgenen Sinn nicht enthüllen wollten, suchte er im parallelen russischen Text die ungefähre Entsprechung.

Er begriff schnell, dass das Buch sich der wörtlichen Übersetzung entzog. Am Ende seines Lebens offenbarten sich ihm Dinge, von denen er nichts geahnt hatte: dass Gedanken nicht vollständig, sondern nur höchst annähernd mit Worten auszudrücken waren, dass ein Spielraum blieb, eine Bresche zwischen Gedanke und Wort, und dass diese ausgefüllt wurde durch die angestrengte Arbeit des Bewusstseins, das die begrenzten Möglichkeiten der Sprache ergänzte. Um zum Gedanken vorzudringen, den Samuel sich jetzt wie eine Art Kristall vorstellte, musste man den Text hinter sich lassen – die Sprache an sich verunreinigte den Kristall mit unrichtigen Wörtern, mit deren in der Zeit sich wandelnden Grenzen, mit der Grafik von Wörtern und Buchstaben, mit ihrem vielfältigen Klang der Sprache.

Er bemerkte eine gewisse Verlagerung des Sinns: Die beiden Sprachen, die er beherrschte, Russisch und Hebräisch, drückten die Gedanken ein wenig unterschiedlich aus.

National in der Form, dachte Samuel lächelnd, göttlich im Inhalt. Er witzelte aus Gewohnheit.

Er hatte kaum noch Kraft. Alles, was er tat, tat er nun

sehr langsam, und Medea bemerkte, wie sich seine Bewegungen verändert hatten, mit welcher Bedeutsamkeit, ja Feierlichkeit er die Tasse an die Lippen hob, sich mit den stark abgemagerten Händen den in den letzten paar Monaten gewachsenen Schnurrbart und den kurzen, grau melierten Bart abwischte. Gleichsam als Ausgleich für den physischen Verfall, vielleicht aber auch bewirkt durch Medeas Kräuter, war sein Kopf klar und sein Denken zwar langsam, aber scharf. Er wusste, dass er nur noch wenig Zeit hatte, doch erstaunlicherweise waren seine ewige Hast und Hektik gänzlich von ihm abgefallen. Er schlief jetzt wenig, seine Tage und Nächte waren sehr lang, aber er litt nicht darunter: Sein Bewusstsein stellte sich auf eine andere Zeit ein. Wenn er auf die Vergangenheit zurückblickte, staunte er über die Flüchtigkeit des gelebten Lebens und die Länge jeder Minute, die er in dem Korbsessel verbrachte, mit dem Rücken zum Sonnenuntergang, das Gesicht nach Osten, dem dunkelnden blaulila Himmel zugewandt, den Hügeln, deren Farbe innerhalb einer halben Stunde von Rosa zu düsterem Himmelblau wechselte.

Während er in diese Richtung blickte, machte er noch eine weitere Entdeckung: Es stellte sich heraus, dass er sein ganzes Leben nicht nur in Hast, sondern auch in tief sitzender Angst verbracht hatte, oder in vielen Ängsten, deren schlimmste die Angst vor dem Töten war. Wenn er jetzt an jenes schreckliche Erlebnis in Wassilistschewo zurückdachte – die Erschießung, die er leiten sollte und die er schließlich nicht mit ansah, da er beschämenderweise einen Nervenanfall erlitt –, dann dankte er Gott für seine einem Mann nicht anstehende Schwäche, sein nervöses, damenhaftes Verhalten, das ihn vor dem Morden bewahrt hatte.

Ich bin ein Feigling, ein Feigling, gestand er sich ein, konnte sich aber auch hier der Ironie nicht enthalten. Sie hatte ihn wegen seiner Feigheit liebgewonnen, und er sie wegen ihrer Nachsicht mit ihm.

Und meine Feigheit, so urteilte Samuel jetzt über sich, habe ich immer hinter Frauen versteckt.

Ein Psychoanalytiker würde aus Samuels Fall vielleicht irgendeinen Komplex mit mythologischem Namen herauslesen, auf jeden Fall aber die starke sexuelle Aggressivität des Dentisten als unterbewusste Verdrängung der Angst vor dem blutigen Leben mittels einfacher umgekehrter Angriffsbewegungen im gefügigen weichen Fleisch üppiger Damen deuten. Als er Medea heiratete, versteckte er sich vor seiner ewigen Angst hinter ihrem Mut. Seine Scherze und Albereien, der ständige Wunsch, seine Umgebung zum Lächeln zu bringen, hing mit dem intuitiven Wissen zusammen: Lachen tötet die Angst. Wie sich nun herausstellte, konnte auch eine tödliche Krankheit von der Lebensangst befreien.

Der letzte gefährliche Hund, der jeden Juden ins Bein beißen konnte, war der Kosmopolitismus. Noch bevor dieser Begriff sich etabliert hatte, umwuchert von der starren, umständlichen Definition »bürgerlich-reaktionäre Ideologie«, seit dem ersten Artikel von Shdanow verfolgte Samuel besorgt die Zeitungen, in denen diese Seifenblase mal aufgepustet wurde, mal zusammenschrumpfte. Samuel auf seinem sozial unbedeutenden, aber materiell mehr als erträglichen Posten des Bezirksprothetikers, nach seiner schändlichen Flucht aus den Reihen der unmittelbaren Vollstrecker der Geschichte in die Herde der Beobachter verdrängt, sah die nächste Völkerumsiedlung voraus.

Krimtataren, Deutsche, ein Teil der pontischen Griechen und Krimjuden waren schon von der Krim deportiert worden, und ihm kam ein listiger Gedanke – einen Präventivschlag zu unternehmen und sich für fünf Jahre in den hohen Norden zu verpflichten, danach würde sich vielleicht alles beruhigt haben.

Vor seiner Krankheit war er oft mit seinem Freund Pawel Wladimirowitsch Schimes, einem Physiotherapeuten aus dem Sanatorium Sudak, im gepflegten Park spazieren gegangen, der früher einmal zur Datscha der Stepanjans gehört hatte, und hatte mit ihm im Flüsterton die große Geschichte in ihrer operativen, augenblicklichen Form erörtert.

Ende Oktober einundfünfzig, an einem frühen Sonntagmorgen, kam Doktor Schimes mit einer Halbliterflasche verdünnten Sprits aus Sudak zu ihm, ein äußerst merkwürdiges Mitbringsel für den Doktor mit seinen abstinenten Gewohnheiten, und bat Medea – zu Samuels großer Verwunderung –, sie beide allein zu lassen.

Danach erklärte er, wobei er mit den Fingern auf dem Tisch trommelte und sein schlecht sitzendes Gebiss klapperte – nicht Samuela Arbeit, wohlgemerkt –, sein Ende sei gekommen. Am Tag zuvor habe im Sanatorium eine Parteiversammlung stattgefunden, und da habe man ihm mit provinzieller geistiger Beschränktheit Kosmopolitismus vorgeworfen; wegen der unglückseligen Charcot-Dusche, die der Doktor seit vielen Jahren propagierte, neben anderen physiotherapeutischen Methoden, durchweg von westeuropäischen Physiologen Ende des vorigen Jahrhunderts entwickelt.

»Der Sanatoriumschef, dieser Idiot, hat Charcot früher

für einen Ukrainer gehalten, und irgendwer hat ihn jetzt aufgeklärt. Weißt du, Samuel, ich hab mir überlegt, vielleicht sollte ich ihnen die Bescheinigung zeigen, die ich zu Hause hab ...«

»Was für eine Bescheinigung? Dass Charcot Ukrainer ist?«, fragte Samuel erstaunt.

»Dass ich getauft bin. Sie denken, ich bin Jude, da liegt doch der Hund begraben, aber mein Vater hat sich und die ganze Familie schon neunzehnhundertvier taufen lassen, vor dem Pogrom. Was soll ich tun? Was tun?« Er ließ seinen kahlen Kopf in die Hände sinken.

Er blieb doch ein echter Jude, denn ein Rechtgläubiger hätte in diesem Augenblick die mitgebrachte Flasche nicht vergessen. Samuel kratzte sich sein Bärtchen und antwortete in seiner üblichen Art:

»Deine Bescheinigung heb dir auf für die Beerdigung, damit deine Popen dir ihren christlichen Kaddisch singen können. Das ist kein Ausweg. Für die Russen bist du trotzdem Jude, und für die Juden bist du schlimmer als ein Goi. Aber was Charcot angeht, erklär diesen Eseln, Doktor Charcot hätte seine Erfindung geklaut, von Botkin oder von Spassokukotzki. Oder noch besser vom Akademiemitglied Pawlow. Was kuckst du mich so an? Häng ein Schild hin: ›Pawlow-Dusche‹, und alle werden sich beruhigen. Und Pawlow wirds dir nicht übelnehmen, der ist schon vor dem Krieg gestorben.« Samuel lächelte spöttisch. »Und wenn du schon so ein Rechtgläubiger bist, dann kannst du in der Kirche eine Kerze für ihn aufstellen, meine Medea bringts dir bei, die weiß, wie man das macht.«

Der arme Schimes war beleidigt und ging. Doch nach einigem Nachdenken malte er tatsächlich mit großen

Buchstaben »Pawlow-Dusche« auf eine Tafel und hängte sie auf. Aber es war zu spät – er wurde entlassen, obwohl die Tafel noch über zwei Jahre an der Tür hängen blieb. Damals, als Schimes gegangen war, hatte Samuel gespürt, dass seine Angst allmählich einer Art Bedauern wich: Warum nur herrschte ringsum so undurchdringliche Dummheit? Vielleicht aber hatte die Krankheit in Samuels gesund wirkendem Körper da schon ihr heimliches Werk begonnen?

Es war für die Gegend ungewöhnlich lange warm, bis Ende November. Dafür setzten Anfang Dezember Stürme und kalter, rasch in Schnee übergehender Regen ein. Obwohl das Meer weit entfernt war und bedeutend tiefer lag, drang das Rauschen der Brandung bis zum Ort und wurde nachts stärker. Der Wind trug sichtbare und unsichtbare Wassermassen mit sich, und das dicke Wasserkissen über der Erde war so dicht, dass man sich nicht vorstellen konnte, dass oben, nur fünf Kilometer über diesem kalten Gemenge, die unermüdliche, unermessliche Sonne strahlte.

Samuel ging nicht mehr hinaus. Medea hatte seinen Korbsessel in die Sommerküche gestellt und diese mit dem Winterschloss abgesperrt. Sie kochte nun im Haus, auf dem Herd, und heizte außerdem den kleinen Ofen, den ein Töpfer aus Feodossija ihr im Jahr ihres Einzugs gesetzt hatte – die Tataren hatten keine Öfen und ließen auch den Lehmboden unbedeckt. Medea hatte ihn ein Jahr nach ihrem Einzug mit Holzdielen versehen.

Samuel bat Medea, in seinem Zimmer dichte Vorhänge vors Fenster zu hängen. Er mochte das schummrige Dämmerlicht nicht, zog die dunkelblauen Vorhänge zu und schaltete die Tischlampe ein. Und wenn der Strom ausfiel – was ziemlich häufig geschah –, entzündete er eine alte »Bergmannslampe«, die ein helles, weißliches Licht gab.

Die Fenster blieben nun geschlossen, Medea verbrannte in selbstgebastelten Leuchtern ständig Kräuteröl, und das ganze Haus war erfüllt von süßem orientalischem Duft.

Zeitungen las Samuel nicht, selbst die Kosmopoliten, die hin und wieder in allen Bereichen von Wissenschaft und Kultur aufgestöbert wurden, interessierten ihn nicht mehr.

Er war schon bei den alevitischen Geboten angelangt. Dieses verglichen mit den ersten beiden Büchern der Thora wenig unterhaltsame Buch, in erster Linie für Priester gedacht, enthielt fast die Hälfte von sechshundertdreizehn Verboten, nach denen das jüdische Leben eingerichtet ist.

Samuel las lange in diesem sonderbaren Buch und konnte nicht begreifen, warum man von »allem, was sich regt und Flügel hat und auf vier Füßen läuft«, nur das essen durfte, »was oberhalb der Füße Schenkel hat, womit es auf Erden hüpft«. Aber auch von diesen wurden nur die Heuschrecke sowie die gänzlich unbekannten Arten Hargol und Harab als zum Essen tauglich erklärt, alle anderen galten als unrein.

Es wurde keine, absolut keine logische Erklärung dafür gegeben. Grob und unflexibel war es, dieses Gesetz, und viel Platz wurde darin verschiedenen Ritualen beim Gottesdienst im Tempel gewidmet, was völlig sinnlos war angesichts des längst nicht mehr vorhandenen Tempels und der Unmöglichkeit, ihn jemals wieder aufzubauen.

Samuel fiel auf, dass die Grundzüge dieses schwerfälligen Gesetzes, bereits im Exodus angerissen und im Talmud ausgeführt, alle möglichen und unmöglichen Situationen vorsahen, in die ein Mensch geraten konnte, und genaue Verhaltensmaßregeln dafür vorschrieben; und alle diese chaotisch auferlegten Verbote verfolgten nur ein einziges Ziel – die Heiligkeit des Lebens des Volkes Israel und die damit verbundene strikte Ablehnung der Gesetze des »Landes Kanaan«.

Das war der Weg, der ihm in seiner Jugend angeboten worden war, und er hatte ihn abgelehnt. Mehr noch, auch von den Gesetzen des »Landes Kanaan«, die keine Heiligkeit, aber eine gewisse, auf Gerechtigkeit beruhende relative Ordnung versprachen, hatte er sich in seiner Jugend abgewandt und ein wenig zur Zerstörung des einen wie des anderen beigetragen.

Nun, da er sich mit der alten jüdischen Gesetzgebung beschäftigte, ging ihm auf, dass die Menschen in seinem Land und er selbst mit ihnen in tiefer Gesetzlosigkeit lebten. Genaugenommen herrschte ein allgemeines Gesetz der Gesetzlosigkeit, schlimmer als in Kanaan, dem sich Unschuld und Unverschämtheit, Verstand und Dummheit gleichermaßen unterordneten. Und der einzige Mensch, wie er jetzt ahnte, der wirklich nach normalem menschlichem Gesetz lebte, war seine Frau Medea. Die stille Hartnäckigkeit, mit der sie die Kinder großgezogen hatte, arbeitete, betete und fastete, war keine Eigenheit ihres seltsamen Charakters, sondern freiwillig übernommene Pflicht, die Erfüllung eines längst von allen und überall aufgehobenen Gesetzes.

Übrigens hatte er auch andere Menschen dieses Schlages gekannt – dazu gehörte sein verstorbener Onkel Efraim, den ein angetrunkener Soldat aus Versehen erschossen hatte, der danach am Ende der Straße verschwand, ohne sich umzusehen; und ein solcher Mensch war vielleicht auch der geistesschwache Raís, der junge Tatare, dessen kleiner Kopf nur zwei Regeln enthielt: erstens, alle anlächeln, und zweitens, gründlich, idiotisch gründlich die Wege des Sanatoriumsparks säubern.

Er, der gewohnt war, Medea alles auszuplaudern, was ihm in den Sinn kam, behielt seine jetzigen Gedanken für sich, nicht aus Angst, Medea würde sie nicht verstehen, sondern eher aus dem Gefühl heraus, sie nicht ganz klar ausdrücken zu können. Medea begriff aus seinen seltenen Äußerungen, wie sehr sich sein Innenleben gewandelt hatte, und freute sich darüber, war aber zu besorgt um seinen physischen Zustand, um tiefer in diese Wandlung einzudringen. Er hatte nun Schmerzen im Rücken, und sie gab ihm Spritzen, damit er schlafen konnte.

Der Dezember war vorbei, die Stürme hatten sich gelegt, aber noch immer war es kalt und düster. Schon ab Mitte Januar warteten sie auf den Frühling. Medea, die früher immer gewissenhaft die Briefe ihrer Verwandten beantwortet hatte, schickte ihnen jetzt nur kurze Postkarten: Habe Euren Brief bekommen, danke, bei uns ist alles beim Alten, Medea und Samuel.

Ihr fehlte die Zeit zum Briefeschreiben. Im ganzen Winter schrieb sie nur zwei richtige Briefe – an Lenotschka und an Sandra.

Der Februar zog sich endlos hin, und wie zum Tort hatte er auch noch einen neunundzwanzigsten Tag. Dafür ließ die Sonne, als sie um den zehnten März herauskam, dann keine Stunde mehr ungenutzt, und auf einen Schlag wurde alles grün. Auf dem Heimweg von der Arbeit stieg Medea auf einen von der Sonne erwärmten Hügel, pflückte ein paar Veilchen und Affodillblüten und legte sie in ein Schälchen neben Samuels Bett. Er stand kaum noch auf, setzte sich auch nicht mehr, denn im Sitzen schienen seine Schmerzen stärker zu werden. Er aß nur noch einmal am Tag, weil die Nahrungsaufnahme ihn zu sehr anstrengte. Sein Gesicht veränderte sich noch immer, und Medea fand es vergeistigt und sehr schön.

Der letzte Märzsonntag war ganz warm und windstill, und Samuel bat Medea, ihn auf den Hof zu bringen. Sie wusch den Korbsessel, ließ ihn in der Sonne trocknen und deckte eine alte Decke darüber. Dann zog sie Samuel an, und sein Mantel schien schwerer zu sein als er selbst. Die zwanzig Schritte vom Bett bis zum Sessel ging er sehr langsam, mit ungeheurer Anstrengung.

Auf dem nahegelegenen Hang schienen die Tamarisken schier zu platzen; ihre Zweige waren prall gefüllt mit lila Farbe, die noch nicht nach außen gedrungen war. Samuel blickte zu den Tafelbergen, und sie sahen ihn freundlich an, wie seinesgleichen.

»Mein Gott, wie schön … wie schön …«, wiederholte er, und Tränen liefen ihm aus inneren und äußeren Augenwinkeln zugleich und verloren sich in seinem nunmehr spitzen Bart.

Medea saß neben ihm und bemerkte den Augenblick nicht, da er zu atmen aufhörte, denn die Tränen liefen ihm noch ein paar Minuten lang aus den Augen.

Am fünften Tag wurde er begraben. Sein verwelkter Körper wartete geduldig, bis die Verwandten kamen, und zeigte keinerlei Anzeichen von Verwesung. Es kamen Sandra und Serjosha, Fjodor mit Georgi und Natascha, Bruder Dimitri mit seinem Sohn Gwidas aus Litauen und die gesamte männliche Verwandtschaft aus Tbilissi. Die Männer trugen Samuel auf den Friedhof im Ort und setzten sich zu einem bescheidenen Totenmahl.

Medea hatte nicht zugelassen, dass Piroggen gebacken und ein großes Festmahl veranstaltet wurde. Auf dem Tisch standen Reisbrei, Brot, Käse, eine Schüssel mit frischen Kräutern aus Mittelasien und hartgekochte Eier. Als Natascha Medea fragte, warum sie das so entschieden habe, antwortete Medea:

»Er ist Jude, Natascha. Und bei den Juden gibt es überhaupt keine Totenfeier. Sie kommen vom Friedhof, setzen sich auf den Boden, beten und fasten mehrere Tage. Ich gestehe, dieser Brauch scheint mir richtig. Ich mag unsere Totenfeiern nicht, immer wird zu viel gegessen und getrunken. Soll es lieber so sein.«

Nach dem Tod ihres Mannes legte Medea Witwenkleider an – und verblüffte alle mit ihrer Schönheit und einem außergewöhnlichen Ausdruck von Sanftheit, den früher niemand an ihr bemerkt hatte. So begann sie ihr langes Witwendasein.

Das ganze Jahr über hatte Medea, wie gesagt, im Psalter gelesen, und nun erwartete sie eine Nachricht ihres Mannes aus dem Jenseits so eifrig, wie man den Postboten mit einem vor langer Zeit abgeschickten Brief erwartet. Doch es kam keine. Ein paarmal hatte sie das Gefühl, der langersehnte Traum beginne, sie spüre bereits deutlich die Anwesenheit ihres Mannes, aber diese Erwartung wurde jedes Mal jäh zerstört; noch im Traum – durch die Ankunft eines feindseligen oder unbekannten Menschen – oder real durch einen heftigen Windstoß, der mit dem Fensterflügel klappte und den Traum verscheuchte.

Anfang März, kurz vor seinem Todestag, träumte sie das erste Mal von ihm. Der Traum war sonderbar und brachte keinerlei Trost. Es dauerte einige Tage, bis sie ihn verstand.

Samuel erschien ihr im weißen Kittel – das war gut –, die Hände voller Gips oder Kreide, und sehr blass im Gesicht. Er saß an seinem Arbeitstisch und hämmerte auf einem unangenehmen scharfkantigen Metallgegenstand herum, aber es war keine Zahnprothese. Dann drehte er sich zu ihr um und stand auf. Da sah sie, dass er ein Stalin-Bild in der Hand hielt, merkwürdigerweise verkehrtherum. Er nahm den Hammer, schlug damit am Rand auf das Glas und zog das Bild sorgfältig heraus. Doch während er mit dem Glas hantierte, verschwand Stalin, und an seiner Stelle erschien ein großes Foto der jungen Sandra.

Am selben Tag wurde Stalins Erkrankung bekanntgegeben, ein paar Tage später sein Tod. Medea beobachtete lebhaften Kummer und aufrichtige Tränen, aber auch wortlose Flüche von Menschen, die diesen Kummer nicht teilen konnten, sie selbst jedoch blieb diesem Ereignis gegenüber völlig gleichgültig. Viel mehr beunruhigte sie die zweite Hälfte des Traums. Was hatte Sandra darin zu suchen, was bedeutete ihre Anwesenheit? Medea verspürte eine vage Unruhe und wollte sogar zur Post fahren, um in Moskau anzurufen.

Weitere zwei Wochen vergingen. Samuels Todestag jährte sich zum ersten Mal. Das Wetter war diesmal regnerisch, und Medea wurde auf dem Heimweg vom Friedhof nass bis auf die Knochen. Am nächsten Tag beschloss sie, die Sachen ihres Mannes durchzusehen, einiges zu verschenken und vor allem das Werkzeug und den kleinen deutschen

Elektromotor zu finden, den sie dem Sohn einer Freundin in Feodossija versprochen hatte.

Die Hemden legte sie zu einem Stapel zusammen, den guten Anzug hob sie für Fjodor auf – vielleicht konnte er ihn gebrauchen. Es waren auch noch zwei Pullover da – sie bewahrten den lebendigen Geruch ihres Mannes; sie hielt sie in der Hand und entschied, sie nicht zu verschenken, sondern selbst zu behalten. Ganz unten auf dem Schrankboden fand sie eine Feldtasche mit verschiedenen Bescheinigungen darin: Ein Dokument über seinen Abschluss an der Zahntechniker-Schule beim Volkskommissariat für Gesundheit, eine Bescheinigung über den Abschluss der Arbeiterfakultät, mehrere Urkunden und offizielle Glückwunschschreiben.

Das leg ich in die Truhe, dachte Medea und öffnete die unauffällige Seitentasche. Darin lag ein dünnes Kuvert, beschriftet von Sandra. Adressiert war der Brief an S. J. Mendez, Postamt Sudak, postlagernd. Das war merkwürdig.

Mechanisch öffnete sie den Umschlag und stockte bei der ersten Zeile.

»Lieber Samoscha«, stand da in Sandras Handschrift. Keiner hatte ihn so genannt. Die Älteren nannten ihn Samonja, die Jüngeren – Samuel Jakowlewitsch.

»Du bist offenbar wesentlich klüger, als ich dachte«, las Medea. »Es ist wirklich so, aber daraus folgt rein gar nichts, und es wäre besser, du würdest deine Entdeckung ein für allemal vergessen. Meine Schwester und ich sind totale Gegensätze, sie ist eine Heilige, und ich bin ein Schwein hoch drei. Aber lieber sterbe ich, als dass sie erfährt, wer der Vater dieses Kindes ist. Darum flehe ich Dich an, vernichte diesen Brief umgehend. Das Mädchen ist ausschließlich meins, nur meins, und glaub bitte nicht, du hättest ein Kind, es ist einfach eine von Medeas vielen Nichten. Es ist ein tolles Mädchen. Sie ist rothaarig und lächelt schon. Sie wird bestimmt sehr fröhlich, und ich hoffe, sie wird Dir später nicht ähnlich sehen – ich meine, damit das Geheimnis unter uns beiden bleibt. Für das Geld vielen Dank. Es war nicht überflüssig, aber ich weiß ehrlich gesagt nicht, ob ich von dir unterstützt werden will. Das Wichtigste ist, dass meine Schwester sich keine Gedanken macht. Ich habe sowieso schon Gewissensbisse, und wie wäre es für mich erst, wenn sie etwas erfahren würde? Und für sie? Bleib gesund und fröhlich, Samoscha. Sandra.«

Medea las den Brief im Stehen, sehr langsam, las ihn zweimal.

Dann setzte sie sich in einen Sessel. Eine namenlose seelische Finsternis senkte sich auf sie. Bis zum späten Abend saß sie da, ohne sich zu rühren. Dann stand sie auf und packte ihren Koffer. Schlafen legte sie sich in dieser Nacht nicht.

Am nächsten Morgen stand sie an der Bushaltestelle, ordentlich in ein schwarzes Tuch gehüllt, einen großen Rucksack auf dem Rücken und eine selbstgenähte Tasche in der Hand. Auf dem Boden der Tasche lagen in einem alten Stofftäschchen ihr Urlaubsantrag, den sie von unterwegs abschicken wollte, ihre Papiere und der unglückselige Brief. Mit dem allerersten Bus fuhr sie nach Feodossija.

12

Als Medea, den Rucksack aufgeschnallt, an der Bushaltestelle stand, fühlte sie sich mindestens wie Odysseus. Allermindestens – denn Odysseus, der an den Gestaden Trojas nicht ahnte, wie viele Jahre bis zu seiner Rückkehr vergehen würden, hatte immerhin eine genaue Vorstellung von der Entfernung, die ihn von zu Hause trennte.

Medea dagegen, gewohnt, Entfernungen in Stunden ihres zügigen Fußmarsches zu messen, vermochte sich nicht einmal vorzustellen, wie weit der Weg war, auf den sie sich begeben hatte. Außerdem war Odysseus ein Abenteurer und Mann der See gewesen – er hatte keine Gelegenheit ausgelassen, seine Rückkehr hinauszuzögern, und eher nur so getan, als seien sein Ziel die primitive Behausung in Ithaka, Kaiserpalast genannt, und die Umarmungen seiner greisen, häuslichen Frau.

Medea dagegen hatte ihr ganzes Leben ohne Unterbrechung in derselben Gegend verbracht, abgesehen von ihrer einzigen Reise nach Moskau mit Sandra und deren Erstling Sergej; und dieses sesshafte Leben, das sich so stürmisch und zielstrebig veränderte – Revolutionen, Regierungswechsel, Rote, Weiße, Deutsche, Rumänen, die einen wurden ausgesiedelt, andere, Fremde ohne Stammbaum, angesiedelt –, hatte Medea schließlich die Kraft eines Baumes verliehen, der in steinigem Boden wurzelt, ständig dem täglichen und jährlichen Lauf der Sonne ausgesetzt und dem Wind mit seinen Saisongerüchen nach am Strand trocknendem Tang, in der Sonne faulendem Obst oder bitterem Wermut.

Doch zugleich war sie eine Küstenbewohnerin: Seit ihrer Kindheit waren die Männer ihrer Familie zur See gefahren. Auf See war ihr Vater umgekommen, auf dem Seeweg waren Alexander Aschotowitsch Stepanjan mit Anahit und Arsen für immer verschwunden, ein uraltes Schiff hatte die Tante aus Batumi fortgebracht, und selbst ihre Schwester Anelja, verheiratet mit einer georgischen Landratte aus Tiflis, hatte ihr Zuhause einst vom neuen Hafen in Feodossija aus verlassen.

Und obwohl keine Wasserwege durch die weit entfernte Stadt führten, in die zu reisen Medea jahrzehntelang aufgeschoben und nun binnen einer Nacht beschlossen hatte, wollte sie wenigstens einen Teil des Weges, die Strecke von Kertsch bis Taganrog, auf dem Meer zurücklegen.

Die ersten beiden Etappen des Weges, vom Ort bis Feodossija und von Feodossija bis Kertsch, waren ihr so vertraut wie ein Gang über ihren eigenen Hof. Am Abend in Kertsch angekommen, war sie an der Grenze ihrer Ökumene angelangt – das antike Pantikapaion war deren östlichster Punkt.

Im Hafen erfuhr Medea, dass die Passagierlinien erst ab Mai verkehrten und die wenigen Schiffe von Kertsch nach Taganrog jetzt nur Güter transportierten und keine Passagiere mitnahmen. Sie war enttäuscht, denn sie wusste, dass sie den ersten Fehler gemacht hatte: Sie hätte gleich über Dshankoi fahren und nicht der Versuchung eines Umweges übers Meer nachgeben sollen.

Angeekelt wandte sie sich von dem graugelben, fauligen Wasser der Maiotis ab und ging zu ihrer alten Freundin Tascha Lawinskaja, die sich von Jugend an der »Grabbuddelei« verschrieben hatte, wie ihr Mann scherzte, der alte Doktor Lawinski, ein Intellektueller und Bibliophiler, beinahe eine ebensolche lokale Sehenswürdigkeit wie die Gruft der Diana.

Die Lawinskis wohnten im Hinterhof des Museums, und ihre Wohnung wirkte wie eine Filiale desselben – überall Bruchstücke von porösem Kertscher Stein, antiker Staub und trockenes Papier.

Tascha erkannte Medea nicht sofort – sie hatten sich einige Jahre nicht gesehen, seit Samuel krank geworden war und die wenigen Freunde, teils aus Takt, teils aus Egoismus, sie kaum noch besuchen kamen.

Schließlich erkannte Tascha Medea und fiel ihr um den Hals, noch bevor diese den Rucksack abgenommen hatte.

»Warte, Taschenka, warte, ich zieh mich erst mal aus.« Medea schob sie beiseite. »Ich will mich waschen. Samuel hat immer gesagt, Kertsch ist der Staubpol der Erde.«

Es war ein feuchter Frühling, von Staub konnte keine Rede sein, aber Medeas Vertrauen in das Wort ihres verstorbenen Mannes war so groß, dass sie sich furchtbar staubig vorkam.

Tascha rückte gewohnheitsmäßig Haufen zerlesener Bücher, durcheinanderliegender Blätter mit kleinen Zeichnungen und wenigen unleserlichen Zeilen vom Tischrand und stellte Essen auf eine ausgebreitete Zeitung, ohne auch nur zu versuchen, dessen Dürftigkeit und Reizlosigkeit zu kaschieren.

Ihr Mann Sergej Illarionowitsch, der Tascha als junge Schönheit geheiratet hatte und deren frühes unschönes

Altern, die vereinzelten harten Haare auf dem Kinn und die vorstehenden Zähne, großmütig übersah, betrachtete ihre tiefe Abneigung gegen Hausarbeit sein Leben lang als eine bezaubernde Eigenheit. Mit der archaischen Eleganz des Gastgebers zelebrierte er Medea den Dörrfisch und die Fischkonserven, die sich in dieser Fischerstadt völlig absurd ausnahmen.

Dafür war der Wein gut – ein Geschenk. Obwohl seit Langem pensioniert, praktizierte Sergej Illarionowitsch noch ein wenig, und enge Freunde, die er seit vielen Jahren behandelte, brachten ihm außer dem üblichen Honorar Lebensmittel, wie in den früheren, nahezu vergessenen Hungerjahren.

Als er von Medeas Reiseungemach erfahren hatte, rief er sofort den Hafenmeister an, und der versprach, Medea am nächsten Morgen mit der ersten Gelegenheit mitfahren zu lassen; verhieß der Reisenden allerdings keinerlei Komfort.

Bis spät in die Nacht saßen sie zu dritt am Tisch, tranken den guten Wein, danach minderwertigen Tee, und Tascha, die gar nicht fragte, was Medea denn in Taganrog wolle, erzählte ausführlich von irgendeinem Gitter, das sie im Mesolithgestein am Asowschen Meer gefunden habe. Medea begriff lange nicht, worüber sie sich derartig ereiferte, bis Tascha vor ihr, auf den Fischresten, fleckige, mit sicherer Hand gefertigte Zeichnungen ausbreitete, Darstellungen, die an ein Käsekastenspiel erinnerten, und erklärte, dieses Gittermuster sei eines der beständigsten Kultursymbole, es sei seit dem Paläolithikum verbreitet und in Ägypten, auf Kreta, im vorkolumbischen Amerika und nun auch hier, am Asowschen Meer, entdeckt worden.

Sergej Illarionowitsch döste greisenhaft im Sessel, wachte dank seiner angeborenen Höflichkeit hin und wieder auf, nickte zustimmend mit dem verschlafenen Kopf, murmelte etwas Billigendes und fiel wieder in Schlummer.

Medea bekundete keinerlei Interesse an Taschas wissenschaftlichen Entdeckungen, wartete geduldig das Ende des Vortrags ab und wunderte sich, dass Tascha mit keinem Wort ihre Tochter oder ihre Enkelin erwähnte, die in Leningrad lebten.

An den Wendepunkten in Taschas Rede nickte Medea zustimmend und dachte daran, wie hartnäckig die Natur des Menschen, wie beharrlich Leidenschaft mitunter war und sich keinerlei Veränderungen unterwarf, genau wie diese Gitter, Ovale und Punkte, die, einmal gezeichnet, dann Jahrtausende in den entlegensten Winkeln der Welt fortlebten – in Museumskellern, auf Müllplätzen, in den trockenen Boden geritzt oder von spielenden Kindern auf baufällige Zäune gekratzt.

Am Morgen holte ein großer, fülliger Mann in Marineuniform ohne Achselklappen Medea aus dem schlafenden Haus der Lawinskis ab, und bereits eine Stunde später schaukelte sie mitten auf der Kertscher Bucht auf einem alten Lastkahn, der so vertraut aussah, als entstammte er der alten Flotte ihres Großvaters Charlampi.

Mit greisenhaftem Schnaufen und hilfloser Anstrengung erreichte der kleine Dampfer erst am Abend Taganrog. Das feine Nieseln war in dünnen grauen Regen übergegangen, und Medea, die zwölf Stunden auf einer alten Holzbank an Deck gesessen hatte, aufrecht und mit fest zusammengedrückten Knien, fühlte sich, als sie den Steg hinunterging, eher als Teil der Holzbank, von der sie sich gerade erst gelöst hatte, denn als lebendiger Mensch.

An der Anlegestelle sah sie sich um: Außer einer einsamen Straßenlaterne und einem Jungen, der mit ihr aus Kertsch gekommen war und die ganze Zeit, solange es hell war, in einem dicken Buch gelesen hatte, war hier nichts und niemand. Der Junge war in dem halbwüchsigen Alter, da ihn die Anrede »junger Mann« noch nicht in Verlegenheit brachte.

»Sagen Sie bitte, junger Mann, wie kommt man am besten nach Rostow am Don, mit dem Zug oder mit dem Bus?«

»Mit dem Bus«, antwortete er knapp.

Neben dem Jungen stand ein Henkelkorb, umwickelt mit altem Stoff, dessen Muster Medea angenehm vertraut vorkam. Ihr Blick verweilte darauf: ausgeblichene, kaum erkennbare Kamillenblüten, zu runden Sträußen gebunden. Der Junge schien ihren Blick aufgefangen zu haben, versetzte dem Korb einen Tritt und sagte, scheinbar zusammenhanglos:

»Wenn der in den Kofferraum passt, dann reicht der Platz auch noch für Sie.«

»Was haben Sie gesagt?«, fragte Medea erstaunt.

»Mein Bruder kommt mich aus Rostow abholen. Mit dem Auto. Ich glaube, da ist auch noch Platz für Sie.«

»Ach ja? Wunderbar.«

Die seelische Finsternis, die auf sie eingestürzt war und sie nicht losgelassen hatte, seit sie diesen furchtbaren, hastigen und lässigen Brief gelesen hatte, hinderte sie nicht zu frohlocken:

Herr, ich danke Dir, dass Du mich nicht im Stich lässt auf allen meinen Wegen und mir Deine Begleitengel sendest, wie einst Tobias.

Der Junge, der, ohne es zu ahnen, die Rolle des Begleitengels übernommen hatte, schob den Korb mit seiner stumpfen Schuhspitze ein Stück weg und erklärte Medea:

»Er hat ein großes Auto, einen Pobeda, aber vielleicht hat er ja schon was zu transportieren.«

Der Junge sprach untadelig, mit irgendwie vertrauter Intonation – ein Kind aus gutem Haus. Die dicken Bücher waren ihm offensichtlich von Nutzen.

Eine Viertelstunde später kam ein stämmiger junger Mann, küsste den Jungen und klopfte ihm auf die Schulter.

»Prima, Ljoschenka! Warum hast du denn Tantchen nicht mitgebracht?«

»Sie hat versprochen, im Sommer zu kommen. Sie hat Schmerzen in den Beinen.«

»Die Arme … Wie kommt sie denn da allein zurecht?« Das war keine leere Frage, er erwartete eine Antwort darauf.

»Wie es aussah, ist bei ihr alles in Ordnung. Sie vermietet ein Zimmer. Der Untermieter ist ein anständiger Mann, aus Leningrad, arbeitet auf der Wetterwarte. Er hat Brennholz gebracht. Hier, sie hat mir Geschenke mitgegeben.« Er wies mit dem Kopf auf den Korb. »Ich wollte nichts nehmen, aber sie hat drauf bestanden.«

Der Mann winkte ab.

»Na ja, das alte Lied.«

Er nahm den Korb. Der Junge hielt ihn zurück:

»Tolja, die Frau hier will auch nach Rostow. Hast du noch Platz?«

Tolja drehte sich zu Medea um, als habe er sie erst jetzt bemerkt, obwohl sie während des ganzen Gesprächs neben ihnen gestanden hatte.

»Ich habe Platz. Ich nehme Sie mit. Wohin wollen Sie in Rostow?«

»Zum Bahnhof.«

»Geben Sie mir Ihren Rucksack.« Er streckte die Hand aus und warf sich die Riemen über den Rücken.

Medea murmelte im Stillen: Herr, ich danke Dir für alle Deine Wohltaten, für alles, was Du mir schickst, gib, dass ich alles annehme und nichts verwerfe.

Das war ihre ständige Zwiesprache mit Gott, eine Mischung aus vor langer Zeit auswendig gelernten Gebeten und ihren eigenen, lebendigen und dankbaren Worten.

Medea, die nach dem langen Sitzen an Deck ihre Glieder gerade erst wieder gestreckt hatte, stieg nun ins Auto, in dem es warm und gemütlich war. Ihre graue Kleidung trocknete zwar nicht, war aber bald durchdrungen von ihrer, Medeas, Wärme. Sie döste ein und hörte im Halbschlaf Bruchstücke der Unterhaltung der beiden Brüder: über die Hochzeit der Schwester, über das pädagogische Institut, wo der Junge im ersten Jahr studierte, über Simferopol und über die Tante, die er in Stary Krim besucht hatte.

Ich müsste Nina mal wieder besuchen, dachte Medea verschwommen, halb im Schlaf – ihre frühere Nachbarin, die nach Stary Krim gezogen war, nachdem ein Brand das Haus in ihrer beider Straße in Feodossija vernichtet hatte. Im Halbschlaf erinnerte sich Medea an Nina, an deren alte Mutter, die in jener Nacht den Verstand verloren hatte, und an die jüngere Schwester mit der Brandwunde am Arm, die Medea sofort mit einem primitiven, wirksamen Volksmittel behandelt hatte.

Es war stockfinster, mitten in der Nacht, als sie am Bahnhof ankamen. Der Fahrer nahm Medeas Rucksack und begleitete sie zu den Fahrkartenschaltern. Vor dem einen Schalter stand eine lange, schweigende Schlange, die beiden anderen waren so fest verschlossen, dass es aussah, als würden sie überhaupt nie geöffnet.

Medea blieb vor einem der geschlossenen Schalter stehen und dankte dem Fahrer. Er nahm den Rucksack ab, stellte ihn auf den Boden und sagte unsicher:

»Vielleicht kommen Sie erst mal mit zu mir und fahren dann morgen früh weiter. Sie sehen ja, was hier los ist.«

Noch ehe Medea ihm danken konnte, öffnete sich das Schalterfenster neben ihrer Schulter, und noch bevor sie darüber staunen konnte, bat sie um eine Fahrkarte nach Taschkent.

»Nur noch offene Liegewagen«, sagte die Kassiererin, »und mit zweimal Umsteigen, in Saratow und in Salsk.«

»Gut«, sagte Medea.

Die Menge stürzte schreiend und lärmend zu dem überraschend geöffneten Schalter, und es entbrannte ein erbitterter Streit: Die einen wollten die ursprüngliche Reihenfolge aufrechterhalten, andere, die ganz hinten gestanden hatten und nun weiter nach vorn gerückt waren, wollten dies auf keinen Fall.

Einen Augenblick später drängte sich Medea, ihre Fahrkarte in der Hand, mühsam durch das hitzige Handgemenge im Namen der Gerechtigkeit und nahm Anatoli den Rucksack ab. Er breitete nur die Arme aus und sagte:

»Na, da haben Sie aber Glück gehabt!«

Sie gingen auf den Bahnsteig und sahen nicht mehr, wie der Schalter, nachdem Medea ihre Fahrkarte bekommen hatte, augenblicklich wieder geschlossen wurde und die Menge, nun in zwei Hälften zerfallen, vor den beiden geschlossenen Schaltern tobte und ungeduldige Hände gegen die Sperrholzplatte trommelten.

Medeas Zug kam nach zwölf Minuten, wenn auch mit fünfstündiger Verspätung, und erst als sie Rostow bereits wieder verließ, begriff sie, warum ihr der Stoff mit den Kamillenblüten so bekannt vorgekommen war – es war ihr eigener Vorhang gewesen, den sie Nina vor dreißig Jahren neben vielen anderen notwendigen Dingen nach dem Brand geschenkt hatte. Folglich war die Tante in Stary Krim, von der die Rede gewesen war, ihre frühere Nachbarin Nina, und die jungen Männer waren die Söhne des Mädchens, deren Brandwunde Medea in jener Nacht behandelt hatte. Medea lächelte vor sich hin und war beruhigt: Die Ordnung der Welt blieb, trotz der wachsenden Zahl von Menschen und der zunehmenden Verwirrung, immer die gleiche, ihr vertraute – es geschahen kleine Wunder, Menschen begegneten sich und gingen auseinander, und alles zusammen bildete ein schönes Muster.

Sie holte zwei Stück Dörrbrot und eine große deutsche Thermosflasche mit Deckel aus dem Rucksack. Der Tee, noch in Kertsch eingefüllt, war heiß und süß.

Fast vier Tage und Nächte saß Medea am Fenster, legte sich nur selten auf die untere Liege und fiel in einen unruhigen, vibrierenden Schlaf, auf dessen Grund noch immer, wie ein unauflöslicher Bodensatz, Finsternis dämmerte.

Der Zug fuhr langsam, unterbrochen von unzähligen Halten und langem, sinnlosem Herumstehen an Ausweichstellen. Der Fahrplan war selbstredend seit dem Augenblick außer Kraft, da der Zug mit großer Verspätung zur Abfahrt bereitgestellt worden war. An allen Stationen und Haltepunkten wurde er von einer vom Warten zermürbten Menge empfangen. Nur wenige Menschen in dem langsamen und schmutzigen Zug unternahmen eine so lange Reise wie Medea.

Die meisten fuhren mit Körben, Säcken und Bündeln nur ein paar Stationen, drängten sich in den Gängen und hinterließen im Waggon einen schweren Geruch und bergeweise Schalen von Sonnenblumenkernen.

Medea, die alle Wirrnisse der Krim erlebt hatte, sich noch an Typhusbaracken, Hunger und Kälte erinnerte, hatte nie eine der gewaltigen Umsiedlungen mitgemacht, Begleiterscheinungen der Geschichte ihres Vaterlandes, und kannte Güterwagen, Viehwaggons und Schlangestehen nach heißem Wasser an den Stationen nur vom Hörensagen.

Bereits über fünfzig, riss sie sich nun zum ersten Mal, und das freiwillig, los von ihrem geliebten sesshaften Leben und beobachtete staunend, welche ungeheuren Menschenmassen kreuz und quer durch das große, herrenlose Land reisten, das übersät war mit rostigem Eisen und zertrümmerten Steinen. Entlang der Bahndämme, unter dem zarten Frühlingsgras, lag der acht Jahre zuvor zu Ende gegangene Krieg – versandete Granattrichter voll mit dunkelbraunem Wasser, in die Erde eingewachsene Ruinen und Gebeine, die das Land von Rostow bis Salsk, von Salsk bis Stalingrad bedeckten.

Medea hatte das Gefühl, die Erde bewahre die Erinnerung an den Krieg nachhaltiger als die vielen Menschen, die laut und einförmig den kürzlichen Tod Stalins beklagten. Seit seinem Tod waren erst einige Wochen vergangen, und ihre Reisegefährten sprachen ständig davon.

Sie bekam viel Phantastisches zu hören: Ein alter Eisenbahner, auf der Rückreise von der Beerdigung seiner Mutter, erzählte flüsternd von einem großen Töten, das in Moskau am Tag des Abschieds von Stalin stattgefunden habe, und von jüdischen Intrigen, die dazu geführt hätten; ein anderer, ein düsterer Mann mit Holzbein und von Ordensleisten buntgeschmückter Brust, erzählte von einer unterirdischen Stadt voller supergeheimer amerikanischer Waffen, die man angeblich mitten in Moskau zufällig ausgegraben habe; zwei Lehrerinnen, unterwegs zu irgendeiner lokalen Tagung, erörterten im typischen Pädagogenton unablässig, wer nun das Land zum ersehnten Kommunismus führen werde. Ein angetrunkener Bauer, der auf der ganzen Fahrt von Ilowinskaja bis Stalingrad seine Schapka nicht abgenommen und sich das laute Gezirp der beiden schweigend angehört hatte, riss sich plötzlich, bevor er ausstieg, die Mütze vom Kopf, entblößte eine scheckige Glatze, spuckte auf den Boden und sagte mit kräftiger Stimme:

»Ihr dummen, vertrockneten Puten! Schlimmer als jetzt kann es unter keinem werden.«

Medea sah lächelnd aus dem Fenster. Seit frühester Jugend war sie gewohnt, politische Veränderungen hinzunehmen wie das Wetter, bereit, alles zu ertragen: im Winter zu frieren und im Sommer zu schwitzen. Doch für jede Saison sorgte sie vor – für den Winter mit Brennholz, für den Sommer mit Zucker zum Einkochen, wenn es welchen gab. Vom Staat erwartete sie nie Gutes, war auf der Hut vor Leuten, die ihm nahestanden, und hielt sich von ihnen fern.

Was aber den großen Führer anging, so hatte ihre Familie mit ihm eine alte Rechnung offen. Lange vor der Revolution hatte er in Batumi den Mann ihrer Tante, Irakli, aus der Bahn geworfen, und der war in eine höchst unangenehme Geschichte geraten, die mit einem Banküberfall zusammenhing und aus der ihn seine Familie mit viel Geld gerettet hatte.

In ihrer Siedlung waren am Todestag des Führers Trauerfahnen gehisst und eine Kundgebung veranstaltet worden. Aus Sudak war ein Parteichef angereist, nicht der oberste, sondern einer von den Neuen. Er hielt eine Rede, dann wurde feierliche Musik gespielt, zwei Frauen aus dem Ort, Sonja aus dem Lebensmittelladen und die Lehrerin Valentina Iwanowna, weinten, und dann wurde einhellig beschlossen, ein Trauertelegramm abzuschicken: Moskau, Kreml … Medea, in ihrer Trauerkleidung passend wie niemand sonst, hatte gebührende Zeit ausgeharrt, war dann in ihren Weinberg gegangen und hatte bis zum Abend Rebstöcke beschnitten.

Das alles war für sie der entfernte Lärm eines fremden Lebens. Ihre jetzigen Reisegefährten, diese einzelnen Menschen, aus denen das Volk bestand, erregten sich nun laut, bangten um ihre vaterlose Zukunft und weinten, andere freuten sich still über den Tod des Tyrannen, doch die einen wie die anderen mussten nun eine Entscheidung treffen, mussten sich in der binnen einer Nacht schlagartig veränderten Welt zurechtfinden.

Merkwürdig, dass auch Medea, aus ganz anderem Anlass, etwas Ähnliches durchmachte. Der tief unten in ihrer Tasche liegende Brief zwang sie, sich selbst, ihre Schwester und ihren Mann mit neuen Augen zu sehen, und vor allem, eine Tatsache hinzunehmen, die ihr gänzlich unmöglich erschien.

Die Beziehung zwischen ihrem Mann, der sie all die Jahre ihrer Ehe vergöttert, ihre teils erfundenen Vorzüge übermäßig gepriesen hatte, und ihrer Schwester Sandra, einem Wesen, das sie bis ins Letzte kannte, war nicht nur aus rein praktischen Gründen unmöglich. Hier war, so empfand es Medea, ein höheres Verbot übertreten worden, aber Sandra hatte, nach ihrem munteren Brief und ihrem heiteren Ton zu urteilen, dieses heimliche verwandtschaftliche Vergehen gar nicht als ein solches wahrgenommen. Sie war nur darauf bedacht, der peinlichen Entdeckung zu entgehen.

Besonders qualvoll war, dass die jetzige Situation weder Entscheidungen noch Handeln erforderte. Alle früheren Unglücksfälle im Leben – der Tod der Eltern, die Krankheit ihres Mannes – hatten Medea physische und moralische Anstrengungen abverlangt; das jetzt war nur der Nachhall einer längst vergangenen Geschichte, Samuel lebte nicht mehr, aber er hatte seine Tochter Nika hinterlassen, und Medea konnte sich mit ihm nicht postum auseinandersetzen.

Ihr Mann hatte sie verletzt, ihre Schwester sie hintergangen, das Schicksal selbst sie betrogen, indem es ihr Kinder vorenthalten und dieses, das ihr zugedachte Kind ihres Mannes, in den fröhlichen und unbeschwerten Körper ihrer Schwester gepflanzt hatte.

Der düstere Zustand ihrer Seele verschlimmerte sich noch dadurch, dass Medea, sonst immer in Bewegung, gezwungen war, tagelang am Fenster zu sitzen, und alle Bewegung nur außerhalb stattfand, in der am Fenster vorübereilenden Landschaft und im schwachen Gewimmel der Menschen im Waggon.

Dreieinhalb Tage dauerte die Fahrt, und da die Route ziemlich eigenwillig war, mit einem starken Bogen nach Norden, zudem ins Innere des Kontinents, überholte Medea quasi den Frühling: Sie verließ die grünende Krim, sah im Uralvorland wieder Schnee in den Schluchten liegen und kahlen, von Nachtfrösten heimgesuchten Boden, um dann in den kasachischen Steppen, die in voller Blüte standen, heiß und bunt von Tulpen, den Frühling wieder einzuholen.

In Taschkent traf der Zug am frühen Morgen ein; Medea stieg mit leichter gewordenem Rucksack aus und fragte, da sie wusste, dass ihre Verwandten in der Nähe des Bahnhofs wohnten, nach dem Weg dorthin.

Die Straße hieß Zwölf Pappeln, aber die Pappeln, wenn es hier überhaupt welche gab, verschwanden bescheiden zwischen den blühenden Aprikosenbäumen, die am Straßenrand neben den Aryks, den Wassergräben, wuchsen. Es war früher, eben angebrochener Morgen, Medeas liebste Zeit, und nach dem beschwerlichen, schmutzigen Eisenbahnleben empfand sie die heilige morgendliche Reinheit besonders deutlich, die Gerüche, in denen sich Bekanntes mit Unbekanntem vermengte: dem Qualm von andersartigem Heizmaterial und dem scharfen Geruch von Fleischspeisen.

Übertrumpft aber wurde all dies vom starken Duft des Flieders, dessen schwere weinblaue Trauben über Lehmmauern und Lattenzäunen hingen. Auch die Vögel schienen in einer fremden Sprache zu singen, sie zwitscherten nicht, sie zirpten eher.

Während Medea die endlos lange Straße entlangging, die Bewegung genoss, zuckte sie hin und wieder mit den vom Rucksack beschwerten Schultern, unter dessen Riemen sie auf Soldatenart ihren Mantel geschnürt hatte. Dabei registrierte sie neben den Hausnummern jede kleinste Kleinigkeit, jede neue Neuigkeit: Auf einem Zaun saß zum Beispiel seelenruhig eine braun-rosa Turteltaube – sie kannte diese Vögel aus ihrer Kindheit, doch auf der Krim waren sie scheu und ängstlich und kamen nie in die Stadt.

Die schwere Luft der Reise, die an Medea zu haften schien, wurde von der schwachen Welle des Morgenwindes weggeblasen, der, wie sie wusste, bei Sonnenaufgang immer auffrischte. Plötzlich kam von Weitem, von Osten, zusammen mit dem Wind ein Schrei. Auch er schien sich in Wellen auszubreiten, und es waren hohe Kinderstimmen: »Wasser! Das Wasser ist da!«

Und schon liefen Kinder aus Toren und Gartenpforten, und über den Zäunen tauchten Kinderköpfe auf. Eine dicke alte Frau in Filzstiefeln und einem auf der Brust abgewetzten ukrainischen Hemd ging hinaus zum Aryk.

Medea blieb stehen. Sie wusste, was nun passieren würde, und wartete auf diesen Augenblick. Der Boden des flachen Aryks war bedeckt mit einer glatten blassbraunen Haut, wie abgekochte Milch, und rosa Blütenblätter von den Aprikosenbäumen sanken langsam darauf herab, doch da gurgelte schon das Wasser, und seine braune Zunge trieb eine rosa Wolke aus Blütenblättern vor sich her.

Der Schrei hatte bereits die Straße passiert, nun rauschte das Wasser. Kinder und Alte öffneten die Riegel der Aryk-Ableitungen zu ihren Höfen. Die Stunde der morgendlichen Bewässerung begann.

Vor Lenotschkas Haus stieß Medea mit einem weißblonden, etwa elfjährigen Jungen zusammen. Er hatte gerade das Wasser in den Hof gelassen und wusch nun sein sommersprossiges Gesicht mit dem braunen, etwas verdächtig aussehenden Wasser.

»Guten Tag, Schurik«, sagte Medea zu ihm.

Er erschrak ein wenig und verschwand im Gebüsch mit dem Schrei:

»Mama! Besuch für dich!«

Medea sah sich im Hof um: Drei Häuschen, eins davon mit Veranda und einer hohen Treppe, und zwei geweißte, einfachere, bildeten ein Karree, in dessen Mitte ein Quittenbaum stand, und aus der überdachten Sommerküche an der Seite kam die ergraute, dicke, liebe Lenotschka in einer weißen Latzschürze. Sie erkannte Medea nicht gleich, doch dann breitete sie die Arme aus und lief ihr entgegen mit dem freudigen, dümmlichen Ausruf:

»Mein Glück ist gekommen!«

Fenster und Türen klappten. Endlich erwachte auch der alte Schäferhund in seiner Hütte und begann energisch zu bellen, weil er spürte, dass er seine Pflicht vernachlässigt hatte. Der Hof füllte sich, wie Medea schien, mit einer riesigen Menschenmenge. Sie gehörten alle zur Familie – Lenotschkas Tochter Natascha mit dem siebenjährigen Pawlik, Lenotschkas jüngster Sohn Georgi, der im letzten Winter zu einem kräftigen Jüngling herangewachsen war, und eine magere Alte mit einem Krückstock.

Die alte Kinderfrau Galja, vermutete Medea.

Auf der Treppe, das stolze Gesicht der orientalischen Schönheit leicht zur Seite geneigt, stand die dreizehnjährige Schuscha, Nataschas älteste Tochter, in einem weißen Nachthemd, fast vollständig verhüllt von glänzendem schwarzem Haar.

Der blonde Schurik hatte sich hinter dem Stamm eines Pfirsichbaums versteckt und lugte dahinter hervor.

»Ach, mein Gott, Fjodor ist auf Dienstreise, gestern ist

er losgefahren!«, bedauerte Lenotschka, die Medea noch immer umschlungen hielt. »Warum hast du nicht Bescheid gesagt, Georgi hätte dich doch abgeholt!«

Die Familie umringte sie, um der Reihe nach verwandtschaftliche Küsse mit ihr zu tauschen. Nur Galja brummte etwas vor sich hin und humpelte zum Ofen, den sie verlassen hatte und wo ein kleines Malheur passiert war: Von einer Pfanne stieg schwarzer Rauch auf.

»Ach, du brauchst einen Tee, einen Tee! Ach nein, wie dumm von mir, einen Kaffee, Kaffee! Ach, meine Freude ist gekommen!«, kakelte Lenotschka, wiederholte ihre Worte ständig und umfächelte ihren Kopf mit einer einzigartigen, nur ihr eigenen Bewegung – als Medea diese ihrem Gedächtnis völlig entfallene Bewegung von Lenotschkas kleiner Hand sah, empfand sie ein heftiges Glücksgefühl.

Seit neunzehnhundertzwanzig, als Medea ihren Bruder Fjodor auf dem Bahnhof von Feodossija verabschiedete, den er mit einem neuen Dienstauftrag und seiner neuen, ihm tags zuvor angetrauten und ihm von Medeas fester Hand zugeführten Frau verließ, seit jenem Abschied hatten sich die Freundinnen nur zweimal gesehen: Neunzehnhundertzweiunddreißig, kurz nach Medeas und Samuels Umzug in die Siedlung, und neunzehnhundertvierzig, als die Taschkenter Familie Sinopli Medea besuchte.

In jenem letzten Vorkriegssommer waren bei Medea viele Verwandte zusammengetrofffen: Sandra mit Serjosha und Lidotschka, ihr Bruder Konstantin, der ein Jahr später, in den ersten Kriegstagen, fiel, Tascha Lawinskaja … Im Haus konnte man sich kaum bewegen. Alles war erfüllt von Kinderstimmen, Julisonne und Krimwein.

Fjodor hatte damals gerade einen Staatspreis bekommen und wartete auf seine neue Ernennung, beinahe einen Ministerposten.

Medea konnte keinen Urlaub nehmen, sie ging jeden Tag zur Arbeit, und anschließend kochte sie und kochte … Schwester und Schwägerin hätten ihr gern geholfen, aber Medea mochte es nicht, wenn fremde Hände bei ihr herumwirtschafteten, Dinge von ihren angestammten Plätzen verrückten und ihre Ordnung durcheinanderbrachten – erst mit den Jahren, als sie älter wurde, fand sie sich damit ab, dass ihre jungen Verwandten in der Sommerküche wirtschafteten und sie danach mitunter nichts mehr wiederfand.

Wegen der vielen Menschen und des ständigen Gedränges in der Küche hatten die Freundinnen kaum in Ruhe miteinander reden können. Medea erinnerte sich noch an die letzte Nacht vor Lenotschkas Abreise, als sie in der Küche das Geschirr vom Abschiedsessen abwuschen und Lenotschka, während sie mit einem großen schmalen Handtuch den Stapel Teller abtrocknete, sich bitter beklagte, dass Fjodor leichtsinnig sei und seinen Kopf direkt in den Rachen des Tigers stecke. Sie hatte Angst vor seinem steilen Aufstieg vom bescheidenen Landvermesser zum beinah obersten Chef des gesamten Bewässerungssystems von Usbekistan.

»Dass er das nicht begreift«, sagte Lenotschka betrübt, »mein Vater war Mitglied der Krimregierung, und davon steht in keinem Fragebogen was. Aber je höher man steigt, desto mehr rückt man ins Blickfeld.«

Gleich nach Lenotschkas und Fjodors Abreise kam Anelja mit ihrer Familie aus Tiflis, dann Nastja, die Jüngste, mit ihrem blutjungen Mann, und in der kurzen Pause zwischen den Besuchen schrieb Medea an Lenotschka einen Brief, der mit den Worten endete:

»Wie schade, dass wir uns kaum gesehen haben. Wahrscheinlich sind wir für den Rest unseres Lebens dazu verurteilt, uns nur zu schreiben.«

Hier in Taschkent war Medea einziger und geliebter Gast. Morgens, wenn die Kinder zur Schule aufgebrochen waren, gingen Lenotschka und Medea auf den nahegelegenen Tschorsinsker Basar, kauften Hammelfleisch, frische Kräuter und manchmal Hühner. Zwei Hühner waren für eine Mahlzeit zu wenig, drei waren zu viel.

Alle in der Familie aßen zu Medeas Erstaunen ziemlich viel. Ende März war eine karge Zeit, ohne den sommerlichen Überfluss des orientalischen Basars. Aber sie füllten ihre Taschen stets bis obenhin und fuhren mit der Straßenbahn zurück nach Hause.

Gegessen wurde gewöhnlich spät, gegen acht, wenn Fjodor von der Arbeit kam. Bis dahin aßen die Kinder mal hier ein Stück Brot, mal da einen Fladen. Dafür dauerte das gemeinsame Essen dann an die zwei Stunden, und neben den üblichen orientalischen Gerichten stand immer eine armenische Köstlichkeit auf dem Tisch – selbst Baklawa konnte Lenotschka noch backen.

Spätabends, wenn es im Haus still wurde, saßen sie beide lange am abgeräumten Tisch vor einer ausgeklügelten Patience, die Lenotschka höchstens einmal im Jahr legte, kramten in alten Erinnerungen, bis zurück in ihre Zeit am Gymnasium, lachten schallend, seufzten und weinten um die, die sie geliebt hatten und die im Dickicht der Vergangenheit verschwunden waren.

Medea lag ein schwerer Stein auf der Seele und quälte sie, doch ihr Gespräch nahm nie eine solche Richtung, dass sie von dem Brief hätte erzählen können. Etwas ließ sie zögern, zudem erschien ihr die frisch durchlebte Tragödie auf einmal irgendwie anstößig.

In der Hitze des Tages, die noch verstärkt wurde durch die Hitze des Sommerherdes, der Feuerstelle im Hof und des ständig brodelnden Kessels mit Wäsche, deren strahlendes Weiß und knisternde Stärke Lenotschkas besondere Schwäche waren, beobachtete Medea die Lebensweise der Familie und erkannte zufrieden Gewohnheiten des alten Hauses der Stepanjans, eine Mischung aus Großzügigkeit gegenüber den Nächsten und einem gewissen Geiz in der Küche. Auberginen und Nüsse zählte Lenotschka, Geld dagegen nie.

Im Übrigen hatte das Schicksal, das Lenotschka in der Jugend die Familie und im Krieg den neunzehnjährigen Sohn genommen hatte, sie nie Armut erfahren lassen. Es schien ihr beschieden, stets mit Gold geschmückt zu sein und von Silber zu essen. In ihrem ersten Jahr in Taschkent war, nicht ohne Medeas Zutun, die alte Aschchen bei ihr aufgetaucht, die Dienerin ihrer verstorbenen Tante aus Tiflis, einer reichen alten Witwe. Aschchen war zu Fuß aus Tiflis gekommen und hatte Lenotschka in einem schmutzigen Reisesack den von der Tante vererbten Familienschmuck gebracht.

Lenotschka, die damals alles verloren hatte, was ihr vom früheren Leben geblieben war, streifte sich sofort zwei Ringe über, einen mit einer Perle und einen mit einem hellblauen Brillanten, steckte sich schwarze Achatringe mit einer kleinen Perle in der Mitte ins Ohr und legte den Rest auf den Boden des Korbes, in dem sie die Mitgift für ihren Erstling sammelte, der bald zur Welt kommen sollte. Die alte Aschchen lebte noch sechs Jahre, bis zu ihrem Tod, bei Lenotschka.

Ihr Haus in Taschkent, dieses Haus, das Fjodor gleich nach seiner Ankunft bekommen hatte, richtete Lenotschka so ein, wie es in ihrer Familie üblich gewesen war, angepasst an ein bescheidenes Einkommen.

Das beste Zimmer nannte sie Kabinett und überließ es ihrem Mann, im Schlafzimmer stellte sie die zwei im Schuppen gefundenen Betten auf, dorthin verbannt von den usbekischen Nachfolgern des früheren Besitzers, des Vizegouverneurs, der sich in einem Anfall von Altersschwermut Anfang neunzehnhundertsiebzehn erschossen hatte.

Im selben Schuppen fand Lenotschka ein paar Möbel, die dem Verheizen entgangen waren. Zwei Hocker wurden mit bunten Tüchern bedeckt und zu Nachttischchen gemacht, auf dem Basar kaufte sie Kupfergeschirr, und unmerklich bekam ihre Wohnung Ähnlichkeit mit dem alten Haus in Tiflis, der Datscha in Sudak und der Wohnung in Genf – in allem offenbarte sich der Geschmack der verstorbenen Armik Tigranowna.

Das zweite Haus in ihrem Hof hatten sie später für Natascha gekauft, und nun verhandelten sie mit den Nachbarn, um noch ein drittes zu kaufen, rechts vom Haupthaus: Lenotschka wünschte sich, dass Georgi dort einzog.

Das alles wusste Medea aus den Briefen, in denen Lenotschka alle mehr oder weniger bedeutenden Ereignisse erwähnte. Aber das Wichtigste war für sie beide die Form ihrer Kommunikation, mädchenhaft vertraulich, und der

Stil, die Schrift und natürlich die französische Sprache, in die sie mühelos wechselten.

Jeder Brief war ein geheimer Treueschwur, obwohl drei Viertel der Briefe Träumen gewidmet waren, Vorahnungen, Beschreibungen eines Baumes am Wegesrand oder einer Person, der sie begegnet waren.

Als Lenotschka die Hochzeit ihrer Tochter beschrieb, schilderte sie ganz genau den heftigen Regenguss, der nur in einem Stadtteil fiel, und zwar genau in dem Moment, als die Jungvermählten aus dem Standesamt kamen – Nataschas weißes Kleid, von der Nässe eingelaufen, rutschte höher und gab ihre runden Knie frei –, und dabei erwähnte sie mit keinem Wort, dass Nataschas Mann Koreaner war, ein Nachrichteningenieur, schon damals in der ganzen Stadt bekannt wegen seiner außergewöhnlichen Sprachbegabung. Neben dem allgemein üblichen Russisch, dem Koreanisch von zu Hause, dem Schuldeutsch und dem nicht obligatorischen Usbekisch beherrschte er mit fünfundzwanzig Jahren außerdem Englisch und lernte Chinesisch, wofür er, wie er annahm, wohl mindestens fünf Jahre brauchen werde.

Erst ein halbes Jahr nach der Hochzeit erzählte Lenotschka in einem Brief von einem Besuch in einem von Koreanern bewohnten Vorort, beschrieb die winzigen überschwemmten Felder mit Reihen von leuchtendem schmalblättrigem Reis und erwähnte nebenbei die Eltern von Nataschas Mann, ein hutzeliges koreanisches Pärchen, in seinem geschlechtslosen Äußeren einander so ähnlich, dass man kaum erkenne, wer der Mann sei und wer die Frau.

Als Medea ein weiteres halbes Jahr später das erste Foto der neugeborenen Schuscha erhielt, wunderte sie sich jedenfalls nicht über das runde Gesicht mit den schmalen

Augenschlitzen, das noch nichts von der späteren Schönheit ahnen ließ.

Manchmal stellte Lenotschka am Tag für Medea eine Campingliege unter dem fast völlig von jungen Weinranken überwucherten Vordach auf, drückte ihr ein französisches Buch aus ihrer im einzigen Antiquariat der Stadt zusammengekauften Bibliothek in die Hand, und zum ersten Mal in ihrem Leben genoss Medea, während sie zerstreut in den *Gefährlichen Liebschaften* oder der *Kartause von Parma* blätterte, das Nichtstun, die vollkommene körperliche Entspannung, als sei der Strom, der ihre Muskeln ständig unter Spannung hielt, plötzlich abgeschaltet, und jede Faser dehne sich nun selig.

Sie las ein wenig, schlief ein wenig, beobachtete ein wenig die Kinder. Schuscha verhielt sich hochmütig und fremd, schien aber in ihre eigenen Gedanken versunken. Ihr jüngerer Bruder Pawlik spielte manchmal den ganzen Tag Geige, und wenn er im Hof auftauchte, war er fast übertrieben höflich. Medea suchte an ihnen verwandtschaftliche Merkmale und fand keine: Das asiatische Blut hatte in diesen Kindern vollkommen über das griechisch-armenische triumphiert.

Dafür war der blonde Adoptivsohn Schurik seltsamerweise in allem ein Sinopli: Obwohl sein flaumiges weiches Haar keinen Schimmer des in der Familie üblichen Rosttons aufwies, war das Gesicht über und über bedeckt mit kräftigen bräunlichen Sommersprossen, und vor allem – das hatte Medea nicht gleich bemerkt, und als es ihr auffiel, war sie erstaunt – sein kleiner Finger war zu kurz, reichte kaum bis zum ersten Glied des Ringfingers. Übrigens behielt Medea ihre Beobachtungen für sich.

»Was für ein guter Junge«, sagte Medea leise und sah zu Schurik hinüber, der an einem trockenen Fliederzweig schnitzte, um den verbrannten Henkel des Wasserkessels zu ersetzen.

»Er ist für mich wie ein eigener Sohn«, erwiderte Lenotschka. »Auch wenn niemand mir Alexander ersetzen kann. Aber Schurik, ja, er ist ein guter Junge. Seine Mutter war eine verbannte Wolgadeutsche. Sie ist kurz nach dem Krieg an Tuberkulose gestorben. Er kam erst in ein Kinderheim, und dort hat er Schlimmes erlebt. Fedja hat ihn da besucht. Seine Mutter hatte in Kokand gearbeitet, auf irgendeinem Objekt von Fedja. Fedja hat ihn ein-, zweimal besucht und ihn dann mit nach Hause gebracht. Er passt gut zu uns … Sehr gut …«

Medea hörte zu, schwieg und beobachtete. Am fünften Tag sah sie Lenotschka nach dem Mittag einen Teller Suppe in das Zimmer neben dem Eingang bringen, wo Galja wohnte.

Sie bemerkte Medeas Blick und erklärte:

»Da wohnt Musja, Galjas jüngere Schwester.«

»Musja?«, wunderte sich Medea, die diesen Namen noch nie gehört hatte.

»Ja, Musja. Sie ist gelähmt, die Arme. Ihre Tochter wollte sie nicht nehmen, da hat Galja sie hergeholt«, antwortete Lenotschka, und Medea fiel sofort die gelähmte Amme von Armik Tigranowna ein, die die Stepanjans zehn Jahre lang in einem eigens angefertigten deutschen Rollstuhl aus Messingrohr mit auf die Krim und in die Schweiz genommen hatten, und gefüttert wurde die stumme, ausgemergelte Alte von Armik Tigranowna selbst, denn von anderen nahm sie keine Nahrung an. Wie sich alles wiederholte …

Gott wird ihnen immer Reichtum schenken, dachte Medea flüchtig, obwohl man den jetzigen Wohlstand der Familie nicht als Reichtum bezeichnen konnte. Aber keiner vermag so gut damit umzugehen wie Lenotschka.

Nachdem Lenotschka Musja gefüttert hatte, die Medea nicht zu Gesicht bekam, beschimpfte sie Galja, warum diese ein halbes Glas Weinblätter weggeworfen habe, die im letzten Jahr eingeweckt worden waren. Über Medeas Kopf raschelten neue, frische Blätter, und sie lächelte.

Endlich rief Fjodor, der seine Chefreise zum Unterlauf des Amu-Darja und an den Aralsee beendet hatte, aus Nukus an und teilte mit, er werde bald heimkommen.

Wunderbar, wenn ich ihn gesehen hab, fahr ich nach Hause. Ja, Ostern bin ich wieder zu Hause, beschloss Medea.

Doch Fjodor kam erst am Sonnabend vor dem Palmsonntag, gegen Mittag. Ein Auto fauchte, Schurik rannte Hals über Kopf das Tor öffnen, aber Fjodor lief schon über den Hof. Unter seinem weißen Provinzhut leuchtete ein frischer dunkelroter Sonnenbrand. Schurik flog an seine Brust und schlang ihm die Arme um den Hals. Fjodor küsste ihn auf den weißblonden Scheitel und setzte ihn ab. Er legte ihm die Hand auf den Kopf und ging neben ihm durch den Garten.

»Papa ist wieder da!«, rief Lenotschka aus dem Fenster, als sei er nicht zwei Wochen fort gewesen, sondern zwei Jahre.

Medea hatte gerade die Beine auf den Boden gesetzt und wollte von ihrer Liege aufstehen, da riss er sie schon hoch und drückte sie an sich wie ein Kind.

»Schwesterchen, kluges Mädchen, du bist gekommen!«

Medea atmete den Geruch seines Haars und seines Körpers ein und erkannte den halb vergessenen Geruch der Wattejacken des Vaters, der wohl von kaum jemandem als angenehm empfunden wurde, für Medeas alles bewahrendes Gedächtnis aber ein kostbares Geschenk war.

Alles drehte sich nun um Fjodor, genau wie am Morgen von Medeas Ankunft um sie. Der Chauffeur, der ihn gebracht hatte, öffnete das Tor und lud das Gepäck aus, Säcke und Päckchen. Es waren reiche Gastgeschenke, und Lenotschka kümmerte sich sogleich um einen riesigen eingesalzenen Stör. Schurik stand neben ihr und berührte vorsichtig mit einem Finger das böse Fischmaul. Obwohl Lenotschka auf die Ankunft ihres Mannes vorbereitet war, brachte der Stör sie durcheinander, sie wies Galja und Natascha an, den Tisch zu decken, und widmete sich dem Fisch. Mit einem Messer bewaffnet, blickte sie mit ihren kurzsichtigen Augen in den aufgeschnittenen Bauch.

Der Chauffeur, der ebenfalls Fjodor hieß, ein schöner Mann um die vierzig, dessen Wangen allerdings von Pulverschwärze verfärbt waren, holte aus dem schier bodenlosen Expeditionsjeep eine Kiste mit undefinierbaren Flaschen ohne Etikett.

Bei Tisch aß Fjodor wenig, trank viel und erzählte, die schwere Hand auf Medeas Schulter, im selbstsicheren Ton des Natschalniks von seiner letzten Reise.

Später gesellten sich zu ihnen noch Fjodors Assistent, ein paar ältere Freunde und die schöne junge Griechin Maria, eine politische Nachkriegsemigrantin, die erste echte Korintherin in Medeas Leben.

Schurik und Pawlik saßen still an der Kinderseite des Tisches, und Lenotschka huschte hin und wieder in die Sommerküche oder zur Feuerstelle im Hof. Die Flaschen ohne Etikett enthielten etwas Starkes, Brennendes, das an billigen Kognak erinnerte, aber Medea fand Gefallen an dem Getränk. Fjodor trank aus einem großen silbernen Becher, und sein Gesicht, vom frischen Sonnenbrand entzündet, wurde allmählich purpurrot und schwer.

Dann erschienen noch zwei Schulfreunde von Georgi, und auch sie wurden an den Tisch gebeten. Lenotschka, ihren Prinzipien treu, räumte die warmen Speisen ab, sobald sie kalt geworden waren, und trug neue auf.

Medea, die erst vor Kurzem ihre gewaltige Reise unternommen und sich unterwegs nur von grauem Dörrbrot ernährt hatte, freute sich von ganzem Herzen über den üppig gedeckten Tisch, rührte aber, genau wie Fjodor, das Essen kaum an. Es war Fastenzeit, und Medea, von früher Kindheit an das Fasten gewöhnt, hielt es nicht nur freudig und freiwillig ein, sondern fühlte sich danach sogar gestärkt. Lenotschka dagegen hatte seit ihrer Jugend unter dem obligaten Fasten gelitten und ging, seit sie in Mittelasien lebte, nicht mal mehr in die Kirche, vom Fasten ganz zu schweigen.

Das alles wusste Medea sehr gut, aber sie wusste auch, welche Anfälle unbegründeter Wehmut Lenotschka hin und wieder überkamen, und erklärte diese mit Lenotschkas Abkehr von der Kirche.

Auch das war ein Thema ihrer Briefe. Sie waren beide aufgeklärt genug, um zu verstehen, dass das geistige Leben des Menschen sich nicht in seinem Verhältnis zur Kirche erschöpft, doch Medea betrachtete das kirchliche Leben für sich als das einzig mögliche.

»Ich mit meinem kleinen Verstand und meinem eigenwilligen Charakter«, schrieb sie Lenotschka lange vor dem Krieg, als die kleine griechische Kirche, der Charlampis jüngster Bruder Dionissi vorstand, geschlossen wurde und sie in die russische zu gehen begann, »ich brauche die kirchliche Disziplin wie ein chronisch Kranker seine Medizin. Es ist das Glück meines Lebens, dass ich zum Glauben erzogen wurde von meiner Mutter, einem einfachen und ausnahmslos gütigen Menschen, sie kannte keine Zweifel, und ich musste mich in meinem Leben nie fruchtlos mit philosophischen Fragen herumschlagen, die keineswegs jedermanns Sache sind. Die traditionelle christliche Antwort auf die Fragen von Leben und Tod, Gut und Böse stellt mich zufrieden. Man darf nicht stehlen, man darf nicht töten – und es gibt keine Umstände, die aus Böse Gut machen. Und dass Verirrungen allgemein um sich greifen, das hat nichts mit uns zu tun.«

Der Versuchung, zu töten oder zu stehlen war Lenotschka nie ausgesetzt. Sie hatte nur ihre wirtschaftlichen und häuslichen Sorgen, an denen eine zartere Frau zerbrechen konnte, doch denen war sie nicht nur gewachsen, nein, sie genoss sie sogar.

Die Familie und das Haus wuchsen, Lenotschka betrachtete mit Interesse Georgis Klassenkameradinnen und fragte sich, welche wohl seine Frau werden könnte.

So blickten künftige Kinder schon in ihr Leben, versprachen, ihre Familie zu vergrößern, wie es der adoptierte Schurik und die unsichtbare Musja getan hatten. Diese Menschen, die sie in ihr Haus aufgenommen hatte, waren ihre Religion, und Medea verstand das sehr gut.

Gegen Mitternacht gingen die Gäste, der Tisch war leer,

Fjodor aber nahm noch immer nicht seine Hand von Medeas Schulter.

»Na, Schwester«, fragte er auf Griechisch, »gefällt dir mein Haus?«

»Sehr, Fjodor, sehr.« Sie neigte den Kopf.

Lenotschka räumte das Geschirr ab. Galja hatte sie längst schlafen geschickt. Medea wollte helfen, doch Fjodor hielt sie zurück.

»Bleib sitzen, sie macht das allein. Wie gefällt dir mein Jüngster? Hast du unser Blut erkannt?«

Er hatte auf Griechisch gefragt, und dieses Blut, das in dem Jungen vermischt war mit fremdem, schoss Medea ins Gesicht, und sie neigte den Kopf noch tiefer.

»Hab ich. Der Finger ...«

»Alle habens erkannt, bloß sie, die heilige Einfalt, genau wie du, sie sieht nichts«, sagte er mit überraschender Bitterkeit.

Medea stand auf und antwortete, um das Gespräch zu beenden, auf Russisch:

»Es ist spät, Bruder. Gute Nacht. Dir auch eine gute Nacht, Lenotschka.«

Sie lag lange schlaflos in der steif gestärkten Bettwäsche, auf den hohen Kissen und rief sich lange zurückliegende Worte, flüchtige Blicke und Schweigen in Erinnerung, und als sie alles zusammengesetzt hatte, begriff sie, dass das Geheimnis von Sandras letztem Kind für niemanden außer ihr ein Geheimnis war, allem Anschein nach wusste sogar Lenotschka Bescheid, hatte jedoch trotz ihrer Geschwätzigkeit Medea geschont. Aber war Lenotschka wirklich genauso einfältig, wusste sie nicht, dass sie einen Halbbruder ihrer Kinder aufgenommen hatte?

Weise Lenotschka, große Lenotschka, dachte Medea, sie will es gar nicht wissen.

Die überraschende Entdeckung, geeignet, die Freundinnen einander näherzubringen, wenn sie darüber sprechen würden, ließ Medea nicht einschlafen.

Draußen wurde es hell, die Vögel sangen, und Medea machte sich leise für den Kirchgang fertig. Den Palmsonntag liebte sie seit ihrer Kindheit sehr.

Sie war zu früh an der Kirche in der Hospitalstraße, eine Stunde vor Beginn der Messe, die Tür war noch geschlossen. Dafür lärmte der Markt bereits; sie lief durch die Reihen und sah sich zerstreut um.

Unter den Verkäufern waren kaum Frauen – meist waren es Usbeken in dicken Kaftans. Dafür waren die Kunden allesamt Frauen, hauptsächlich Russinnen. Taschkent kam Medea überhaupt vor wie eine gänzlich russische Stadt, Usbeken hatte sie nur auf dem Bahnhof gesehen, bei ihrer Ankunft, und hier auf dem Basar. Sie wohnte im russischen Zentrum und gelangte gar nicht bis zur Altstadt mit ihrer asiatischen Struktur, die sie von der tatarischen Krim her, besonders von Bachtschissarai, gut kannte.

Alles haben sie zermalmt, dachte sie, zu einer riesigen russischen Provinz gemacht.

Nach einer Runde über den Basar ging sie zurück zur Kirche. Die Tür stand schon offen. Neben dem Opferstock wirtschaftete eine alte Frau mit einem weißen Kopftuch, die aussah wie ein dickes Kaninchen; auf dem Opferstock stand ein Wasserglas mit ein paar sperlingsgrauen Weidenzweigen.

Aha, die wachsen hier also auch, freute sich Medea.

Sie nahm zwei kleine Zettel, schrieb auf den einen »Zum

Gedenken« und darunter in gewohnter Reihenfolge die Namen – Vater Dionysios, Vater Bartholomäus, Charlampi, Antonida, Georgi, Magdalena … Den anderen, lebenden Teil der Familie schrieb sie auf einen anderen Zettel, »Für das Seelenheil«.

Während sie mit makellosen großen Buchstaben die vertrauten Namen schrieb, empfand sie immer dasselbe: Als schwimme sie in einem Fluss, und vor ihr, in einem auseinanderstrebenden Dreieck, ihre Brüder und Schwestern und deren große und kleine Kinder, und hinter ihr, in einem ebensolchen, nur sehr viel längeren, sich im leicht gekräuselten Wasser verlierenden Fächer, ihre toten Eltern, Großeltern, kurz, alle Vorfahren, deren Namen sie kannte, und die, deren Namen die vergangene Zeit verweht hatte. Und es fiel ihr keineswegs schwer, diese vielen Menschen zu behalten, die Lebenden und die Toten, sie schrieb jeden Namen mit Besonnenheit, rief sich dabei das Gesicht, die Gestalt, ja, sozusagen den Geschmack des jeweiligen Menschen ins Gedächtnis.

Bei dieser bedächtigen Tätigkeit traf Lenotschka sie an. Sie berührte ihre Schulter. Sie küssten sich. Lenotschka sah sich um: Das Kirchenvölkchen war kläglich, lauter hässliche alte Frauen.

Durch den süßen Weihrauchduft drang deutlich der Geruch schmutziger, abgetragener Kleidung und kranker greiser Körper. Die Alte neben ihnen roch nach Katzen.

Ob etwa in Tbilissi, in der alten armenischen Kirche, zu der man einen Weg mit vielen Stufen hinaufsteigen musste, auch solche Armut und Hässlichkeit herrscht?, dachte Lenotschka. Wie schön und feierlich war es in ihrer Kindheit gewesen, als Großmutter in ihrer lila Samtkappe mit den Seidenbändern unter dem weichen Kinn, Mutter in einem festlichen hellen Kleid und ihre Schwester Anahit in der ersten Reihe des Kirchenvolks gestanden hatten, vor der einzigen Ikone an der geweißten Wand, Ripsime und Gajaneh, und es nach Wachs, Weihrauch und Blumen gerochen hatte.

Der Ruf »Geheiligt sei Dein Reich …« ertönte, und der Gottesdienst begann.

Lenotschka betrachtete Medea, die ruhig dastand, die Augen geschlossen und den Kopf gesenkt – sie konnte lange stehend in einer Position verharren, ohne das Standbein zu wechseln.

Sie steht da wie ein Fels im Meer, dachte Lenotschka zärtlich und vergoss plötzlich Tränen um Medeas Schicksal, um die Bitternis ihrer Einsamkeit, den Fluch ihrer Kinderlosigkeit, den ihr widerfahrenen Betrug und Verrat. Medea aber dachte an nichts dergleichen. Drei zittrige Altfrauenstimmen sangen die »Gebote der Seligkeit«. Neue Tränen überschwemmten Lenotschka, nun nicht mehr um Medea, sondern um das ganze Leben. Es war ein heftiges Gefühl, in das sich der verzehnfachte Schmerz um den Verlust der Heimat mischte, die lebendige Nähe ihrer toten Eltern und ihres im Krieg gefallenen Sohnes, und es war ein glücklicher Augenblick völliger Selbstvergessenheit, da das Herz erfüllt war nicht von Eigenem, Vergänglichem, sondern von Göttlichem, Lichtem, und ihr übervolles Herz schmerzte so, dass sie sich in Gedanken sagte:

»Herr, nimm mich zu Dir wie Zippora, hier bin ich!«

Doch nichts dergleichen geschah, sie fiel nicht tot zu Boden. Im Gegenteil, der Augenblick heftigen Glücks war vorbei und der Gottesdienst schon zur Hälfte um. Der

Priester nuschelte undeutlich Worte, die sie seit ihrer Kindheit auswendig kannte.

Plötzlich empfand Lenotschka Wehmut, sie verspürte Schwere in den Beinen und seelische Erschöpfung. Sie wollte gehen, genierte sich aber vor Medea.

Der Priester kam mit dem Kelch heraus – »Mit Gottesfurcht und Glauben tretet heran« –, doch niemand trat heran, und er verschwand im Altarraum.

Lenotschka wartete kaum ab, bis Medea das Kreuz geküsst hatte, und verließ die Kirche. Sie beglückwünschten einander zum Feiertag und küssten sich zeremoniell und ein wenig kühl.

Kein Wort, kein einziges Wort hatte Medea von ihrer tiefen Kränkung erzählt, und bis zu ihrem Tod würden sie einander zärtliche Briefe schreiben, voller Träume, Erinnerungen, flüchtiger Gedanken, Mitteilungen über die Geburt neuer Kinder und neue Konfitürerezepte …

Drei Tage danach fuhr Medea nach Hause. Fjodor versuchte, die Schwester zum Bleiben zu überreden, doch als er die Entschlossenheit in ihren Augen sah, kaufte er ihr ein Ticket und brachte sie am Mittwoch der Karwoche zum Flughafen.

Medea flog zum ersten Mal im Leben mit einem Flugzeug, doch das ließ sie vollkommen gleichgültig. Sie wollte so schnell wie möglich nach Hause. Lenotschka, die ihre Ungeduld spürte, war sogar ein wenig gekränkt. Der Brief, der tief unten in Medeas Rucksack lag, beunruhigte sie nicht mehr. Das Flugzeug landete in Moskau, dann saß Medea acht Stunden auf dem Flughafen Wnukowo und wartete auf den Flug nach Simferopol. Bei Sandra rief sie nicht an. Nie wieder.

13

Am fünften Mai fand bei Medea ein teilweiser Gästewechsel statt. Am Morgen fuhr Nika mit Katja und Artjom ab, und am Nachmittag kamen die Litauer: Gwidas, der Sohn von Medeas vor drei Jahren an einem verschleppten Herzleiden gestorbenen Bruder Dimitri, mit seiner Frau Aldona und dem behinderten Sohn Vitalis.

Der gelähmte Junge wurde ständig von Krämpfen gepeinigt, konnte seine Bewegungen nicht koordinieren und kaum sprechen.

Gwidas und Aldona, niedergedrückt von der Krankheit des Sohnes, waren für immer erstarrt vor der unlösbaren quälenden Frage: Wofür?

Sie kamen jedes Jahr im zeitigen Frühling, wohnten bis zu Beginn der Badesaison zwei Wochen bei Medea, dann brachte Gwidas sie nach Sudak, mietete eine bequeme Unterkunft am Meer, in der einstigen deutschen Kolonie bei Medeas Freundin Tante Polja, und fuhr ab. Mitte Juli kam er wieder, um seine Familie von der Hitze weg ins kühle Baltikum zu bringen.

Vitalis liebte das Meer leidenschaftlich und war nur im Wasser glücklich. Außerdem liebte er Lisa und Alik, sie waren die einzigen Kinder, mit denen er sprach. Schwer zu sagen, ob er sich in den Wintermonaten an sie erinnerte, aber die erste Begegnung mit ihnen nach der Trennung war für ihn immer ein Fest.

Die Erwachsenen bereiteten die Kinder auf Vitalis' Ankunft vor, und die Kinder waren voller guter Absichten. Lisa wählte aus ihrem Hunde-und-Bären-Park das schönste Tier als Geschenk. Alik baute im Sand einen Palast für Vitalis, zum Zerstören – das war ihr Spiel. Alik baute etwas, Vitalis zerstörte es, und beide freuten sich.

Mascha zog in Samuels Zimmer um, damit das größere Blaue Zimmer für die Litauer frei war.

Mascha war seit dem Morgen in einem Zustand chaotischer Inspiration: Worte und Zeilen strömten auf sie ein, sie konnte sie kaum behalten. Allmählich entstand daraus:

»Nimm auch, wovon zu viel gegeben, wie zweifach Segen nimm es an, wie Schnee, wie Glauben und wie Regen, wie das, was man nicht ändern kann …« Weiter kam sie nicht.

Gleichzeitig, aber völlig unabhängig davon, tröstete Mascha Lisa, die sich so lange beherrscht, aber kurz nach der Abfahrt ihrer Mutter doch zu weinen begonnen hatte, gab den Kindern zu essen, brachte sie ins Bett, ließ das schmutzige Geschirr stehen und legte sich in Samuels verdunkeltes Zimmer, rollte sich zusammen und durchlebte in Gedanken noch einmal den gesamten vorigen Abend – die goldene Bluse der Barfrau, die Bewegung, mit der Butonow die Wählscheibe gedreht hatte.

Sie dachte auch daran, wie ihr Körper auf seine erste zufällige Berührung reagiert hatte, schon damals bei der Wanderung, wie ihr der Arm gebrannt und sie Fieber bekommen hatte.

Ein Schicksalspunkt, wieder ein Schicksalspunkt, dachte sie. Beim ersten, als die Eltern am Morgen auf die Moshaisker Chaussee fuhren, war ich sieben; beim zweiten, als

Alik im Studio auf mich zukam, sechzehn; und jetzt bin ich fünfundzwanzig. Eine Veränderung des Lebens. Eine Schicksalswende. Ich habe schon lange darauf gewartet, es vorausgeahnt. Lieber Alik, der Einzige von allen, der das verstehen könnte. Armer Alik, er hat wie kein anderer Verständnis für Schicksalhaftes, ein Gespür für Schicksalhaftes. Ich kann nichts dagegen tun. Es ist nicht zu ändern. Ich kann ihm nicht helfen.

Auch ihr konnte niemand helfen: Sie hatte zwar ein Gespür für Schicksalhaftes, aber keine Erfahrung im Ehebrechen.

»Mal Gast, mal Herrin scheint die Liebe, mal Pferd, mal Pferdedieb zu sein, zur Mittagsstunde – feuchte Kühle, zur Mitternacht – ein Feuerschein …« Sie schlief ein.

Am Abend saßen sie wie gewöhnlich zusammen. Wo Nika mit ihrer Gitarre gesessen hatte, thronten der Riese Gwidas mit dem roten Schnurrbart und seine Frau Aldona mit dem männlichen Gesicht und der weiblichen Frisur voller künstlicher Locken.

Neben Georgi saß Nora. Das Gespräch verlief schleppend und stockte immer wieder. Es fehlte Nika, deren bloße Gegenwart jede Unterhaltung leicht und ungezwungen machte. Medea war zufrieden: Gwidas hatte wie üblich litauische Gastgeschenke mitgebracht und ihr außerdem eine ansehnliche Summe für Reparaturen am Haus übergeben.

Nun sprach er mit Georgi über eine Wasserleitung. Im Unteren Ort gab es eine, aber sie war nicht bis zum Oberen Ort verlängert worden, obwohl das seit Jahren versprochen war. Hier standen nicht viele Häuser, alle versorgten sich mit angeliefertem Wasser, das sie entweder in alten Sammelbrunnen oder in Zisternen lagerten. Georgi war nicht sicher, ob eine Pumpstation das Wasser bis nach oben pumpen könnte.

Aldona verließ häufig die Küche, um an der Tür zum Blauen Zimmer zu horchen, ob Vitalis schlief. Gewöhnlich wachte er mehrmals in der Nacht schreiend auf, doch jetzt, nach der anstrengenden Reise, schlief er gut.

Mascha beteiligte sich nicht am Gespräch. Es war nach zehn, noch hatte sie nicht die Hoffnung aufgegeben, dass Butonow vorbeikommen würde. Als sie sah, dass Nora aufstand, freute sie sich.

»Soll ich dich bringen?«

Georgi stockte, sagte dann aber:

»Ich bringe sie, Mascha.«

»Ich will sowieso ein Stück gehen.« Mascha stand auf.

Schweigend und im Gänsemarsch liefen sie zum Haus der Krawtschuks. An der hinteren Pforte blieben sie stehen. In Noras Häuschen war es still und dunkel, Tanja schlief, und Nora bedauerte, so früh aufgebrochen zu sein. Georgi wollte ihr etwas sagen, wusste aber nicht genau, was, und außerdem störte Mascha.

Mascha sah zu Krawtschuks Urlauberhaus mit den Schuppen, Anbauten und Terrassen, doch Licht brannte nur bei den Hausherren.

»Ich geh kurz zu Tante Ada.«

Mascha klopfte an und ging hinein. Ada lag in der Pose der Madame Récamier mit heraushängenden rosa Brüsten vor dem Fernseher.

»Oh, Mascha, ja? Komm rein. Dich kriegt man gar nicht zu sehen. Nika ist ab und zu vorbeigekommen, aber du bist ja zu stolz. Oje, bist du dünn«, stellte Ada mißbilligend fest.

»Ich bin doch immer so, achtundvierzig Kilo …«

»Knochen«, schnaubte Ada.

Mascha vereinbarte etwas wegen eines Zimmers für ihre Moskauer Freundin – ab ersten Juni – und fragte, ob Michail Stepanowitsch sie aus Simferopol abholen könne.

»Woher soll ich das wissen, er hat seinen Tourenplan. Frag ihn selbst. Er bastelt mit dem Untermieter im Schuppen was rum. Es ist längst Schlafenszeit, aber die beiden …« Ada war ärgerlich, denn wie alle Einheimischen legte sie sich früh schlafen.

Mascha ging zum Schuppen. Die Tür stand ein Stück offen, eine Lampe mit einem langen Kabel, die an einem Nagel an der Wand hing, warf einen ovalen Lichtfleck, in dem sich zwei Köpfe hinunterbeugten, der von Michail Stepanowitsch und der von Butonow.

»Na, was willst du?«, fragte Michail, ohne sich umzudrehen.

»Onkel Mischa, ich wollte wegen des Autos fragen …«

»Ach, du bists.« Er war verwundert. »Ich dachte, Ada …«

Butonow sah aus dem Licht zu ihr ins Dunkel, und Mascha wusste nicht, ob er sie erkannte. Sie ging ins Licht und lächelte.

Sein Mund war fest geschlossen, zwei Haarsträhnen waren aus dem Gummi gerutscht und hingen ihm ins Gesicht, er strich sie mit dem Rücken der ölverschmierten braunen Hand zurück. Seine Augen waren stumm.

Mascha erschrak: War das er? Hatte sie die Mondhitze gestern etwa nur geträumt?

Sie vergaß, weshalb sie gekommen war. Das heißt, sie wusste, weshalb – um ihn zu sehen, ihn zu berühren und einen Beweis zu bekommen für das, wofür es von der Natur der Sache her weder Beweise noch Widerlegungen geben kann – die vollendete Tatsache.

»Was für ein Auto?«, fragte Michail Stepanowitsch, und Mascha besann sich.

»Meine Freundin aus Simferopol abholen.«

»Wann?«

»Am ersten Juni. Sie wird bei euch wohnen, in der Stube.«

»Sooo!«, dröhnte Michail Stepanowitsch. »Bis zum ersten ists ja noch lange hin. Komm kurz vorher noch mal vorbei.«

Mascha zögerte, wartete noch immer darauf, dass Butonow etwas sagte oder wenigstens in ihre Richtung sah. Doch er starrte mit zusammengekniffenen Augen auf das Metall, bewegte die Schultern im enganliegenden Hemd, hob den Kopf nicht, dachte aber spöttisch: Ist ja ganz heiß, das Kätzchen!

»Ist gut«, flüsterte Mascha und lehnte sich an die Schuppenwand.

»Der Motor ist vollkommen in Ordnung, Stepanytsch«, hörte sie Butonow sagen.

»Das sag ich ja«, erwiderte Michail Stepanowitsch. »Die Elektrik spinnt, nehm ich an.«

Hat er mich nicht erkannt? Oder wollte er mich nicht erkennen?, fragte sich Mascha quälend und mochte weder das eine noch das andere akzeptieren. Etwas Drittes kam ihr nicht in den Sinn. Es war dunkel, der übermütige Mond von gestern beschien heute andere Hügel und Anhöhen, andere Verliebte tummelten sich in seinem theatralischen Licht, in seinem erstarrten Magnesiumblitz.

Mit den Tränen kämpfend, nahm sie nicht den kurzen

Weg nach Hause, sondern den über den Nabel, um sich wenigstens von der Realität des Ortes zu überzeugen, an dem gestern alles geschehen war. Was war das gewesen? Konnte es sein, dass es für den einen eine Schicksalswende, einen Abgrund, die Öffnung des Himmels bedeutete und der andere das Geschehene überhaupt nicht zur Kenntnis nahm?

Mitten auf dem Nabel setzte sie sich auf die Erde, die Beine gekreuzt. Ihre linke Hand berührte den Boden, die rechte ihr eigenes Taschentuch, das den ganzen Tag hier gelegen hatte und, gestärkt und zusammengeknüllt, anschaulicher Beweis dafür war, dass das gestrige Ereignis wirklich stattgefunden hatte. Endlich weinte sie, und dann murmelte sie, aus jahrelanger Gewohnheit, alle ihre Gedanken und Gefühle in mehr oder weniger kurze Verszeilen zu fassen, vor sich hin:

»Ich hebe auf, was abgeschafft sein kann – mich und dich, Leichtsinn und Sorge, der Liebesarbeit trunkenes Jagen und die Schläfrigkeit der nüchternen Tage …«

Es traf es nicht ganz, aber irgendwie … »Ich hebe auf, was abgeschafft sein kann, Vergesslichkeit, Vergessen und Gedenken …«

Die Worte klärten nichts, erleichterten sie aber ein wenig. Sie steckte das Taschentuch ein und ging nach Hause. Alle schliefen längst. Sie ging ins Kinderzimmer, in dem sich Streifen von Licht und Schatten sacht wiegten – die Vorhänge waren gestreift. Die Kinder schliefen. Alik sagte deutlich, ohne aufzuwachen:

»Mascha?«, und murmelte etwas.

Mascha legte sich nebenan in Samuels Zimmer ins Bett, ohne sich die Füße zu waschen, ohne Licht zu machen.

Schlafen konnte sie nicht, Verszeilen wollten ihr auch nicht gelingen. Sie bedauerte, dass Nika abgereist war und sie ihre neuen Empfindungen niemandem mitteilen konnte, schaltete die Tischlampe ein und zog aus einem Stapel Bücher das am meisten zerlesene – einen tröstlichen Dickens.

Bald darauf klopfte jemand leise an die Fensterscheibe. Sie schob den dunklen Vorhang zurück – draußen stand Butonow.

»Machst du mir die Tür auf oder das Fenster?«

»Durchs Fenster passt du nicht«, antwortete Mascha.

»Wenn der Kopf durchkommt, geht auch der Rest irgendwie«, erwiderte Butonow, und seine Stimme klang missmutig.

Mascha ließ den Riegel aufschnappen.

»Warte, ich schieb den Tisch weg.«

Butonow kroch durchs Fenster. Er war mürrisch, sagte kein Wort, und sie seufzte nur schwach, als er sie mit beiden Armen an sich drückte.

Sie fühlte sich genauso an wie Rosa. Maschas Himmel öffnete sich erneut, und das Tor dazu befand sich ganz und gar nicht an der Stelle, wo sie es eifrig und bewusst gesucht hatte, beim Blättern in Pascale, in Berdjajew oder in nach Zimt riechender fernöstlicher Weisheit.

Nun gelangte Mascha leicht, ohne die geringste Anstrengung, dorthin, wo es keine Zeit gab, nur einen unirdischen Raum, wie im Hochgebirge, erfüllt von grellem Licht, wo die Bewegung frei war von allen physikalischen Gesetzen, wo man flog, schwebte und alles vergaß, was jenseits der einzigen Realität lag: der äußeren und inneren Oberfläche des vor Glück vergehenden Körpers.

Sie glitt langsam vom letzten Berggipfel hinab, ein Stück Haut seines Arms zwischen die Lippen gepresst, als sie seine einfältig-plebejische Frage vernahm:

»Hast du was zu rauchen?«

»Hab ich«, antwortete sie und landete mit ihrem zierlichen Fuß auf den Dielen. Sie fuhr mit dem Fuß über den Boden – irgendwo musste eine Schachtel Zigaretten liegen. Als sie sie mit dem Fuß ertastet hatte, streckte sie die Hand danach aus, rauchte eine Zigarette an und reichte sie ihm.

»Eigentlich rauche ich nicht«, teilte er mit, als sei das etwas sehr Intimes.

»Ich hab nicht gedacht, dass du kommst. Du hast mich nicht mal angesehn«, erwiderte sie und zündete eine zweite Zigarette an.

»Ich war sauer, wieso bist du aufgetaucht, das kann ich nicht leiden«, erklärte er einfach. »Ich bin müde. Ich geh jetzt.«

Er stand auf, streifte seine Kleidung über, und sie zog den Vorhang auf – es dämmerte schon.

»Lässt du mich zur Tür raus, oder soll ich durchs Fenster?«, fragte er.

»Durchs Fenster.« Mascha lachte. »Das ist näher.«

Vitalis' Vergnügungen waren die eines Kleinkindes: Er warf alles auf die Erde, was ihm in die Hände geriet, sodass Aldona für ihn immer Emaillegeschirr parat hatte, kein Glas oder Porzellan. Mit Wonne zerbrach er Spielzeug, zerriss Bücher und lachte dabei hell. Manchmal überkamen ihn Anfälle von Aggressivität, dann fuchtelte er mit seinen verkrampften kleinen Fäusten und schrie wütend.

Der Junge hatte durch seine Geburt viel Zank ins Leben seiner Nächsten gebracht. Gwidas war heftig zerstritten mit seiner Mutter Auschra – sie war gegen seine frühe Heirat mit Aldona gewesen war, die älter war als er und zudem bereits ein Kind aus erster Ehe hatte, und Gwidas hatte auf Verlangen der Mutter lange damit gezögert. Doch als Aldona mit dem unheilbar kranken Kind – das stand vom ersten Augenblick an fest – aus der Klinik entlassen wurde, hatte er sie sofort geheiratet. Auschra hatte den Jungen noch nie gesehen.

Donatas, Aldonas ältester Sohn, hatte zwei Jahre lang die zweifelhaften Vorteile des gesunden Kindes gegenüber dem kranken genossen, war von heimlicher Eifersucht allmählich zu offener Feindseligkeit gegen den Bruder übergegangen, den er nie anders nannte als »verfluchte Krabbe«, schließlich zu seinem Vater gezogen und nach einer Weile, da er sich in der neuen Familie des Vaters nicht einleben konnte, zu seiner Großmutter väterlicherseits nach Kaunas.

Die arme Aldona musste auch das ertragen. Einmal in der Woche, jeden Sonntag, stieg sie mit Taschen voller Lebensmittel und Spielzeug in den ersten Zug nach Kaunas und kehrte mit dem letzten von dort zurück. Ihre ehemalige Schwiegermutter, die viel eigenen Kummer erlitten hatte – das Los der litauischen Bäuerin, Verbannung und Witwenschaft –, nahm die Lebensmittel stumm entgegen. Der schöne, breitschultrige Donatas, den freudigen oder gierigen Glanz in seinen Augen verbergend, empfing das teure Spielzeug, zeigte Aldona seine ordentlichen Hefte voller langweiliger Zweien und Dreien, sie übte mit ihm Mathematik oder Litauisch, und dann brachte er sie bis zur Gartenpforte – weiter ließ ihn die Großmutter nicht.

Mit schwerem Gefühl fuhr Aldona aus Vilnius weg, während der Kleine bei Gwidas blieb, mit schwerem Herzen verließ sie Kaunas; am bittersten aber war der Eindruck, benutzt zu werden: Alle brauchten ihre Arbeit und Fürsorge, ihre Mühe, doch niemand brauchte ihre Liebe und sie selbst. Für den Kleinen blieb sie nährender und wärmender Leib, der Große schien sie nur ihrer Geschenke wegen zu dulden.

Gwidas, der sie geheiratet hatte, nachdem ihm hier auf der Krim eine große unglückliche Liebe widerfahren war, behandelte sie ruhig und ausgeglichen, ohne tieferes Interesse.

»Du verhältst dich so furchtbar litauisch«, sagte sie in einem seltenen Augenblick des Ärgers einmal zu ihm.

»Wie denn sonst, Aldona? Anders können wir nicht überleben. Das geht nur auf litauische Art«, bekräftigte er, und sie, geborene Litauerin mit einem Tropfen teutonischen Blutes, empfand plötzlich eine ungewöhnliche Sehnsucht: Wäre ich doch Georgierin, Armenierin oder wenigstens Jüdin!

Aber ihr war weder das glückliche, erleichternde Schluchzen gegeben noch das Händeringen oder das befreiende Gebet – nur Geduld, die steinerne Geduld einer Bäuerin. Sie war tatsächlich Agronomin, hatte, bis Vitalis geboren wurde, eine Gärtnerei geleitet. Im ersten Lebensjahr des Kindes litt sie schrecklich ohne den gewohnten grünen Trost und bemühte sich gewissenhaft, Mutter eines hoffnungslosen Invaliden zu sei, trug ihren schieläugigen Kleinen, der ein schwaches Knirschen von sich gab, wenn sie ihn ins Bett legte, einen ganz und gar nicht menschlichen Laut, ständig auf dem Arm herum.

Im zweiten Jahr bastelte sie Pappbecher, zog darin Setzlinge und pflanzte unter ihren Fenstern einen Gemüsegarten. Sie grub die Finger in die Erde, und die gesamte grimmige Energie, angestaut durch die Geduld und die Anspannung, die ihre Kräfte überstiegen, floss in die lockere braun-sandige Furche, aus der Lauchpfeile oder rosettenförmige Radieschenblätter ragten. Bitteres Gemüse gedieh auf ihren Beeten besonders gut.

Damals waren sie bereits in das halbfertige Haus in einem Vorort von Vilnius gezogen. Den hohen Zaun hatte Gwidas noch vor Baubeginn errichtet: Er konnte die Blicke der Nachbarn auf den behinderten Kleinen nicht ertragen.

In den Bau hatte Gwidas seine ganze Leidenschaft gelegt, das Haus war schön geworden, und das Leben wurde darin ein wenig leichter – Vitalis kam in diesem Haus auf die Beine. Er lernte zwar nicht richtig laufen, konnte sich aber immerhin fortbewegen und aus dem Sitzen aufstehen.

Nach den Aufenthalten am Meer ging es dem Jungen stets besser, darum unternahmen Gwidas und Aldona ihre jährliche Wallfahrt auf die Krim auch noch, als sie mit dem Bauen fertig waren, obwohl es ihnen schwerfiel, das Haus wegen einer solchen Albernheit wie Urlaub im Stich zu lassen.

Dutzende kleine Kinder waren durch Medeas Hände gegangen, auch Dimitri, der verstorbene Großvater des kleinen Vitalis. Sie wussten, wie unterschiedlich sich das Gewicht eines Kinderkörpers anfühlte, vom achtpfündigen Neugeborenen, wenn die Hülle aus Kissen, Decke und Windeln schwerer ist als der Inhalt, bis zum wohlgenährten Einjährigen, das noch nicht laufen kann und dessen

Gewicht sich im Laufe des Tages anfühlt wie ein mehrere Pud schwerer Sack. Doch nach drei Jahren, wenn das kleine Dickerchen herangewachsen ist, laufen und rennen gelernt und ein paar Kilogramm zugelegt hat, wenn sich das Dreijährige mit Anlauf in ihre Arme stürzt, fühlt es sich wieder federleicht an.

Und mit zehn, wenn das Kind schwer krank ist und fiebert, halb bewusstlos, ist es wieder bleischwer, wenn es von einem Bett in ein anderes getragen werden muss.

Noch eine weitere kleine Entdeckung hatte Medea gemacht, während sie fremde Kinder versorgte: Bis zu vier Jahren waren sie alle interessant, gescheit und aufgeweckt, von vier bis sieben aber geschah etwas Unerklärliches, Wichtiges, und im letzten Vorschulsommer, wenn die Eltern das künftige Schulkind noch einmal auf die Krim brachten, als wollten sie vor Medea Rechenschaft ablegen, waren die einen zweifelsfrei und unwiderruflich klug und andere ein bisschen dümmlich.

Von Sandras Kindern zählte Medea Serjosha und Nika zu den Klugen, Mascha mit Fragezeichen, und von Lenotschkas Kindern war klug und außerdem bezaubernd der an der Front gefallene Alexander. Weder Georgi noch Natascha verfügten nach Medeas Ansicht über diese Eigenschaft. Im Übrigen schätzte sie Güte und einen anständigen Charakter nicht weniger. Einen Ausspruch von Medea zitierte Nika ständig: Verstand überdeckt jeden Fehler.

In dieser Saison war Medeas Herz besonders Vitalis zugetan. Er war der jüngste Sinopli – der Sohn des adoptierten Schurik sollte als Afanassi Sinopli erst in zwei Wochen zur Welt kommen und zählte noch nicht.

Abends hielt Medea Vitalis oft auf dem Arm, seinen Rücken an ihre Brust gedrückt, und streichelte den kleinen Kopf und den schlaffen Hals. Er mochte es, wenn man ihn streichelte – Berührungen ersetzten ihm wohl Mitteilungen durch Worte.

Ich schick sie übers Wochenende nach Jalta, entschied Medea. Soll Aldona ein bisschen im Botanischen Garten spazieren gehen, übernachten können sie bei Kastello.

Kastello war ein uralter Bekannter, der seit zwanzig Jahren im Botanischen Garten einen nie endenden Bau leitete. Außerdem wünschte sich Medea, Aldona würde sich einmal von ihrer ewigen Sklaverei als Mutter freinehmen, sich am späten Abend zu ihr setzen, Apfelwodka oder Ebereschenschnaps aus Medeas Vorrat trinken und seufzen:

»Ach, ich bin todmüde.«

Würde sich beklagen, vielleicht weinen, und dann könnte ihr Medea nach einigem Schweigen und ein paar Schlucken aus dem dickwandigen Glas zu verstehen geben, dass Not und Leiden dem Menschen gesandt würden, damit sich die Frage »Warum?« wandelte in: »Wozu?«, dann nämlich endeten die fruchtlosen Versuche, einen Schuldigen zu finden, sich zu rechtfertigen, Beweise für die eigene Unschuld zu suchen, dann breche das von grausamen, unbarmherzigen Menschen erdachte Gesetz vom angemessenen Verhältnis zwischen Sünde und Schwere der Strafe zusammen, denn Gott kenne keine Strafen, die unschuldige Kinder treffen.

Und vielleicht würde Medea ihr leise und mit beiläufigen Worten von verschiedenen Ereignissen im Leben erzählen, die nicht von Ungerechtigkeit herrührten, sondern aus der Natur des Lebens, würde den an der Front gefallenen Alexander erwähnen, das am besten geratene von

Lenotschkas Kindern, den ertrunkenen Pawlik und das neugeborene kleine Mädchen, das zusammen mit seiner Mutter gestorben war, und vielleicht würde bei Aldona mit der Zeit alles von selbst anders, einfach durch den Lauf der Zeit in der nötigen Richtung und die Gewohnheit, die hart war wie eine Schwiele.

Doch Medea begann nie als Erste das Gespräch, sie brauchte eine Einladung, ein Stichwort und selbstverständlich die aufmerksame Bereitschaft zum Zuhören.

Ein paar Tage später, nach dem Mittagsschlaf, der den Tag eines Kindes in zwei ungleiche Hälften teilt, gelangte ein Spaziertrupp aus drei Müttern – Mascha, Nora und Aldona – und vier Kindern nach einigem unschlüssigem Umherschweifen zum kleinen Krankenhaus. Vitalis saß gewöhnlich im Kinderwagen, den Rücken dem Weg und das Gesicht seiner Mutter zugewandt. Diesmal schoben Lisa und Alik den Wagen. Medea, die sie vom Fenster aus entdeckt hatte, kam auf die Treppe heraus.

Lisa hockte sich vor Vitalis, bog seine Finger auseinander und sagte: »Die diebische Elster, die kocht einen Brei, die diebische Elster ruft die Kinder herbei …«, schüttelte sacht seinen kleinen Finger und quiekte dabei: »Und der kleine Wicht kriegt nichts!«

Vitalis schrie durchdringend, und es war nicht auszumachen, ob er weinte oder lachte.

»Er freut sich«, erklärte Aldona mit ihrem ständigen verlegenen Lächeln.

Medea sah zu den Kindern, rückte ihren um den Kopf geschlungenen Schal zurecht, sah noch einmal zu Lisa und sagte zu Aldona:

»Es ist wunderbar, Aldona, dass ihr Vitalis herbringt. Unsere Lisotschka ist launisch und verwöhnt, aber mit ihm spielt sie so schön. Sie sollte viel mit ihm zusammen sein, das tut allen gut.«

Medea seufzte und fügte mit alter Trauer oder voller Mitleid hinzu:

»Es ist doch ein Unglück, alle wollen nur Schöne und Starke lieben. Geht nach Hause, Mädchen, ich komme bald.«

Sie machten sich auf den Heimweg. Mascha riss einen dicken Grashalm mit süßem Stengel ab und kaute darauf herum. Was meinte Medea, als sie von den Schönen und Starken sprach? War das etwa eine Anspielung auf ihren nächtlichen Gast? Nein, das sah Medea nicht ähnlich, sie machte keine Anspielungen. Entweder sie sagte was, oder sie schwieg.

Butonow besuchte Mascha jede Nacht, klopfte ans Fenster, schob seine athletischen Schultern nacheinander durch die enge Öffnung, vereinnahmte den ganzen Raum des kleinen Zimmers und Maschas Körper mitsamt ihrer Seele und ging im Morgengrauen wieder, wobei er in ihr jedes Mal das heftige Gefühl hinterließ, ein ganz neues Wesen zu sein, mit einem neuen Leben. Sie fiel in einen kurzen, festen Schlaf, in dem seine Anwesenheit fortdauerte, erwachte nach zwei Stunden in einem geisterhaften Zustand grenzenloser Stärke und ebenso grenzenloser Schwäche. Sie weckte die Kinder, kochte, wusch Wäsche, alles ging leicht und wie von selbst, nur Gläser zerbrachen häufiger als sonst, und die falschen Silberlöffel fielen lautlos auf den Lehmboden der Küche.

Unvollendete Zeilen tauchten im porösen Raum auf,

drehten sich weg und schwebten davon, mit ihrem unregelmäßigen Schwanz flatternd.

Butonow aber sprach kaum etwas, nur die simpelsten Worte:

»Komm her … Rück mal … Warte … Ich muss eine rauchen …«

Er sagte nicht einmal, er werde am nächsten Tag wiederkommen.

Eines Abends erschien er bei Medea in der Küche. Trank Tee, unterhielt sich mit Georgi, der seine Abreise immer wieder von einem Tag auf den anderen verschoben, sich aber nun endgültig dazu entschlossen hatte. Mascha suchte aus einem dunklen Winkel Butonows Blick, doch die Luft umhüllte das geliebte Gesicht, die reglosen Schultern, und er sandte keinerlei Zeichen von Nähe aus. Mascha war verzweifelt – war das derselbe Mann, der sie nachts besuchte? Ihr kam der Gedanke an einen nächtlichen Doppelgänger.

Nachdem er sich von Georgi verabschiedet und mit ihr kein noch so belangloses Wort gewechselt hatte, ging er, kam aber in der Nacht erneut zu ihr, heimlich, und alles war wie immer, doch als sie sich am Ufer der abgeebbten Leidenschaft ausruhten, sagte er:

»Meine erste richtige Geliebte war dir ähnlich. Sie war Kunstreiterin …«

Mascha bat ihn, von der Kunstreiterin zu erzählen. Er lächelte.

»Was gibts da zu erzählen. Sie war eine gute Reiterin. Dünn, mit krummen Beinen. Vor ihr dachte ich: Das Kindermachen ist doch eine langweilige Angelegenheit. Sie ist verschwunden. Aber ich glaube, ihr Mann hat sie umgebracht.«

»War sie schön?«, fragte Mascha beinah ehrfürchtig.

»Natürlich war sie schön.« Er legte ihr die Hand aufs Gesicht, berührte ihre Wangenknochen und das spitz zulaufende Kinn. »Alle meine Frauen, Mascha, sind schön. Bis auf meine Ehefrau.«

Als er weg war, stellte sie sich noch lange mal die Kunstreiterin vor, mal seine Frau, mal sich selbst als Reiterin …

Es vergingen drei Nächte, gewaltig wie drei Leben, und drei geisterhafte Tage, und am vierten Tag kam Butonow zu ungewohnter Zeit, als Aldona in der Küche das Mittagsgeschirr abwusch und Mascha am Brunnen Kinderwäsche aufhängte. Er ging zu ihr hinunter und setzte sich schweigend auf einen flachen Stein.

»Was ist?«, fragte Mascha erschrocken und warf einen ausgewrungenen Schlafanzug zurück in die Schüssel.

»Ich fahre ab, Mascha. Ich wollt mich verabschieden«, sagte er ruhig. Sie war entsetzt:

»Für immer?«

Er lachte.

»Du kommst nie mehr zu mir?«

»Na, vielleicht kommst du mich mal besuchen? In Rastorgujewo, ja?« Er stand langsam auf, klopfte sich den Schmutz von der weißen Hose und küsste sie auf den fest zusammengepressten Mund.

»Was ist, bist du traurig?«

Sie schwieg. Er sah auf die Uhr und sagte:

»Na schön, komm. Eine Viertelstunde hab ich noch.«

Zum ersten Mal gingen sie bei Tageslicht in Samuels Zimmer, glücklich vorbei an Aldona, die konzentriert Teller abtrocknete, und nach fünfzehn Minuten ging er tatsächlich.

Wie Götter gehen ... Als hätte es ihn nie gegeben, dachte Mascha, die Arme um den gestreiften Läufer geschlungen, der mit ihr zusammen durchs ganze Zimmer gerutscht war. Wenn bloß Alik bald käme!

Jetzt, da alles ebenso schnell zu Ende war, wie es begonnen hatte, und ihr nur noch ein dünner Stapel grober grauer Blätter blieb, vollgeschrieben mit schmierendem Kugelschreiber, wollte sie möglichst bald Alik ihre neuen Gedichte vorlesen und gerade ihm alles erzählen, was auf sie eingestürzt war.

Alik war in diesem Augenblick schon kurz vor Sudak, und Butonow fuhr in Michail Stepanowitschs altem Moskwitsch in die entgegengesetzte Richtung, um mit demselben Flugzeug, mit dem Alik gekommen war, am Abend nach Moskau zu fliegen.

Medea war auf dem Heimweg von der Arbeit und sah als Erste Alik vom Unteren Ort heraufkommen – beschirmt mit einem blauen Sonnenschutz, eine dunkle Brille auf dem ungebräunten Städtergesicht. Kurz darauf entdeckte ihn auch Mascha, die mit den Kindern im Grasgestrüpp des Nabels spazierenging.

Laut rufend: »Alik! Alik! Papa ist da!«, rannten sie den Weg hinunter. Er blieb stehen, warf den prallen kleinen Rucksack ab und breitete die Arme aus, um alle zu umarmen. Mascha war als Erste bei ihm und umschlang mit aufrichtiger Freude seinen Hals. Lisa und der kleine Alik sprangen mit begeistertem Geschrei um die beiden herum.

Als Medea bei ihnen anlangte, war der Rucksack schon halb durchwühlt, Mascha öffnete einen der Briefe, die Alik ihr mitgebracht hatte, Lisa presste eine Tüte mit Sahnebonbons und eine blasse, mausgroße Puppe an sich, ein Geschenk von Nika, und der kleine Alik bohrte ein Loch in eine Schachtel mit einem neuen Spielzeug. Der große Alik versuchte, alles wieder in den Rucksack zu stopfen, was herausgezerrt worden war.

Alik küsste Medea und übergab ihr eine Pappschachtel, sein übliches kollegiales Mitbringsel:

»Von unserem Roten Kreuz für Ihr Rotes Kreuz.«

Sie enthielt einige defizitäre Medikamente, mehrere Päckchen Pflaster und gewöhnliche Gummihandschuhe, die im Jahr zuvor in Sudak rar gewesen waren.

»Danke, Alik. Ich freue mich, dass Sie da sind.«

»Ach, Medea Georgijewna, ich hab Ihnen auch ein Buch mitgebracht«, unterbrach er sie, »eine Überraschung! Sie sehen großartig aus!«

Er legte seinem Sohn eine Hand auf den Kopf.

»Alik, du bist ja einen ganzen Kopf größer geworden«, er legte Daumen und Zeigefinger aufeinander, »einen Mückenkopf.«

Mascha trat von einem Fuß auf den anderen und hüpfte ungeduldig.

»Komm schon, Alik!«

Medea ging voran. Erstaunlich, Mascha freut sich wirklich über die Ankunft ihres Mannes, ist nicht verlegen, sieht nicht schuldbewusst aus. Bedeutet ihnen eheliche Treue etwa gar nichts? Bekommt sie nicht jede Nacht Besuch von diesem Sportler? Ich bin eine alte Kruke, Medea lächelte im Stillen, was geht mich das an? Ich mag Alik einfach. Er hat Ähnlichkeit mit Samuel, nicht äußerlich, aber die flinken dunklen Augen, die Lebendigkeit und der gleiche gutmütige Witz. Ich habe wohl eine Neigung zu Juden, wie man eine Neigung zu Erkältungen oder Verstopfungen haben kann. Besonders zu diesem Grashüpfer-Typ, mager und agil. Trotzdem wüsste ich gern, wie Mascha wohl jetzt aus ihrer Romanze rauskommt.

Medea wusste nicht, dass Butonow schon abgereist war, und dachte traurig, dass sie nun wieder fremde nächtliche Angelegenheiten mit ansehen müsste, heimliche Rendezvous, Betrug …

Wie gut, dass ich selbst völlig blind war für diese Dinge, als sie mich betrafen. Und nun sind Gott sei Dank schon dreißig Jahre vergangen seit jenem Sommer. Bei den Seligpreisungen fehlt eine: Selig sind die Idioten.

Medea sah sich um. Alik trug Lisa auf dem Rücken, den Rucksack in der Hand, und lächelte mit weißen Zähnen. Wie ein Idiot sah er nicht aus.

14

Um den Ehemann Alik vom Sohn Alik zu unterscheiden, wurde er Großer Alik genannt. Groß war er allerdings nicht. Sie waren gleich groß, er und seine Frau, und wenn man bedenkt, dass Mascha die Kleinste in ihrer Familie war, gehörte Aliks Körpergröße nicht eben zu seinen Vorzügen.

Seine Kleidung kaufte er im Kinderkaufhaus, und in seinen dreißig Lebensjahren hatte er noch kein einziges anständiges Paar Schuhe besessen, denn in seiner Größe gab es nur plumpe, stumpfnasige Jungenschuhe.

Doch bei aller Miniaturhaftigkeit war er gut gewachsen und hatte ein schönes Gesicht. Er gehörte zu den frühreifen jüdischen Jungen, die das Alphabet im Vorbeigehen lernen und ihre Eltern mit flüssigem Lesen verblüffen, wenn diese gerade überlegen, ob sie ihrem Kind nicht die Buchstaben zeigen sollten.

Mit sieben Jahren las er unentwegt die dicken Wälzer der »Weltgeschichte«, mit zehn interessierte er sich für Astronomie, dann für Mathematik. Er zielte schon auf die höhere Wissenschaft, besuchte einen Mathematikzirkel an der Mathematischen Fakultät, und seine Gehirnwindungen arbeiteten mit einer Geschwindigkeit, dass der Zirkelleiter nur stöhnte, weil er vorhersah, dass es für das junge Talent schwer sein würde, die Quotenvorgabe der Staatlichen Universität zu durchbrechen.

Der überraschende Tod des geliebten Vaters infolge einer unglücklichen Kette von Zufällen lenkte Alik innerhalb weniger Tage auf einen anderen Weg. Sein Vater hatte den Krieg mitgemacht, war dreimal verwundet worden und an den Folgen einer schlampigen Blinddarmoperation gestorben. Während der Vater mit einer Bauchfellentzündung im Sterben lag, lernte Alik nebenbei einiges über Leid und Mitleid – Dinge, die nicht zum Programm von Wunderkindern gehörten.

Nach der raschen Beerdigung des Vaters mit einer Militärkapelle und dem Geschrei der vor Kummer wahnsinnigen Mutter bei modrigem Dezemberregen kehrten die einstigen Regimentskameraden und die jetzigen Kollegen vom sumpfigen Schlamm des Friedhofs in Wostrjakowo zurück in die große Wohnung in der Mjasnizkajastraße, leerten eine Kiste Wodka und gingen auseinander. Am selben Abend wechselte der sensible Alik seinen Glauben und verzichtete auf seine ehrgeizigen Pläne und die erträumte Biografie – eine Mischung seiner Lieblingshelden Évariste Galois und René Descartes – zugunsten der Medizin.

Von diesem Tag an begann sein wacher Kopf, die Disziplinen aufzusaugen, in denen er Prüfungen ablegen musste: Physik, die ihm nach der mathematischen Schulung ungenau und eklektisch vorkam, und Biologie, bei der ihn die schwache allgemeine theoretische Grundlage, die Vielfältigkeit der Prozesse und das Fehlen einer einheitlichen Sprache entmutigte.

Glücklicherweise erstand er im Antiquariat neben seinem Haus eine in den dreißiger Jahren erschienene Praktische Genetik von Thomas Morgan und stellte fest, dass die Genetik, damals mitsamt ihren Vertretern verteufelt und verdammt, das einzige Gebiet der Biologie war, auf dem man eine klare Frage stellen und eine unzweideutige Antwort bekommen konnte.

Da er beim Schulabschluss keine Gold-, sondern nur eine Silbermedaille erhielt, war die Aufnahmeprüfung am Institut ein Kampf gegen einen fünfköpfigen Drachen. Die einzige Bestnote, die er ohne Kampf errang, war die im Aufsatz – das Thema »Puschkins frühe Lyrik« erschien Alik wie ein persönliches Geschenk der Götter.

Die übrigen Prüfungen legte er vor einer Kommission ab, darauf hatte er bestanden, da er genau wusste, dass er unbedingt ein »Sehr gut« bekommen musste und die Dozenten genau instruiert waren, wem sie dies geben durften und wem nicht.

Gegen das »Gut« in Mathematik legte er Widerspruch ein. Die Prüfer kamen von der Mathematischen Fakultät, denn am Medizinischen Institut gab es keinen eigenen Mathematik-Lehrstuhl. Die nicht unintelligenten Aspiranten merkten schnell, dass der Junge sehr stark war. Zudem zeigte er außergewöhnliches Durchhaltevermögen, er antwortete vier Stunden lang, und als ihm endlich eine Frage gestellt wurde, die er nicht beantworten konnte, lachte er und erklärte der fünfköpfigen Kommission:

»Die Frage ist nicht korrekt formuliert, aber ich bitte Sie dennoch zu beachten, dass keine der mir gestellten Fragen zum Schulstoff gehört.« Er wusste, dass er nichts zu verlieren hatte, und spielte va banque. »Ich habe das Gefühl, als Nächstes fragen Sie mich nach der fermatschen Vermutung.«

Die Prüfer wechselten Blicke, und einer fragte:

»Können Sie die denn formulieren?«

Alik schrieb die einfache Gleichung an die Tafel, seufzte und sagte:

»Für ›n‹ größer als zwei gibt es keine ganzzahligen, positiven Lösungen, aber den allgemeinen Beweis dafür kann ich nicht führen.«

Der Vorsitzende der Fachkommission schrieb mit tiefem Abscheu gegen den Jungen, sich selbst und die Situation, in die sie alle geraten waren, ein »Sehr gut« in die Prüfungsliste.

Die Ergebnisse in Chemie und Biologie waren die gleichen, aber ohne einen so überzeugenden Effekt. In Englisch bekam er ein »Gut«, aber es war die letzte Prüfung, es stand fest, dass er die für die Aufnahme notwendige Punktzahl erreicht hatte, und er legte keinen Widerspruch ein. Er war erschöpft.

Die Geschichte seiner Aufnahmeprüfung wurde Institutslegende, und das Ganze erinnerte an die Geschichte vom Aschenputtel. Seine Schuljahre waren vergiftet gewesen durch seine völlige körperliche Unzulänglichkeit – er war der Kleinste in der Klasse und übrigens auch der Jüngste. Seine intellektuellen Vorzüge, wenn sie denn überhaupt bemerkt wurden, ersparten ihm nicht die Erniedrigungen der Körperkultur. Überhaupt war seine Kindheit voller Erniedrigungen: Die Haushälterin, die ihn zur Schule begleitete und ihm die Mädchenmütze aus Ziegenfell unterm Kinn zuband; die Angst vor dem Heimweg, nachdem er selbst darauf bestanden hatte, nicht mehr von der Haushälterin abgeholt zu werden; die große Pause als großes Ungemach; die Unmöglichkeit, die Schultoilette zu benutzen. Wenn er ganz dringend musste, ging er zum Schularzt, klagte über Kopfschmerzen, bekam eine Befreiung vom Unterricht, gab den Zettel mit den Buchstaben »befr.« der lieben Lehrerin und rannte nach Hause, um sich zu erleichtern.

Er litt sehr unter seinem Ausgestoßensein und ahnte dunkel, dass es eher mit seinen Vorzügen zusammenhing als mit seinen Mängeln. Sein Vater, Lektor in einem Militärverlag, schämte sich sein Leben lang seiner jüdischen Zweitklassigkeit und konnte seinem Sohn keine Hilfe bieten außer einer großartigen literarischen Bildung. Isaak Aaronowitsch war ein qualifizierter Philologe, aber das Leben hatte ihn in einen Winkel gestoßen, wo er nun dankbar die Erinnerungen halb analphabetischer Marschälle vergangener Feldzüge redigierte.

Seltsamerweise führte die Zusammenlegung der Jungen- und Mädchenschulen zu einer Verbesserung von Aliks Los. Seine ersten Freunde waren Mädchen, und als bereits erwachsener Mann behauptete er immer wieder, die Frauen seien zweifellos der bessere Teil der Menschheit.

Am Medizinischen Institut war der bessere Teil der Menschheit auch zahlenmäßig überlegen. Von den ersten Monaten des Studiums an war Alik umgeben von einer Atmosphäre respektvoller Bewunderung. Die Hälfte der Kommilitoninnen kam von auswärts, verfügte über eine zweijährige medizinische Praxis und vielfältige Lebenserfahrungen; sie drängten sich oft im großen Zimmer in der Mjasnizkajastraße. Am Ende des Jahres bekam Aliks Mutter eine Zweizimmerwohnung im Stadtteil Nowyje Tscherjomuschki. In dieser neuen Wohnung, die noch nicht fertig eingerichtet und voller verschnürter Bücherbündel war, nahmen zwei Kommilitoninnen, Verotschka Woronowa aus Sormow und Olja Anikina aus Krjukow, kundige, hübsche Feldscherinnen mit Bestdiplom, Alik die romantischen Illusionen und befreiten ihn zugleich von seiner bedrückenden Jungfernschaft.

Ab dem dritten Studienjahr, als die Praktika und Dienste losgingen, waren die flüchtigen Vereinigungen in der Wäschekammer, im Dienstzimmer oder im Untersuchungsraum für ihn so ungezwungen wie das nächtliche Teetrinken und hatten einen Anflug von medizinischer Unkompliziertheit. Größere Bedeutung maß Alik den auf volkseigener Wäsche vollzogenen Paarungen nicht bei, viel wichtiger war ihm in diesen Jahren die Wissenschaft – die Naturwissenschaften und die Philosophie.

Der weite Weg von Nowyje Tscherjomuschki bis zum Institut wurde für ihn zu einem wahren Göttingen. Als Ausgangspunkt dienten die Werke des Genossen Lenin, Pflichtlektüre im Fach Geschichte der KPdSU. Dann stieß er auf Marx, vertiefte sich in Hegel und Kant, ging rückwärts bis zu den Ursprüngen – und liebte Platon.

Er las schnell, auf ganz besondere Weise, in Schlangenlinien – mehrere Zeilen zusammen bildeten für ihn eine Lesezeile. Viele Jahre später erklärte er Mascha, das ganze Geheimnis liege in der Schnelligkeit der Rezeptionsstrukturen, und skizzierte das mit einem Schema.

Er ließ seinem flinken Gehirn freien Lauf und entwarf ein Bild vom Menschen als Universum, besuchte außer dem Medizinischen Institut auch die Universität, wo er Spezialvorlesungen in Biochemie am Lehrstuhl von Beloserski und in Biophysik bei Tarussow hörte. Ihn beschäftigte das Problem des biologischen Alterns. Er war nicht verrückt und auf der Jagd nach Unsterblichkeit, errechnete aber mittels bestimmter biologischer Parameter, dass hundertfünfzig Jahre die natürliche Obergrenze des menschlichen Lebens wären. Im vierten Studienjahr veröffentlichte er seinen ersten wissenschaftlichen Aufsatz, zusammen mit einem respektablen Wissenschaftler und einem weiteren Wunderkind.

Ein Jahr später gelangte er zu dem Schluss, die Ebene der Zellen sei zu grob, und für die Arbeit auf molekularer Ebene mangele es ihm an Wissen. In ausländischen Fachzeitschriften holte er sich das Fehlende.

Viele Jahre später, als er bereits ein namhafter amerikanischer Wissenschaftler war, sagte Alik, seine intensivste Zeit seien die Jahre des Studiums gewesen, er zehre sein ganzes Leben von den Ideen, die ihm im letzten Studienjahr gekommen seien.

Im selben Jahr lernte er Mascha kennen. Seine ehemalige Mitschülerin Ljuda Linder, eine Liebhaberin der Untergrunddichtung, schleppte ihn manchmal mit in Wohnungen und Literaturklubs, wo der Samisdat blühte und wo selbst Brodsky auf der Durchreise hin und wieder vorbeischaute und seine später nobelpreisgekrönten Gedichte vorlas.

Diesmal hatte Ljuda Alik zu einem Abend mitgenommen, wo Gedichte einiger junger Autoren gelesen wurden, einer davon war äußerst vielversprechend, hing dann jedoch früher als andere an der Nadel und starb früh.

Mascha las als Erste, als Allerjüngste der Jungen. Es waren nur wenige Leute da, wie es in solchen Fällen heißt: ganz unter uns plus der diensthabende Spitzel, zugleich Hausmeister.

Es war die Blüte der Übergangszeit, siebenundsechzig: Brot kostete so gut wie nichts, dafür hatte das Wort, das mündliche wie das gedruckte, ein ungeheures Gewicht erlangt. Der Samisdat unterminierte bereits heimlich den Boden, Sinjawski und Daniel waren schon verurteilt, die »Physiker« grenzten sich von den »Lyrikern« ab, und allenfalls die Zoos waren noch keine geheime Sperrzone.

Alik stand ein wenig außerhalb dieser Vorgänge: Er zog theoretische Probleme stets den praktischen vor, die Philosophie der Politik.

Mascha, mit blauen Augen und dünnen Armen, die in der Luft neben ihrem kurzgeschnittenen dunklen Kopf ein unabhängiges und ein bisschen linkisches Leben führte, las mit leisem Pathos Gedichte.

Alik ließ die gesamten ihr eingeräumten dreißig Minuten kein Auge von ihr, und als sie fertig war und in den Flur hinausging, flüsterte er Ljuda ins Ohr:

»Ich bin gleich wieder da.«

Aber er kam nicht mehr zurück. Er hielt Mascha auf halbem Weg zur Toilette auf:

»Haben Sie mich nicht erkannt?«

Mascha sah ihn aufmerksam an, erkannte ihn jedoch nicht.

»Kein Wunder. Wir kennen uns noch nicht. Ich bin Alik Schwarz. Ich möchte Ihnen etwas antragen.«

Mascha sah ihn fragend an.

»Herz und Hand«, antwortete er mit vollem Ernst.

Mascha lachte glücklich – nun begann, worüber sie von Nika so viel wusste: eine Romanze. Und sie war ganz und gar dazu bereit.

»Maria Miller-Schwarz klingt ziemlich komisch. Aber mal sehen«, antwortete sie leichthin, ungeheuer zufrieden mit dieser Leichtigkeit.

Gewaltiger Triumph erfasste sie – endlich würde sie Nika ebenbürtig sein und ihr heute Abend am Telefon sagen können: »Nika, an mich hat sich heute einer rangemacht, sympathisch, angenehmes Gesicht, ein bisschen unrasiert – ein kluger Kopf, das sieht man auf den ersten Blick.«

»Aber Sie müssen wissen«, warnte er, »ich habe absolut keine Zeit zum Flirten. Doch heute Abend habe ich frei. Gehen wir weg von hier.«

Mascha wollte eigentlich zurück und den Bebrillten hören, der seine Seiten in der Hand rollte, während er auf seinen Auftritt wartete, überlegte es sich aber sofort anders.

»Gut, warten Sie auf mich«, sagte sie und ging auf die Toilette; er wartete an der Tür.

Mascha zog sich hastig an, sie hatte das Gefühl, sie dürfe keine Zeit verlieren – Alik hatte sie, ohne es zu wissen, bereits mit seiner inneren Hast angesteckt. Er reichte ihr den eleganten dünnen Mantel, den Sandra genäht hatte.

Die Straße war leer und dunkel, der Winter von unangenehmster Art – schneelos und grimmig kalt. Mascha trug, weil Stiefel noch nicht in Mode waren, leichte Schuhe und keine Mütze. Alik nahm ihre kalten Finger.

»Wir werden immer sehr wenig Zeit haben, aber es gibt so viel zu sagen. Um das Uninteressante gleich hinter uns zu bringen: Bei solchem Wetter wären Filzstiefel und Großmutters Tuch nicht übel, das erkläre ich Ihnen als Arzt. Und was deine Gedichte angeht«, er ging unversehens zum »Du« über, »einen Teil solltest du wegwerfen, aber ein paar sind großartig.«

Mascha zuckte zusammen. »Welche sollte ich denn wegwerfen?«

»Nein, ich sag lieber, welche du aufheben sollst.« Und er zitierte ein Gedicht, das er gerade erst gehört und sich vollständig eingeprägt hatte.

»Verbannt sind wir in diese schöne Hölle verlassner Erde, obdachlos, allein. Den Herbsttag sprengt des Lichtes Fülle und seine Kälte dringt tief in uns ein. Wie eine Wolke über Gräberreih'n die Stille schwebt, als Botin einer Melodie, die sich in trügerischer Nähe regt, wo schon das Hochwasser von morgen steigt. Und spitze Ahornblätter knisternd brennen, als würden unsichtbare Flammen toben. Die Gräber lodern wie im Feuer auf, doch der Kalender wird nie aufgehoben ... Ich finde, das ist ein sehr gutes Gedicht.«

»Das ist zum Gedenken an meine Eltern. Sie sind vor zehn Jahren bei einem Autounfall umgekommen«, sagte Mascha und wunderte sich, wie leicht sie mit ihm über etwas reden konnte, worüber sie noch mit niemandem gesprochen hatte.

»Sie lebten glücklich und starben am selben Tag?« Alik sah sie ernst an.

»Jetzt bleibt mir nichts anderes übrig, als das zu denken.«

Es gibt Ehen, die im Bett geschlossen werden; solche, die in der Küche aufblühen, unter dem Geklapper von Messer und Schneebesen; es gibt Bauherren-Paare, die ständig renovieren, bei günstiger Gelegenheit billige Bretter für die Datscha, Nägel, Firnis und Glaswolle erstehen; andere Ehen beruhen auf hingebungsvollen Krächen.

Die Ehe von Mascha und Alik vollzog sich in Gesprächen. Sie waren jetzt fast neun Jahre zusammen, aber jeden Abend, wenn sie sich wiedersahen, wenn er von der Arbeit kam, ließen sie die Suppe kalt werden und die Buletten anbrennen, um sich das Wichtigste zu erzählen, was im Laufe des Tages passiert war.

Jeder der beiden erlebte alles zweimal: einmal unmittelbar, ein zweites Mal – in ausgewählter Nacherzählung. Die Nacherzählung verschob die Ereignisse ein wenig, hob Unscheinbares hervor und gab dem Geschehen einen persönlichen Anstrich, doch auch das wussten sie beide und kamen einander sogar entgegen, indem sie das auswählten, was für den anderen am interessantesten sein würde.

»Ich hab was für dich«, sagte Alik und rührte in seiner heißen Suppe, »ich hab den ganzen Tag dran gedacht, damit ichs nicht vergesse.«

Dann folgte die Beschreibung eines lächerlichen Streits am Morgen in der Metro, eines Baums im Hof oder eines Gesprächs mit einem Kollegen. Und Mascha schleppte einen alten Wälzer mit lauter Zetteln darin in die Küche oder eine Samisdat-Broschüre und schlug eine bestimmte Stelle auf.

»Ich hab hier was angestrichen, speziell für dich.«

In den letzten Jahren hatten sie teilweise die Rollen getauscht: Früher hatte er mehr gelesen, sich in kulturelle Probleme vertieft, jetzt ließ seine wissenschaftliche Arbeit ihm keine Zeit mehr für intellektuelle Zerstreuungen, zumal er sich nicht von seiner Arbeit beim Medizinischen Notdienst trennen konnte, die ihm, außer dass sie ihn beruflich interessierte, auch noch genügend Zeit für die Arbeit im Labor ließ. Die Aspirantur hatte er extern absolviert, und das war ihm recht gewesen.

Mascha, die mit dem Sohn zu Hause saß, einem außergewöhnlichen Kind, das sich von früh bis abends sinnvoll beschäftigen konnte, fertigte kleine Artikel für einen Referatedienst, las gierig und aufmerksam unzählige Bücher und schrieb mal Gedichte, mal unbestimmte Texte, wie aus Büchern anderer Autoren herausgerissen. Sie hatte noch keine eigene Stimme, fühlte sich mal zu Rosanow, mal zu Charms hingezogen.

Ihre Gedichte, ebenfalls mit verschiedenen Stimmen geschrieben, wurden zweimal in Zeitschriften gedruckt, doch das war irgendwie peripher und unbedeutend. Gedruckt sahen sie fremd aus, schienen ungeschickt zusammengestellt, enthielten zudem zwei Druckfehler. Trotzdem war Alik schrecklich stolz, kaufte einen ganzen Stapel Exemplare und verschenkte sie an alle, Mascha aber entschied, kein Stückwerk mehr zu publizieren, sondern gleich ein Buch zu veröffentlichen.

Ihrer beider Nähe war einzigartig und vollkommen, sie äußerte sich auch im gleichen Geschmack, in der Sprache und in der Art ihres Humors. Mit den Jahren wurde sogar ihre Mimik ähnlich, und alles deutete darauf hin, dass sie im Alter einander gleichen würden wie ein Papageienpaar. Manchmal, wenn sie sich einen gemeinsamen unausgesprochenen Gedanken an den Augen ablasen, zitierten sie ihren geliebten Brodsky: »So lange lebten sie zusammen, dass der zweite Januar erneut auf einen Dienstag fiel.«

Für die besondere Art ihrer Nähe hatte Mascha ein besonderes deutsches Wort, das sie in einem Lehrbuch der Sprachwissenschaft gefunden hatte: »Geschwister«. In keiner anderen ihr bekannten Sprache gab es ein solches Wort, es bedeutete »Bruder und Schwester«, doch in der deutschen Verbindung verbarg sich noch ein zusätzlicher Sinn.

Sie schworen einander nicht ewige Treue. Im Gegenteil, vor der Hochzeit kamen sie überein, ihr Bund sei ein Bund freier Menschen, sie würden sich nie zu Lüge oder Eifersucht erniedrigen, denn jeder behalte sein Recht auf Unabhängigkeit. Im ersten Jahr ihrer Ehe unternahm Mascha, die eine leichte Unruhe verspürte, weil Alik ihr einziger Mann war, einige sexuelle Experimente – mit einem ehemaligen Kommilitonen, mit einem Literaturbeamten einer Jugendzeitschrift, in der sie einmal gedruckt worden war, und mit einem gänzlich Zufälligen –, um sich zu überzeugen, dass sie nichts versäumt hatte.

Mascha sprach mit ihrem Mann nicht darüber, las ihm aber ein in diesem Jahr entstandenes Gedicht vor:

Verachtet Treue:
in ihr atmet Pflicht,
so locken Möglichkeiten zu betrügen.
Allein die Liebe duldet keine Lügen,
Gerede oder Schwüre binden nicht,
sie fordert nichts und will auch nicht verfügen.

Alik begriff, schwieg jedoch, und das gereichte ihm zum Vorteil: Mascha beruhigte sich endgültig. Ihm dagegen boten sich in den Jahren ihrer Ehe hin und wieder Gelegenheiten. Er suchte sie nicht, schlug sie aber auch nicht aus.

Doch mit den Jahren hingen sie immer mehr aneinander und entdeckten immer mehr Vorzüge an der Ehe.

Wenn Alik seine Kommilitonen und Freunde beobachtete, die heirateten, sich scheiden ließen und sich eifrig in Junggesellenausschweifungen stürzten, sagte er sich, wie der ihm unbekannte Pharisäer: Bei uns ist das anders, bei uns ist alles richtig und würdevoll und darum glücklich.

Seine wissenschaftlichen Angelegenheiten gediehen prächtig. So sehr, dass kaum einer seiner Kollegen die Ergebnisse seiner Arbeit einzuschätzen vermochte. Seine elitäre Andersartigkeit, in der Kindheit so belastend und schwer zu ertragen, noch vertieft durch sein unbequemes Judentum, bekam mit den Jahren eine andere Färbung, doch seine gute Erziehung und seine angeborene Freundlichkeit bemäntelten sein zunehmendes Gefühl der Überlegenheit über die linkischen Gehirne der meisten Kollegen.

Als in einer angesehenen amerikanischen Fachzeitschrift sein erster Aufsatz erschien, las er auf dem Umschlag die Zusammensetzung des Redaktionskollegiums und sagte zu Mascha:

»Da sind vier Nobelpreisträger drin.«

Mascha sah in sein dunkelhäutiges Gesicht, das eher indisch aussah als jüdisch, und begriff, dass er in Gedanken diese hohe wissenschaftliche Ehrung anpeilte. Also bat sie Nika, die aus ihrer Töpferzeit noch einen Muffelofen besaß, ein Gedicht auf eine Porzellantasse zu schreiben, und in diesem Jahr bekam Alik von seiner Frau zum Geburtstag eine große weiße Tasse, auf der mit dicken Buchstaben stand: »Es ist so weit: Du im Frack und ich im Abendkleid, der König findet Deinen Vortrag nett und gibt ein festliches Bankett …«

Die Gäste waren begeistert von der Tasse, doch außer Alik verstand niemand die Anspielung.

Sie fanden beide ein großes Vergnügen daran, dass keine noch so große Gesellschaft ihrer wortlosen Verständigung hinderlich war: Ein Blick, und schon hatten sie ihre Gedanken ausgetauscht.

Sie hatten sich zwei Wochen nicht gesehen, und Alik brachte seiner Frau nun eine umwerfende Neuigkeit mit. Ein bekannter amerikanischer Wissenschaftler, Spezialist für Molekularbiologie, war an die Akademie der Wissenschaften gekommen, um mit einem Vortrag an einer Konferenz teilzunehmen und eine Vorlesung zu halten. Er besuchte das Bolschoi-Theater und die im Programm vorgesehene Tretjakowgalerie und bat seine Dolmetscherin, für ihn ein Treffen mit Mister Schwarz zu vereinbaren.

Die Dolmetscherin brütete eine Weile, erstattete Meldung und wurde angewiesen, dem Gast mitzuteilen, Mister Schwarz sei gerade im Urlaub.

Doch Mister Schwarz war keineswegs im Urlaub, im Gegenteil, er kam zur Konferenz, um dem Amerikaner eine Fachfrage zu stellen. Sie unterhielten sich fünf Minuten. Der gewitzte Amerikaner – schließlich stammte sein Großvater aus Odessa – orientierte sich schnell, ließ sich Aliks private Telefonnummer geben und besuchte ihn am späten Abend zu Hause, wobei er dem Taxifahrer, der auf seine Weise ebenfalls gewitzt war, eine Summe zahlte, die Aliks Monatsgehalt entsprach.

Mascha war auf der Krim, Deborah Lwowna, Aliks Mutter, machte Urlaub in einem Sanatorium. Die Berge schmutzigen Geschirrs und die Stapel aufgeschlagener Bücher überzeugten den Amerikaner endgültig davon, dass er es mit einem Genie zu tun hatte, und er bot Alik unverzüglich eine Stelle bei sich an. In Boston, am MIT. Es blieb nur eine technische, aber nicht unwichtige Frage zu klären: die Emigration. Mit dieser Neuigkeit kam Alik nun zu seiner Frau. Beide waren voller Ungeduld, wollten erzählen.

Das Thema Emigration war in Intellektuellenkreisen

jener Jahre heftig umstritten: Sein oder Nichtsein, gehen oder nicht, ja, aber wenn … nein, aber falls … Familien zerbrachen, freundschaftliche Bande rissen ab. Es gab politische Motive, wirtschaftliche, ideologische, ethische … Der Prozess der Ausreise selbst war kompliziert und qualvoll, dauerte mitunter viele Jahre, war nur durchzustehen mit Mut, Entschlossenheit oder Verzweiflung. Einen offiziellen Spalt im Eisernen Vorhang gab es nur für Juden, obwohl auch Nichtjuden ihn nutzten. Wieder teilten sich die Wellen des Schwarzen Meeres, um das Auserwählte Volk, wenn schon nicht ins Gelobte Land, so doch wenigstens fort aus dem neuen Ägypten zu bringen.

»Im Exodus heißt es«, rief Ljowa Gottlieb, ein enger Freund von Alik, »der Oberjude der Sowjetunion«, wie Alik ihn nannte, »Moses habe 600 000 Mann Fußvolk aus Ägypten geführt. Aber nirgends wird erwähnt, wie viele in Ägypten geblieben sind. Und die, die dreiunddreißig nicht aus Deutschland weggegangen sind, wo sind die geblieben?«

Alik aber zeigte keinerlei Interesse für den nationalen Aspekt seines Daseins; den größten Wert besaß für ihn die wissenschaftliche Arbeit. Natürlich kannte er alle diese Gespräche, beteiligte sich sogar daran, brachte einen theoretischen und abkühlenden Ton hinein, doch eigentlich interessierte er sich nur für die Zellalterung.

Das amerikanische Angebot bedeutete für ihn eine Erhöhung der Effektivität seiner Arbeit.

»Um rund dreihundert Prozent, schätze ich«, sagte er, als er Mascha alles erzählte. »Die beste Ausrüstung der Welt, Laboranten, keine Probleme mit Reagenzien und keinerlei materielle Probleme mehr für uns beide. Alik kann in Harvard studieren, ja? Ich bin durchaus bereit. Jetzt liegt es an dir, Mascha. Und an Mama natürlich, aber die werd ich schon überreden.«

»Und wann?«, fragte Mascha nur, die auf eine derartige Wendung der Ereignisse nicht vorbereitet war.

»Im Idealfall in einem halben Jahr. Wenn wir gleich alles einreichen. Aber es kann sich auch lange hinziehen. Davor habe ich am meisten Angst, weil ich ja sofort kündigen muss. Um meinem Chef keine Scherereien zu machen.« Er hatte bereits alles bedacht.

Vor zwei Wochen wäre ich von einem solchen Vorschlag begeistert gewesen, dachte Mascha. Aber heute kann ich nicht einmal darüber nachdenken.

Alik hatte insgeheim gehofft, Mascha würde sich über die neue Perspektive freuen, und ihr Zögern verwirrte ihn. Er wusste noch nicht, dass ihrer beider private Welt, vernünftig und durchdacht, einen Riss bekommen hatte, vom kristallklaren Oben bis zum niederen Unten. Auch Mascha selbst war sich dessen noch nicht ganz bewusst.

Dann las Mascha Alik ihre neuen Gedichte vor. Er lobte sie, würdigte ihre neue Qualität. Er nahm Maschas glühende Beichte entgegen über die Offenbarung, die sie in neuen und heftigen Empfindungen empfangen, über die besondere Vollkommenheit, die sie in einem fremden Menschen gefunden habe, über die neue existenzielle Erfahrung – als sei von der ganzen Welt ein Schleier genommen: von Landschaften, Gesichtern, gewohnten Gefühlen …

»Ich weiß nicht, was ich mit all dem machen soll«, klagte Mascha ihrem Mann. »Vielleicht ist es vom allgemein üblichen Standpunkt aus schrecklich, dass ich ausgerechnet dir das erzähle. Aber ich vertraue dir so sehr, du stehst mir am nächsten, und nur mit dir hat es überhaupt Sinn, darüber zu reden. Wir beide sind eins, soweit das möglich ist. Und trotzdem, ich weiß nicht, wie ich weiterleben soll. Du sagst – Ausreise. Vielleicht …«

Sie hatte ein wenig Schüttelfrost, ihr Gesicht brannte, und ihre Pupillen waren erweitert.

Ach, wie unpassend, dachte Alik und holte aus der Küche eine halbe Flasche Kognak. Er schenkte ein und schloss großmütig:

»Na ja, du brauchst diese Erfahrung. Du bist Dichterin, und entsteht Dichtung nicht letztlich aus diesem Stoff? Jetzt weißt du, dass es auch höhere Formen der Treue gibt als die sexuelle. Ich habe das schon früher gewusst. Wir sind beide Forscher, Maschenka. Nur auf verschiedenen Gebieten. Du machst gerade eine Entdeckung, das verstehe ich und werde dich nicht daran hindern.« Er goss ihnen noch einmal ein.

Der Kognak war die richtige Medizin. Bald barg Mascha ihren Kopf an Aliks Schulter und murmelte:

»Alik, du bist der beste Mensch auf der Welt … der allerbeste … Du bist meine Festung … Wenn du willst, gehen wir, wohin du willst …«

In ihrer Umarmung fanden sie Trost. Und versicherten sich ihrer Auserwähltheit, ihrer Überlegenheit gegenüber ihren verheirateten Bekannten, bei denen alle möglichen alltäglichen Abscheulichkeiten vorkamen, flüchtige Paarungen im abgeschlossenen Badezimmer, unwürdige Alltagslügen und Gemeinheit; bei ihnen dagegen, bei Mascha und Alik, herrsche völlige Offenheit und reine Wahrheit.

Nach drei Tagen reiste Alik ab und ließ Mascha zurück bei Kindern, Wäsche und Gedichten. Sie sollte noch sechs

Wochen auf der Krim verbringen, das dafür nötige Geld hatte Alik ihr gebracht.

Zwei Tage nach Aliks Abreise schrieb Mascha den ersten Brief. An Butonow. Danach einen zweiten und dritten. In den Pausen zwischen den Briefen schrieb sie noch kurze, verzweifelte Gedichte, die ihr selbst sehr gefielen.

Butonow holte regelmäßig ihre Briefe aus dem Kasten – er hatte Mascha seine Adresse in Rastorgujewo gegeben, denn den Sommer, wenn seine Frau und seine Tochter auf die Akademie-Datscha einer Freundin von Olga fuhren, verbrachte er gewöhnlich in Rastorgujewo und nicht in der Wohnung seiner Frau in Chamowniki. Überlegungen familiärer Konspiration kümmerten Butonow nicht, Olga war nicht neugierig und würde keine fremden Briefe öffnen.

Maschas Briefe riefen bei Butonow große Verwunderung hervor. Sie waren mit kleiner, nach links geneigter Schrift verfasst, mit Zeichnungen am Rand, enthielten Geschichten aus ihrer Kindheit, die rein gar nichts mit ihm zu tun hatten, Verweise auf ihm unbekannte Namen irgendwelcher Schriftsteller und viele unklare Anspielungen. Außerdem lagen in jedem Brief einzelne Blätter aus grobem grauem Papier mit Gedichten. Wie Butonow erriet, hatte sie die Gedichte selbst geschrieben. Eines davon zeigte er Iwanow, der von allem etwas verstand. Der las es laut vor, mit seltsamer Betonung: »Die Liebe – Arbeit des Verstands, doch stehen auch die Körper nicht zurück. Legst Hand in Hand – was für ein Glück! Für die Wärme der Seele und das Fieber der Leidenschaft – dieselbe Skala.«

»Woher ist das, Valeri?«, fragte Iwanow erstaunt.

»Hat ein Mädchen mir geschickt«, sagte Butonow achselzuckend. »Ist es gut?«

»Ja. Wahrscheinlich irgendwo abgeschrieben. Ich weiß nur nicht, wo«, gab Iwanow sein qualifiziertes Urteil ab.

»Ausgeschlossen«, widersprach Butonow entschieden. »Sie würde nichts Fremdes abschreiben. Das hat sie bestimmt selber geschrieben.«

Er hatte die unbedeutende südliche Romanze schon vergessen, dieses liebe Mädchen aber maß ihr eine allzu große Bedeutung bei. Butonow hatte noch nie Briefe bekommen und selbst nie welche geschrieben, und auch diese beabsichtigte er nicht zu beantworten, doch es kamen immer neue.

Mascha ging immer wieder nach Sudak auf die Post und war furchtbar enttäuscht, dass keine Antwort kam. Schließlich hielt sie es nicht mehr aus, rief Nika in Moskau an und bat sie, nach Rastorgujewo zu fahren und zu erkunden, ob Butonow etwas passiert war, warum er ihr nicht antwortete. Nika weigerte sich gereizt: Sie stecke bis zum Hals in Arbeit.

Mascha war gekränkt:

»Spinnst du, Nika? Ich bitte dich zum ersten Mal im Leben um etwas! Du hast alle Vierteljahre eine Romanze, aber ich hab so etwas noch nie erlebt!«

»Zum Kuckuck mit dir! Morgen fahr ich«, willigte Nika ein.

»Nika, ich flehe dich an! Heute! Noch heute Abend!«, barmte Mascha.

Am nächsten Morgen machte sich Mascha mit den Kindern wieder auf den Weg nach Sudak. Sie gingen spazieren, aßen in einem Café Eis. Nika erreichte sie telefonisch nicht – sie war nicht zu Hause.

Am Abend wurde Alik krank, bekam Fieber und Husten – seine übliche asthmatische Bronchitis, wegen der Mascha mit ihm jedes Jahr zwei Monate auf der Krim verbrachte.

Eine ganze Woche saß Mascha bei ihm und gelangte erst am achten Tag wieder nach Sudak. Ein Brief für sie war noch immer nicht gekommen. Das heißt, doch – von Alik. Diesmal erreichte sie Nika am Telefon sofort. Die berichtete kühl: Ich war in Rastorgujewo, hab Butonow angetroffen, deine Briefe hat er bekommen, aber nicht beantwortet.

»Und wird er antworten?«, fragte Mascha dümmlich.

»Woher soll ich das wissen?«, erwiderte Nika ärgerlich.

Sie war inzwischen mehrmals in Rastorgujewo gewesen. Beim ersten Mal hatte sich Butonow gewundert. Ihre Begegnung war fröhlich und unbeschwert gewesen. Nika hatte wirklich nur Maschas Auftrag erledigen wollen, doch dann hatte es sich ergeben, dass sie in seinem großen, halbrenovierten Haus übernachtete.

Mit der Renovierung hatte er nach dem Tod seiner Mutter zwei Jahre zuvor begonnen, aber das Vorhaben geriet immer wieder ins Stocken, und die renovierte Hälfte bildete einen erstaunlichen Kontrast zum anderen halbverfallenen Teil, wo Holztruhen und massive Bauernmöbel, noch von seinem Urgroßvater, abgestellt waren und hausgewebte Stoffe herumlagen. Dort, in der verfallenen Hälfte, richtete Nika ihnen ein schnelles Lager. Erst am Morgen, bereits im Aufbruch, fragte sie ihn tatsächlich:

»Warum antwortest du nicht auf die Briefe? Das Mädchen ist enttäuscht.«

Butonow hatte keine Angst vor Entlarvungen, mochte es aber nicht, wenn man ihn kritisierte.

»Ich bin Arzt, kein Schriftsteller.«

»Gib dir mal ein bisschen Mühe«, riet Nika.

Nika fand die Situation komisch: Mascha, die überkluge, verliebte sich in einen so primitiven Aufreißer. Nika selbst kam er sehr gelegen: Sie ließ sich gerade scheiden. Ihr Mann benahm sich furchtbar, stellte Forderungen, verlangte sogar eine Teilung der Wohnung; ihr Transitliebhaber hatte sein Regiestudium in Moskau beendet und war abgereist; und der permanente Kostja nervte sie, seit er von der Scheidung erfahren hatte, mit der ernsthaften Bereitschaft, sich unverzüglich in die Ehe mit ihr zu stürzen.

»Wenns dir so wichtig ist, dann schreib du doch«, knurrte Butonow.

Nika lachte schallend – sie fand den Vorschlag lustig. Und wie würde sie mit Mascha über diese ganze Geschichte lachen, wenn deren Glut erst erloschen war!

15

Im Herbst, zu den Novemberfeiertagen, ging Medea in Rente. Für den Anfang wollte sie die nun arbeitsfreie Zeit mit der Reparatur der Steppdecken verbringen, die während der Sommersaison unglaublich schnell verschlissen.

Sie hatte vorsorglich neuen Satin und eine ganze Schachtel voller neuer Garnrollen besorgt, doch gleich am ersten Abend, als sie eine ramponierte Decke auf dem Tisch ausbreitete, stellte sie fest, dass die Blumen auf dem ausgeblichenen Grund verschwammen und von anderen, gewölbten, schaukelnden abgelöst wurden.

Ich hab Fieber, erriet Medea und schloss die Augen, um den Blumenstrom zum Stillstand zu bringen. Zum Glück war am Tag zuvor gerade Ninotschka aus Tbilissi angekommen.

Die Krankheit war offenbar die gleiche, die Medea kurz vor ihrer Heirat gehabt hatte, als Samuel sie mit so stockendem Herzen, so zärtlich und liebevoll pflegte, dass er später mit Fug und Recht sagen konnte: Andere haben einen Honigmond, Medea und ich hatten eine Honigkrankheit.

In den Pausen zwischen Anfällen von heftigem Schüttelfrost und halbem Vergessen senkte sich eine selige Ruhe auf Medea: Sie hatte das Gefühl, Samuel säße im Nebenzimmer und würde gleich hereinkommen, ein Glas ungeschickt in beiden Händen haltend, die Augen vor Schmerz leicht hervorquellend, weil das Glas heißer war, als er gedacht hatte.

Doch anstelle von Samuel erschien aus dem Halbdunkel Ninotschka, eingehüllt in einen Duft von Johanniskraut und schmelzendem Honig, ein dickes Glas in den schmalen, flachen Händen, mit mattschwarzen Augen, tief wie die von Samuel, und Medea kam eine Ahnung, auf die sie lange gewartet zu haben schien und die nun auf sie herabkam wie eine Offenbarung: Ninotschka war ihrer beider Tochter, von Medea und Samuel, ihr Mädchen, von dem sie immer gewusst, das sie aber aus irgendeinem Grund vergessen und an das sie sich nun wieder erinnert hatte – was für ein Glück. Ninotschka hob sie vom Kissen, flößte ihr den aromatischen Tee ein, sagte etwas, doch der Sinn des Gesagten erreichte Medea nicht, als spreche sie eine fremde Sprache. Ja, ja, Georgisch, erinnerte sich Medea.

Aber die Intonation war so reich, so klar, dass Medea allein aus den Regungen des Gesichts, den Gesten der Hand und auch aus dem Geschmack des Getränks alles verstand. Erstaunlich war auch, dass Ninotschka Medeas Wünsche erriet und sogar die Vorhänge auf- oder zuzog, wenn Medea gerade darum bitten wollte.

Medeas Tbilissier Verwandtschaft stammte von ihren beiden Schwestern ab, der älteren Anelja und der jüngeren Anastassija, die Anelja nach dem Tod der Eltern großgezogen hatte. Anastassija hatte einen Sohn hinterlassen, Robert, unverheiratet und wohl ein bisschen verwirrt; Medea hatte ihn nie kennengelernt.

Anelja hatte keine eigenen Kinder. Nina und Timur waren adoptiert, die Tbilissier Sippe war also ein künstlicher Zweig der Sinoplis. Leibliche Neffen waren diese Kinder für Aneljas Mann Lado. Lados Bruder Grigol und dessen Frau Susanna waren ein komisches und unglückliches

Pärchen: er ein glühender Kämpfer für Gerechtigkeit im Kleinen, sie eine verrückte Städterin mit einer Neigung zu Parteitreue.

Lado Alexandrowitsch, Musiker, Professor am Konservatorium von Tbilissi, Lehrer für Violoncello, hatte nichts mit seinem Bruder gemein und unterhielt seit Mitte der zwanziger Jahre keinen Kontakt mehr zu ihm.

Das erste Mal sahen Lado und Anelja ihre Neffen an einem frühen Morgen im Mai siebenunddreißig – eine entfernte Verwandte hatte sie nach der Verhaftung der Eltern zu ihnen gebracht.

Das berühmte Gesetz der Paarigkeit, nur ein Spezialfall des allgemeinen Gesetzes von der Wiederholung ein und desselben Ereignisses zur Stählung des Charakters oder zur Vollendung des Schicksals, wirkte in Aneljas Leben mit idealer Präzision. Es war genau zehn Jahre her, dass Anastassija geheiratet und das Haus verlassen hatte, und nun brachte das Schicksal ihnen neue Waisen ins Haus, diesmal gleich zwei.

Anelja war bereits über vierzig, Lado zehn Jahre älter als sie. Sie waren schon ein wenig welk und vertrocknet, gefasst auf ein friedliches Alter und nicht auf das Los junger Eltern. Aus dem geplanten Alter wurde nichts. Kaum waren die verwahrlosten Kinder ein wenig aufgepäppelt, da begann der Krieg. Lado überlebte die schweren Zeiten nicht, er starb vierundvierzig an einer Lungenentzündung.

Anelja verzehrte die Reste des einst reichen Hauses und stellte die Kinder auf eigene Füße. Sie starb siebenundfünfzig, bald nach der Rückkehr der inzwischen gänzlich geistesgestörten Susanna aus der Verbannung. Nina, inzwischen eine junge Frau, bekam anstelle der geliebten

Stiefmutter ihre leibliche Mutter zurück, eine einäugige Harpyie, voller Bosheit und paranoider Treue zu ihrem Führer. Seit nunmehr zwanzig Jahren pflegte Nina sie.

Aus den drei, vier Tagen, die Nina bei Medea verbringen wollte, wurden acht, und sobald Medea wieder auf den Beinen war, fuhr Nina zurück nach Tbilissi.

Medeas Krankheit war noch nicht völlig vorbei, sie hatte sich auf die Gelenke verlegt, und Medea behandelte sich nun selbst mit Hausmitteln. In dicken Knieschützern aus alter Wolle, mit Kohlblättern, Bienenwachs oder großen gedämpften Zwiebeln darunter, bewegte sich Medea, die ihre gewöhnliche Leichtfüßigkeit gänzlich eingebüßt hatte, mehr schlecht als recht durchs Haus, doch meist saß sie und reparierte die Steppdecken.

Dabei dachte sie an Nina, an deren geisteskranke Mutter und an Nika, die den ganzen September in Tbilissi verbracht hatte, auf Gastspiel mit ihrem Theater, und die, nach Ninotschkas vorsichtigen Erzählungen zu urteilen, aus dieser Reise selbst ein schönes Gastspiel gemacht hatte.

Unnütze Gedanken, gebot sich Medea Einhalt und tat, was der alte Dionysios sie in ihrer Kindheit gelehrt hatte: Wenn alltägliche Gedanken dich peinigen, dich nicht loslassen, kämpfe nicht dagegen an, aber denke deinen Gedanken wie ein Gebet, richte ihn an Gott.

Die arme Susanna, Herr, verzeih ihr die dummen und schrecklichen Dinge, die sie angerichtet hat, erweiche ihr Herz, auf dass sie sieht, wie Ninotschka ihretwegen leidet. Und hilf auch Ninotschka, sie ist sanft und geduldig, gib ihr Kraft, Herr. Nika beschütze vor allem Bösen, gefährlich bewegt sich das Mädchen, und es ist so herzensgut, so lebendig, bring sie zur Vernunft, Herr.

Wieder erinnerte sie sich an Ninas Bericht, wie Nika die Familie eines Tbilissier Schauspielers durcheinandergebracht, indem sie vor den Augen der ganzen Stadt eine aufsehenerregende Romanze mit ihm angefangen hatte, schillernd, leuchtend, lachend; die arme Frau des Schauspielers, ganz in Schwarz, von Eifersucht zerfressen, suchte nächtelang die Freunde ihres Mannes auf, hämmerte gegen geschlossene Türen, in der Hoffnung, den Untreuen auf frischer Tat zu stellen, und ertappte ihn schließlich. Es gab zerschlagenes Geschirr, Sprünge aus dem Fenster, Geschrei, Leidenschaften und unerhörte Schamlosigkeit.

Medea hatte noch im Oktober einen kurzen Brief von Nika erhalten, in dem sie ihre Reise beschrieb, den großen Erfolg des Theaters, und sogar damit prahlte, dass ihre Kostüme für das Stück eigens erwähnt worden waren.

»Lange habe ich mich nicht so amüsiert und gefreut«, schloss sie ihren Brief. »In Moskau aber – nichts als scheußliches Wetter und die langwierige Scheidung von meinem Mann, ich würde alles auf der Welt dafür geben, an einem anderen Ort zu leben, mit mehr Sonne.«

Hinsichtlich des Wetters hatte Nika völlig recht, bereits im August war der Sommer vorbei, und sofort begann der Spätherbst. Das Laub war noch nicht einmal gelb geworden, da riss eiskalter Regen es noch grün von den Bäumen. Dem heiteren Tbilissier September folgte ein unerträglicher Moskauer Oktober. Im November wurde das Wetter nicht schöner, Nikas Stimmung aber besser. Sie hatte viel zu tun.

Sie stand kurz vor der Abnahme der Kostüme für ein neues Stück und war ständig in den Ateliers, weil die Schneiderinnen ohne ihre Aufsicht allzu ungenau arbeiteten; außerdem stand auch eine Arbeit am Moskauer Zigeunertheater kurz vor dem Abschluss.

Die Arbeit an diesem Theater reizte Nika sehr, erwies sich jedoch als recht schwierig. Die Freiheit und Ungebundenheit, so reizend anzuschauen auf den Plätzen der Stadt, in Vorortzügen und auf der Bühne, verkehrte sich bei der Arbeit in großes Chaos: Vom Regisseur angesetzte Proben kamen erst beim fünften Anlauf zustande, jede Schauspielerin zettelte Skandale an und verlangte Unmögliches. An dem Tag, als eine ältere, stimmgewaltige Schauspielerin Nika ein bordeauxrotes Gewand ins Gesicht schleuderte – sie wollte eines aus weißer Spitze – und Nika es ebenso geschickt zurückfeuerte, mit einem kunstvollen Fluch beschwert – so wie man früher in den Saum leichter Kleider kleine Gewichte einnähte –, geschah das, womit Nika schon lange gerechnet und was sie gern vermieden hätte.

Um zwölf Uhr nachts erschien Mascha bei ihr. Nika hatte kaum die Tür geöffnet, da wusste sie, dass alles heraus war. Mascha warf sich ihr an die Brust.

»Nika, das ist nicht wahr, oder? Sag schon, das ist doch nicht wahr!!«

Nika streichelte Maschas regenfeuchtes Haar. Sie schwieg.

»Ich weiß, es ist nicht wahr«, beharrte Mascha, die ein kariertes Tuch aus Chinakrepp mit schrägen lila, grauen und schwarzen Karos in den Händen knüllte.

»Warum war das dort, warum?«

»Leise, leise, die Wände haben Ohren.« Nika deutete warnend in Richtung Kinderzimmer.

Nika hatte so lange, seit dem Juli, mit diesem unvermeidlichen Sturm gerechnet, dass sie nun beinahe Erleichterung verspürte. Diese dumme Geschichte hatte sich den ganzen Sommer hingezogen. Als Nika im Mai von der Krim abgereist war, hatte sie aufrichtig vorgehabt, Mascha ein heimliches Geschenk zu machen – ihr Butonow abzutreten. Doch daraus war nichts geworden.

Während Mascha noch auf der Krim die Kinder hütete, hatte Nika immer wieder Butonow besucht und entschieden, dass sie später weitersehen würden. Ihr Verhältnis gestaltete sich herrlich leicht. Butonow war entzückt von Nikas wunderbarer Unkompliziertheit, mit der sie über alles auf der Welt sprach, und das völlige Fehlen jeglichen Besitzanspruchs, und als er das einmal mit ungeschickten Worten auszudrücken versuchte, unterbrach sie ihn:

»Butontschik, dieses Köpfchen ist nicht dein stärkster Teil. Ich weiß, was du sagen willst. Du hast recht. Das liegt daran, dass ich eine männliche Psyche hab. Ich hab genau wie du Angst, in eine lange Affäre verwickelt zu werden, in Pflichten und Heirat – zum Teufel damit. Darum, merk dir das, verlasse ich die Männer immer als Erste.«

Das stimmte nicht ganz, klang aber glaubhaft.

»Gut, reich zwei Wochen vorher die Kündigung ein«, witzelte Butonow.

»Valeri, wenn du so witzig bist, verliebe ich mich noch unsterblich in dich, und das ist gefährlich.« Nika lachte schallend, den Kopf zurückgeworfen, ihr üppiges Haar und ihre Brust hüpften.

Sie lachte ständig – in der Straßenbahn, am Tisch, im Schwimmbad, wohin sie einmal gingen; und der schwer zum Lachen zu bringende Butonow lachte mit, bis ihm die Tränen kamen, ihm der Bauch wehtat und die Stimme versagte. Auch im Bett lachten sie, bis sie nicht mehr konnten.

»Du bist ein einzigartiger Liebhaber«, erklärte Nika begeistert, »normalerweise killt Lachen die Erektion.«

»Wer weiß, ich weiß nicht, vielleicht hast du mich nicht genug zum Lachen gebracht.«

Mascha kehrte Anfang Juli zurück, warf die Kinder bei Sandra ab und eilte sofort nach Rastorgujewo. Sie hatte doppelt Glück: Butonow war da, Nika nicht. Sie war am Abend vorher abgefahren.

Maschas Ankunft fiel auf den Höhepunkt der zwei Jahre zuvor unterbrochenen Renovierung. Am Vortag hatte Butonow die »Omahälfte« freigeräumt, die zwanzig Jahre lang unbewohnt gewesen war, und nun waren zwei Männer gekommen, die er als Hilfe engagiert hatte. Nika hatte ihn überredet, die Wände nicht mit Holzpaneelen zu verkleiden, wie er es vorgehabt hatte, sondern stattdessen die Balken freizulegen, zu säubern, die Fugen neu abzudichten und die rustikalen Möbel in Ordnung zu bringen, die noch aus uralter Zeit vorhanden waren.

»Glaub mir, Butonow, du machst heute Brennholz aus diesen Möbeln, aber in zwanzig Jahren haben sie Museumswert.«

Butonow wunderte sich, willigte aber ein, und nun kratzte er zusammen mit den beiden Männern die vielen Schichten Tapete ab.

»Butonow!«, rief draußen eine Frauenstimme. »Valeri!«

In einer Staubwolke trat er hinaus, eine alte Arztmütze auf dem Kopf. Vor dem Tor stand Mascha. Er erkannte sie nicht gleich. Sie war von tiefer Krimbräune, sehr anziehend, und das gewaltige Lächeln fand kaum Platz auf ihrem schmalen Gesicht.

Sie griff zwischen die Latten, löste den Haken der Pforte, und während er noch mühsam überlegte, kam sie schon den holprigen Weg entlanggerannt, warf sich wie ein kleiner Hund an seine Brust und barg ihren Kopf daran.

»Das war furchtbar! So furchtbar! Ich dachte schon, ich seh dich nie wieder!«

Ihr Scheitel roch intensiv nach Meer. Wieder hörte er, wie damals, ihr Herz laut pochen.

»Teufel noch mal! Ich hör deinen Herzschlag so deutlich wie durchs Stethoskop!«

Sie strömte Hitze und Helligkeit aus, wie die glühende Spirale einer starken Lampe. Und Butonow erinnerte sich wieder an das, was er vergessen hatte – wie verbissen und verzweifelt sie in dem kleinen Zimmer in Medeas Haus mit ihm gekämpft hatte –, und vergaß, woran er sich erinnerte – ihre langen Briefe mit den Gedichten und Gedanken über Dinge, die ihm unverständlich oder sinnlos vorkamen.

Sie presste ihren Mund auf den staubigen Arztkittel und stieß heiße Luft aus. Sie hob das Gesicht – sie lächelte nicht mehr und war so blass, dass zwischen Jochbein und Nase zwei umgedrehte Halbmonde aus dunklen Sommersprossen hervortraten.

»Da bin ich.«

Herrschte in der Omahälfte Renovierungschaos, so war der Dachboden, auf den sie nun stiegen, eine richtige Müllkippe. Weder Butonows Oma noch seine Mutter hatten je etwas weggeworfen. Löchrige Tröge, Fässer, in hundert Jahren angesammeltes Gerümpel. Das Haus hatte der Urgroßvater gebaut, Ende des vorigen Jahrhunderts, als Rastorgujewo noch ein Marktflecken war, und alles auf dem

Dachboden war tatsächlich mit hundertjährigem Staub bedeckt – man konnte sich unmöglich hinlegen.

Butonow setzte Mascha auf ein wackliges Regal, und sie sah aus wie ein Keramikkätzchen, nur sehr dünn.

Es geschah so heftig und schnell, dass Butonow sich nicht losreißen konnte, er trug sie auf einen zerschlissenen Sessel, und wieder versengte ihn die Enge, die ungeheure Enge ihres kindlichen Körpers. Über ihr entrücktes Gesicht strömten Tränen, er leckte sie ab, und sie schmeckten nach Meerwasser. O Gott …

Bald darauf fuhr Mascha nach Hause, und Butonow ging wieder Tapeten abkratzen mit den Männern, die seine Abwesenheit nicht bemerkt zu haben schienen. Er fühlte sich leer wie ein Ofenrohr, nein, wie eine taube Nuss, denn seine Leere war verschlossen und rund, nicht offen. Er hatte das Gefühl, mehr gegeben zu haben, als er wollte.

Ja, die beiden Schwestern – er wusste nicht genau Bescheid über die Art ihrer Verwandtschaft – waren totale Gegensätze. Die eine lachte, die andere weinte. Sie ergänzten einander.

Drei Tage lang konnte Mascha Nika zu Hause nicht erreichen, obwohl sie immer wieder anrief. Von Sandra wusste sie, dass Nika in der Stadt war. Endlich ging Nika ans Telefon.

»Nika! Wo hast du denn gesteckt?«

Mascha ahnte nicht, dass Nika ihr aus dem Wege ging, weil sie noch nicht bereit war für eine Begegnung.

»Dreimal darfst du raten!«, schnaubte Nika.

»Eine neue Romanze!«, platzte Mascha heraus, die den Köder sofort geschluckt hatte.

»Sehr gut!«, würdigte Nika Maschas Scharfsinn.

»Wo treffen wir uns? Ach, ich komme zu dir! Ich fahr gleich los!« Mascha brannte vor Ungeduld.

»Lieber in der Uspenskigasse«, schlug Nika vor. »Mutter ist nach den drei Tagen mit den Kleinen bestimmt schon völlig durchgedreht.«

Sie hatten die Kinder am ersten Tag zu Sandra gebracht und sie sofort vergessen. Sandra und Iwan Issajewitsch feierten ein Fest der Liebe zu den Enkeln, die ihnen keineswegs zur Last fielen. Nur drängte Iwan Issajewitsch ständig, sie sollten auf die Datscha fahren – wozu die Kinder in der Stadt schmoren lassen?

»Nein, nein, ich komme lieber zu dir, dort kann man doch nicht reden!«, bettelte Mascha, und Nika gab sich geschlagen: Nichts zu machen, sie hatte ja gewusst, dass sie diese Beichte würde abnehmen müssen.

Von diesem Tag an spielte Nika die Rolle der Vertrauensperson. Ihre Lage war mehr als zweideutig, aber einzugestehen, dass auch sie mit dieser Sache zu tun hatte, dazu war es wohl zu spät. Mascha in ihrem Liebestaumel brannte darauf, Nika von jedem Rendezvous zu erzählen, das war ihr ungeheuer wichtig.

Viele Jahre war sie gewohnt, selbst die geringsten Empfindungen ihrem Mann mitzuteilen, doch nun kam Alik als Gesprächspartner nicht infrage, und sie ergoss alles über Nika, samt den Gedichten, die sie ständig schrieb.

»Was Puschkin sein Boldino war, ist für mich Rastorgujewo«, scherzte Mascha.

Mascha, der auch früher Schlaflosigkeit nicht fremd gewesen war, hatte in diesen Monaten einen lückenhaften, leichten Schlaf voller Geräusche, Gedichtzeilen und beunruhigender Bilder.

Im Traum besuchten sie irreale Wesen, vielfüßig, vieläugig, halb Vögel, halb Katzen, mit symbolischen Andeutungen.

Eins dieser Wesen, ihr schrecklich bekannt, schmiegte sich an sie, sie kannte auch seinen Namen, er bestand aus einer Reihe Zahlen und Buchstaben. Als sie aufgewacht war, fiel ihr der seltsame Name ein: Sh4836 … Sie lachte. Das war die Nummer, die mit dicker schwarzer Farbe auf die Leinenstreifen gestempelt war, die sie an die Bettwäsche für die Wäscherei nähte.

All dieser Unsinn war von Bedeutung. Einmal träumte sie von einem fix und fertigen Gedicht und schrieb es im Halbschlaf auf. Am nächsten Morgen las sie es staunend – das ist nicht von mir, das kann ich nicht selbst geschrieben haben.

Durchs »Sie« zum »Du« –
und weiter bis zum Grund
nichtexistierender Pronomen,
mit meinen Worten füll ich Deinen Mund,
in Deinem Tun will ich als Muskel wohnen,
und in des Körpers Finsternis – Entzücken,
im Feuer jähen Durchbruchs hier,
zerbrechen wie bei Hochwasser die Brücken,
und keine Grenze zwischen mir und Dir …

»Als hätte mir das jemand diktiert, sieh nur, keine einzige Korrektur«, sagte sie, als sie Nika ihre nächtliche Aufzeichnung zeigte.

Aber Nika freute sich nicht über diese Verse, sie erschrak eher.

Dafür amüsierte es sie sehr, dass sie, von Mascha über jedes Wort, jede Regung von Butonow unterrichtet, immer bis auf die Minute genau wusste, wie er den letzten Tag verbracht hatte.

»Sind noch Bratkartoffeln da?«, fragte sie Butonow unschuldig, weil sie von Mascha wusste, dass sie am Tag zuvor bei Butonow Kartoffeln geschält und sich in den Finger geschnitten hatte.

Butonow sprach mit Nika nicht über Mascha, auch sie erwähnte ihre Rivalin mit keinem Wort, und Butonow gewann den Eindruck, dass beide bestens Bescheid wussten und sogar die Wochentage unter sich aufgeteilt hatten: Mascha besuchte ihn am Wochenende, Nika in der Woche.

Natürlich sprachen sie sich nicht ab, Nika besuchte einfach am Wochenende die Kinder, mal Lisa, die bei Sandra auf der Datscha wohnte, mal Katja, die bei der anderen Oma war. Auch der kleine Alik war bei Sandra.

Der Große Alik legte seine Arbeit beim Notdienst möglichst auf die Wochenenden, um keine Laborzeit zu verlieren, und Mascha, die edelmütiges Schweigen der Lüge vorzog, ging weg, wenn Alik nicht da war. Im Übrigen verbrachte er in den letzten Wochen ohnehin sehr wenig Zeit zu Hause.

Alik war freundlich und ausgeglichen, stellte keine überflüssigen Fragen, und ihre Gespräche drehten sich um die Ausreise. Die offizielle israelische Einladung war bereits angefordert. Doch obwohl auch Mascha darüber redete, erschien ihr die Ausreise nicht real.

Im September, als Nika nach Tbilissi abgereist war, litt

Mascha sehr unter ihrer Abwesenheit, versuchte, sie in Tbilissi anzurufen, doch im Hotel war sie nicht zu erreichen. Auch über Ninotschka konnte Mascha sie nicht finden.

Butonow war im September mit der Renovierung fertig und zog wieder zu seiner Frau nach Chamowniki, aber seit der Renovierung hatte das Haus in Rastorgujewo einen besonderen Reiz für ihn, und er übernachtete zwei-, dreimal in der Woche dort.

Manchmal holte er Mascha ab, und sie fuhren zusammen mit dem Auto dorthin. Einmal suchten sie in Rastorgujewo sogar Pilze, fanden aber keine, wurden nass bis auf die Haut und trockneten ihre Sachen am Ofen, dabei verbrannte eine Socke von Mascha. Auch das war ein kleines Ereignis in ihrem Leben – wie der verletzte Finger, wie eine Schramme oder blaue Flecke, die sich Mascha beim Liebeswerk zuzog.

Entweder war Butonows Haus ihr feindlich gesinnt, oder sie reizte Butonow zu einer gewissen sexuellen Grobheit, jedenfalls hatte sie unzählige solcher kleinen Verletzungen, und auf diese Male der Leidenschaft war sie sogar ein wenig stolz.

Als Nika endlich aus Tbilissi zurückkehrte, erzählte ihr Mascha lange von all diesen Kleinigkeiten und teilte am Ende beiläufig mit, dass die Einladung gekommen sei.

Nika staunte nur, wie sehr alles in Maschas Kopf durcheinander war – die Einladung war doch das wichtigste Ereignis.

Die Ausreise bedeutete Trennung von der Familie, vielleicht für immer, Mascha aber demonstrierte Nika ihre blauen Flecke oder las ihr Gedichte vor. Auch Nika hatte diesmal etwas zu erzählen. Sie ging vollständig in einer neuen Romanze auf und hatte beschlossen, dies sei der geeignete Moment, mit Butonow Schluss zu machen.

Eine ganze Woche wartete sie wie Penelope auf ihren Wachtang, der zu Probeaufnahmen ins Mosfilm-Studio kommen sollte, aber seine Ankunft verzögerte sich immer wieder, und um in Form zu bleiben, fuhr Nika zu Butonow, wenn sie wusste, dass Mascha nicht bei ihm war.

Butonow freute sich sehr über Nikas Kommen. Er wollte ihr die renovierte Hälfte des Hauses zeigen, immerhin war Nika seine persönliche Ausstatterin gewesen. Ihm hatte die Idee mit den bloßgelegten Balken sehr gefallen, doch Nika war entsetzt, als sie sah, dass diese nun lackiert waren. Sie schimpfte lange und komisch mit Butonow, befahl ihm, den Lack mit Verdünnung abzuwaschen. Sie stellte die Möbel um, zeigte ihm, wo und was noch zu reparieren war und wovon er die Finger lassen sollte. Immerhin hatte sie viele Jahre mit einem Möbeltischler unter einem Dach gelebt und sich, begabt, wie sie war, auch auf diesem Gebiet alles schnell angeeignet. Sie versprach Butonow, farbiges Glas mitzubringen, um es anstelle des verlorengegangenen in die Anrichte einzusetzen, und in der Nähstube des Theaters Vorhänge zu nähen.

Irgendwann rutschte Nikas Tuch herunter, glitt wie eine Schlange zwischen Laken und Matratze, und Nika konnte es nicht finden, obwohl sie am Morgen lange danach suchte. Das Tuch war selbstgemacht, eines der vielen, an denen sie noch an der Fachschule Batiken geübt hatte.

Als Mascha, an dem Tuch zupfend, gleich auf der Türschwelle über sie herfiel – ist das wahr oder nicht?, unterbrach Nika sie streng:

»Was sagt denn Butonow?«

»Dass ihr schon lange, schon seit der Krim … Aber das kann nicht sein, nein … Ich hab ihm gesagt, dass das unmöglich ist …«

»Und er?«, beharrte Nika.

»Er hat gesagt: Nimm es als Fakt.« Mascha knetete noch immer Nikas Tuch, das ja ein gewisses Faktum verkörperte.

Nika zog ihr das Tuch aus der Hand und warf es unter den Spiegel:

»Dann tu das!«

»Ich kann nicht, ich kann nicht!«, heulte Mascha.

»Maschka!« Nika wurde sanft. »Es ist nun mal passiert. Was jetzt, sich aufhängen oder wie? Machen wir doch keine Tragödie draus. Was soll der Quatsch, die reinsten ›Gefährlichen Liebschaften‹.«

»Aber Nika, mein Sonnenschein, was soll ich jetzt nur tun? Ich soll mich daran gewöhnen, ja? Ich verstehe selbst nicht, warum das so wehtut. Als ich dieses Tuch gefunden hab, da wär ich beinah gestorben.« Sie schüttelte erneut energisch den Kopf. »Nein, nein, das ist unmöglich!«

»Warum ist das unmöglich? Warum?«

»Ich kann es nicht erklären. Etwa so: Jeder kann mit jedem zusammen sein, alles ist willkürlich, die Wahl zufällig und alle Menschen austauschbar. Aber das hier, das weiß ich, das ist etwas Einzigartiges, neben dem alles andere überhaupt keinen Sinn hat. Einzigartig …«

»Mein Engel«, unterbrach Nika sie, »bildest du dir das nicht nur ein? Jeder Fall ist einzigartig, glaub mir. Butonow ist ein großartiger Liebhaber, und das ist messbar in Zentimetern, Minuten, Stunden, in der Anzahl der Hormone im Blut. Das sind die Parameter! Er hat gute Anlagen, das ist alles! Dein Alik ist ein wunderbarer Mensch, klug und begabt, Butonow kann ihm nicht das Wasser reichen, aber Alik ist einfach unter …«

»Hör auf!«, schrie Mascha. »Hör auf! Behalt deinen Butonow mitsamt seinen Zentimetern!«

Damit rannte Mascha hinaus, wobei sie das Tuch, das sie Nika eben erst zurückgegeben hatte, wieder von der Spiegelkonsole riss.

Nika hielt sie nicht zurück – sollte sie sich austoben. Wenn ein Mensch idiotische Illusionen hat, muss er sich davon befreien. Butonow hatte recht: Nimm es als Fakt. Statt dessen – Nika erinnerte sich gereizt an Maschas Verse: »Nimm auch, wovon zu viel gegeben, wie zweifach Segen nimm es an …« Genau, nimm es an. Nimm es als Fakt.

»Lieber Butonow! Ich weiß, dass Briefeschreiben nicht Dein Genre ist, dass für Dich die wichtigste Form zwischenmenschlicher Kommunikation die taktile ist. Selbst Dein Beruf ist danach, ganz Hände, Berührungen, sanfte Bewegungen. Und wenn man auf dieser Ebene, der Oberfläche, bleibt, in direktem und indirektem Sinn, dann ist alles, was geschieht, vollkommen richtig. Berührungen haben kein Gesicht, keine Augen – angesprochen werden nur die Rezeptoren. Auch Nika hat versucht, mir das zu erklären: alles eine Sache von Zentimetern, Minuten und Hormonspiegel.

Aber das ist nur eine Frage des Glaubens. In der Praxis hat sich herausgestellt, dass ich einem anderen Glauben anhänge als Du, dass für mich ein Gesichtsausdruck wichtig ist, eine innere Bewegung, ein bestimmtes Wort, eine Regung des Herzens. Wenn das fehlt, sind wir füreinander nur Gegenstände, die wir benutzen. Das quält mich im Grunde am meisten: Gibt es denn außer der Kommunikation der Körper keine andere? Verbindet uns beide denn nichts außer der Umarmung bis zum Weltvergessen? Vollzieht sich nicht dort, wo das Gefühl für die Grenzen des Körpers verlorengeht, eine andere Verständigung, erhabener als die körperliche?

Nika, Deine Geliebte, mir mehr als eine Schwester, sagt zu mir: Es sind nur Zentimeter, Minuten, Hormone … Sag nein! Sag Du nein! Ist denn zwischen uns nichts geschehen, das sich mit keinen Parametern beschreiben lässt? Aber dann gibt es weder Dich noch mich, dann gibt es überhaupt nichts und niemanden, dann sind wir alle mechanisches Spielzeug und nicht Kinder Gottes. Hier ist ein kleines Gedicht für Dich, lieber Butonow, und ich bitte Dich: Sag nein.

Komm, spiel, Kentaur, spiel,
Chimäre zweier Rassen
es brenne Feuer, wo die Linie teilt
des Menschen unsterbliche Seele
und zügellosen Pferdeleib.
Zwei Ufer liegen da, Verwandtschaft ist vergessen,
hinüberzugelangen – ererbtes Los traf mich,
doch du springst in den Strom, erinnerungsloses Wasser,
in dem ich niemand bin – für alle und für dich.

Mascha Miller«

Als Butonow den Brief gelesen hatte, stöhnte er nur. Da er Maschas Charakter schon kannte, hatte er große Gefühle aus Anlass der entdeckten Rivalin erwartet. Aber eine Eifersucht, die sich so kompliziert, so schwülstig äußerte, hatte er nicht einmal ahnen können. Das Mädchen litt ganz offensichtlich.

Nach zehn Tagen – in dieser Zeit, hoffte er, würde sich das Ganze legen – rief er Mascha an und fragte, ob sie nicht Lust habe auf eine Spritztour nach Rastorgujewo. Nach einigem Zögern, vereinzeltem »ja« und »nein« – wobei Butonow auch auf die Entfernung durchs Telefon spürte, dass sie sich nichts sehnlicher wünschte –, willigte Mascha ein.

In Rastorgujewo war alles neu, denn inzwischen war Schnee gefallen, gleich so viel, dass der Pfad vom Gartentor bis zur Treppe eingeschneit war, und um den Wagen reinfahren zu können, musste Butonow mit einer Holzschaufel den Schnee zu einem großen Haufen zusammenschieben.

Im Haus war es kalt, scheinbar sogar kälter als draußen. Butonow brachte Mascha sofort so in Fahrt, dass ihnen beiden heiß wurde. Sie stöhnte unter Tränen und verlangte immer wieder: »Sag nein!«

»Wieso denn nein – im Gegenteil, ja, ja, ja«, sagte Butonow lachend.

Später heizte er den Ofen, öffnete eine uralte Büchse Sprotten in Tomatensoße und aß sie ganz allein. Mascha rührte nichts davon an. Etwas anderes war nicht im Haus.

Sie beschlossen, nicht nach Moskau zurückzufahren, und gingen zu Fuß zur Bahnstation. Mascha rief aus einer Telefonzelle zu Hause an und sagte Deborah Lwowna Bescheid, dass sie diese Nacht nicht nach Hause komme, weil sie bei Freunden auf einer Datscha sei und so spät am Abend nicht mehr zurückfahren wolle. Ihre Schwiegermutter kochte vor Zorn:

»Natürlich! An deinen Mann und deinen Sohn denkst du überhaupt nicht! Willst du wissen, wie man das nennt …«

Mascha hängte den Hörer ein.

»Alles in Ordnung, ich hab Bescheid gesagt.«

Sie liefen den weißverschneiten Weg zurück. Butonow zeigte ihr die Fenster des Hauses, in dem Vitja Krawtschuk wohnte.

»Wollen wir reingehen?«, schlug er vor.

»Um Gottes willen.« Mascha lachte.

In Butonows Haus war es kühl – die Wärme hielt sich darin nicht.

Jetzt ist der Ofen an der Reihe, nächstes Jahr setz ich einen neuen, beschloss Butonow.

Sie richteten sich in der Küche ein, dort war es immerhin etwas wärmer. Sie holten Matratzen aus dem ganzen Haus zusammen. Kaum hatten sie sich aufgewärmt, da bekam Butonow Bauchschmerzen und ging auf die Toilette im Hof. Er kam zurück und legte sich hin. Mascha strich ihm mit einem Finger übers Gesicht und sprach von der Beseeltheit des Geschlechts, von der Persönlichkeit, die sich durch Berührungen ausdrücke … Die Fischkonserve jagte Butonow die ganze Nacht immer wieder nach draußen, sein Bauch revoltierte, und die schlaflose Mascha plapperte mit zärtlicher Stimme, in überspanntem, fragendem Ton.

Zu Butonows Ehre sei gesagt, er war höflich und bat Mascha nicht, sie möge den Mund halten, nur ab und zu, wenn der Schmerz ein wenig nachließ, sank er in Schlaf. Am Morgen, sie waren schon auf dem Weg in die Stadt, sagte Butonow zu Mascha:

»Für eins bin ich dir dankbar – wenigstens hast du mir,

als mich der Durchfall geplagt hat, keine Gedichte vorgetragen.«

Mascha sah ihn erstaunt an.

»Aber Valeri, das habe ich doch. Das ›Poem ohne Held‹, von Anfang bis Ende.«

Maschas Verhältnis zu ihrem Mann war nicht gestört, doch in letzter Zeit redeten sie seltener miteinander. Die Einladung war noch nicht eingereicht. Alik wollte kündigen, bevor er die Ausreise beantragte, doch zuvor musste er noch eine bestimmte Versuchsreihe abschließen.

Er blieb bis spätabends im Labor, hatte auch den Notdienst aufgegeben. Hin und wieder trug er einen Rucksack voller Bücher ins Antiquariat – von der Bibliothek seines Vaters würde er sich sowieso trennen müssen. Er sah, dass Mascha sich aufrieb und nervös war, und behandelte sie voller Zärtlichkeit, wie eine Kranke.

Im Dezember fuhr Butonow nach Schweden – für etwa zwei Wochen, wie er sagte, obwohl er natürlich genau wusste, wann er zurückkommen würde. Er liebte die Freiheit. Nika bemerkte seine Abwesenheit kaum. Die Premiere eines Kinderstücks zu Beginn der Schulferien stand wieder einmal bevor, außerdem war Wachtang endlich gekommen, und Nika verbrachte alle freie Zeit mit ihm und seinen Freunden, Moskauer Georgiern, meist in Restaurants, mal im Haus des Films, mal im Theaterverband.

Mascha wurde schwermütig, versuchte ständig, wenigstens Nika zu erreichen, um mit ihr über Butonow zu reden. Aber Nika war unerreichbar. Mit anderen über Butonow zu reden war unsinnig, ja, unmöglich.

Die Schlaflosigkeit, die bislang nur ihre Krallen geschärft hatte, ergriff im Dezember völlig von Mascha Besitz. Alik brachte ihr Schlafmittel mit, doch der künstliche Schlaf war noch schlimmer als Schlaflosigkeit. Ein aufdringlicher Traum begann an beliebiger zufälliger Stelle, lief aber immer auf dasselbe hinaus: Sie suchte Butonow, holte ihn ein, doch er entglitt ihr, zerfloss wie Wasser, wechselte wie im Märchen seine Gestalt, löste sich auf, verwandelte sich in Rauch.

Zweimal fuhr Mascha nach Rastorgujewo, nur, um vom Pawelezker Bahnhof aus mit dem Vorortzug bis zur vertrauten Station zu fahren, zu Fuß bis zu Butonows Haus zu laufen, eine Weile am Zaun zu stehen, das verschneite Haus zu betrachten, die dunklen Fenster, und wieder nach Hause zu fahren. Das Ganze dauerte rund dreieinhalb Stunden, und besonders angenehm war der Hinweg.

Die zwei Wochen waren bereits um, doch er meldete sich nicht. Mascha rief in Chamowniki an. Eine ältere, müde Frauenstimme antwortete, er käme gegen zehn. Aber weder um zehn noch um elf war er da, und am nächsten Morgen antwortete dieselbe Stimme: »Rufen Sie am Freitag an.«

»Ist er denn zurück?«, fragte Mascha schüchtern.

»Ich sag doch, rufen Sie am Freitag an«, antwortete die Frau gereizt.

Es war erst Montag.

Er ist zurück und meldet sich nicht, dachte Mascha enttäuscht. Sie rief Nika an, fragte, ob sie etwas von Butonow gehört habe. Doch Nika wusste nichts.

Mascha machte sich wieder auf den Weg nach Rastorgujewo, diesmal gegen Abend. Der Schnee vor Butonows Tor war geräumt, das Tor geschlossen und verriegelt. Sein Wagen stand auf dem Hof. In der Omahälfte brannte ein schwaches Licht. Mascha riss die eiskalte Gartenpforte auf. Der Weg zum Haus lag voller Schnee. Beim Gehen sank sie fast bis zu den Knien ein. Lange klingelte sie an der Tür – niemand öffnete.

Sie wollte aufwachen – so sehr ähnelte all das einem ihrer Träume, genauso deutlich und bitter war Butonows Anwesenheit durch ein Zeichen zu spüren – das sandfarbene Auto mit der Schneedecke auf dem Dach – und Butonow nicht zu greifen.

Mascha stand etwa eine dreiviertel Stunde da, dann ging sie.

Nika ist da drin, entschied sie.

Im Zug dachte sie nicht an Butonow, sondern an Nika. Nika war seit frühester Kindheit ihre Schicksalsgefährtin. Sie beide verband neben allem anderen auch eine physische Sympathie füreinander. Nikas aufgeworfene Lippen mit den Längsfältchen, der Vorrat an Lächeln, die Fältchen verborgenen Lachens in den Mundwinkeln, ihr knisterndes rotes Haar – das alles liebte Mascha seit der Kindheit, und Nika mochte Maschas Winzigkeit, ihre kleinen Füße, ihre Eckigkeit, die Zierlichkeit ihrer ganzen Gestalt.

Was Mascha anging, so würde sie ohne Zögern Nika sich selbst vorziehen. Nika dagegen dachte über solche Dinge nicht nach, ihr genügte alles an ihr selbst.

Auch Butonow verband sie beide nun auf geheimnisvolle Weise. Wie Jakob, der zwei Schwestern geheiratet hatte. Man könnte sie »Mitfrauen« nennen, wie es »Mitbrüder« gibt. Jakob ging in ihre Zelte, nahm sie und ihre Dienerinnen, und sie alle waren eine Familie. Was ist Eifersucht denn anderes als eine Art Habgier? Man kann einen anderen Menschen nicht besitzen … so sollte es sein – dass alle

Brüder und Schwestern wären, Mann und Frau. Mascha musste selbst lächeln: Tschernyschewskis großes Bordell, so etwas wie der Traum von Vera Pawlowna.

Es gibt nichts Einmaliges, Einzigartiges, nichts Persönliches. Alles ist öde und mittelmäßig. Sind wir frei oder nicht? Woher kommt dieses Gefühl von Scham und Unanständigkeit? Auf der Fahrt nach Moskau schrieb sie ein Gedicht für Nika:

Der Ort ist weit, zwischen Schatten und Bäumen,
der Ort zwischen Durst und Trinken ist weit,
seh über der Schlucht ein Gedicht beim Träumen,
geh über die Brücke durch die Zeit.
Durch Schlafes Dunkel und durch Kindheitsflure
zu leuchten mit dem Beutelicht bereit,
und das Geständnis bleibt uns auf den Spuren:
wir töten nicht, wir kennen keinen Neid,
gehn nicht durch Pfützen, werden niemals klauen,
tun nichts Verbotnes, suchen keinen Streit,
doch abergläubisch spüren wir voll Grauen,
wir machen etwas Schreckliches zu zweit …

Gegen zwölf war sie wieder zu Hause – Alik wartete in der Küche mit einer Flasche guten georgischen Weins. Er hatte seine Versuche beendet und konnte gleich am nächsten Tag seine Kündigung einreichen. Erst jetzt begriff Mascha, dass sie bald für immer weggehen würde.

Sehr gut, sehr gut, dann hört diese schändliche Quälerei auf, dachte sie. Lange saß sie mit Alik zusammen, bis vier Uhr morgens. Sie redeten, machten Pläne, und dann schlief Mascha traumlos ein, Hand in Hand mit Alik.

Sie erwachte spät. Deborah Lwowna war seit ein paar Tagen nicht mehr zu Hause, in letzter Zeit besuchte sie oft und lange ihre kranke Schwester. Die beiden Aliks hatten schon gefrühstückt und spielten Schach. Das allerfriedlichste Bild, sogar mit Katze auf dem Sofakissen.

Wie gut, ich glaube, ich werde langsam gesund, dachte Mascha, während sie die widerspenstige Kurbel der Kaffeemühle drehte. Dann nahmen sie den Schlitten und gingen zu dritt auf den Hügel. Sie wälzten sich im Schnee, wurden nass bis auf die Knochen und waren glücklich.

»Gibt es in Boston eigentlich Schnee?«, fragte Mascha.

»Solchen nicht. Aber wir werden in den Staat Utah fahren, zum Skilaufen, das ist genauso gut«, versprach Alik.

Und was er versprach, das hielt er immer.

Am selben Abend rief Butonow an:

»Hast du schon Sehnsucht gehabt?«

Er hatte Mascha am Abend zuvor an der Pforte stehen sehen, ihr aber nicht geöffnet, weil er Damenbesuch hatte, eine hübsche dicke Dolmetscherin, die er von der Reise her kannte. Zwei Wochen lang hatten sie einander vielsagend angesehen, doch es hatte sich nie eine Gelegenheit ergeben. Die weiche und träge Frau, seiner Frau Olga sehr ähnlich, wie er begriff, hatte sich bei Maschas Klingeln wie eine schläfrige Katze in Butonows Armen gewunden, und Butonow war wütend geworden auf die Dolmetscherin, auf Mascha und auf sich selbst. Er wollte Mascha, die spitze, heftige, mit ihren Tränen und ihrem Stöhnen, und nicht diese Dicke.

Seit dem Morgen hatte er mehrfach bei Mascha angerufen, doch erst war das Telefon tot gewesen, abgeschaltet, dann hatte zweimal Alik abgenommen und Butonow wieder aufgelegt, und erst am Abend erreichte er sie.

»Ruf bitte nicht mehr an«, bat Mascha.

»Wann? Wann kommst du? Komm bald«, sagte Butonow, der sie nicht gehört hatte.

»Nein, ich komme nicht. Ruf mich nicht mehr an, Valeri«, sagte sie, schon mit gedehnter, weinerlicher Stimme. »Ich kann nicht mehr.«

»Maschka, ich hab so schreckliche Sehnsucht! Was soll das, bist du verrückt geworden? Sauer auf mich? Das ist ein Missverständnis, Mascha. Ich bin in fünfundzwanzig Minuten vor deinem Haus, komm raus.« Er hängte ein.

Mascha war aufgewühlt. Sie hatte so vernünftig, so fest beschlossen, sich nicht mehr mit ihm zu treffen, hatte wenn nicht Befreiung, so doch Erleichterung empfunden, und der Tag heute war so schön gewesen – der Schnee auf dem Hügel, die Sonne … Ich gehe nicht, entschied Mascha.

Doch eine halbe Stunde später warf sie sich ihre Jacke über und rief Alik zu:

»Ich bin in zehn Minuten wieder da!«

Sie rannte die Treppe hinunter, ohne erst den Fahrstuhl zu rufen.

Butonows Auto stand vor der Tür. Sie riss die Tür auf und setzte sich neben ihn.

»Ich muss dir sagen …«

Er umschlang sie, griff ihr unter die Jacke.

»Klar reden wir, Kleines, unbedingt.«

Er fuhr los.

»Nein, nein, ich fahre nirgendwohin. Ich bin rausgekommen, um dir zu sagen, dass ich nirgendwohin fahre.«

»Wir sind doch schon unterwegs.« Butonow lachte.

Diesmal war Alik sauer.

»Was für eine Schweinerei! Begreifst du das nicht selbst?«, hielt er ihr am späten Abend vor, als sie zurück war. »Geht für zehn Minuten aus dem Haus und kommt nach fünf Stunden wieder! Was soll ich denn da denken? Dass du überfahren wurdest? Ermordet?«

»Bitte, verzeih mir, du hast recht, das war eine Schweinerei.« Mascha fühlte sich zutiefst schuldig. Und zutiefst glücklich.

Doch dann verschwand Butonow für einen Monat, und Mascha bemühte sich mit aller Kraft, sein Verschwinden »als Fakt« hinzunehmen, und dieser Fakt versengte sie bis ins Innerste. Sie aß fast nichts, trank süßen Tee und hielt einen unablässigen inneren Monolog an Butonow. Ihre Schlaflosigkeit nahm immer schlimmere Formen an.

Alik war besorgt: Mascha hatte offensichtlich einen Nervenzusammenbruch. Er gab ihr Tranquilizer, erhöhte die Dosis des Schlafmittels. Psychopharmaka lehnte sie ab:

»Ich bin nicht verrückt, Alik, ich bin eine Idiotin, und das ist nicht heilbar.«

Alik bestand nicht darauf. Er fand, das sei ein weiterer Grund, die Ausreise zu beschleunigen.

Zweimal kam Nika. Mascha sprach nur von Butonow. Nika schimpfte auf ihn, klagte sich selbst an und schwor, sie habe ihn im Dezember das letzte Mal gesehen, noch vor seiner Abreise nach Schweden. Außerdem sagte sie, er sei ein hohler Mensch, und das einzig Wertvolle an der ganzen Geschichte sei, dass Mascha so viele wunderbare Gedichte geschrieben habe. Ergeben las Mascha ihr die Gedichte vor und überlegte, ob Nika sie womöglich hinterging und bei Butonow gewesen war, an dem Abend, als sie an seiner Tür klingelte.

Alik hetzte durch alle möglichen Ämter. Er hatte einen ganzen Stapel Dokumente gesammelt. Nicht nur wegen Mascha hatte er es eilig, nach Boston trieb ihn außerdem die Arbeit, ohne die auch er irgendwie krank wurde. Der Ausreiseweg war nicht einfach, erst nach Wien, über europäische Kanäle, und von dort nach Amerika. Möglicherweise zwischen Wien und Amerika noch Rom – das hing davon ab, wie schnell die ausländischen Behörden die Papiere bearbeiten würden.

Zu allen Schwierigkeiten der Ausreise kam unerwartet noch Deborah Lwownas Protest: Ich gehe nirgendwohin, ich habe eine kranke Schwester, der einzige Mensch, der mir nahesteht, nie im Leben lasse ich sie allein … Dann folgte der Standardtext der jiddischen Mame: Ich hab dir geopfert mein ganzes Leben, und du Undankbarer … Das verfluchte Israel, es bringt uns nichts als Scherereien … Das verfluchte Amerika, es soll versinken!

Vor solchen Argumenten verstummte Alik und nahm sie bei den Schultern.

»Aber Mama! Du kannst Tennis spielen? Und Schlittschuh laufen? Gibt es irgend etwas auf der Welt, das du nicht kannst? Etwas, das du nicht weißt? Irgendeine Kleinigkeit? Sei still, ich bitte dich. Keiner lässt dich im Stich, wir gehen zusammen, und deine Fira werden wir von Amerika aus unterstützen. Ich werde dort viel Geld verdienen.«

Deborah Lwowna verstummte für einen Augenblick, polterte dann jedoch mit neuer Leidenschaft los:

»Was soll mir dein Geld! Auf dein Geld, da spuck ich!

Papa und ich, wir haben immer gespuckt auf Geld! Das Kind werdet ihr verderben mit eurem Geld!«

Alik griff sich an den Kopf und verließ das Zimmer.

Als sie alle Papiere beisammen hatten, weigerte sich Deborah Lwowna kategorisch mitzukommen, gab jedoch ihre Einwilligung zur Ausreise. Schließlich waren die Papiere eingereicht, da tauchte Butonow wieder auf. Es war Morgen, Mascha zog den Kleinen Alik an, brachte ihn zu Sandra und fuhr nach Rastorgujewo, um sich zu verabschieden.

Es wurde ein glücklicher Abschied. Mascha sagte Butonow, sie sei zum letzten Mal zu ihm gekommen, sie werde bald für immer weggehen und wolle alles bis zum Letzten in ihrer Erinnerung mitnehmen. Butonow war verstört:

»Für immer? Schon richtig, Mascha, ja, schon richtig. Das Leben bei uns ist beschissen, verglichen mit dem Westen, ich habs gesehn. Aber für immer …«

Mascha ging durchs Haus, um alles in sich aufzunehmen, denn auch das Haus wollte sie in Erinnerung behalten. Dann stiegen sie zusammen auf den Dachboden. Er war noch immer staubig und voller Gerümpel. Butonow stolperte über einen herausgebrochenen Stuhlsitz und hob ihn hoch.

»Sieh mal.«

Die Mitte des Sitzes war von Messerstichen durchlöchert, darum herum befanden sich Einkerbungen von weniger zielsicheren Würfen. Er hängte den Sitz an einen Nagel in der Wand.

»Das war die Hauptbeschäftigung meiner Kindheit.«

Er zog ein Messer hervor, ging ans andere Ende des Dachbodens und warf. Die Schneide bohrte sich genau in der Mitte der Zielscheibe in die Wand, in einen alten Treffer.

Mascha zog das Messer heraus und ging zu Butonow. Er glaubte, sie wolle es ebenfalls auf das Ziel werfen, doch sie wiegte es nur in der Hand und gab es ihm zurück.

»Nun weiß ich alles über dich.«

Nach diesem Besuch begann Mascha allmählich mit den Vorbereitungen auf die Emigration. Sie nahm alle Papiere aus den Fächern ihres Schreibtischs und sortierte, was sie wegwerfen und was sie aufheben wollte.

Der Zoll ließ keine Manuskripte durch, aber Alik hatte einen Bekannten in der amerikanischen Botschaft, und der hatte versprochen, Mascha ihre Papiere per Diplomatenpost zu schicken. Sie saß auf dem Fußboden in einem Haufen von Papier, las jede Seite noch einmal, dachte über jede nach, war traurig. Plötzlich begriff sie, dass alles bisher Geschriebene nur ein Entwurf war für das, was sie jetzt oder später einmal schreiben wollte.

»Ich stelle einen Sammelband zusammen und nenne ihn *Schlaflosigkeit*.«

Die Gedichte kamen auf sie zu wie Tiere aus dem Wald, fix und fertig, aber immer mit irgendeinem Makel behaftet, einem Hinken in der letzten Strophe … »Es gibt ein Hellsehen in Nächten, wenn Finsternis Details versteckt, dann bleibt von den Tapetenmustern nur sichtbar noch der weiße Fleck. Wenn meine Last nachts schmelzen möchte – die Sorgen, Kleinkram, Müh und Plag – besiegt der Genius der Nächte den blassen, unbegabten Tag. Ich liebe schlaflos helle Weiten, ihr Leuchten fern am Horizont. Wenn zartes Salz zu Boden gleitet, wo immer mehr der Schlaf entschwand …«

Mascha hatte stark abgenommen, war noch fragiler geworden – und fragiler war nun auch die Welt des Tages, die ihr, im Unterschied zu der bei Nacht, uninspiriert vorkam.

Ein Engel tauchte auf. Anfangs sah sie ihn nicht leibhaftig, spürte nur seine Anwesenheit und drehte sich manchmal abrupt um, weil sie glaubte, mit einem sehr schnellen Blick könne sie ihn erhaschen.

Wenn er im Traum kam, waren seine Züge deutlicher, und der Teil des Traums, in dem er erschien, war wie eine farbige Einblendung in einem Schwarz-Weiß-Film.

Er sah jedes Mal ein bisschen anders aus, er konnte menschliche Gestalt annehmen; einmal kam er zu ihr als Lehrer, weiß gekleidet wie ein Fechter, und lehrte sie fliegen. Sie standen am Abhang eines lebenden, sanft atmenden Berges, der auf gewisse Weise ebenfalls Teil des Unterrichts war.

Der Lehrer zeigte auf einen Abschnitt der Wirbelsäule, unter den Schultern und tiefer, wo ein kleines Organ oder ein Muskel saß, und Mascha fühlte, dass sie fliegen würde, sobald sie die sachte und präzise Bewegung beherrschte, die dieses Organ steuerte. Sie konzentrierte sich, und wie auf Knopfdruck löste sich ihr Körper langsam vom Berg, und der Berg unterstützte ihre Bewegung. Mascha flog schwerfällig und langsam, doch sie wusste genau, was sie tun musste, um Geschwindigkeit und Flugrichtung zu steuern, wohin sie wollte und ohne Ende.

Sie hob den Kopf – über ihr flogen durchscheinende Menschen in freiem, starkem Flug, und sie begriff, dass auch sie so fliegen konnte wie diese. Sie ging langsam nieder, ohne den Genuss voll ausgekostet zu haben.

Dieser Flug hatte nichts mit dem der Vögel gemein: kein Flügelschlagen, keine Zappelei, keine Aerodynamik – eine bloße Anstrengung des Geistes.

Ein andermal lehrte der Engel sie Methoden eines besonderen, nicht irdischen Kampfes der Worte und Gedanken. Sie hielt ein Wort in der Hand, und es war eine Waffe, der Engel legte es ihr in die Hand, es war glatt und griffig, er drehte ihre Hand, und der Sinn des Wortes leuchtete mit grellem Strahl auf. Da tauchten unvermittelt zwei Gegner auf, einer rechts über ihr, einer links, ein Stück tiefer. Beide waren erfahrene und gefährliche Feinde, geübt in der Kunst des Kampfes. Der eine richtete seinen Strahl auf sie, und sie parierte. Der zweite brachte ihr aus kurzer Entfernung einen schnellen Hieb bei; und wie durch ein Wunder konnte sie ihn erwidern.

Diese Angriffe waren ein heftiger Dialog, unübersetzbar, aber mit ganz klarem Sinn. Die beiden verspotteten sie, zeigten ihr ihre Nichtigkeit und ihre absolute Unterlegenheit gegenüber ihrer beider Meisterklasse.

Doch sie, immer erstaunter, parierte jeden Hieb und stellte bei jeder neuen Bewegung fest, dass die Waffe in ihrer Hand immer klüger und treffsicherer wurde, und der Kampf ähnelte tatsächlich am ehesten einem Fechtkampf. Der Gegner rechterhand war bösartiger und spöttischer, doch er zog sich zurück. Auch der zweite trat den Rückzug an. Sie verschwanden. Das hieß, sie hatte gesiegt.

Da warf sie sich weinend, ungehemmt schluchzend dem Lehrer an die Brust – und er sagte zu ihr:

»Hab keine Angst. Du siehst, niemand kann uns etwas antun.«

Und Mascha weinte noch heftiger vor entsetzlicher Schwäche, die ihre eigene war, denn die ganze kluge Kraft, mit der sie gesiegt hatte, war nicht ihre eigene gewesen, sondern nur geliehen, vom Lehrer.

Übermenschliche Freiheit und überirdisches Glück empfand Mascha durch diese neue Erfahrung, durch die Räume und Gebiete, die ihr der Engel erschloss, aber bei aller Neuheit und Unvorstellbarkeit des Erlebten ahnte sie, dass jenes grenzenlose Glück, das sie durch Butonows Nähe empfand, der gleichen Wurzel entstammte, von der gleichen Art war.

Sie wollte den Engel danach fragen, doch der ließ sie keine Fragen stellen: Sobald er erschien, ordnete sie sich voller Eifer und Wonne seinem Willen unter.

Wenn er dann verschwand, manchmal für mehrere Tage, ging es ihr sehr schlecht, als müsse sie das Glück seiner Anwesenheit mit seelischer Finsternis erkaufen, mit düsterer Leere und wehmütigen Monologen an den kaum existenten Butonow – »Günstiges Licht ertragen wir nur schwer, doch ist es gar nicht zu ertragen, leuchtet die dunkle Scheibe leer an allen nachfolgenden Tagen ...«

Mascha schwankte, ob sie Alik davon erzählen sollte. Sie fürchtete, er mit seinem Rationalismus würde ihren Bericht nicht aus mystischer, sondern aus medizinischer Sicht beurteilen. Aber in ihrem Fall lag zwischen Mystik und Medizin das Feld der Poesie, und darauf war sie die Herrin.

Genau da setzte sie an. An einem späten Abend, als das ganze Haus bereits schlief, las sie Alik eins ihrer letzten Gedichte vor:

Ich hab gesehen, mein Beschützer,
wie du gewacht hast über mich.
An den granitnen warmen Brocken
den Kopf eng angeschmiegt stand ich,
als aus freudianischen Gefilden,
aus Schlafesdickicht, Dunkelheit
die Welle in mein Haus mich spülte,
wie Müll, den Flut zum Ufer treibt,
wie Bläschen nisten voller Leere
in dem Beton und in Metall,
so biegt die Kurve ihre Flügel,
dehnt in der Ecke sich oval.
Mir scheint, mein Engel musste weinen,
die Hand bedeckte sein Gesicht,
über die Nähe als ein Zeichen,
und über mich, und über dich.

»Ich finde, das sind sehr gute Verse, Mascha.« Alik war aufrichtig begeistert, anders als in den Fällen, da er die Äußerung von Lob für seine eheliche Pflicht hielt.

»Das ist die Wahrheit, Alik. Das heißt, es sind Verse, ja, aber keine Metapher und keine Phantasie. Es ist wirklich da …«

»Selbstverständlich, Mascha, anders wäre Kreativität gar nicht denkbar. Ein metaphysischer Raum …«, setzte er an, doch sie unterbrach ihn:

»Aber nein! Er kommt zu mir. Genau wie du … Er hat mich fliegen gelehrt und vieles andere, das sich nicht beschreiben, nicht mit Worten ausdrücken lässt. Hier, hör zu:

Wie angestrengt die Möwe fliegt –
wie unvollkommen ihre Flügel,
wie angespannt den Hals sie biegt
und wie erniedrigend ihr Mühen,
nicht abzustürzen in das Meer,
will sie vom Schaum die Krumen heben …
Doch selbst dem Ärmsten wird gegeben
die Stirn, die Flügel stark und breit, die Augen und ein
Federkleid
anstatt von Lumpen und von Münzen,
wird er in Bergeslüften tanzen,
ganz ohne Übung himmelweit …

Ein ganz einfaches Gedicht, scheinbar geht daraus gar nicht hervor, dass ich geflogen bin, dass ich wirklich dort war, wo Fliegen ganz natürlich ist … Wie alles …«

»Du meinst – Halluzinationen«, sagte Alik beunruhigt.

»Nein, eben keine Halluzinationen! Ganz real – wie du, wie der Tisch … Und doch ein wenig anders. Es ist schwer zu erklären. Ich bin wie Puska«, sie streichelte die Katze, »ich weiß alles, verstehe alles, aber ich kann es nicht ausdrücken. Nur, dass sie nicht leidet, ich dagegen leide.«

»Aber Mascha, ich finde, dir gelingt doch alles. Sehr gut sogar.« Er sprach sanft und ruhig, war aber äußerst verstört: Schizophrenie, manisch-depressive Störung? Morgen rufe ich Wolobujew an, der soll das klären.

Wolobujew, ein Psychiater, war der Freund eines Kommilitonen; in dieser Zeit war der Zunftzusammenhalt der Ärzte noch ungebrochen, ein Erbe besserer Zeiten und besserer Traditionen.

Mascha aber rezitierte noch immer:

Wenn mich einst übersetzen wird,
mein Übersetzer mit sechs Flügeln
und dann in ganzer Schwere wiegen
all meine Worte voller Zufall,
lässt du heut gehen, werd ich sagen,
mich, in der Blüte meiner Tage,
im bunten Kleid der Sünderin
ins Himmelshaus zum Vater hin.

Butonow ließ Mascha noch immer nicht los. Dreimal fuhr sie zu ihm nach Rastorgujewo. Es war, als hätten sie einen so hohen Ton angeschlagen, dass es nicht mehr höher ging – die Stimme würde versagen, alles würde versagen. Erst jetzt, da jede Begegnung die letzte sein konnte, gestand sich Butonow ein, dass Mascha ihr Urbild, die halbvergessene Rosa, so sehr in den Schatten gestellt hatte, dass er sich nicht einmal mehr an das Gesicht der verschwundenen Kunstreiterin erinnerte, und Mascha erschien ihm nicht mehr als Abbild Rosas, sondern umgekehrt, jene kurz aufgeflammte Liebe war eine Verheißung der jetzigen gewesen, und Maschas unausweichliche Abreise verstärkte seine Leidenschaft.

Er verließ die zwei, drei Frauen, die es gleichzeitig und unverbindlich in seinem Leben gegeben hatte. Eine, die er beruflich sogar ab und zu brauchte, eine Sekretärin im Sportkomitee, gab ihm zu verstehen, dass seine Geringschätzung sie kränkte; die zweite, eine Klientin, eine junge Ballerina, für die er eine Ausnahme gemacht hatte, denn er betrachtete die Massagebank als Arbeitsfläche, nicht als Ort für Vergnügungen, entfiel von selbst, da sie nach Riga zog, und Nika hatte er wirklich seit Dezember nicht mehr gesehen, sie hatten ein paarmal telefoniert, den höflichen Wunsch geäußert, sich wiederzusehen, aber beide nichts in dieser Richtung unternommen.

Bei Butonow reifte wieder einmal eine berufliche Krise heran. Er hatte die Sportmedizin satt, die immer gleichen Verletzungen, die er behandelte, und die unerbittlichen Intrigen, wenn es um Auslandsreisen ging. Er bekam ein Angebot: Im Kremlkrankenhaus wurde ein Rehabilitationszentrum aufgebaut, und Butonow war einer der Kandidaten für dessen Leitung. Das verhieß diverse interessante Möglichkeiten. Seine Frau Olga, die mit fünfunddreißig ihren beruflichen Gipfel erreicht hatte, wie es bei Mathematikern oft der Fall ist, redete ihm zu: Das wäre etwas ganz Neues, eine moderne Ausstattung, man kann nicht sein Leben lang auf den immer gleichen Punkten herumdrücken.

Iwanow, verwelkt und gelb, mit den Jahren einem buddhistischen Mönch immer ähnlicher, warnte ihn: Das ist nichts für deinen Kopf, nichts für deinen Charakter.

Diese Bemerkung enthielt zugleich respektvolle Anerkennung wie auch leise Geringschätzung.

Butonow, der Nika sehr schätzte, besonders nach ihrer so gelungenen Einmischung in die Renovierung, wollte sich mit ihr beraten. Sie trafen sich vor dem Theater und gingen in ein schäbiges kleines Lokal auf dem Tagankaplatz, das günstig lag, weil sich dort ihre Wege kreuzten.

Nika sah großartig aus, obwohl alles an ihr ein wenig übertrieben war: der lange Pelzmantel, der kurze Rock, die großen Ringe und die üppige Mähne. Leicht und fröhlich schwatzten sie über dies und das, Butonow erzählte ihr von seinem Problem, da wurde sie unvermittelt ernst, runzelte die Stirn und sagte heftig:

»Valeri, weißt du, in unserer Familie gibt es eine gute Tradition – sich von der Macht fernzuhalten. Ein entfernter Verwandter von mir, ein jüdischer Dentist, der hatte einen wunderbaren, witzigen Ausspruch: ›Meine Seele liebt die Sowjetmacht sehr, aber mein Körper, der verträgt sie nicht.‹ Und bei dieser Arbeit würdest du ihr ständig dicht auf den Leib rücken.« Nika fluchte deftig, unbekümmert und höchst virtuos.

Butonow wurde gleich leichter ums Herz – mit ihrem fröhlichen Fluch hatte Nika die Frage entschieden: Das Kremlkrankenhaus schrieb er ab. Was er Nika umgehend dankbar mitteilte.

Ihre freundschaftliche Zuneigung erreichte einen solchen Grad, dass sie, als sie ihr Schaschlik gegessen hatten, in den sandfarbenen Moskwitsch stiegen und Butonow ohne überflüssige Fragen auf dem Tagankaplatz wendete und in Richtung Rastorgujewo fuhr.

Mascha litt an der unerträglichsten Form der Schlaflosigkeit, wenn alle Schlafmittel eingenommen sind und Arme, Beine und Rücken schlafen, alles schläft, und nur der kleine Herd im Kopf ständig ein und dasselbe Signal aussendet: Ich kann nicht einschlafen, ich kann nicht einschlafen …

Sie glitt aus dem Bett, wo, die Knie ans Kinn gezogen, der Große Alik schlief, ganz klein in dieser kindlichen Pose; sie ging in die Küche, rauchte eine Zigarette, hielt die Hände unter kaltes Wasser, wusch sich und legte sich auf die Liege in der Küche. Sie schloss die Augen, und da war es wieder: Ich kann nicht einschlafen, ich kann nicht einschlafen …

Er stand in der Tür, der vertraute Engel, ganz in Dunkelrot, düster, sein Gesicht war undeutlich, aber die Augen leuchteten kräftig blau, wie hinter einer Theatermaske. Mascha bemerkte, dass die Tür nicht echt war, die wirkliche lag weiter rechts. Er streckte ihr die Hände entgegen, legte sie ihr auf die Ohren, presste sie sogar ein wenig darauf.

Gleich lehrt er mich hellsehen, ahnte sie und begriff, dass sie den Morgenrock ausziehen musste. Nun trug sie nur noch ihr langes Nachthemd.

Er stand hinter ihr, hielt ihr Ohren und Augen zu und strich ihr mit den Mittelfingern über die Stirn, bis zur Nasenwurzel. Feine Farbwellen kamen und gingen, Regenbogen, aufgespalten in unzählige Nuancen. Er wartete, dass sie ihm Einhalt gebiete, und sie sagte:

»Genug.«

Die Finger hielten inne. In einem Streifen blassgelben Lichts mit einem unangenehmen Grünstich erblickte sie zwei Menschen, einen Mann und eine Frau. Beide jung und schlank. Sie kamen näher, wie in einem Fernglas, bis sie sie erkannte – es waren ihre Eltern. Sie hielten einander an den Händen, waren ganz ineinander versunken. Mama trug ein vertrautes hellblaues Kleid mit dunkelblauen Streifen. Sie war jünger als Mascha selbst. Schade, dass die beiden sie nicht sehen konnten.

Das darf nicht sein, begriff Mascha. Der Engel strich ihr wieder über die Stirn und drückte auf einen bestimmten Punkt.

Butonows Spezialgebeit, Akupressur, dachte Mascha. Sie hielt den gelben Lichtstreifen an – und sah das Haus in Rastorgujewo, die geschlossene Pforte, davor sich selbst. Und das Auto hinterm Tor und ein schwaches Licht in der

Omahälfte. Sie ging durch die Pforte, ohne sie zu öffnen, trat an das erleuchtete Fenster, nein, das Fenster kam auf sie zu, dann erhob sie sich mühelos in die Luft und flog sanft gleitend ins Haus.

Sie sahen sie nicht, obwohl sie direkt neben ihnen war. Nikas langen, nach hinten gebogenen Hals hätte sie mit der Hand berühren können. Nika lächelte, ja, sie schien sogar zu lachen, aber der Ton war ausgeblendet. Mascha fuhr mit dem Finger über Butonows glänzende Brust, doch er bemerkte es nicht. Seine Lippe zitterte, öffnete sich und entblößte die Vorderzähne, von denen einer ein wenig schief stand.

»Kehr bitte um«, sagte Nika leise zu Butonow, als sie draußen die Rjasaner Chaussee erkannte.

»Meinst du?«, fragte Butonow ein wenig erstaunt, widersprach aber nicht, legte den Rückwärtsgang ein und wendete.

Er hielt vor Nikas Haus. Sie verabschiedeten sich herzlich, mit einem lebhaften Kuss, und Butonow war kein bisschen gekränkt – wenn nicht, dann eben nicht. In dieser Hinsicht war keiner dem anderen etwas schuldig. Es war später Abend, leichter Schnee fiel, Katja und Lisa warteten auf ihre Mutter und waren noch nicht schlafen gegangen.

Zum Kuckuck damit, mit Rastorgujewo, dachte Nika und lief leichtfüßig die Treppe hinauf in den zweiten Stock.

Mascha stand im Flur zwischen Küche und Zimmer in eiskalter Zugluft, und plötzlich durchfuhr es sie – wie ein Blitz –, dass sie schon einmal genau so im Nachthemd dagestanden hatte, im gleichen beklemmenden Luftstrom.

Gleich würde die Tür hinter ihr aufgehen, und dahinter lauerte etwas Schreckliches … Sie strich sich mit den Fingern über die Stirn, bis zur Nasenwurzel, rieb sich die Stirnmitte: Halt, hör auf …

Doch das Grauen hinter der Tür wuchs, sie zwang sich hinzusehen – die falsche Tür bewegte sich leise …

Mascha lief ins Zimmer, stieß die Balkontür auf – sie öffnete sich ohne Quietschen. Die Kälte, die von draußen hereinwehte, war festlich und frisch, die andere aber, die beklemmende, die ihr den Atem nahm, lag hinter ihr.

Mascha ging auf den Balkon – der Schnee fiel sacht, erfüllt von einer tausendstimmigen Musik, als trüge jede Flocke ihren eigenen Ton, und auch dieser Augenblick war ihr vertraut. Das hatte sie schon einmal erlebt. Sie drehte sich um – hinter der Zimmertür stand etwas Schreckliches, und es kam näher.

Ach, ich weiß, ich weiß – Mascha stieg auf den Pappkarton vom Fernseher, von dort auf den an der Balkonbrüstung befestigten langen Blumenkasten, und machte die innere Bewegung, die sie in die Luft erhob …

Ihr Mann Alik schlief, die Beine angezogen, im anderen Zimmer, in genau der gleichen Haltung ihr Sohn. Die Frühlings-Tagundnachtgleiche brach an, ein lichtes himmlisches Fest.

16

Das Telegramm erhielt Medea am übernächsten Tag. Die Postbotin Klawa brachte es ihr am Morgen. Telegramme kamen aus drei Anlässen: zu Medeas Geburtstag, wenn Verwandte anreisten und wenn jemand gestorben war.

Mit dem Telegramm in der Hand ging Medea in ihr Zimmer und setzte sich in einen Sessel, der jetzt an der Stelle stand, an der früher oft sie selbst gestanden hatte – vor den Ikonen.

Sie saß ziemlich lange dort und bewegte die Lippen, dann stand sie auf, wusch ihre Tasse ab und machte sich reisefertig. Von der Krankheit im Herbst war eine unangenehme Steifheit im linken Knie geblieben, doch daran hatte sie sich inzwischen gewöhnt und bewegte sich nun etwas langsamer als sonst.

Dann schloss sie das Haus ab und brachte den Schlüssel zu den Krawtschuks.

Bis zur Bushaltestelle war es nicht weit. Es war dieselbe Strecke, die ihre Gäste gewöhnlich fuhren – von der Siedlung nach Sudak, von Sudak bis zum Busbahnhof Simferopol und von dort zum Flughafen.

Sie schaffte noch den letzten Flug und klingelte am Abend an Sandras Wohnungstür in der Uspenskigasse, wo sie noch nie zuvor gewesen war.

Ihre Schwester öffnete ihr. Sie hatten sich seit neunzehnhundertzweiundfünfzig nicht gesehen, fünfundzwanzig

Jahre. Sie umarmten sich, brachen in Tränen aus. Lida und Vera waren gerade gegangen. Die tränenverquollene Nika kam in den Flur und umklammerte Medea.

Iwan Issajewitsch ging Teewasser aufsetzen – er erriet, dass die Angekommene die ältere Schwester seiner Frau war, die von der Krim.

Medea nahm ihr auf ländliche Art gebundenes flauschiges Kopftuch ab, darunter trug sie ihren schwarzen Schal, und Iwan Issajewitsch staunte über ihr Ikonengesicht. Er fand die Schwestern einander sehr ähnlich.

Medea setzte sich an den Tisch, ließ den Blick durch das unbekannte Zuhause schweifen und billigte es: Hier war es gut.

Maschas Tod, ein großer Kummer, hatte Alexandra Georgijewna auch eine große Freude gebracht, und nun wusste sie nicht recht, wie ein Mensch so Unterschiedliches auf einmal verkraften sollte.

Medea aber, die links von ihr saß, konnte nicht begreifen, wie es geschehen war, dass sie den ihr liebsten Menschen ein Vierteljahrhundert nicht gesehen hatte, und erschrak darüber. Es schien weder Gründe noch Erklärungen dafür zu geben.

»Es war eine Krankheit, Medea, eine schwere Krankheit, und keiner hat das begriffen; Aliks Freund, ein Psychiater, der hat sie vor einer Woche untersucht. Er hat gesagt, sie müsste sofort eingewiesen werden: akute manisch-depressive Störung. Er hat ihr was verschrieben. Verstehst du, sie haben jeden Tag mit der Ausreisegenehmigung gerechnet. So ist das. Aber ich, ich hab doch gesehn, dass mit ihr was nicht stimmte. Ich hab nicht ihre Hand gehalten wie damals. Das verzeih ich mir nie«, beschuldigte sich Sandra.

»Hör auf, Mama, bitte! Das musst du nicht auf dich nehmen. Das ist allein meine Schuld … Ach, Medea, wie soll ich nur damit leben? Ich kann es nicht glauben …« Nika weinte, aber ihre Lippen, von der Natur zum Lachen bestimmt, schienen noch immer zu lächeln.

Die Beerdigung fand nicht wie üblich am dritten Tag statt, sondern am fünften. Es war eine Autopsie durchgeführt worden. Alik kam mit Georgi und zwei Freunden ins gerichtsmedizinische Leichenschauhaus.

Nika war bereits dort. Sie umwickelte Maschas kurzgeschorenen Kopf und ihren Hals, auf dem die grobe Sektionsnaht zu sehen war, mit einem Stück weißer Kreppseide, das sie auf der Schläfe zu einem flachen Knoten band, wie Medea es tat. Maschas Gesicht war unberührt und wachsbleich, seine Schönheit unzerstört.

Der Priester in Preobrashenskoje, den Mascha in den letzten Jahren manchmal aufgesucht hatte, trauerte sehr um sie, weigerte sich jedoch, ihr die Totenmesse zu lesen: eine Selbstmörderin.

Medea bat, sie zu einer griechischen Kirche zu bringen. Am ehesten griechisch war in Moskau die Antiochia-Klosterkirche. Dort, in der Theodor-Stratelates-Kirche, fragte Medea nach dem Abt, doch eine Angestellte unterzog sie einem Verhör, und während Medea, die Lippen zusammengepresst und die Augen niedergeschlagen, dieser erklärte, dass sie eine pontische Griechin sei und viele Jahre keine griechische Kirche besucht habe, trat ein alter Mönch zu ihr und sagte auf Griechisch:

»Eine Griechin erkenne ich von Weitem. Wie heißt du?«

»Medea Sinopli.«

»Sinopli … Ist dein Bruder Mönch?«, fragte er hastig.

»Einer meiner Brüder ist in den zwanziger Jahren ins Kloster gegangen, nach Bulgarien, ich weiß nichts von ihm.«

»Agathon?«

»Afanassi.«

»Der Herr ist groß!«, rief der Mönch. »Er ist Starez auf dem Athos.«

»Ruhm Dir, o Herr«, sagte Medea und verneigte sich.

Sie verständigten sich nicht ohne Schwierigkeiten. Der Alte war kein Grieche, sondern Syrer. Sein Griechisch und das von Medea unterschieden sich beträchtlich. Über eine Stunde lang unterhielten sie sich, auf einer Bank neben der Kerzentruhe sitzend. Er sagte, sie solle das Mädchen bringen, und versprach, die Totenmesse selbst zu lesen.

Als der Kleinbus mit dem Sarg vor der Kirche ankam, hatte sich dort bereits eine große Menschenmenge eingefunden. Die Familie Sinopli war mit allen ihren Zweigen vertreten – Taschkent, Tbilissi, Vilnius, Sibirien … Zu dem verschiedenartigen Kirchengold der Ikonenrahmen, Kerzenleuchter und Gewänder gesellte sich das nuancenreiche Kupferrot der Sinopli-Köpfe.

Zwischen Medea und Sandra stand Iwan Issajewitsch, breit, mit mehlig-rosigem Gesicht und einer asymmetrischen Querfalte auf der Stirn. Die alten Schwestern vor dem mit weißen und lila Hyazinthen geschmückten Sarg dachten einhellig das Gleiche: Ich müsste hier liegen, zwischen den schönen Blumen, die Nika so liebevoll verteilt hat, und nicht die arme Mascha.

In ihrem langen Leben hatten sie sich an den Tod gewöhnt, waren mit ihm vertraut geworden: Sie hatten gelernt, ihn im Haus zu empfangen, indem sie die Spiegel verhängten, zwei Tage still und streng mit dem toten Körper lebten, Psalmen murmelnd, bei flackerndem Kerzenlicht. Sie kannten das friedliche Ende, schmerzlos und ohne Schande, und auch das räuberische, unrechtmäßige Eindringen des Todes, der junge Menschen noch vor ihren Eltern holte.

Doch Selbstmord war unerträglich. Unmöglich, sich abzufinden mit dem entglittenen Augenblick, da ein lebendiges Mädchen eigenmächtig in den dumpf heulenden Wirbel träger Schneeflocken geschwebt war – fort aus dem Leben.

An den Sarg trat der Priester, und der Chor sang, sang die schönsten Worte für den Moment des irdischen Abschieds, der endgültigen Trennung.

Die Messe wurde in Griechisch gelesen, selbst Medea verstand nur einzelne Worte. Doch alle spürten deutlich, dass in diesem bitteren und unverständlichen Gesang ein größerer Sinn lag, als ihn selbst der weiseste Mensch aufzunehmen vermag.

Wer weinte, weinte still. Aldona wischte sich mit einem karierten Männertaschentuch die Tränen ab. Der Riese Gwidas fuhr sich nervös mit einem Lederhandschuh übers Gesicht. Deborah Lwowna, die Schwiegermutter, wollte laut aufheulen, doch Alik nickte seinen Arztfreunden zu, und die führten sie aus der Kirche.

Begraben wurde Mascha auf dem Deutschen Friedhof, im Grab ihrer Eltern, und anschließend fuhren alle in die Uspenskigasse – Alexandra Georgijewna hatte darauf bestanden, die Totenfeier dort abzuhalten. Sie waren viele, am Tisch saßen nur die Alten und die von weither angereisten Verwandten. Die jungen Leute standen herum, Gläser und Flaschen in der Hand.

Der Kleine Alik fragte seinen Vater flüsternd:

»Papa, was glaubst du, ist sie für immer gestorben?«

»Bald wird alles anders, alles wird gut«, antwortete der Vater pädagogisch.

Der Kleine Alik maß ihn mit einem langen, kalten Blick. »Ich glaub aber nicht an Gott.«

An diesem Morgen war die Ausreisegenehmigung gekommen. Für die Abreise wurden ihnen zwanzig Tage gewährt, überraschend viel. In der Erinnerung der Freunde fiel der Abschied mit der Totenfeier zusammen, obwohl Alik den Abschied in Tscherjomuschki beging.

Deborah Lwowna blieb bei ihrer Schwester, und Alik emigrierte mit seinem Sohn und einem karierten bulgarischen Koffer mittlerer Größe.

Die Zöllner nahmen ihm ein Blatt Papier ab – Maschas letztes Gedicht, entstanden kurz vor ihrem Selbstmord. Natürlich kannte er es auswendig:

Den wahren Kenner zieht sein Forscherdrang,
kopfüber in die Tiefen einzutauchen,
in die Gesetze von der Zucht der Tauben
oder die Welt des Weins im Restaurant,

doch durch Erfahrung die Nuancen fein
nicht sichtbarer Schattierungen erspürend,
wird selbst er Taube oder auch zum Wein,
zu allem, wonach sich seine Seele sehnt,

verwandeln uns in unsere Ideen,
die fröhlichsten im Menschenschwarm der Zeit,
die friedlich mit gebeugtem Kopf wir stehen
vor dem, der taut in leichter Ewigkeit …

Epilog

Das letzte Mal waren mein Mann und ich im Sommer fünfundneunzig auf der Krim. Medea lebte schon lange nicht mehr. In ihrem Haus wohnte eine tatarische Familie, und wir genierten uns hineinzugehen. Wir gingen zu Georgi. Er hat sein Haus noch weiter oben gebaut als das von Medea und einen artesischen Brunnen angelegt. Seine Frau Nora wirkte noch immer wie ein Kind, doch aus der Nähe sah man die unzähligen kleinen Fältchen unter den Augen – so altern zarte Blondinen.

Sie hat Georgi zwei Töchter geboren.

Das Haus war voller Menschen. Mit Mühe erkannte ich in den jungen Leuten die erwachsen gewordenen Kinder der siebziger Jahre. Ein fünfjähriges Mädchen mit roten Locken, Lisotschka sehr ähnlich, machte Theater wegen einer Kleinmädchen-Lappalie.

Georgi freute sich über meinen Mann, den er lange nicht gesehen hatte. Mein Mann stammt auch aus der Familie Sinopli, aber nicht von Charlampi, sondern von dessen jüngerer Schwester. Sie überlegten lange, wie sie verwandt waren, und einigten sich schließlich: Vettern vierten Grades.

Georgi führte uns auf den Friedhof. Medeas Kreuz steht neben Samuels Obelisk und ist von bescheidenerer Höhe. Georgi erzählte uns auf dem Rückweg, wie unangenehm überrascht Medeas Nichten und Neffen waren, als nach ihrem Tod das Testament auftauchte, in dem sie ihr Haus einem gewissen Ravil Jussupow vererbte, den niemand kannte.

Niemand versuchte, diesen Jussupow zu finden, und Georgi zog mit Nora, Tanetschka und den kleinen Töchtern in Medeas Haus. Arbeit fand er auf der Biologenstation.

Nach einigen Jahren erschien Ravil, genauso wie einst bei Medea, an einem späten Abend im Vorfrühling, und Georgi holte das Testament aus der Truhe und zeigte es ihm. Doch es vergingen noch mehrere Jahre, bis Ravil das Haus bekam. Über zwei Jahre dauerte ein lächerlicher Gerichtsprozess, um das Haus auf Ravil zu übertragen, und dass es schließlich gelang, war nur Georgis Hartnäckigkeit zu verdanken. Er ging bis zur Republiksinstanz, damit Medeas Testament als gültig anerkannt wurde. Von da an hielt man ihn im Ort für verrückt.

Nun war er sechzig geworden und noch immer stark und kräftig. Beim Bau seines Hauses halfen ihm Ravil und dessen Bruder. Als das Haus stand, änderten die Leute im Ort ihre Meinung, und jetzt heißt es, Georgi sei ziemlich gerissen: Anstelle von Medeas baufälligem Haus habe er ein nagelneues, doppelt so großes bekommen.

Den Abend verbrachten wir in diesem Haus. Die Sommerküche ähnelt der von Medea, dort stehen die gleichen Kupferkrüge, das gleiche Geschirr. Nora hat gelernt, die heimischen Kräuter zu sammeln, und wie in alten Zeiten hängen Sträuße trocknender Kräuter an den Wänden.

Vieles hat sich verändert seit damals, die Familie ist noch weiter in der Welt verstreut. Nika lebt seit Langem in Italien; sie hat einen reichen Dickwanst geheiratet, er ist witzig und sympathisch; sie sieht aus wie eine Matrone und liebt es, wenn Verwandte aus Russland sie in ihrem luxuriösen Haus in Ravenna besuchen.

Lisotschka wohnt ebenfalls in Italien, nur Katja konnte sich dort nicht einleben. Wie viele Menschen, in denen neben anderem auch russisches Blut fließt, ist sie schrecklich russophil. Sie ist nach Moskau zurückgekehrt, wohnt in ihrer alten Wohnung, und das rothaarige kleine Mädchen, das im Hof krakeelt hat, ist ihre Tochter.

Der Große Alik ist Mitglied der amerikanischen Akademie geworden und wird die Menschheit womöglich demnächst mit einem Mittel gegen das Altwerden beglücken; der Kleine Alik aber ist nach Abschluss der Harvard-Universität unter die Juden gegangen, hat Hebräisch gelernt, eine Kippa aufgesetzt, sich Peies wachsen lassen und studiert nun noch einmal, an der Bnei Brak, der jüdischen Akademie bei Tel Aviv.

Der Große Alik hat ein paar Jahre nach der Übersiedlung in Amerika einen Band mit Maschas Gedichten herausgegeben.

Georgi hat uns dieses Buch mitgebracht, auf der ersten Seite ist ihr Bild, ein Schnappschuss aus ihrem letzten Krimsommer. Sie hat sich umgedreht und blickt freudig überrascht ins Objektiv. Ihre Gedichte mag ich nicht beurteilen – sie sind ein Teil meines Lebens, denn auch ich verbrachte diesen letzten Sommer mit meinen Kindern in Medeas Haus.

Butonow mochte nicht von dem Haus in Rastorgujewo lassen, konnte seine Frau schließlich überreden, mit ihm dorthin umzuziehen, und hat nach seiner Tochter noch einen Sohn bekommen, den er abgöttisch liebt. Die Sportmedizin hat er längst aufgegeben und die Fachrichtung gewechselt, er arbeitet nun mit Wirbelsäulenverletzten, die ihm kontinuierlich gebracht werden, mal aus Afghanistan, mal aus Tschetschenien.

Von der älteren Generation lebt niemand mehr – bis auf Alexandra Georgijewna, Sandra. Sie ist ein weiblicher Methusalem, inzwischen fast neunzig. Nach Maschas Tod fuhr sie jedes Jahr auf die Krim, verbrachte zusammen mit Iwan Issajewitsch ein ganzes Jahr bis zu Medeas Tod dort und begleitete die Schwester auf dem letzten Weg. Inzwischen war sie seit zwei Jahren nicht mehr auf der Krim, die Reise ist für sie zu beschwerlich geworden.

Iwan Issajewitsch hält die beiden Schwestern für wahre Gerechte, aber Sandra lächelt ihr auch im Alter nicht verwelktes Lächeln und widerspricht ihrem Mann:

»Eine Gerechte war nur eine von uns …«

Ich bin sehr froh, dass ich durch meinen Mann zu dieser Familie gehöre und dass meine Kinder ein wenig griechisches Blut in sich haben, Medeas Blut. Bis heute kommen Charlampi Sinoplis Nachkommen auf die Krim – russische, litauische, georgische, koreanische. Mein Mann träumt davon, im nächsten Jahr, wenn das Geld reicht, unsere kleine Enkelin dorthin mitzunehmen, die Tochter unserer ältesten Schwiegertochter, einer schwarzen Amerikanerin aus Haiti.

Es ist ein unglaublich schönes Gefühl, zu Medeas Familie zu gehören, einer so großen Familie, dass man nicht einmal vom Sehen alle ihre Mitglieder kennt und sie sich in Gewesenem, Nichtgewesenem und Künftigem verlieren.

1996